N&K

René Appel

Rachsucht

ROMAN

Aus dem Niederländischen
von Mirjam Pressler

Nagel & Kimche

Titel der Originalausgabe: *Tweestrijd*

1 2 3 4 5 6 05 04 03 02 01

Herstellung: Meike Harms & Hanne Koblischka
Satz: Satz für Satz. Barbara Reischmann
Druck und Bindung: Friedrich Pustet
Printed in Germany
ISBN 3-312-00275-3

1

Die Musik dröhnte in ihrem Kopf, ihrem Magen, ihrem Bauch: ein schwerer Bass, der in ihrem Körper mitspielte. Das Geräusch war von draußen nach drinnen gedrungen und hatte sich für immer in ihr festgesetzt. Ihr Blut pochte mit, in ihren Adern, in ihrem Herzen. Kadung ... ka-dung ... Sie nahm noch einen Schluck aus dem Glas, das vor ihr stand. Was war es doch gleich? Ach ja, natürlich, Rum-Cola. Oder ein Screw-driver, wie die Jungen es nannten. Das Zeug schmeckte ihr nicht wirklich. Das wievielte Glas war es? Wie die Uhr weitertickte, in einem bestimmten Rhythmus, wie es schien, kamen neue, volle Gläser auf die Theke. Manchmal hatte sie gar nicht gesehen, wer etwas bestellt hatte. Sie fühlte sich schwebend, aber zugleich wurde ihr Körper zu Boden gezogen. Gäbe sie nach, könnte sie sich sofort hier hinlegen. Niemand würde es merken. Sie war müde. Samstags war immer viel zu tun. Morgens ging es los mit der Schneidemaschine, um Vorrat zu machen, dann kamen die Kunden. Um vier, wenn der Laden geschlossen wurde, alles aufräumen und putzen. Obwohl sie sonst fast gefühllos waren, taten ihre Füße noch immer weh. Sie hätte vielleicht besser die Stiefel nicht angezogen. Zum Glück wurde jetzt ein Barhocker frei.

Ein Junge schrie ihr etwas ins Ohr, sie nickte, obwohl sie nicht verstanden hatte, was er sagte. Er hatte einen schönen Kopf mit dunklen Locken und klaren, lachenden Augen. Ein gut aussehender Typ, ein toller Typ. Er trug eng sitzende Jeans und ein Jeanshemd. Darüber eine schwarze Lederjacke. Sie hatte ihn hier noch nie gesehen. Vielleicht war er ein Bekannter oder ein Freund von Frank, mit dem er eine Weile geredet hatte. Er hielt ihr eine Schachtel Marlboro hin und sie nahm sich eine Zigarette. Schön, dass Frank wieder da war. «Zwei Monate Urlaub gehabt», hatte er lachend gesagt. Sie wusste, dass es sich um einen Urlaub zwischen vier Wänden gehandelt hatte. Aber darüber sprach man nicht. Frank war wieder da, das war das Einzige, was zählte, und Frank war ein Schatz, ein wirklicher Freund, der Beste von allen. Alles andere war egal. Jeder machte mal einen Fehler, warum nicht auch Frank?

Der ganze Laden schaukelte. Sie hob ihr Glas an die Lippen, obwohl sie keine Lust hatte, etwas zu trinken. Der Rauch brannte ihr in der Kehle. Ein Stück weiter stand Leonie bei einem Jungen, den sie hier auch noch nie gesehen hatte. Er hatte den Arm um sie gelegt. Offenbar war Leonie für heute Abend besetzt, für heute Nacht. Zusammen weg, zusammen nach Hause galt für Manon und ihre Freundinnen schon seit einer ganzen Weile nicht mehr. Es hatte früher gegolten, als sie vierzehn waren.

Sie nahm noch einen Schluck und würgte die Rum-Cola durch ihre Kehle. Einen Moment lang hatte sie das Gefühl, sie käme wieder zurück. Sie klammerte sich mit verkrampften Fingern am Rand der Bar fest. Plötzlich konnte sie kaum mehr atmen. Es war, als wäre kein Sauerstoff mehr in der Luft, nur noch Rauch, Alkoholdunst und der Geruch nach Menschen, oder besser, der Gestank. Franks Freund, falls er es war, sah sie nicht mehr.

Ein Mann stieß gegen sie. «He, kenne ich dich nicht irgendwoher?» Er lachte und zeigte ein unregelmäßiges Gebiss.

Sie schüttelte den Kopf.

«Ich beiße nicht.»

Wieder betrachtete sie seine Zähne.

«Willst du was mit mir trinken?»

«Ich habe noch was», brachte sie mit Mühe heraus.

«Was hast du gesagt?», schrie ihr der Mann ins Ohr.

Sie schüttelte den Kopf und wandte sich von ihm ab. Leonie und ihre Eroberung standen in einer Ecke und küssten sich. Sie drückte sich an ihn. Seine Hände glitten über ihren Hintern.

Minutenlang blieb sie auf dem Klo sitzen, aber die Übelkeit wollte nicht vergehen. Im grellen Neonlicht erschrak sie vor ihrem eigenen Gesicht im Spiegel. War sie das, dieses Gespenst mit den hohlen Augen, dem scharfen, verängstigten Mund und der fremden, plastikartigen Haut? Vor ein paar Monaten war sie bei Madame Tussaud gewesen, an ihrem freien Mittwoch, mit Anouk. Die Puppen hatten echt und zugleich unecht ausgesehen, so wie sie jetzt. Zwei Mädchen standen kichernd neben ihr und schminkten sich gegenseitig, vor sich auf dem Waschbecken ein Make-up-Täschchen, aus dem Tuben und Stifte quollen.

Auf wackligen Beinen ging sie zurück in die Kneipe. Leonie war nirgends mehr zu sehen. Ihr eigener Platz an der Bar war besetzt. Aus Routine nahm sie ihr Glas und trank einen Schluck. Die Menschen um sie herum waren ihr alle fremd geworden. Unbekannte Gesichter, nur ab und zu konnte sie ein Wort von dem verstehen, was gesagt wurde. Der Mann hinter der Bar, war das Marco? Und neben ihm Tjerk? Nein, das war nicht Tjerk. Sie versuchte sich zu konzentrieren, aber es gelang ihr nicht. Da hing eine Zeichnung von jemandem mit zwei Paar Augen. WHO'S DRUNK? stand darauf. «Ich», flüsterte sie. Hundert Gramm Hinterschinken, fünf Frikadellen und zweihundert Gramm geschnittenes Herz. Sie tippte es in die Kasse. Können Sie auf hundert Gulden rausgeben? In der Metzgerei konnte man immer auf hundert Gulden rausgeben. Darf es etwas mehr sein? Nein, etwas weniger, hatte heute ein Kunde gesagt. Sie bewegte die Hand sorgfältig zum Glas, ergriff es und stellte es gleich wieder zurück. Neben die Bar, in die Tiefe. Es musste zerbrochen sein, aber sie hatte nichts gehört.

«Hé Macarena», dröhnte die ganze Kneipe mit der Musik. Sie selbst lispelte den Text auch, wie eine Art Beschwörung, in ihrem eigenen Phantasie-Spanisch, «Allestoquio allegria Macarena, hé Macarena.» Der Rest der Wörter wurde ein noch größerer Eintopf. Eintopf verkauften sie auch, im Winter. Den machte ihre Mutter in der Küche. Kiloweise. Wenn zu viel übrig blieb, aßen sie selbst tagelang Eintopf. Der Gedanke an Essen bereitete ihr Übelkeit. Eintopf, mit orangefarbenen Stücken drin. Sah aus wie Kotze. Mit äußerster Kraftanstrengung gelang es ihr, den aufsteigenden Mageninhalt zurückzuhalten. Nein, nicht hier, nicht mitten in der Kneipe erbrechen, das nicht.

Sie schwankte zur Tür, stieß gegen Leute und sagte automatisch: «Sorry, sorry, sorry.»

Die frische Luft versetzte ihr einen solchen Schlag, dass sie fast taumelte. Hatte sie ihre Tasche dabei? Ja. Da standen ein paar Leute und unterhielten sich. Ein Mädchen lachte laut und hoch, fast hysterisch. Manon lachte mit, aber das Lachen tat ihr in der Brust weh. Sie lief weiter, schob die Hand über die bröckelige Mauer, dass es wehtat, und bog in eine Gasse ein.

Nun brauchte sie nichts mehr zurückzuhalten. Der saure Mageninhalt brach in einer Welle hervor. Einen Moment lang hatte sie das Gefühl, es stehe jemand hinter ihr. Als sie sich umdrehte, den Speichel vom Kinn wischend, sah sie gerade noch einen Schatten weggleiten. Wieder stieg ihr der Magen hoch. Nach Luft schnappend, erbrach sie den Rest.

Sie stützte sich mit der Hand an der Wand ab, während sie weiterging, mal mit kurzen, dann wieder mit langen Schritten. Die Steine waren rau und schabten ihr die Hand auf, aber das Gefühl war nicht unangenehm. Wieder hatte sie das Gefühl, ihr folge jemand. Sie blieb stehen und lauschte. Noch immer drangen die dröhnenden Bässe aus dem Bahama Bay. Mühsam drehte sie den Kopf. Verschwommen sah sie die Silhouette eines Mannes, der nun ebenfalls stehen geblieben war. Vielleicht war es auch kein Mann, sondern ein Baum oder ein Strauch oder so etwas? Sie versuchte, schärfer hinzusehen. Sie brauchte eine Brille oder Kontaktlinsen. Kontaktlinsen, natürlich, aber sie hatte überhaupt keine Lust auf dieses Getue mit den Augen.

Sie bog in eine andere Straße ein. Diese Gegend kannte sie kaum. Ein paar zugezimmerte Abrisshäuser mit Graffitti auf den Holzbrettern. Die Buchstaben waren so kunstvoll gestaltet, dass sie den Text nicht lesen konnte. Sie musste sich ein Taxi suchen. So kam sie nie nach Hause. Hatte sie ihre Tasche vergessen? Panik stieg in ihr auf. Nein, sie hatte sie mitgenommen. Sie drückte sie an den Körper. Von der anderen Seite kam ein Mann mit unsicheren Schritten auf sie zu. Sie hielt die Luft an, aber er schien sie gar nicht zu sehen. Diese Geschichte, die Leonie und Kim von den betrunkenen Kerlen im Zug erzählt hatten! Bevor sie es gemerkt hatten, hatten sie allein mit den Männern in einem getrennten Abteil gesessen, so einem für acht Personen.

Wenn sie diese Gasse nahm, wo kam sie dann heraus? War dort in der Nähe nicht ein Taxistandplatz? Die Gasse war eine Sackgasse. Das war doch nicht möglich, das war doch der Weg zum Platz? Für einen Moment kam der Traum wieder, der Traum mit der Gasse, die an beiden Enden abgeschlossen war. Eine Sackgasse, und im Traum kamen die Wände immer näher auf sie zu.

Sie war müde, sie wollte sich setzen, sich hinlegen, ausruhen, vielleicht sogar schlafen, sehr, sehr lange, bis alle Müdigkeit, aller Schmerz aus ihrem Körper verschwunden wären. Aus ihrer Tasche holte sie eine Packung Marlboro.

Sie versuchte sich eine zu nehmen, aber alle Zigaretten rollten auf die Straße. «Shit! Fuck!» Sie kniete sich hin und hob die Zigaretten auf.

«Soll ich helfen?»

Neben ihr stand ein Mann. Sie schaute hoch und sah die Zähne, die krumm und schief in seinem Mund standen. War es nicht der Mann, der sie in der Kneipe angesprochen hatte?

«Nicht nötig», sagte sie mit einer belegten Stimme.

«Was hast du gesagt?»

«Geh weg! Verpiss dich!»

«Na, na, warum so aggressiv, wo ich doch nur helfen wollte? Das ist wirklich nicht nett. Das habe ich nicht verdient.»

Er zog sie an einem Arm hoch. Sie drehte sich von ihm weg, nahm eine Zigarette und versuchte sie anzuzünden. Aus ihrem Feuerzeug kamen nur Funken. Sie warf die Zigarette weg. Der Mann zündete eine Zigarette an und gab sie ihr. Sie ließ sie sofort fallen.

Der Mann legte einen Arm um sie. «Kommst du mit?» Seine Stimme klang härter, schärfer. Es war mehr ein Befehl als eine Frage.

«Hau ab! Lass mich in Ruhe!» Sie riss sich mit Gewalt los. Warum war Rolf nicht da, um ihr zu helfen, warum hatte er sie im Stich gelassen? Alle im Stich gelassen?

«Oho, machen wir Schwierigkeiten?» Der Mann hielt sie fest. Sein Gesicht war ganz nah bei ihrem. Nun erkannte sie ihn. Ja, er hatte ihr was zu trinken angeboten. Sein Atem strich an ihrem Gesicht vorbei. Er schob sie vor sich her. Hier war ein offener Platz, wo man ein Haus abgerissen hatte, dahinter ein abbruchreifes Gebäude.

Sie wusste, was passieren würde. Das war es also. Natürlich hatten ihr schon Männer in der Straßenbahn in den Po gekniffen, ihre Brüste befühlt. In den Ferien, in Marbella, hatte einmal ein Exhibitionist gegenüber dem Hotel gestanden. Als sie sechzehn war, hatte sie einen Freund gehabt, der mehr wollte als sie. Als er in ihrer Unterhose wühlte, hatte sie ihm ins Gesicht geschlagen. Seinen erstaunten Blick konnte sie jetzt noch sehen. Die Bilder verdrängten einander, taumelten übereinander her. Der Mann umklammerte sie jetzt. Sie hatte keine Chance, weniger als je zuvor in ihrem Leben.

Und sie hatte sein Gesicht gesehen. Sie würde ihn immer erkennen, sie konnte ihn später, bei der Polizei, genau beschreiben, aus einer Reihe Verdächtiger identifizieren, wie im Kino. Was das bedeutete, war klar. Angst schnürte ihr die Kehle zu. Sie wollte schreien, bekam aber nur ein armseliges Piepsen heraus.

Er zog sie am Arm mit sich. Sie stolperte über ein paar herumliegende Steine. Nirgendwo war Licht, nirgendwo waren Menschen, nirgendwo bewegte sich etwas. Alles war totenstill und verlassen, natürlich extra, um diesem Scheißkerl eine Chance zu geben, damit er ungestört sein Vorhaben ausführen konnte. Ein Schrei formte sich in ihrer Kehle, aber noch bevor ein Ton herauskam, sah sie ein Messer aufblitzen, ein Messer mit einer langen, glänzenden Schneide.

«Du hältst das Maul», sagte der Mann.

«Nicht ... bitte nicht», flüsterte sie heiser. «Lass mich gehen ... bitte.» Die Tränen kamen von selbst.

«Zieh dich aus!»

Sie schüttelte den Kopf.

«Du sollst dich ausziehen, verdammt!»

«Bitte ... nicht ... ich gehe nicht zur Polizei ... ich verspreche es.»

Er griff ihr unter den Rock, hakte ein paar Finger unter den Stoff ihres Slips und versuchte daran zu ziehen. Es gelang nicht gleich. Der Mann fluchte. Ein Auto startete. Das

Geräusch kam näher. Der Mann zog seine Hand zurück. Als er sich umdrehte, um zu sehen, woher das Geräusch kam, fing Manon an zu rennen. Sie wich einem Stapel Holz aus. Ihre Lungen taten weh. Dort, ein Stück weiter, war Licht, dort waren Menschen, dort war ihre Rettung. Sie hörte die Schritte hinter sich, fühlte eine Hand. Vergeblich versuchte sie sich loszureißen.

«Noch so ein Scherz und es ist aus mit dir.» Sie sah das verschwommene Schimmern des Messers.

Er zog sie zu der Ruine eines Hauses, dessen Fenster und Türen herausgerissen waren. «Auch noch weglaufen, du Schlampe! Du dreckige Hure! Dir werde ich es zeigen, verdammt.»

Manon ließ ihre Tasche fallen. Er schob die Hand mit dem Messer unter ihren Rock. Sie fühlte das kalte Metall an ihrem Oberschenkel. Das war es also, das war das Ende. Abgeschlachtet, einfach abgeschlachtet. Mit einem Ruck zerschnitt der Mann den Stoff ihres Slips.

Er presste sich an sie. «Erst einen Kuss.»

Sein Mund auf ihrem. Sein Atem stank. Fast musste sie sich wieder übergeben. Seine schleimige Zunge drang in ihren Mund und wühlte darin herum. Der Mann knurrte. Manon fühlte, wie er seine Erektion an ihren Bauch drückte.

«Schön, was?»

Sie schloss die Augen. Er zog sie mit sich, stieß sie zu Boden und fiel auf sie. Ein scharfer Stein drückte sie am Rücken. Er erstickte ihren Schrei mit der Hand auf ihrem Mund. Sein Gewicht presste den Sauerstoff aus ihren Lungen. Mit seiner freien Hand machte er erst seine Hose auf, dann schob er ihren Rock hoch.

«Nein», versuchte sie zu sagen, «nein ...»

Sie fühlte seine Finger zwischen ihren Beinen.

Dann sah sie plötzlich einen Mann, jemanden mit einem vage bekannten Gesicht. Aus dem Nichts war er zum Vorschein gekommen. Ihr Angreifer wurde weggezogen. Ein Schrei erklang, das Geräusch von Schlägen, Schmerzensschreie, noch ein paar dumpfe Hiebe. Nach ein paar Sekunden war es vorbei.

Mühsam richtete sie sich auf und zog ihren Rock herunter. Derjenige, der ihr zu Hilfe gekommen war, stand neben etwas, was aussah wie ein großer Kleidersack. Aber es war kein Kleidersack, denn es versuchte hochzukommen. Vergeblich, denn der andere Mann trat es hart und mitleidlos zu Boden.

Er stand nun neben ihr. Sie erkannte ihn, es war dieser Bekannte von Frank, den sie in der Kneipe gesehen hatte, der Junge mit den Locken. «Geht's ein bisschen?», fragte er.

«Es geht», piepste sie heiser.

«Hat er ... eh ...?»

Sie schüttelte den Kopf.

«Bist du wieder in Ordnung?»

Sie nickte und strich mit einer verzweifelten, hilflosen Bewegung ihren Rock glatt. Erst jetzt sah sie, dass die Reste ihres Slips an ihrem rechten Knöchel hingen. Sie versuchte ihn wegzutreten, aber der Stoff blieb am Absatz ihres Stiefels hängen.

«Ich bin Roy», sagte der Junge. «Und wer bist du?»

2

Sie saßen im Auto und tranken ein Bier. Frank hatte zwei Sechserpacks mitgenommen.

«Wie viel verschieben sie, was glaubst du?»

Frank zuckte mit den Schultern. «Das hängt vom Jahr ab, ich weiß es nicht. Drei, vier ...»

Sie tranken und rauchten schweigend. Roy fühlte sich gut; eine angenehme Spannung hatte ihn gepackt. Angst und Aufregung wie damals bei jener Tankstelle. Zum Glück war er da beizeiten abgehauen, denn die Sache war gigantisch aus dem Ruder gelaufen. Natürlich hatte er jetzt auch Angst, aber das würde er Frank gegenüber nie zugeben. Vielleicht schiss sich Frank selbst in die Hosen, ohne es merken zu lassen. Sie lachten, machten Witze und zogen noch eine Dose Bier auf. Natürlich war es dumm, zu viel zu trinken. Wenn sie in eine Alkoholkontrolle kämen, würden sie blöd aussehen. Aber es ging auch um den Kick, dass es passieren könnte. Ein Auto und zwei von diesen Polizeistümpern am Straßenrand. Und dann? Gas geben und vorbeizischen? Er fühlte sich fast wie in einem Film. Sirenen, quietschende Reifen, das Polizeiauto, das auf einen anderen Wagen knallte. Welcher Film? *Roy's Race*. Nein, das hörte sich an wie ein Kinderfilm.

Es war eine seltsame Nacht. Erst dieses Mädchen, das er schon im Bahama Bay gesehen hatte. Warum war er ihr eigentlich nachgegangen? Roy tastete über die Knöchel seiner rechten Hand. Vielleicht hatte er doch zu hart zugeschlagen. Nun ja, dieser Scheißkerl hatte es ja nicht anders gewollt. Was für ein Arsch! Vielleicht hätte er ihn ausnehmen sollen. Wer weiß, wie viel Geld er bei sich gehabt hatte.

Na ja, das wäre schwierig gewesen, mit diesem Mädchen dabei. Manon, so hieß sie. Er lächelte. Er hätte doch kaum zu ihr sagen können: Wart mal, ich will erst seine Brieftasche ausräumen. Oder hätte sie das als gerechte Strafe angesehen? Das Geld teilen? Na ja, Strafe hatte er genug abbekommen, wie er dagelegen hatte, zusammengekrümmt und verloren. Bereit für den Abdecker. Roy musste lächeln.

Frank rülpste laut. «He, das erleichtert.»

«Sollen wir los?», fragte Roy.

Frank schaute auf seine Uhr. «Warten wir noch ein wenig.»

«Gleich wird's hell.»

Frank schüttelte den Kopf. «Geduld … Geduld. Wer Geduld hat, wird belohnt.»

«Ja, mit zwei Monaten …»

«Shut up!», unterbrach Frank.

«Okay, okay.» Roy steckte sich eine Zigarette an.

Ein Mann bog in die Straße ein. Er lief vom Baum zum Laternenpfahl, dann zu der Stange mit dem Verkehrsschild und hielt sich jeweils fest, als umklammere er eine Rettungsboje.

«Der hat ganz schön geladen.»

Dicht vor ihrem Auto machte der Mann seinen Reißverschluss auf und pinkelte auf das Trottoir. Der schäumende Strahl schien kein Ende zu nehmen. Als er endlich fertig war, lief er schwankend auf ein Haus zu.

«Es ist vier Uhr», sagte Frank. «Ich wünschte, er würde endlich verschwinden. Wir müssen anfangen.»

«Das habe ich doch gesagt», murmelte Roy, «aber da hast du gesagt, du wolltest noch warten.»

Frank reagierte nicht.

Der Mann holte einen Schlüsselbund heraus und versuchte, die Haustür aufzumachen, aber es gelang ihm nicht. Er schwankte hin und her und versuchte es erneut.

«Soll ich ihm helfen?», fragte Roy.

«Ja, und ich würde auch gleich mal meine Unterschrift hinterlassen, wenn ich du wäre.»

«War doch nur ein Witz.»

Der Mann drückte nun auf die Klingel, aber nichts geschah. Er lief zurück zur Straße, hob die Hände zum Mund, formte sie zu einer Art Trichter und rief: «Marieke, mach auf!»

«Marieke, mach die Tür auf», sagte Frank. «Marieke, lass mich mal kieke.» Er zog noch eine Bierdose auf. «Du auch?»

Roy schüttelte den Kopf.

«Prost!»

Der Mann hatte gewartet, jetzt rief er wieder: «Marieke, mach auf! Ich bin's!»

«Ich bin's», sagte Frank. «Ja, wer denn sonst, *asshole*? Hast du noch Stoff dabei?»

«Nein, kein Gramm. Gib mir noch ein Bier.»

«Gerade eben hast du keins gewollt.»

«Marieke, mach auf!», schrie der Mann laut.

«Dieses Arschloch weckt die ganze Nachbarschaft auf.»

Im obersten Stock des Hauses, in das der Mann hinein wollte, ging ein Fenster auf. Eine Frau beugte sich heraus. «Wenn du nicht sofort aufhörst, rufe ich die Polizei.»

«Das wäre ja das Letzte», sagte Roy.

«Dann kommen wir morgen wieder.»

«Warum darf ich nicht rein?»

«Du bist betrunken», sagte die Frau.

«Na und? Prinz Bernhard ist manchmal auch betrunken.» Der Mann begann ausgelassen zu lachen.

Die Frau machte das Fenster wieder zu. Als er genug gelacht hatte, lief der Mann zu dem BMW, den sie sich für diese Nacht ausgesucht hatten.

«Verflucht», sagte Frank, «der wird doch nicht …»

Der Mann machte die Autotür auf und legte sich auf die Rückbank.

Drei Tage war sie krank gewesen. Erst der Kater, danach auch noch eine Art Grippe. Sie war in ihrem Bett durch das Zimmer gefahren, war sogar herumgeflogen, die Wände waren zu einem beweglichen Dekor geworden, sie schwitzte so sehr, dass sie fast von der Matratze glitt, manchmal kamen einfach Leute ins Zimmer, Rosita, Leonie, die sie fragten, ob sie mitginge, und als Manon sagte, das könne sie nicht, fingen sie schrecklich an zu lachen.

In einem Fiebertraum hatte sie es erneut erlebt. Die Zähne des Mannes waren viel größer und standen noch schiefer. Das Messer war ein großes, glänzendes Schlachtermesser. Niemand war da, niemand kam. Sie lag auf einer leeren Bühne mit nackten Wänden dahinter. Als sie ihren Kopf drehte, sah sie das Publikum im Saal. Ihre Freundinnen, Frank und auch diesen Jungen, Roy. Sie applaudierten und wendeten dennoch die Köpfe zur Seite.

Seit heute Morgen stand sie wieder in der Metzgerei, wenn auch noch ein bisschen schlapp und zittrig. Eine Kundin wollte Steaks. Normalerweise schnitt das ihr Vater, aber der war gerade nicht da. Langsam, langsam, sich scharf darauf konzentrierend, was sie tat, schnitt sie die Steaks ab. Hundert Gramm Leberwurst. Kölner oder Kalb? Was ist der Unterschied? Blitzschnell füllte sich der Laden und ihr Vater war noch immer hinten. Wo blieb er nur? Das schaffte sie nie. Zwei Kundinnen, die Hackfleisch wollten, eine sogar anderthalb Pfund. Das Hackfleisch war alle, sie musste neues durchdrehen.

Sie machte die Tür zum Flur auf und rief ihren Vater.

«Ich komme gleich!», klang es gedämpft zurück.

«Nicht gleich, sofort!»

Beim Herausgeben machte sie einen Fehler, weil sie

eine Fünf-Gulden-Münze für ein Fünf-Cent-Stück gehalten hatte.

«Ich lass mich nicht reinlegen», sagte die Kundin und machte ein saures Gesicht.

«Es war nur ein Irrtum», sagte Manon.

«Ja, ja, das sagen alle.» Die Frau blickte die anderen Kunden streitlustig an, aber niemand reagierte.

«Was war denn los?», fragte ihr Vater, als sie schon eine andere Kundin bediente.

«Nichts.»

«Warum hast du mich dann gerufen?»

Sie kämpfte mit den Tränen. «Darf's noch was sein?», fragte sie die Frau, die sie mit großen Augen anschaute.

Abends ging sie mit Leonie ins Kino, in die zweite Vorstellung, eigentlich zu spät, denn sie war todmüde. Ein neuer Film mit Bruce Willis.

«Findest du nicht, dass der toll aussieht?», fragte Leonie.

Sie zuckte mit den Schultern. «Kennst du Roy?»

«Roy?»

«Ja, ich glaube, er ist ein Freund von Frank.»

«Ach ... so ... den ...» Leonie lachte auf. «Ein hübscher Junge. Ein toller Kerl.»

Sie gingen noch auf einen Drink ins Bahama Bay. Es war ruhig, sogar für einen Donnerstagabend.

Sie saßen an der Bar. Marco fragte, wie es ihnen gehe. Gut. Und dir? Manon wusste die Worte im Voraus, noch bevor sie ausgesprochen wurden. Sie betrachtete die anderen, Leonie, Marco und noch ein paar vereinzelte Gäste, von denen sich einige leicht zur Musik bewegten. Sie wusste nicht mehr, ob sie hierher gehörte. Sie betrachtete die anderen, als sei sie selbst nicht mehr da. Lag das nur an dem, was passiert war?

«Ich gehe nach Hause», sagte Manon. «Morgen muss ich früh raus.»

«Wir sind doch gerade erst gekommen.»

«Ja, aber ... ich fühle mich nicht so gut. Du weißt doch, die Grippe.»

«Ach, stell dich nicht so an.»

«Noch eine Runde aufs Lokal», sagte Marco.

3 *Auf der Straße* war keine Menschenseele zu sehen. Hier wohnten viele Leute mit einem BMW, einem Audi, Ford Scorpio oder einem Renault Espace. Aus einem Garten klang das Jaulen einer läufigen Katze. Frank holte die Lastwagenbatterie aus dem Kofferraum. Während Roy weiter Schmiere stand, schloss Frank die Plus- und Minuspole an der Karosserie des BMW an. Ein dumpfer Knall und Roy roch den üblen Geruch von verbranntem Kunststoff. So, der Alarm war durch den Kurzschluss ausgeschaltet. Frank schob einen schmalen Haken am Glas des linken Fensters durch das Falzgummi nach unten, tastete kurz, und da war auch schon das Klicken. Darin war Frank viel geschickter als die Arschlöcher von Parkplatzwächtern. Die fummelten manchmal eine Viertelstunde herum.

Ein Auto bog in die Straße ein, offensichtlich ein Golf. Er fuhr so langsam, als suche er einen Parkplatz, obwohl doch überall frei war. Roy blieb einfach stehen. Frank machte die Tür des BMW auf und stieg ein, als sei das die normalste Sache der Welt. Der Golf kam näher und hielt auf der gleichen Höhe. Roy fluchte unhörbar vor sich hin.

Ein Mann drehte die Scheibe des Golf herunter. «Wissen Sie vielleicht, wo die Michelangelostraße ist?»

Roy schüttelte den Kopf. «Nein, ich wohne nicht hier.»

«Die Michelangelostraße ... sie muss irgendwo in dieser Gegend sein.»

«Ich weiß es nicht», sagte Roy nachdrücklich. Er musste sich zurückhalten, um nicht laut zu fluchen oder wütend zu werden. Was hatte dieser Trottel hier verloren?

Der Mann blieb noch eine Weile mit laufendem Motor stehen. «Weiß er es auch nicht?», fragte er schließlich und deutete auf Frank, der sich inzwischen hinter dem Steuer des BMW eine Zigarette angesteckt hatte.

«Nein, er weiß es auch nicht.» Und in Gedanken fügte er hinzu, und jetzt verpiss dich endlich.

Der Mann fuhr langsam weg.

Frank entriegelte die Beifahrertür und Roy stieg ein.

«Was wollte der Kerl?»

«Die Michelangelostraße ... Er hat die Michelangelostraße gesucht.»

Frank lachte. «Die ist hier um die Ecke.»

Roy steckte sich auch eine Zigarette an. Frank nahm den Dellenzieher aus seiner Innentasche, setzte ihn auf das Zündschloss und zog den Zylinder heraus. Er steckte einen Schraubenzieher in das Loch, tastete, bewegte ihn und stellte den Kontakt her. Das Auto sprang sofort an, mit einem fast vertrauten Geräusch.

Auf dem Schrottplatz brannte kein Licht. Alles war grau und dunkel. Die Autowracks glänzten im Regen.

«Was für ein Scheißwetter», sagte Frank. Er drehte das Fenster herunter und warf seine Zigarette hinaus.

«Was wird er denn daran verdienen?», fragte Roy. Frank hatte sich wieder zu ihm ins Auto gesetzt. Der BMW stand hinter ihnen, auf dem schlammigen Zufahrtsweg.

Frank steckte sich eine neue Zigarette an. «Weiß nicht», sagte er. «Ein paar tausend. Vielleicht mehr als wir ...»

«Wo wir doch die eigentliche Arbeit machen», sagte Roy. «Wir sind es, die das Risiko eingehen.»

«Er auch. Was glaubst du, was hier alles steht? Und Tony hat die Kontakte: Russland, Polen ...»

Roy ärgerte sich. Sie saßen hier herum und warteten. Wer wusste schon, wann Tony kommen würde. Er konnte sich sein Gesicht vorstellen ... die nach unten gezogenen Mundwinkel, die Augen, die einen nie direkt anschauten, sondern immer auf einen Punkt in der Ferne gerichtet waren. Als ob er einen nicht sah, nicht sehen wollte, als würde man für diesen Arsch nicht existieren. Und zudem bezahlte er so wenig. Vier Mille für ein Auto, das mehr als zwanzig wert war, vielleicht dreißig. Weil er angeblich selbst das Risiko einging, obwohl er nirgendwo so sicher war wie hier. Es konnte nichts schief gehen. Vier Mille! Ja, die Russen und die Polen bezahlten nicht viel. Er verdiente fast nichts daran. Immer dieselben faulen Ausreden.

«Und wenn er das Auto umbaut?», fragte Roy. «Dann verkauft er's für zwanzig, wenn nicht noch mehr.»

«Halt's Maul mit dem Genöle über das Geld. Bevor er das Auto umbauen kann, braucht er erst ein anderes ... ein Schrottauto, und dann die Papiere und die ganze Arbeit ... den ganzen Motorblock ... und dann muss er das Auto auch noch loswerden ...» Frank schauerte. «Brrr ... ich darf gar nicht daran denken, an das ganze Theater. Ich find's besser, die Autos zu besorgen ... einfach, simpel, eine feste Summe, kein Theater, kein Gequatsche ... ganz bequem.»

Im Osten wurde es hell. Zugleich hörte es auf zu regnen. Eine Viertelstunde später schien sogar eine wässrige Sonne. Roy streckte sich und stieg aus dem Auto.

«Was machst du?»

«Ein bisschen die Beine vertreten.»

«Bleib in der Nähe.»

«Klar.»

Roy ging über das Gelände, sorgfältig den Regenpfützen ausweichend. Manchmal sahen sie aus wie kleine Seen. Auf einem Kleinbus ohne Räder stand mit großen Buchstaben DER FUSSBODEN IHRES LEBENS. Roy sprach die Worte nach. «Der Fußboden Ihres Lebens.» Was sollte das heißen? Auf dem Gelände nebenan, mit ein paar Schuppen und gestrandeten Wohnwagen, begannen, als er in die Nähe kam, zwei Hunde zu bellen. Schäferhunde, der Geifer triefte ihnen aus dem Maul. Sie waren angekettet. Roy warf einen Autoreifen in ihre Richtung und sie tobten noch wilder. Sogar aus dieser Entfernung von zig Metern sah er, dass sie sich fast erwürgten.

Hinter einem Berg Schrottautos stand ein alter, gelber Campingbus, offenbar aus dem Jahr null. Über und über voller Dellen und Rost. Als Roy näher kam, sah er Leben in dem Auto. Ein Mann mit langen Haaren und einem wilden Bart und eine Frau. Oder war das auch ein Mann mit langen Haaren? Roy trat näher, vorsichtig, halb versteckt hinter einem anderen Auto. Er erschrak, als vollkommen unerwartet die Tür des Campingautos aufging.

«Hau ab! Du ... du hast hier nichts zu suchen.» In der Türöffnung stand der Mann mit dem Bart, ein Gewehr unterm Arm. Oder war es nur ein Stock? Er trug ein langes Hemd, das einmal weiß gewesen war. Darunter staken magere, weiße Beine hervor.

«Verpiss dich! Hau ab!»

«Aber ich ...»

Der Mann brachte das Gewehr in Anschlag, zielte.

«Okay ... okay, ich bin schon weg.» Stolpernd machte sich Roy davon.

«Wo hast du denn gesteckt, verdammt?» Frank stand neben dem Auto und wartete auf ihn. Missmutig trat er seine Zigarette aus. «Hier ist kein Spielplatz.»

«Dort im Campingbus sind Leute, ein Mann mit einem Gewehr. Er sieht aus wie ein Gammler. Dieser Scheißkerl wollte mich zusammenschießen.»

«Selber schuld, du hättest hier beim Auto bleiben sollen. Dort hast du nichts zu suchen.»

«Was werden diese Leute ...»

«Die gehen uns nichts an», unterbrach ihn Frank.

Sie setzten sich wieder ins Auto. Roy machte eine Bierdose auf. Er hätte lieber etwas gegessen, aber sie hatten nichts dabei. «Wir hätten uns ein paar belegte Brote mitnehmen sollen.»

«Ja, in einer Brotdose», sagte Frank, «mit einem Gummi drum rum.»

«Ob Tony das weiß, das von dem Campingbus?»

«Vielleicht, aber das ist seine Sache.»

Roy hatte die Nase voll von Franks ewigem Gemecker. Nie war er zufrieden, immer hatte er was auszusetzen an dem, was er sagte. Aber Frank war sein Kumpel. So war es nun mal: Peng, peng, knallten sie gegeneinander. So war's schon früher gewesen, in der Schule, in der Handelsschule. Die Leute hatten immer gedacht, sie hätten Streit. Streit? Frank und er? Sie standen zusammen gegen den Rest der Welt und der Rest gegen sie, vor allem die Lehrer, diese Scheißkerle.

Nach gut einer Stunde fuhr ein Auto auf das Gelände, ein funkelnagelneuer weißer Mercedes, der sich von den Autowracks auffallend abhob.

Das sollte das Büro sein. Ein neuer Computer – Roy fragte sich, wo der geklaut worden war –, aber sonst nur ein Sauhaufen: Papiere, alte Zeitungen, mit Öl getränkte Lappen, Autoteile, ein paar schmierige Overalls, über einem Stuhl hingen ein paar Krawatten, neben einem alten Schreibtisch stand ein Papierkorb voller dreckiger Kaffeebecher. Auf einem Tisch lag ein Buch. *Geronnenes Blut* las Roy. Tony, der ein Buch las, das konnte er sich kaum vorstellen. Die Zahlen auf den Geldscheinen, viel weiter würde er wohl nicht kommen. Ja, und die Automarken natürlich.

Unter einem Stapel Papier zog Tony eine Kaffeemaschine hervor. «Was für ein Verhau! Kann hier nicht mal jemand aufräumen?» Er drehte sich um, als erwarte er von Roy oder Frank eine Antwort. «Kaffee?» Er zog die Nase hoch und spuckte einen Schleimfetzen in Richtung Papierkorb.

«Gern», sagte Frank.

«Solltest du das Auto nicht aufs Gelände fahren?»

«Klar.»

Frank verschwand nach draußen.

«Wer bist du gleich wieder?», fragte Tony.

«Roy.»

«Ein Kumpel von Frank?»

Was für eine blöde Frage. Sie waren ungefähr schon viermal hier gewesen. Aber Frank war es gewesen, der den Kontakt geknüpft hatte. «Ja, ein Kumpel von Frank.»

Tony starrte auf die Wand. Sein Mund bewegte sich kaum beim Sprechen. Er goss Wasser in die Kaffeemaschine und nahm den Kaffee. «Filter, wo sind die?»

Roy schaute sich der Form halber um.

«Jesus, was für ein Durcheinander ...» Tony sagte es, als wäre jemand anders dafür verantwortlich, als hätte er gestern nicht selbst alles so zurückgelassen. Schließlich fand er ein paar Filter in der Schreibtischschublade.

«Setz dich», sagte Tony und zeigte mit einer vagen Handbewegung auf ein paar Stühle.

Roy schaute durch das Fenster. Frank hatte den BMW gleich daneben geparkt und stieg aus. Roy wollte alles sehen, jeder Bewegung folgen, Schritt für Schritt. Später wollte er den Film zurückspulen, vielleicht neu abdrehen, in Zeitlupe möglicherweise. So ging das also. Das war das Leben, sein Leben, Schritt für Schritt. Sein Kopf war plötzlich verwirrt. Er hielt sich an der Fensterbank fest. Alles musste noch einmal passieren. Sie saßen im Auto und warteten, etwa fünfzig Meter von dem BMW entfernt. Frank wollte nie sofort anfangen, er wollte immer erst abwarten. Bier trinken, einen Joint rauchen, Zigaretten, manchmal eine Pille einschmeißen … Roy tastete nach seiner Packung Marlboro. Wahrscheinlich hatte er sie im Auto liegen lassen. Frank betrat das Büro.

Was Roy für einen Safe gehalten hatte, erwies sich als kleiner Kühlschrank. Tony holte Milch und Zucker heraus. Schweigend standen sie zusammen. Aus dem Papierkorb holte Tony drei schon benutzte Plastikbecher.

«Dort drüben sind Leute in einem Campingbus», sagte Roy.

«Und?», fragte Tony.

«Na ja, ich weiß nicht …»

«Wenn du es nicht weißt, warum sagst du es dann?» Offenbar konnte Tony nur scharf und mürrisch sprechen. Jedes Wort eine Waffe.

Tony goss Kaffee ein und deutete auf den Zucker und die Milch. Roy trank, der Kaffee schmeckte auffallend gut. Fehlte nur noch ein Stück Brot, um das verschwommene Gefühl zu vertreiben. Zwei Scheiben Brot oder drei.

«So», sagte Tony, «ein BMW. Sind in der letzten Zeit ein bisschen schwer abzusetzen.» Er drehte sich eine Zigarette. Als er sie angesteckt hatte, holte er ein Bündel Geldscheine aus seiner Hosentasche, nahm drei Scheine und gab sie Frank. «Drei Mille diesmal.» Den Rest der Scheine steckte er wieder in die Hosentasche, achtlos, als handle es sich um ein Taschentuch.

«Ja, aber …», sagte Frank.

Tony legte ihm die Hand auf den Arm. Es sah zwingend aus.

«Okay.»

Roy hatte noch immer das Geldbündel vor Augen. Wie viel war es? Dreißig, vierzig, fünfzig? Hier lag genug Werkzeug. Dort der Hammer, zum Beispiel. Ein kräftiger Hieb und Tony wäre bewusstlos.

«Noch einen Kaffee?», fragte Tony.

«Hör dir das an», sagte ihre Mutter. «Ist das nicht schrecklich?» Sie nahm die Zeitung und las vor: «‹Ein schwelender Nachbarschaftsstreit hat in Hallum dazu geführt, dass ein Baby von fünf Monaten auf einem Auge blind geworden ist. Die beiden Familien lebten schon gut ein Jahr in Unfrieden. Der Streit spitzte sich so zu, dass ein fünfundzwanzigjähriger Mann ein Fahrrad durch das Fenster der Nachbarn gegenüber warf. Hinter dem Fenster lag ein Baby in einem Laufgitter. Das Kind bekam Glasscherben ins Gesicht und in ein Auge. Es wurde operiert, aber es ist äußerst zweifelhaft, ob das Kind mit dem verwundeten Auge je sehen wird.› So ein Kind … ganz unschuldig, einfach ein Auge weg.» Sie schüttelte den Kopf und guckte die Zeitung nach weiteren schrecklichen Berichten durch. Unglücksfälle las sie immer laut vor.

Manon hatte sich *Gute Zeiten, schlechte Zeiten* angeschaut. Jessica hatte sich wieder ganz schön Schwierigkeiten auf den Hals geladen, aber dieser Ludo war ja auch völlig unzuverlässig, dass sie das nicht eher gemerkt hatte! All die anderen Frauen, auf die er ein Auge hatte, Jeanine zum Beispiel. Und wie sollte es mit Kim weitergehen?

Ihr Vater las die *Metzgerwelt*. «Was für ein Blödsinn», sagte er. «‹Metzger kaufen Kalbfleisch in großen Teilen. Vom Fachmann kann man erwarten, dass er kreativ mit diesen technischen Teilen umgeht und das Fleisch richtig verwertet. Das Problem ist oft, dass man nur einige Sorten Kalbfleisch in der Auslage hat, zum Beispiel Schnitzel oder Kotelett, und dass man wenig dafür tut in den Läden. Dies wiederum kann dazu führen, dass man wenig Kalbfleisch verkauft und damit aufhört. Als Entschuldigung wird dann angegeben, dass der Verbraucher kein Kalbfleisch will.›» Ihr Vater setzte die Lesebrille ab und schaute sie an. «Sie drehen die Sache einfach um. Wir haben viel Schweinefleisch, weil die Kunden das wollen. So ist es doch, oder? Nicht nur Koteletts, sondern auch Halsgrat und Schulter. Das kann ich verkaufen. Glauben die etwa, dass die Leute Kalbfleisch kaufen, wenn ich unsere Auslage damit voll stopfe? Hör doch auf. Was hältst du davon?»

Manon zuckte mit den Schultern. Sie verstand, was gemeint war. Man musste die Leute auf eine Idee bringen, man musste ihnen Möglichkeiten zeigen, sonst hielten sie an dem fest, woran sie gewöhnt waren. Neue Möglichkeiten, ja, darum ging es, aber das würde ihr Vater nie begreifen. So wie er nie etwas begriff, nie etwas begriffen hatte und nie etwas begreifen würde. Und sie steckte mittendrin, jeden Tag von neuem.

Ihr Vater hatte die Augen geschlossen. Die *Metzgerwelt* rutschte von seinem Schoß. Manon sah alles. Die Oberlippe ihres Vaters rundete sich immer, wenn er ausatmete. Beim Einatmen gab er ein schnaufendes Geräusch von sich. Sie schaute zu ihrer Mutter hinüber, die beim Lesen die Lippen bewegte.

Manon blätterte das *Weekend* durch. Bekannte Gesichter, bekannte Geschichten. «Sie verdienen ein Vermögen an ihrem eigenen Kummer», las sie. «Während die Niederländer massenhaft zu den Plattenläden strömten, um *Die Wahrheit* zu kaufen, weinte Marco bittere Tränen, weil seine schöne blonde Freundin auszog. Aber sie konnte nicht länger mit einem Mann leben, der so sehr in seiner Karriere aufging. Als würde diese knallharte Wahrheit Marcos Leben nicht schon genug durcheinander bringen, stellte sich heraus, dass seine Schwester ein Kind vom Lebensgefährten von Gerard Joling erwartete.» So viel Unglück, aber ein schönes Unglück. Ein Kind, und zwar vom Freund von Gerard Joling. Wird der nun Onkel Gerard?

Manon holte sich ein Glas Cola aus der Küche. Nach einem ganzen Tag im Laden stand sie noch immer ein bisschen wacklig auf den Beinen. Es schien nicht wirklich besser zu werden. Ihre Mutter las einen Bericht über einen Geisterfahrer. Fünf Tote. Sie nahm die Lesebrille ab und schüttelte den Kopf. Fünf Tote. Stell dir vor, das passierte einem selbst. Angenommen, das eigene Kind wäre dabei. Was tun sich die Menschen doch alles an? Jetzt war gleich Rolf an der Reihe, das wusste Manon. In solchen Momenten tauchte Rolf immer auf. Schon allein darum hasste sie ihn. Natürlich durfte das nicht sein. Niemand wusste, was passiert war. Die Sache war nie aufgeklärt worden. Ihre Mutter las weiter vor. Auf der A 1 zwischen Apeldoorn und Amersfoort. Nebelbänke. Manon konnte es vor sich sehen. Ein Auto, das vor einem auftauchte, wie aus dem Nichts, die Lichter, die Unmöglichkeit, auszuweichen, ein Mann, der plötzlich vor einem stand. Man konnte nicht mehr zurück, niemand war da, um zu helfen. Auch sie hatte mit niemandem darüber gesprochen, nicht einmal mit Leonie oder Natascha. Der Einzige, der es wusste, war dieser Junge, dieser Roy.

«Noch einen Kaffee, Kees?»

Ihr Vater schreckte hoch.

Manon lief hinaus auf den Flur. «Ich geh noch mal kurz weg.»

«Was hast du vor?», rief ihre Mutter aus der Küche.

«Scheiß dir ins Ohr», flüsterte Manon.

4

Frank sagte etwas, aber Roy verstand es nicht.
«Was?»
«Trinken wir noch eins.»
Frank bedeutete dem Mädchen hinter der Bar mit einer Handbewegung, dass sie noch zwei Bier wollten. Genau wie die anderen Mädchen, die hier arbeiteten, trug sie eine enge Bluse mit einem Ausschnitt, der ziemlich viel von ihren Brüsten zeigte. Kanjers hieß das Lokal. Es war erst vor ein paar Monaten eröffnet worden und hier arbeiteten nur Frauen mit Mordsdingern. Sie trugen superkurze Röcke und Schuhe mit wahnsinnig hohen Absätzen. Für einen Spaß waren sie immer zu haben. Wenn man einen Zehner auf den Boden fallen ließ, bückten sie sich, um ihn aufzuheben. Den durften sie dann behalten. Roy hatte schon ein paar Zehner dafür ausgegeben. Warum, wusste er selbst nicht. Tatsächlich sah man am Strand viel mehr solche Frauen und dort kostete es keinen Cent. Es war nur die Idee, sonst nichts. Sah man sie von hinten, wenn sie sich bückten, konnte man den schmalen, weißen Stoffstreifen in ihren Poritzen sehen, sah man sie von vorn, den tiefen Spalt zwischen ihren Titten.

Das Mädchen stellte die zwei Gläser Bier vor sie hin.

«Willst du auch was trinken?»

Sie nahm einen Buxom Lady, den Spezialcocktail des Lokals.

«Limonade?», fragte Frank.

«Eine besondere Limonade», sagte sie lachend und zeigte eine Reihe weißer Zähne.

«Was für Titten», sagte Frank zu Roy. «Zwischen die würde ich gern mal meinen Kopf legen.»

«Da könntest du glatt ersticken.» Roy schnaufte, als bekomme er keine Luft mehr, und ließ sich fast vom Barhocker fallen.

Frank erzählte einen Witz von einer Frau mit einem enormen Busen, aber die Pointe ging in der lauten Musik unter. Roy lachte ein bisschen mit.

«Sollen wir noch ins Bahama gehen?», fragte Roy.

«Warum? Schönere als hier siehst du nirgends.»

«Einfach zur Abwechslung.»

«Okay.»

Einerseits war Samstagabend der Abend zum Ausgehen, aber andererseits war sie immer todmüde. Es war, als müsse sie sich selbst aufheben, vorwärts ziehen, stützen. Vielleicht war dies das Schlimmste an der Arbeit in der Metzgerei, dass sie am Samstagabend ganz erschöpft war und am liebsten mit einer Cola und einer Tüte Chips vor dem Fernseher rumgehangen hätte. Doch das tat sie natürlich nicht. Das konnte sie immer noch tun, wenn sie so alt war wie ihre Mutter. Wenn sie einen Mann und Kinder hatte. Das Bild tauchte kurz vor ihrem inneren Auge auf.

Rosita, Leonie, Natascha und Anouk waren auch da. Natascha war beim Friseur gewesen. Sie hatte sich blond färben lassen. Ein ganzer Wust wilder, blonder Locken auf ihrem Kopf, die mittanzten, wenn sie sich zur Musik bewegte. Manon überlegte, dass sie das auch gerne mal tun würde. Ihre eigenen langen Haare kamen ihr nun langweilig und farblos vor.

«Ich bin nur noch ein Trümmerhaufen meiner Gefühle für dich», sang Marco Borsato. «Was jetzt nur noch eine Ruine ist, war mal ein großer, schöner Bau. Und selbst die Fundamente von dem, was hier mal stand, sind nach dem schönen Frühling nur noch ein paar Fragmente.»

«Weißt du, dass ihm die Freundin abgehauen ist?», rief Manon in Leonies Ohr.

Leonie nickte. «Verstehst du das? So ein toller Typ ...»

«Vielleicht ist er fremdgegangen, hatte eine andere.»

«Marco? Das glaube ich nicht.»

«Du glaubst die Dinge nur, wenn du sie selbst siehst.»

«Auch dann noch nicht!»

Manon ging zum Klo, um ihr Make-up aufzufrischen. Es war sehr voll.

Als sie ins Lokal zurückkam, unterhielten sich Anouk und Rosita mit zwei Jungen: Frank und Roy. Sie hatte Roy schon erkannt, als sie nur seinen Hinterkopf gesehen hatte. Ihre Kehle wurde strohtrocken. Sie blinzelte. Ihre Hand fand zum Glück ihr Glas und sie trank, wobei sie sich fast verschluckte. Würde er etwas über den Vorfall von vor zwei Wochen sagen? Dann wussten es die anderen sofort und würden ihr Vorwürfe machen, weil sie es verschwiegen hatte. Geheimnistuerisch, hinterlistig. So etwas erzählte man seinen Freundinnen doch, oder etwa nicht? Wofür hatte man sonst Freundinnen? Aber weil sie es nicht sofort erzählt hatte, war es später nicht mehr gegangen. Je länger sie die Sache verschwieg, umso schwieriger wurde es, sie auszusprechen.

Roy schien sie nicht zu bemerken. Er sagte etwas zu Natascha, die ihn offenbar nicht verstand. Er beugte sich zu ihr, sein Gesicht berührte die üppigen Locken. Natascha lachte und Manon fühlte buchstäblich einen Stich von Eifersucht, so wie früher das heftige Seitenstechen beim Sportunterricht in der Schule. Damals mussten sie Runden laufen. Sie versuchte sich daran zu erinnern, alles wieder vor sich zu sehen, um die Bilder von hier, vom Lokal, zu verdrängen, aber es gelang ihr nicht. Noch immer hatte Roy sie nicht bemerkt. Natascha hing nun fast über ihm, machte Witze, kicherte. Diese blöde Gans. Sah aus, als wollte sie mit ihm eine Nummer schieben, schrecklich ordinär. Na ja, so machte sie es immer, und ziemlich viele Jungs fielen auf sie rein.

Plötzlich bemerkte Roy sie. Sie sah seine Augen aufleuchten, sein Lächeln, das alles durchdrang und alles gut machen konnte. Das wusste sie sofort, als sie ihn sah, als wäre es etwas, was sie immer gewusst hatte, noch bevor sie ihn kennen gelernt hatte. Er ließ Natascha stehen, als wäre sie ein Barhocker, und ging auf Manon zu.

Es war mal wieder so weit. Ihre Mutter hatte nichts getan; keinen Tee gekocht, das Brot stand nicht auf dem Tisch, kein Brotbelag, nichts. Mit leeren Augen starrte sie vor sich hin, zwischen den Fingern eine Zigarette, die verglühte, ohne dass sie daran zog. Manon schaute zu, wie die Glut immer näher an ihre Haut kam. Würde sie es spüren? Und dann, würde sie schreien? Würde sie weinen?

Ihr Vater schien nichts zu merken. Nachdem Manon alles auf den Tisch gestellt hatte, machte er sich zwei Butterbrote mit Speck, goss sich einen Tee ein und begann zu essen.

«Rolf», schluchzte ihre Mutter. «Warum?» Aber es war klar, dass sie keine Antwort erwartete.

Ihr Vater reagierte nicht. Manon schien es auch besser, nichts zu sagen. Mühsam würgte sie ein Butterbrot mit Erdbeermarmelade hinunter.

«Au!» Ihre Mutter warf die brennende Kippe weg.

Manon betrachtete die Reste der Zigarette auf dem Linoleum des Küchenbodens. Niemand unternahm etwas. Endlich stand ihr Vater auf – obwohl er kein Geräusch von sich gab, schien er zu knirschen wie eine Maschine, die nur schwer in Gang kommt –, nahm die Kippe und warf sie in den Mülleimer.

«Wir müssen langsam anfangen», sagte er. «Kommst du auch, Manon?»

Sie schloss einen Moment die Augen. «Ich komme gleich, Pa.»

Montagmorgen, konnte es noch schlimmer sein? Alles wieder einräumen, schneiden, herrichten. Schrecklich. Wie lange ging es noch so weiter? Sie musste sich auf den Samstagabend konzentrieren, auf Samstagnacht. Das würde helfen. Roy. Ob sie ihn noch mal sehen würde? Natürlich. Er hatte nicht versucht, sich mit ihr zu verabreden. Sie auch nicht. So etwas tat man nicht. Das wirkte gierig. Oder hatte er nach diesem einen Mal schon genug von ihr? War alles nur Schein gewesen, ein Theaterstück, dass sie zu zweit aufgeführt hatten, eine Szene aus *Gute Zeiten, schlechte Zeiten*: Man selbst dachte, alles wäre okay, aber die Zuschauer wussten mehr.

Sie goss sich noch einen Tee ein. «Du auch, Mam?»

Fast unmerklich schüttelte ihre Mutter den Kopf.

Sie waren noch ungefähr eine Stunde im Bahama Bay geblieben, zusammen mit den anderen, in einer großen Gruppe, zugleich aber auch getrennt. Sie hatte sogar eine Weile ihre Stimme verloren, als er sie ansprach. «Geht's wieder ein bisschen?», hatte er gefragt. Sie hatte genickt. «Du bist also drüber weg? Ich stell's mir schrecklich vor, wenn einem plötzlich so ein ekliger Kerl nachläuft.» Er sprach gerade so laut, dass sie ihn verstehen konnte, die anderen aber nicht. «He, was munkelt ihr da?», rief Natascha. «Doch keine Verabredungen, oder?» Manon wusste, dass sie schrecklich rot wurde, aber das konnte bei dem rötlichen Licht der nicht allzu hellen Beleuchtung niemand sehen.

Ihre Mutter stand auf, ging zum Spülbecken und drehte den Hahn auf. Sie stand da und starrte in das fließende Wasser, als könne es ihr die Lösung des Rätsels bieten. Wie oft hatte sie ihrer Mutter schon gesagt, dass sie nichts dafür konnte, dass es nicht ihre Schuld war, aber es nützte nichts. Es war wieder mal ein Morgen, an dem alles hochkam. Manon wusste es schon: Heute Abend würde das Essen nicht fertig sein. Ihre Mutter würde im Bett liegen, die Decke bis über den Kopf gezogen. Mit ein bisschen Glück wäre morgen nichts mehr zu merken. Dann war alles vorbei und Rolf spukte nicht mehr im Kopf ihrer Mutter herum.

Ihr eigener Kopf, was spukte nicht alles in ihm herum? Roy hatte alles Mögliche erzählt, von seinem letzten Urlaub auf den Kanarischen Inseln. Dort war er noch im Januar gewesen. Abenteuer mit einem Geländewagen. Er verstand viel von Autos, das hatte sie schnell kapiert. Ein früherer Urlaub. Was hatte er damals gemacht? Ach ja, etwas mit einem Fallschirm von einem Berg herunter und dann musste einen der Wind weitertreiben. Sogar jetzt noch stieg die Angst in ihr hoch, als sie an die Hunderte von Metern dachte, die er hätte hinunterstürzen können, ein Sturz in eine Felsspalte, ein Fallschirm, der zerriss. Im Lokal hatte sie ihn gefragt, ob ihm das nicht unheimlich gewesen sei. Er hatte gelacht, wie sie ihn auf ewig lachen sehen wollte. «Unheimlich? Nein, spannend.»

Sie stellte ihren Teller und die Tasse in die Spüle und wusch sich die Hände. «Ich gehe in den Laden», sagte sie.

Ihre Mutter blieb sitzen, ohne ein Wort zu sagen, und starrte vor sich hin. Sie steckte sich eine Zigarette an. Manon blieb einen Moment lang neben ihr stehen. Es gab nichts, was sie tun konnte. Alles war schon einmal gesagt worden. Nein, nicht einmal, sondern hundertmal. Es war alt, vorbei, Vergangenheit. Wie mit Roy alles neu war, alles anders als vorher. Vielleicht würde sie in ein paar Monaten schon nicht mehr hier wohnen, nicht mehr in der Metzgerei stehen, dann war sie auf einen Schlag von allem erlöst. Nein, jetzt ging sie zu weit. Sie hatten sich noch nicht einmal fürs nächste Mal verabredet. Verschwommen nahm sie die Stimme ihres Vaters wahr und ging in die Metzgerei.

«Wo bist du denn geblieben?»

Sie reagierte nicht.

«Machst du erst die Fleischwaren oder die Salate?»

«Welche Salate?»

«Hier, schau doch, Curryhuhn, Sellerie, Wurst, Schinken …»

Sie machte sich an die Arbeit. Wie lange noch? Wer würde es für sie übernehmen? Es war fast unmöglich, ihre Phantasievorstellungen zu unterdrücken. Sie sprangen sie an und überwältigten sie. Angenommen, dass er heute hier in den Laden kam. Einfach so, nachmittags zum Beispiel. Sie stellte ihn sich in dem jetzt noch leeren Laden vor.

«Beeil dich gefälligst. In einer Viertelstunde machen wir auf.»

Die Schneidemaschine arbeitete unaufhörlich. Hundert Gramm Schinken, noch einmal hundert Gramm Schinken, das ging ewig so weiter. Ihre rechte Hand ging rhythmisch auf und ab, mit der linken packte sie jeweils hundert Gramm Schinken. Wieder sah sie Roy vor sich, roch seinen Geruch, fühlte seine Hände, so dass sich eine warme Glut von ihrem Unterleib im Rest ihres Körpers ausbreitete. Er war so vorsichtig gewesen, so lieb. Das hatte sie noch nie erlebt. «Was willst du?», hatte er sie gefragt, als sie vor dem Bahama gestanden hatten. «Was du willst.» Ohne etwas zu sagen, hatte er sie zu seinem Auto geführt. Sie waren zu einem alten Häuserblock irgendwo im Osten gefahren. «Hier wohne ich», hatte er gesagt. «Es ist kein Schloss, aber man kann's aushalten.»

In dem kleinen Hinterzimmer stand ein Doppelbett. Darauf hatten sie gelegen und geschmust. Stundenlang. Er hatte eine kleine Tätowierung auf der rechten Pobacke. Oder war es auf der linken? Nein, auf der rechten. Ein Tiger. Sie hatte einen Kuss auf die Stelle gedrückt, einen Kuss, den sie jetzt noch auf ihren Lippen fühlte. Danach hatte sie in seinen Armen gelegen, hatte auf seinen Atem gelauscht, auf die Geräusche des Verkehrs und der Nachbarn. Irgendwo wurde geschrien, danach meinte sie jemanden weinen zu hören. Eine Frau? Oder ein Kind?

Roy hatte alles mit ihr getan, von dem sie eine verschwommene Vorstellung gehabt hatte. Sie wusste, dass es solche Dinge gab, dass es möglich war, aber sie hatte noch nie etwas erlebt, was dem auch nur ähnlich gewesen wäre. Als es vier Uhr war, hatte sie gesagt, dass sie nach Hause müsse. Es hörte sich schrecklich kindisch an, aber es war eben so. Das kleine Mädchen, das rechtzeitig zu Hause sein musste, damit Papi nicht böse wurde. Roy hatte gelacht. Wenn sie nun daran dachte, spürte sie wieder einen leichten Schmerz. «Ja, wirklich, ich muss nach Hause. Sonst macht sich meine Mutter Sorgen, wenn ich morgen früh, oder besser, heute früh nicht da bin.» Roy wusste natürlich nichts von Rolf. Roy und Rolf, zwei Namen, die sich so ähnlich waren, konnte das ein Zufall sein? Er hatte sie nach Hause gebracht. Eine letzte, heftige Umarmung im Auto. Sie hatte ihm nachgeschaut, als er weggefahren war. Dreimal hatte er gehupt.

«Du brauchst nicht für die ganze Woche Schinken zu schneiden.»

5 *Das vordere Auto* fuhr mit quietschenden Reifen in die Kurve. Dahinter kam das Auto der Verfolger. Ein Mann wollte mit einem Gemüsewagen die Straße überqueren, pfeifend, sich der drohenden Gefahr nicht bewusst. Eine Sekunde später sah er es, versuchte noch zurückzulaufen, aber es war zu spät. Der Gemüsewagen wurde kaputtgefahren, der Mann durch die Luft geschleudert. Eine Frau (seine Frau?) stand am Straßenrand, mit großen Augen, die Hand auf den Mund gepresst. Die Tomaten und Melonen rollten in die Gosse. Weinend sank die Frau in die Knie. Das erste Auto hatte einen ordentlichen Vorsprung, aber das zweite kam immer näher, noch ein paar Gemüsereste auf der Motorhaube, eine Tomate auf der Antenne aufgespießt. Eine verkehrsreiche Kreuzung, das sah man schon von weitem. Das erste Auto hupte. Ein paar Autos stoppten, andere fuhren weiter. Verwirrung. Quietschende Bremsen, Zusammenstöße, ein Körper, der wie mit einem Katapult aus einem Auto geschossen wurde. Wie ein Akrobat bei einer Zirkusnummer sah es aus. Danach war das erste Auto wieder im Bild, das von den Männern, die zu fliehen versuchten. Es ging um Millionen von Dollars. Sie kannten die Stelle, an der die Kiste mit dem Geld in einen See versenkt worden war. Dahinter kamen die Mitglieder einer anderen Bande, die glaubten, ein Recht auf das Geld zu haben. Es war ihr Geld, ihr Deal.

Die Flüchtenden konnten einem entgegenkommenden Fahrzeug im letzten Moment ausweichen. Manon kniff in Roys Hand. Die Verfolger versuchten, um zwei zusammengestoßene Autos herumzufahren, wurden aber von hinten getroffen. Die Motorhaube klappte hoch. Zischende Dampfwolken stiegen aus dem Motor auf. Im Auto griff ein Mann nach seinem Handy.

Die Flüchtenden fuhren über einen Feldweg. Von den Verfolgern war nichts mehr zu sehen. Die beiden Männer im Auto lachten und steckten sich eine Zigarette an.

Irgendwo weiter weg wurde ein Lastwagen quer auf den Feldweg gestellt, genau nach einer Kurve, die wegen der Ruine eines alten Hauses nicht zu sehen war. Die vier Insassen stiegen aus. Die Flüchtenden waren sich noch keiner Gefahr bewusst. Sie machten Witze und rissen eine Dose Bier auf. Jedes zweite Wort war «fuck» oder «fuckin'». In der folgenden Szene brachten die Männer aus dem Lastwagen Pistolen und ein Gewehr zum Vorschein und versteckten sich hinter ein paar Sträuchern im Straßengraben. Die Flüchtenden näherten sich der Stelle. Wieder machten sie Witze über ihre fuckin' Verfolger. Roy lachte. Zugleich kamen sie dem Lastwagen immer näher. Endlich waren sie bei der Kurve. Bremsen quietschten, Metall krachte auf Metall. Die beiden Männer saßen halb betäubt hinter ihren Airbags. «Shit ... fuckin' shit», lispelte einer von ihnen, während Blut aus seinem Mundwinkel tropfte. Die anderen Männer standen schon neben dem Auto und zogen die beiden heraus. Einer hatte offenbar etwas gebrochen. Er schrie, als er grob über den Boden gezerrt wurde.

Die Männer, die wussten, wo das Geld war, bekamen eine Pistole an die Schläfen gesetzt. Ob sie es jetzt sagen würden. Sie schüttelten die Köpfe.

«I'll blow your head off.»

«You'll do that anyway.»

Einer der Männer vom Lastwagen nahm ein Messer und hielt es an den Kopf des Mannes mit dem gebrochenen Bein. Er packte ein Ohr und drohte, es abzuschneiden, wenn er nicht sofort sagen würde, wo das Geld war. Der

Mann schüttelte den Kopf. Manon machte die Augen zu, spähte aber ab und zu zwischen den Wimpern hindurch. Ganz verschwommen sah sie, wie dem Mann das Ohr abgeschnitten wurde, sie hörte seinen Schrei, sah das Blut, das über sein Gesicht strömte, als wäre ein Brunnen angebohrt worden. Mit der ganzen Kraft, die in ihr war, drückte sie ihre Nägel in Roys Arm.

Der Tag stand still. Schon ein paar Mal hatte sie ihre Uhr kontrolliert, aber sie tickte, sie ging, wenn auch viel zu langsam. Diese Art Filme wie der von gestern Abend hielt sie eigentlich nicht aus. Roy lachte darüber. «Ich fand ihn witzig», hatte er gesagt, als er vorbei war. «Spannend.» Nur mit Roy zusammen hatte sie den Film anschauen können. Er war nicht böse geworden über die Wunden in seinem Arm. «Als hättest du deine Zähne reingeschlagen», sagte er, «ein Vampir, der mich aber nicht in den Hals gebissen hat.» Nach dem Film waren sie noch ins Bahama Bay gegangen. Ein paar von den anderen waren auch da, Natascha und Anouk. Waren sie neidisch? Klar, stinkneidisch, das sah man an der Art, wie sie guckten, vor allem Natascha, besonders, als sie den prächtigen goldenen Anhänger sah, den sie von Roy bekommen hatte. Trotzdem waren sie fröhlich, sie lachten und machten Witze. Roy erzählte Frank von dem Film. Er packte Franks Ohr, hielt ein imaginäres Messer in seiner anderen Hand und tat, als schneide er ihm das Ohr ab. Frank und Roy lachten. Danach gingen sie in eine Ecke neben der Bar und führten ein Gespräch. Manon schaute zu Roy hin. Frank versuchte ihn von irgendetwas zu überzeugen, aber Roy schüttelte den Kopf. Was war los?

Plötzlich wurde ihr klar, dass sie Fleisch schnitt, um es gleich in die Hackfleischmaschine zu schieben, ohne aufzupassen, was sie tat. So passierten Unfälle. Ihr Vater schnitt sich nie. Aber vor ein paar Wochen, als er sich in der Mittagspause einen Apfel schälen wollte, hatte er sich in den Fingern geschnitten. Es blutete stark.

Blut ... das Ohr. Die Männer mit dem Geld. Alle Bilder standen ihr wieder vor Augen.

Ein Mann kam in den Laden und verlangte zwei Steaks.

«Darf's sonst noch was sein?»

«Nein, nur zwei Steaks.» Der Mann schaute neugierig zu, wie ihr Vater die Steaks abschnitt. «Ich esse sie roh», sagte er. «Das haben meine Vorfahren auch getan, das waren noch richtige Naturburschen.»

«Zwei schöne Steaks», sagte ihr Vater und legte sie auf die Waage.

«Das macht sechs Gulden achtzig», sagte Manon.

«Deshalb habe ich auch so scharfe Zähne», sagte der Mann, der ansonsten ziemlich normal aussah. Vielleicht arbeitete er in einem Büro oder als Verkäufer in einem Bekleidungsgeschäft. Er entblößte sein Gebiss und deutete auf die Eckzähne. «Hier, seht ihr's? Scharfe Eckzähne. Habe ich von meinen Vorvätern geerbt ... genetisch bedingt.» Er legte einen Zehner auf die Theke.

«Bitte, das sind sieben und drei ist zehn.»

«Ich esse sie roh», sagte er noch einmal.

Ihr Vater legte das Fleisch zurück in die Vitrine. «Guten Appetit.»

«Weißt du, wenn du dich auf deine eigene Hand setzt, ja, so ...» Frank machte es vor. «Und dann so lange sitzen bleibst, bis sie ganz gefühllos ist. Wenn du sie dann wegziehst, ist es, als täte das ein anderer.»

Roy lachte. «Muss wohl so sein, denn ich tu's nicht für dich.»

«Werden wir vorwitzig?» Frank schlug ihm auf die Schulter.

«He, Mann, pass ein bisschen auf!»

«O Gott, hat Roy ein Wehwehchen? Wird Roy weinen?» Frank sprach, wie man zu einem Baby spricht. «Still, ganz ruhig, komm zu Papi.» Grob, eine Hand um seinen Hals, zog Frank ihn zu sich.

Roy riss sich los. «Hör auf mit dem Blödsinn!»

Sie warteten schon wieder gut eine Stunde und Frank wurde immer alberner. Es war eine stille Gegend, kein Mensch war zu sehen. Alle schliefen. Ruhig und ordentlich, so waren die Leute hier. Roy konnte sie sich vorstellen. Familien mit zwei Kindern. Das Mädchen nahm Ballettstunden, der Junge spielte Hockey. Früher hatte er hier manchmal Zeitungen ausgeteilt. An Neujahr bekam man fast nichts, denn sie waren alle weg, beim Wintersport. Die Jungen hießen Jan-Jaap oder hatten andere blöde Namen. Als er noch in der Grundschule war, hatten sie manchmal miteinander gerauft, die Clique aus seinem Viertel, dem Blumenviertel, und die Jungen, die hier wohnten. Wie waren die Kerlchen erschrocken, als sie einmal ein paar Knüppel zum Vorschein gebracht hatten. «Das ist nicht fair!», hatte so ein Jan-Jaap geschrien. «Und dass ihr in solchen Riesenhäusern wohnt, ist das etwa fair?», antwortete einer von ihnen. Wer war das gewesen? Ach ja, Dennis, der hatte immer eine gute Antwort parat. In der Schule auch. Deshalb war er natürlich rausgeschmissen worden. Die Lehrer waren einfach nicht gegen ihn angekommen. Vor ein paar Monaten war Roy wieder auf ihn gestoßen, in der Zeitung, als Abkürzung: Der 21-jährige D. van S. Er hatte es schon früher von einem Nachbarsjungen erfahren. Geschnappt, und nicht zum ersten Mal.

Roy drehte sich einen Joint, nahm ein paar Züge und gab ihn Frank weiter. «Wie lange warten wir noch?»

«*Take it easy.*»

«Ich frage ja nur. Gib zurück.»

Frank nahm einen Zug, der kein Ende zu nehmen schien, dann hielt er Roy den Joint wieder hin. «Okay, wir fangen an.»

Der Mercedes stand auf der Einfahrt vor einer Garage. Gestern Nacht hatten sie den Deckel des Benzintanks abgerissen und mitgenommen, und heute war Roy damit zum Schlüsseldienst gegangen. Schlüssel verloren, ob sie so einen machen könnten. Sie schauten einen zwar an, als ob sie einem nicht ganz trauten, am Schluss rückten sie aber doch mit einem Schlüssel heraus. Er hatte nie verstanden, dass diese Trottel bei Mercedes ein Auto gemacht hatten, bei dem ein Schlüssel zu allen Schlössern passt. Das hieß, dass sie mit dem Schlüssel, den er vom Schlüsseldienst geholt hatte, die Tür aufmachen und das Auto starten konnten. Bequem war er schon, dieser eine Schlüssel, vor allem, wenn man ein Auto klauen wollte. Erst schalteten sie die Alarmanlage aus. Im Auto war ein Lenkradschloss, das sie mit ein paar Hammerschlägen wegschlugen.

Roy saß am Steuer des Mercedes und fuhr ungefähr fünfzig Meter hinter Frank, der ordentlich aufs Gas drückte. Er selbst hielt sich ein bisschen zurück. Manchmal war Frank wirklich verrückt. Erst vorsichtig tun und dann mit fast hundert durch eine ruhige Wohngegend rasen. Auf dem Armaturenbrett des Mercedes klebten drei gerahmte Passfotos, eine Frau und zwei blonde Mädchen von etwa zehn Jahren, mit großen Schleifen in den Haaren. Die Frau war schön, sehr schön. Wie ein verkleinertes Foto aus einem Modeblatt. Vor ein paar Monaten hatte er eines Morgens eine solche Frau auf der Terrasse vom Velours, dem großen Café im Zentrum, getroffen. Ungefähr vierzig, aber eine Wucht. Sie hatte ihn angelächelt und so ungeschickt mit einer Zigarette herumgefummelt, bis er aufgestanden war und ihr Feuer angeboten hatte. Dann fragte sie, ob sie ihn zu etwas einladen dürfe. «Kommt drauf an, was», hatte er gesagt. «Vorläufig nur einen Schnaps.» Keine Stunde später lag er mit ihr im Bett, im elegantesten Haus, das er je betreten hatte. Und sie war gut gewesen im Bett, hol's der Geier, wie gut sie gewesen war. Er hatte sie nie mehr gesehen. Vergeblich war er ein paar Mal an ihrem Haus vorbeigefahren. An einem Nachmittag hatte er einen Kerl mit silbergrauem Haar das Haus betreten sehen. Ihr Mann? Wusste er davon? Vermutlich nicht, er durfte wahrscheinlich nichts davon erfahren. Und wenn er selbst nun zu dieser Frau sagen würde, dass sie was rausrücken müsste, weil ihr Mann es sonst erfahren würde? Einfach ein bisschen drohen. Würde sie dann bezahlen? Sie hatte schließlich genug. Aber das war ihm zu link. Angenommen, sie ging zur Polizei. Sie hatte einen routinierten Eindruck gemacht. Er war wohl nicht der erste Junge, den sie aufgerissen hatte.

Auf dem Deich außerhalb der Stadt sah er Franks rostigen Sierra wieder. Die Straße hier war schlecht, überall Schlaglöcher, Buckel und aufgerissener Asphalt. Autos, die ohnehin zum Schrottplatz fuhren, brauchten keinen guten Straßenbelag mehr. Die Schrotthändler, das waren doch nur Scheißkerle. Peng! Fast knallte er mit dem Kopf an das Autodach. Zum Glück hatte das Ding eine gute Federung.

Es wurde langsam hell, als sie den Eingang des Schrottplatzes erreichten. Roy stieg zu Frank ins Auto.

«Willst du eine Pille?», fragte Frank.

Roy schüttelte den Kopf. Erst Bier, dann ein Joint und jetzt noch eine Pille, das wurde ihm zu viel. Frank schluckte eine mit etwas Bier.

«Warten», sagte Roy, «immer diese verdammte Warterei.»

«Andere verdienen ihr Geld mit Arbeiten. Das ist erst beschissen, da wartet man doch lieber, das macht nicht müde.»

«Warum lässt sich dieser Tony so viel Zeit? Er weiß doch, dass wir kommen.»

«Das weiß er nicht, wenigstens nicht sicher.»

Roy stieg aus dem Auto.

«Du willst doch nicht wieder Schwierigkeiten machen?»

«Ich und Schwierigkeiten machen? Ich wüsste nicht, wie.»

«Denk dran, sonst kriegen wir Ärger mit Tony.»

«Wär ja toll.» Roy schlug die Tür zu.

6 *Der Radiowecker* zeigte fünf vor halb sechs. Sie fühlte sich auf einen Schlag hellwach. Sie hatte nichts mehr zu suchen im Bett, aber warum sollte sie es verlassen? Unten im Zimmer sitzen und im *Weekend* blättern? Artikel über Katja Schuurman, Willeke Alberti und André Hazes mit seinem aufgeblasenen Kindergesicht lesen? Über Vanessa und das Liebesbaby von Linda de Mol? Oder wollte die gar kein Kind? Verrückt, dass sie das früher alles gelesen hatte, am liebsten in drei verschiedenen Blättern, aber seit sie Roy kannte, interessierte es sie nicht mehr. Und Sylvia in *Gute Zeiten, schlechte Zeiten*, es war alles unecht geworden, blöde Phantasien, sogar dieser Krebs. Angeblich waren ihr die Haare ausgefallen, aber man sah die Stoppeln auf ihrem Kopf. Sie war einfach kahl geschoren worden und sie hatten nicht rechtzeitig nachgeschoren. Was für ein Blödsinn. Es ging um wirkliche Dinge, das wusste sie jetzt. Sie nahm die neue Uhr vom Tisch. Der Rand war mit Diamanten besetzt. Verliebt betrachtete sie das Schmuckstück.

Sie trank einen Schluck Wasser. Seit sie die Uhr von ihm bekommen hatte, vor zwei Tagen, hatte sie Roy nicht mehr gesehen. Er hatte gesagt, er habe viel zu tun, ein unerwarteter Job, eine dringende Sache, mit der viel Geld zu verdienen sei. Und dabei lachte er, so dass sie das Thema fallen ließ. Erst zehn Minuten später hatte sie ihn gefragt, was für eine Arbeit das sei, denn er hatte noch nie etwas darüber erzählt. «Gebrauchte Autos ... Handel mit gebrauchten Autos.» Und wieder lachte er, als erzähle er einen Witz. Er verdiente jedenfalls viel Geld damit, hatte immer ein Päckchen Hunderter in der Hosentasche, das er zum Bezahlen nachlässig herauszog.

Sie drehte sich auf die andere Seite. Im Haus war es still. Auch von den Nachbarn war nichts zu hören. In Roys Haus war das ganz anders. Vor drei Tagen war sie noch bei ihm gewesen. Dort war es nie ganz ruhig. Mitten in der Nacht hatte sie dieses seltsame Geräusch gehört, das wie Weinen klang. «Hörst du das auch?», hatte sie Roy gefragt. «Was?» – «Dieses Weinen, jedenfalls glaube ich, dass es Weinen ist, eine Art Schluchzen und Weinen.» – «Tu doch, als wäre nichts», sagte Roy, «dann geht es von selbst vorbei.» Und er hatte sich auf sie gelegt.

In jener Nacht hatte er wieder gefragt, ob sie nicht dableiben könne. Nach ihrer ablehnenden Reaktion drehte er sich um, ohne etwas zu sagen. «Ich will schon, aber es geht nicht», hatte sie gesagt. «Wenn du willst, geht es auch.» – «Aber meine Eltern, die ...» Er hatte sich wieder zu ihr gedreht. «Was ist mit deinen Eltern?» – «Ich weiß nicht ... es geht einfach nicht.» – «Aber du bist neunzehn! Ich kenne Mädchen von fünfzehn, die die ganze Nacht wegbleiben.» Sofort dachte sie an Mädchen ihres Alters, die hier gewesen waren, die auf dieser Matratze gelegen und mit Roy geschmust hatten, bis zum nächsten Morgen. Genau, so einfach war das. Aber die hatten keinen Bruder gehabt, der spurlos verschwunden war. Einen Bruder, der zusammen mit Freunden einen Wochenendkurs im Surfen machen wollte, auf Texel. Das war es wenigstens, was Rolf erzählt hatte, aber die Freunde wussten nichts davon. An einem Freitagabend war er mit seinem Auto weggefahren. Auf Texel war er nie angekommen. Er war jedenfalls nicht gesehen worden, nirgends, auch nicht auf der Fähre. Ihr Vater war überall gewesen, hatte überall gefragt. Die Metzgerei war zwei Monate lang geschlossen gewesen.

Manchmal folgte sie Rolf in Gedanken und stellte sich

vor, wie er mit dem Auto von der Straße abbog. Sie versuchte, die Richtung herauszufinden, die er einschlug, indem sie in Gedanken seine Handlungen ausführte, schaltete, lenkte, bremste. Vermutlich war er nicht einmal nach Den Helder gefahren. Warum hätte er das tun sollen? Im Nachhinein hatte sich herausgestellt, dass er sich nie zu diesem Kurs angemeldet hatte. Rolf Teunissen? Nein, diesen Namen kannten sie nicht. Niemand schien diesen Namen zu kennen, auch nicht das Gesicht, das dazugehörte. Die Polizei konnte nichts anderes tun, als Suchmeldungen zu verbreiten. Zwei Jahre war das nun her, gut zwei Jahre. Ihr Vater hatte schließlich aufgegeben und arbeitete doppelt hart in der Metzgerei, während er zuvor versucht hatte, alles allmählich an Rolf zu übergeben. Sie konnte das Bild von Rolf vor sich sehen, wie er Fleisch vom Knochen löste, wie er Steaks schnitt, Markknochen sägte. Hatte ihn eigentlich je jemand gefragt, ob er das wollte? Er selbst hatte nie viel gesagt.

Anfangs hatte sie gedacht – nein, sie war sicher gewesen –, dass Rolf ein paar Tage später wieder auftauchen würde. Vielleicht verletzt, unrasiert, halb betrunken, ohne Auto, ohne Geld, wie auch immer, aber er würde wieder da sein. Niemand konnte einfach so verschwinden.

Aber Rolf konnte es. Ihre Mutter hatte an die Fernsehsendung *Spurlos* geschrieben, aber noch keine Antwort bekommen. Danach hatte sie es vergeblich bei *Vermisst!* probiert. Sie hielt es für die letzte Chance. Gab es eine letzte Chance? Wer hatte darüber zu bestimmen, wer regelte das? Rolf selbst? Sie wusste, dass er nicht tot war, sie wusste es einfach. Aus einer gewissen Entfernung schaute er ihnen zu, das wusste sie, das fühlte sie. Hinterher war es ihr gar nicht mehr so seltsam vorgekommen, dass er verschwunden war. Er hatte eine dunkle, fremde Seite, die sie nie gekannt hatte. Er arbeitete widerspruchslos in der

Metzgerei, doch zugleich fühlte sie, dass es einen anderen Rolf gab, einen, vor dem sie eigentlich ein bisschen Angst hatte.

Plötzlich brach ihr der Schweiß aus, brannte auf ihrer Haut, während sie zitterte. Roy würde auch einfach verschwinden können, sich in Luft auflösen. Als hätte es ihn nie gegeben. Sie hatte ihn seit Tagen nicht gesehen. Niemand wusste, wo er war. Frank auch nicht. Sie würde zu seinem Haus gehen und klingeln, aber niemand würde aufmachen. Die Nachbarn wüssten nichts davon. Sie kannte den Namen der Autohandlung nicht, bei der er arbeitete. Über seinen Nachnamen konnte sie vielleicht seine Familie herausfinden. Witteman, dieser Name war nicht so häufig. Ja, natürlich, dieser Mann vom Fernsehen, den kannte sie auch, diesen Blonden, der so ein hübsches Lachen hatte. Aber ansonsten sah er Roy nicht ähnlich. Die Sachen, über die er sprach, interessierten Roy auch nicht die Bohne, wie er selbst gesagt hatte. Nein, er war nicht mit ihm verwandt, das hatte Roy schon gesagt.

Sie hörte, wie die Wasserspülung gezogen wurde. Vermutlich ihr Vater. In einer Viertelstunde arbeitete er vielleicht schon wieder in der Metzgerei. Als sie vor drei Tagen ungefähr um vier Uhr morgens nach Hause gekommen war, hatte ihr Vater im Wohnzimmer gesessen und auf sie gewartet, als wäre sie noch ein kleines Kind. «Es ist Dienstag», hatte er gesagt. «Na, und ...» Manchmal wurde ihr übel davon, von diesen beiden Menschen, die sie peinlich genau beobachteten, die ihr am liebsten jede Minute des Tages gefolgt wären. Diese ewigen Fragen. Wo bist du gewesen, was hast du getan, wer war sonst noch da, warum bist du so spät, komm nächstes Mal früher heim, weißt du überhaupt, was du deiner armen Mutter antust? Und so weiter, und so weiter. Vielleicht glaubten sie, auf diese Weise eine Gefahr verhindern zu können. Wenn sie nicht antwortete, fragten sie weiter, bis sie sich Antworten ausdachte und ihnen Lügen auftischte. Manchmal erzählte sie ganze Geschichten von Phantasieerlebnissen mit Leonie oder Rosita, denn die waren, nach Meinung ihrer Eltern, ihre nettesten Freundinnen. «Natascha hat es faustdick hinter den Ohren», hatte ihre Mutter schon mehrmals gesagt. Das war eines der wenigen Dinge, bei denen sie vielleicht Recht hatte.

Wieder wurde die Wasserspülung gezogen.

Roy lief um die Autowracks herum, die manchmal bis drei Meter hoch aufeinander gestapelt waren. In einige Autos schaute er hinein. Dieser Honda war funkelnagelneu und doch im Eimer. Was für ein Jammer. Er achtete darauf, diesen Scheißkötern nicht zu nahe zu kommen. Mist, jetzt war er mit dem Hosenbein an einer halb abgerissenen Stoßstange hängen geblieben. Der Stoff riss.

Halb unbewusst und trotzdem zielgerichtet schlenderte Roy zu dem Platz, auf dem der gelbe Campingbus stand. Natürlich war das gefährlich. Jeden Moment konnte dieser Halbverrückte mit seinem Gewehr auftauchen. Vielleicht war es ja gar nicht geladen, aber das konnte man nicht wissen. Wie lebten die Leute hier? Woher bekamen sie ihr Essen und Trinken? Wer weiß, vielleicht schnüffelten, spritzten oder schluckten sie ja. Wusste Tony davon? Tony kam ihm nicht vor wie einer, der ein großes Herz für die Probleme und Bedürfnisse anderer Menschen hatte. Ein Auffangzentrum für heruntergekommene Junkies würde er wohl nicht so schnell gründen.

Verdammt, der Campingbus war weg. Niemand war zu sehen ... nichts. Roy steckte sich eine Zigarette an, inhalierte tief, bis er fühlte, wie der Rauch in seinen Lungen kitzelte. Es war jetzt totenstill. Er hörte nur ein paar Vögel, die zwitscherten, als freuten sie sich wahnsinnig, dass wieder ein neuer Tag begann. Ein neuer Tag. Was würde er selbst tun? Erst mal in die Falle, er war total erledigt. Natürlich konnte er ein paar Pillen schlucken, aber dazu hatte er gerade keine Lust. Dann machte man immer weiter. Vor einiger Zeit hatte er drei Tage und drei Nächte hintereinander durchgehalten. Party, Party, Party, aber das tat er nicht mehr. Er war völlig fertig, wusste von vorn nicht mehr, ob er von hinten noch lebte. Er konnte absolut nicht mehr sagen, was er getan hatte und wo er gewesen war. Und heute Abend? Mit Manon ausgehen? Einerseits wollte er das, doch es gab etwas, was an ihm nagte, ein seltsames, unbestimmtes Gefühl, als sei er dabei, einen guten Deal abzuschließen, während er gleichzeitig merkte, dass etwas nicht stimmte. So wie mit Tony, der wohl bezahlte, aber immer den Eindruck erweckte, dass er sie auch reinlegte. Es ging in einem Aufwasch, als würde man durch das Geld, das man bekam, lächerlich gemacht.

Roy schlenderte weiter über das Gelände, kletterte über ein paar Wracks auf der Suche nach dem gelben Campingbus. Warum er das tat, wusste er selbst nicht. Dann heulten Sirenen auf, sie schienen von allen Seiten zu kommen. Er setzte sich in ein Schrottauto und griff nach dem Steuer, als wolle er wegfahren. Sirenen, noch immer. Polizei? Krankenwagen? Feuerwehr? Er konnte sie nie unterscheiden. Dann war es ruhig, bedrohlich ruhig. Sogar die Vögel hielten einen Moment lang den Schnabel.

Nach ein paar Minuten kroch er aus dem Auto und lief gebückt zum Eingang des Geländes. Ihm war, als könnten seine Knie jeden Augenblick wegsacken. Genau vor Tonys Büro standen zwei Polizeiautos. Auf der Zufahrt weitere drei. Zusammen waren es ungefähr zehn Polizisten. Er sah noch, wie Frank in eines der Polizeiautos gestoßen wurde, die Hände auf dem Rücken gefesselt.

7 *Die Sonne,* das Meer, der Strand, so einfach war es. Manon wiederholte die Worte, unhörbar für Roy, während sie einen Sandstrahl aus ihrer geöffneten Hand auf seinen Rücken rieseln ließ, in Form eines M.

«Das kitzelt», sagte Roy.

Sie machte weiter.

«Hör schon auf.»

Das M war fertig. Jetzt begann sie mit dem R. Sie liebte jede Stelle seines Rückens. Zuvor hatte sie ihn mit Sonnenschutzmittel eingeölt, deshalb blieben die Sandkörner kleben. Ihre Hände hatten seinen Rücken massiert, bis er es nicht mehr aushielt. «Aufhören, aufhören», hatte er fast mürrisch gesagt, «sonst schnappe ich dich hier, mitten am Strand.» Sie hatte weitergemacht, noch subtiler, in der Vertiefung oberhalb seiner Pobacken. «Ich bums dich, bis du um Gnade winselst.» Erst da hatte sie aufgehört. Jetzt war das R fertig.

«Manon!»

Sie begann mit einem großen Herz um die Buchstaben. Er sprang so plötzlich auf, dass sie rückwärts in den Sand fiel.

«Jetzt hab ich dich.» Er zog sie hoch. «Und jetzt ins Wasser.»

Sie lachte, sie kreischte, sie riss sich los. «Nein, nein ... das Wasser ist noch viel zu kalt.»

Sie rannte weg. Er hatte sie schnell erwischt, warf sie wie ein Bündel über die Schulter und lief zur Brandung. Sie trommelte mit den Fäusten auf seinen Rücken, fest, aber nicht zu fest. Eine seltsame Kombination von Angst und

Glück erfüllte sie. Sie spürte Roys Kraft, diese Kraft, die sie gleich in dem elend kalten Wasser landen lassen würde, aber auch die Kraft, die sie für ewig beschützen und bei der sie immer Trost finden würde.

«He, Roy!»

Er kniff die Augen gegen die Sonne zu, aber er erkannte den Mann nicht, der ihn ansprach. Er trank einen Schluck aus der Bierdose, die er gerade vom Strandkiosk geholt hatte. Der Mann setzte sich auf. Neben ihm lag eine Frau auf dem Rücken, eine schöne Frau, jung, blond, superbraun und mit phantastischen Titten. Sie trug lediglich eine Tangahose.

«Damals hatte ich noch Haare», sagte der Mann. Er strich sich über den kahlen Schädel. «Damals, bei Tony.»

Langsam erinnerte sich Roy. Er hatte ihn mal bei Tony gesehen. Das Gesicht konnte er jetzt einordnen, vor allem die Augen, diese seltsam stechenden Augen. Sie schauten einen an und zugleich auch nicht. Es war, als wäre etwas hinter einem, was er eigentlich betrachtete. Als ginge sein Blick regelrecht durch einen hindurch. Wie Laserstrahlen oder so was. Hatte er das nicht mal in einem Film gesehen? Roy glaubte sich zu erinnern, dass der Mann damals, bei Tony, einen Pferdeschwanz gehabt hatte. Einen Pferdeschwanz und einen großen Schnurrbart, der seinen Mund fast verdeckt hatte.

«Bist du allein hier?»

«Mit meiner Freundin», sagte Roy.

«Ich auch.» Der Mann nickte in die Richtung der Frau neben ihm. «Sollen wir uns ein Bier holen?»

«Wie heißt du?»

«Ist das wichtig?»

«Nein, aber man redet leichter miteinander.»

Die Frau legte sich auf die Seite, stützte einen Ellbogen

auf. «Sjors, er heißt Sjors, aber wenn du ‹Arschloch› sagst, hört er auch.»

Sjors zog der Frau den Ellbogen weg, sie lag wieder flach da. Er kippte etwas Sand über sie, fast gelangweilt. «Komm mit, wir gehen was trinken.»

«Bringst du mir auch eins mit?», fragte die Frau.

«Lauf doch selbst mit deinem faulen Arsch.»

Er blieb länger weg, als sie erwartet hatte. Sie schaute auf ihre Uhr: schon mehr als zehn Minuten, dabei hatte er doch nur schnell was zu trinken holen wollen. Zwei Mädchen von ungefähr fünfzehn schleppten sich durch den Sand, beide trugen superkurze Tops. Die Blonde ein schwarzes Top, auf dem HELLO BOYS stand, die dunkle ein weißes, und quer über ihren kräftigen Brüsten stand die Warnung: HANDS OFF. Vor ein paar Jahren hätte sie selbst so etwas angezogen.

War was mit Roy? Hatte sie etwas Falsches gesagt? Er konnte aus heiterem Himmel plötzlich böse werden, das hatte sie schon gemerkt. Wie vor ein paar Tagen, als sie vor einem Café saßen und er offenbar den Eindruck hatte, ein Mann schaue sie die ganze Zeit an. «Hast du was mit diesem Kerl?» – «Nein, wieso?» – «Ihr guckt euch immer an ... Blickkontakt ... Glaubst du, ich will mich zum Narren halten lassen?» Er hatte laut gesprochen, zu laut. Andere Leute hatten sie angestarrt oder betont den Blick abgewendet. Sie hatte beruhigend die Hand auf seinen Arm gelegt. «Da ist nichts, Roy. Ich kenne den Mann nicht mal ... ich will ihn auch nicht kennen. Es ist irgendein Mann.» Sie hatte es in sein Ohr geflüstert. «Warum guckt dich der Trottel dann so an? He», hatte Roy dem Mann zugerufen. «Willst du mir meine Freundin ausspannen?» Er hatte Manons Hand weggeschoben und war aufgestanden. Der Mann legte schnell etwas Geld auf den Tisch und verschwand, bevor Roy ihn erreicht hatte. «Feigling», hatte Roy ihm nachgerufen. «Komm her, dann kriegst du was aufs Maul.»

Sie versuchte nun, an etwas anderes zu denken. An Roy, seinen Körper, seine Haare, seine Augen, seine Witze, die Art, wie er ging. Sie wusste, dass er gleich kommen würde, mit einer Dose Bier und einer Dose Cola, wenn sie weiter so an ihn dachte. Wie er morgens Kaffee trank, sich ans Fenster stellte und seine erste Zigarette ansteckte, seine Bemerkung über die Nachbàrin, die im Morgenrock Mülltüten auf den Gehsteig stellte. Ein Bild führte direkt zum nächsten und das wiederum lockte wieder ein anderes hervor.

Sie fuhr mit einem Schrei hoch, als eine eiskalte Dose auf ihren Rücken gelegt wurde.

Roys lachende Augen. «He, hast du ein bisschen gepennt?»

Der Strand war fast leer. Sie saßen mit gebackenem Fisch, Pommes und einem Schüsselchen Salat auf der Terrasse des Strandkiosks. Roy fühlte sich gut. Sie hatten zu essen, zu trinken, sie hatten von dem einen Tag in der Sonne Farbe bekommen. Manon sah toll aus, strahlend. Alles klappte, alles war gut.

Außer dass er fast kein Geld mehr hatte. Noch ein paar hundert Gulden in der Tasche seiner Jeans, vielleicht hatte er zu Hause auch noch was liegen. Im Küchenschrank links hinten. Aber dann fiel ihm ein, dass Manon neulich sauber gemacht hatte, sie hatte nichts gesagt, außer dass alles ein ziemlicher Sauhaufen war. Er selbst hatte damals nicht daran gedacht. Nun ja, zu zweit war es schwer, sehr schwer. Das Geld verschwand schneller, als es je hereingekommen war. Manon arbeitete nicht mehr. Sie war den ganzen Tag zu Hause, räumte ein bisschen auf, machte Einkäufe, kochte ab und zu, meist Spaghetti oder etwas mit Reis, Huhn mit Soße aus der Tüte oder dem Glas. Manchmal gingen sie zusammen in die Stadt. Manon fragte ein paar Mal, ob er nicht arbeiten müsse, doch dann sagte er etwas über die schlechten Zeiten im Autohandel. Es dauerte noch gut eine Woche, bevor seine Sozialhilfe geschickt wurde, und die war dann auch gleich wieder weg. Sie glaubten wohl, dass man von gut tausend Piepen im Monat heutzutage leben konnte!

Er hatte Manon vorsichtig gefragt, ob sie nicht wieder arbeiten wolle. Langweilte sie sich nicht? Ob sie sich langweilte? In der Metzgerei hatte sie sich gelangweilt, über zwei Jahre lang. Sie hatte mehr als genug davon, in einem Laden zu stehen. Vielleicht etwas anderes, eine andere Arbeit, hatte er sich vorsichtig erkundigt. Was für eine Arbeit er meine? Sie könne doch nichts, sie habe doch keine richtige Ausbildung. Ja, drei Jahre Realschule, das konnte man wohl kaum als Ausbildung bezeichnen. Nein, da kannte er sich aus.

Diese letzten Hunderter, die waren noch von Tony. Tony. Frank und er saßen im Knast. Diebstahl und Hehlerei mit Autos und sie hatten noch ein paar andere Kleinigkeiten gefunden, hatte Sjors ihm erzählt. Sjors war ein «alter Kumpel» von Tony, wie er selbst gesagt hatte, aber er handelte nicht mehr mit Autos. Nicht dass ihm die Sache zu link geworden war, aber es gab Methoden, schneller mehr Geld zu verdienen. Ob Roy vielleicht interessiert war?

Roy bestellte sich noch ein Bier und ein Glas Weißwein für Manon. Sie müssten hier in einem Hotel wohnen oder so, sich morgens das Frühstück ans Bett bringen lassen. Er stellte sich ein elegantes Hotelzimmer vor, einen Kellner, der einen Servierwagen mit dem Frühstück hereinfuhr. Danach ein Bad, vielleicht ein Whirlbad oder Jacuzzi oder wie das hieß, und nachmittags wieder zum Strand. Noch drei-, vierhundert Gulden vielleicht, dann waren sie blank. Vielleicht könnte sich Manon Geld von ihren Eltern leihen. Obwohl … Zweimal war er bei ihr zu Hause gewesen und der mürrische Blick ihres Vaters versprach nichts Gutes. Ihre Mutter hatte fast nur geweint.

«Ich möchte gern noch einen Kaffee», sagte Manon, während sie das Salatschüsselchen von sich weg schob.

Roy reagierte nicht sofort. Geld … Geld … Sjors hatte ihm gesagt, was er tun müsste, um ordentlich was zu verdienen. «Es ist im Grunde nicht mehr, als Dinge von einem Ort zum anderen zu bringen, total einfach.» War Sjors die Lösung oder ein neues Problem?

«Soll ich Kaffee bestellen? Für dich auch?» Manon berührte seine Hand.

«Ach so … ja, gern.»

Es war das zweite Mal, dass Manon es tat, die vage Erregung des ersten Mals war nun schon geringer geworden. Damals hatte sie größere Angst gehabt, jetzt war sie eigentlich nur noch neugierig. Sie konnte von hier aus die Metzgerei gut sehen. Aber sie konnte nicht erkennen, wer im Laden stand. War ihre Mutter wieder im Geschäft? Das war eigentlich ausgeschlossen. Es könnte passieren, dass sie einem Kunden gegenüber plötzlich von Rolf anfing und sich heulend an der Theke festklammerte. Hatte ihr Vater ein Mädchen eingestellt? Manon hätte sich am liebsten vermummt und den Laden betreten, aber das traute sie sich nicht. Sie hatte Angst, dass ein Nachbar sie erkennen könnte, trotz ihrer großen Sonnenbrille. Hallo, Manon, lange nicht gesehen. Oh, du wohnst nicht mehr zu Hause … zusammen mit einem Freund. Aber warum stehst du dann hier rum? Traust du dich nicht mehr zu deinem Vater und zu deiner Mutter?

Natürlich traute sie sich. Sie waren ein paar Mal zu Besuch gewesen, aber dazu hatte sie keine Lust mehr. Vorwürfe hatte sie genug gehört. Ja, sie hatte sie im Stich gelassen, sie war undankbar, sie nahm keine Rücksicht auf andere, sie war eine große Egoistin. «Aber ihr wollt mich auch nur für euch selbst, ist das nicht egoistisch?», hatte sie gefragt. «Und Rolf ist auch schon weg», hatte ihre Mutter gejammert. «All meine Kinder lassen mich im Stich.» Vielleicht hatte Rolf auch so da gestanden, stundenlang, bei Wind und Regen, und hatte das Leben beobachtet, dem er entflohen war.

Ein Kunde kam aus dem Laden, der alte Herr Ostendorf, der um die Ecke wohnte. «Mädchen» nannte er sie immer. Jeden Tag kam er in den Laden, um ein Hacksteak oder ein Kotelett zu kaufen. Manchmal kam er sogar ein zweites Mal, für hundert Gramm Schinken oder Streichwurst. Nie etwas anderes. Sie hatte ihn einmal gefragt, ob er nicht mal hundert Gramm Leber oder Pökelfleisch wolle. Er hatte sie befremdet angeschaut und seinen Wunsch nach hundert Gramm Schinken wiederholt.

Sie folgte Herrn Ostendorf. Sollte sie ihn fragen, wie es war, wie es ihren Eltern ging und wer im Laden stand? Er würde sich zu Tode erschrecken.

Es war noch still im Woody's Place. An der Ecke der Bar saß ein mageres, fast ausgezehrtes Mädchen von etwa zwanzig. Sie hatte dicke, schwarze Linien um ihre ohnehin schon tief liegenden dunklen Augen gezogen. An einem Tisch saß ein Mann, den Kopf auf die Arme gelegt, und schlief offenbar, zwischen seinen Fingern steckte eine erloschene Zigarette. Sjors war noch nicht da.

«Roy? Alles in Ordnung?»

«Könnte nicht besser sein, Ad. Gib mir mal ein Bier. Hast du Sjors schon gesehen?»

«Nein, noch nicht. Es ist ruhig.» Ad füllte ein Glas.

«Schönes Wetter.»

Der Mann, der am Tisch saß und schlief, begann laut zu schnarchen.

Ad ging zu ihm und schüttelte ihn wach. «Wenn du schlafen willst, musst du zur Heilsarmee gehen.»

Der Mann schaute ihn mit wilden Augen an. «Die Zeit des großen Wandels ist angebrochen. Es wird blitzen und donnern. Die Menschen werden auf Knien über die Straße rutschen und um Gnade flehen.» Er zündete seine Kippe an und sagte: «Sie können mir zu Diensten sein, indem Sie mir eine Tasse Kaffee servieren.»

«Hast du Geld?»

Der Mann lachte heiser und holte einen Zehner aus seiner Tasche. «Das ist, nehme ich an, ausreichend für eine Tasse Ihres herrlichen Gebräus.»

«Verrückte sind lästig», sagte das Mädchen an der Bar und fing an, seine Lippen dunkelrot anzumalen.

«Wieso lästig?», fragte Roy.

Sie antwortete nicht.

Roy trank sein Bier. Es war inzwischen halb drei. Er hatte sich um zwei mit Sjors verabredet. Er selbst war etwas später gekommen. Genau um zwei, das hätte zu gierig ausgesehen. Roy bestellte noch ein Bier.

«Durstiges Wetter, was?», sagte das Mädchen und starrte sein leeres Glas an.

«Gib ihr was und nimm dir selbst auch eins.»

Roy steckte sich eine Zigarette an. Er betrachtete das Mädchen, das sich die Wangen weiß puderte, so dass sie noch geisterhafter aussah. Hatte er sich wirklich für heute mit Sjors verabredet oder war es morgen oder übermorgen? War etwas passiert, was Sjors am Kommen hinderte? Sonntag war ein blöder Tag für eine Verabredung.

«Ist Sjors auch vorher nicht da gewesen?»

«Ich glaube, es ist schon ein paar Tage her, zusammen mit Willem.»

«Willem?»

«Du weißt doch, dieser große, dicke Kerl, der immer frisst.»

Roy trank. Willem hatte immer Fertiggerichte dabei, aus einem Restaurant zum Mitnehmen, meistens etwas Chinesisches. Die Sonne schien noch immer. Manon hatte wieder zum Strand fahren wollen. Sie hatte schon eine Tasche mit Badezeug gepackt. «Warum geht es nicht?», hatte sie gefragt, im Ton einer enttäuschten Frau. «Eine Bewerbung.» – «Eine Bewerbung? An einem Sonntag? Wofür?» – «Das wirst du schon noch sehen.» Er hatte ihr seinen vorletzten Hunderter gegeben. «Hier, mach was Schönes, einkaufen oder so. Heute sind die Läden doch offen, oder?» Sie hatte noch immer ein bisschen enttäuscht ausgesehen. «Hundert Gulden. Was kann man dafür schon kaufen?»

Es war nun fast Viertel vor drei. Der Mann am Tisch murmelte vor sich hin. Roy überlegte, was er tun könnte, wenn Sjors nicht auftauchte. Wie kam er dann zu Geld? Leihen, aber von wem? Und wie sollte er es zurückzahlen? Vielleicht konnte er sich was von Ad leihen. Der war schon seit Jahren Besitzer dieses Lokals und es machte ihm noch immer Spaß, hinter der Bar zu stehen. Das sparte natürlich auch ein Gehalt. Abends half jemand aus, zur Zeit war es John und am Wochenende auch noch Mariska. Mariska, er war schon mal mit ihr im Bett gewesen, in einer Samstagnacht, aber das war nicht so toll. Sie war todmüde gewesen von der Arbeit.

«Noch ein Bier, Roy? Aufs Lokal?»

Er nickte. «Gern, das ist ein durstiges Wetter.»

«Machen Sie mir noch so einen herrlichen Koffeintrank», sagte der Mann am Tisch.

«Was?»

«Einen Kaffee, bitte.» Der Mann zeigte beim Grinsen braune Zahnstummel.

«Und für mich noch eine Rum-Cola», sagte das Mädchen an der Ecke der Bar, «wenn's aufs Lokal geht.»

Ad führte die Bestellungen aus. Roy wusste, dass er genug Geld besaß. Dieses Lokal war eine Goldmine und Ad schien auch noch Mitbesitzer einiger Coffeeshops zu sein, aber darüber sprach er nie. «Der hat bestimmt zu Hause was rumliegen», hatte Frank mal gesagt. «Zu Hause?» – «Ja, was hast du denn gedacht, dass er das alles einfach auf die Bank bringt?»

Roy erschrak, als ihm jemand von hinten die Hände über die Augen legte. «Rate!»

«Der Nikolaus.»

«Warm.»

«Der schwarze Piet?»

«Ganz kalt.»

«Ein Bier für Sjors, Ad.»

Sjors stieß ihn in die Seite. «Okay, gut geraten, Roy. Sorry, dass ich zu spät bin. Und ich muss gleich wieder weg. Privat, persönlich, aber diesmal kannst du mitfahren. Wir unterhalten uns im Auto.»

«Wie spät ist es jetzt?», fragte Sjors, während er mit mindestens hundertdreißig hupend an einer Reihe Autos vorbeifuhr.

«Fast vier.»

«Ja, verdammt, ich hatte es fast vergessen. He, Arschloch, verzieh dich auf die Seite mit deiner Rostkarre. Jeden ersten Sonntag des Monats besuche ich ihn. Immer pünktlich. Er wartet auf mich. Verdammt, schau dir das an, dass sie so einem alten Knacker den Führerschein nicht abnehmen ...»

Nach etwa einer Stunde, während der Roy ab und zu bei einem gewagten Überholmanöver die Augen schloss, parkte er den Pontiac auf einem großen Gelände. Ein Stück weiter stand ein Schild, auf dem SPARRENBERG stand. Roy wollte mit Sjors aussteigen.

«Nein», sagte Sjors und schob sich wieder hinter das Steuer, «ich gehe allein, das mache ich immer. Deshalb ist Willem auch nicht dabei. Gleich reden wir, wenn wir zurückfahren.»

«Was hast du vor?»

Sjors schwieg einen Moment und seufzte tief. «Meinen Sohn besuchen. Ich habe einen Sohn, hast du das gewusst?»

Roy schüttelte den Kopf.

Sjors steckte sich eine Zigarette an. «Minderbegabt ... geistig zurückgeblieben ... das ist eine Anstalt, ein Heim. Sie sorgen gut für ihn, aber es ist trotzdem ...»

«Wie alt ist er?», fragte Roy.

Sjors gab keine Antwort auf die Frage. «Jedes Mal will ich gerne zu ihm, aber zugleich will ich es auch nicht. Verstehst du das?»

Roy nickte.

«Na ja», sagte Sjors. Er stieg aus dem Auto und beugte sich noch einmal vor. «Du bleibst hier sitzen. Ich gehe vielleicht ein bisschen mit ihm herum, hier im Garten ...» Sjors machte eine unbestimmte Bewegung. «Und ich will nicht, dass du ihn siehst ... Ich will nicht, dass du ihn mit mir siehst.»

8

«*Weißt du,* was ich gestern gehört habe?» Anouk schaute sie fragend an. «Drei Leute sind mit zwei Motorrädern zu einer Disco in Purmerend gefahren. Nun, eines von den Motorrädern hat unterwegs Pech, ein Motorschaden oder so, und sie setzen sich also zu dritt auf das andere, eine Gilera, glaube ich.» Anouk steckte sich noch eine Zigarette an. «Sie kommen ein bisschen ins Schleudern und irgendwann fahren sie in den Straßengraben. Gut, zwei Leute stehen wieder auf, nichts passiert, aber der eine Junge bleibt liegen. Bewusstlos, denken sie, also gehen sie zusammen weg, um Hilfe zu holen. Sie kommen zurück mit allen möglichen Leuten, und was glaubst du, was passiert ist?»

«Der Junge war mit dem Motorrad weggefahren?», fragte Manon.

«Nein, der Junge liegt da und ist tot. Sie haben gedacht, er wäre nur bewusstlos, aber er hatte sich das Genick gebrochen, vielleicht ist er sofort tot gewesen, aber ...», Anouk machte eine Pause, «das Motorrad war weg, gestohlen, einfach neben dem toten Jungen weggenommen, der da lag. Findest du das nicht krank?»

«Verrückt.»

«Zu dritt auf einem Motorrad», wiederholte Anouk. «Sie gehen Hilfe holen, natürlich hätte nur einer gehen sollen, der andere hätte bei dem Jungen bleiben müssen, na ja, die Panik, nehme ich an, und sie kommen zurück und der Junge ist tot und die Gilera geklaut. Da glaubst du doch, du bist nicht mehr ganz dicht, oder?»

Manon nickte.

Sie schwiegen eine Weile.

«Sollen wir was essen gehen?», fragte Anouk.

«Ich weiß nicht», sagte Manon.

«Musst du irgendwo hin? Musst du für Roy kochen?»

«Nein, aber ...»

«Wird er böse, wenn du nicht pünktlich zu Hause bist? So ist Roy doch nicht, oder?»

Nein, so war Roy nicht. Er war auch nicht eifersüchtig und hatte keine Angst, sie würde fremdgehen, er war auch nicht der Meinung, dass sie unbedingt mit dem Essen auf ihn warten und rechtzeitig alle Einkäufe zu erledigen hatte. Er ließ ihr ihre Freiheit, so wie er fand, dass auch sie ihm seine Freiheit lassen musste. Das war ja gerade das Problem. Er fragte sie nie, wo sie gewesen war, wenn sie abends spät heim kam, deshalb konnte sie ihn auch nicht fragen.

«Ist was?», fragte Anouk.

«Nein, nichts.» Manon betrachtete die Tüten mit Anouks Einkäufen. Sie waren von einem Laden zum anderen gezogen. Anouk genoss es, Sachen anzuprobieren. Tops, Kleider, Röcke, Shirts, Jeans, Unterwäsche ... einfach alles. Manon war müde geworden. Sie selbst hatte nichts gekauft. Ihr Geldbeutel war fast leer, sie hatte gerade noch sechzig Gulden und wusste nicht, wie sie an Geld kommen sollte. Bis vor kurzem hatte Roy genug gehabt, mehr als genug. Sie hatte sich nicht gefragt, woher das Geld kam, sie wollte nicht überlegen, wie er mit so wenig Arbeit so viel verdiente. Regelmäßig hatte er ihr ein paar Hunderter gegeben. «Hier, kauf dir was Schönes», hatte er gesagt. Aber nun hatte sie seit Tagen nichts mehr bekommen und sie hatte Angst, darum zu bitten. Roy machte einen angespannten Eindruck. Es war, als könnte er bei einem einzigen verkehrten Wort platzen. Nicht dass sie es je erlebt hätte, aber sie hatte Geschichten über seine Wutanfälle und daraus folgende Schlägereien gehört.

«Willst du noch einen Weißwein?», fragte Anouk.

Manon rechnete schnell. Wenn sie bezahlen müsste, war sie ungefähr zwanzig Gulden los. Da blieb ihr noch mehr als genug, um heute Abend zwei Pizzas bringen zu lassen. Falls Roy nach Hause kam. Manchmal hatte sie ein beängstigendes, kaum zu unterdrückendes Vorgefühl, dass er wegbleiben könnte, einfach so, für immer. Dass er verschwinden würde wie Rolf. Rolf ... Sie wusste genau, dass er noch lebte. Irgendwann würde er zurückkommen.

«Wie lange noch?»

«Ganz ruhig. Er wird schon kommen.» Sjors steckte sich noch eine Zigarette an. «Willst du auch eine?»

«Nein, danke.»

«Tony findet es große Scheiße», sagte Sjors.

«Was?»

«Im Knast in Bijlmer ... Tony ... er findet es große Scheiße. Jeden Tag ... er langweilt sich zu Tode. Und sein Geschäft ist natürlich im Eimer. Er weiß nicht, was er tun soll, wenn er rauskommt. Mit Autos kann er nichts mehr anfangen, da haben sie ihn gleich wieder.»

Sjors redete weiter über Tony, den Knast von Bijlmer, über andere Typen, die er kannte und die dort saßen, wie sie Dope einschmuggelten, was ihre Frauen davon hielten. Roy betrachtete den unauffälligen Opel, der ungefähr fünfzig Meter weiter geparkt war. In diesem Teil der Parkgarage war wenig Licht. Die Lampen waren kaputt. Ob Sjors dafür gesorgt hatte?

«Wann sollte er kommen?»

«Um zehn, glaube ich.»

«Jetzt ist es fast elf.»

«Hast du's so eilig?» Sjors strich sich zärtlich mit der Hand über seinen glatten Schädel.

«Nein, natürlich nicht.»

«Okay, dann sage ich es noch ein einziges Mal. Immer

ruhig im Auto sitzen bleiben. Nicht in Panik geraten. Einfach Ruhe bewahren. *Cool, man.*» Sjors nahm einen Schluck aus seiner Bierdose.

Mit quietschenden Reifen kam ein Auto in die Parkgarage. Roy hielt den Atem an. Das war es, jetzt würde es passieren. Ein großer amerikanischer Wagen kam in ihre Richtung gefahren. Es war alles ganz einfach. Sjors hatte es ihm erklärt. Jemand würde kommen, der «die Sachen» dabeihatte. Die würde er in das leere, geparkte Auto legen. Danach musste Roy zum Auto laufen, die Tür aufmachen und damit wegfahren. Die Sachen musste er abliefern, an acht verschiedenen Adressen innerhalb und außerhalb der Stadt. Aber der amerikanische Schlitten fuhr weiter, zum nächsten Stockwerk.

Roy seufzte tief.

«Wenn es nichts für dich ist, brauchst du es nur zu sagen, dann suche ich mir einen anderen. Schneller kann man kein Geld verdienen. Anderthalb Mille für einen Transport. Zwei Transporte die Woche. Ein Kinderspiel.»

Roy hatte schon vorher, noch im Woody's Place, gefragt, warum Sjors es nicht selbst machte, wenn es doch so einfach war. «Keine Zeit», hatte er gesagt. Dieses erste Mal ging Sjors mit. «Um es dir zu zeigen. Dann kann ich dich auch gleich den Kunden vorstellen.» Roy hatte das Gefühl, ein Kind zu sein, das mit einem Erwachsenen einen Einkauf erledigte, aber einen sehr gefährlichen Einkauf. Sjors hatte natürlich eine Pistole dabei. Das ging nicht anders, mit den teuren Sachen.

«Noch ein Bier?», fragte Sjors.

Roy hatte eine ausgetrocknete Kehle, trotzdem lehnte er dankend ab. Wie lange das dauerte! Würden sie die ganze Nacht hier sitzen müssen? Er roch den säuerlichen, scharfen Körpergeruch des anderen. Warum wusch dieser Scheißkerl sich nicht öfter?

«Wenn es sein muss, bleibst du die ganze Nacht hier sitzen.»

«Und wenn ich pissen muss?»

Sjors zuckte mit den Schultern. «Doch nicht vor Nervosität, oder?»

«Und wenn die Bullen kommen?»

«Die kommen nicht, die haben Besseres zu tun.» Sjors lachte und stieß Roy gegen den Oberarm. «He, mach doch ein fröhlicheres Gesicht. Du verdienst einen Haufen Kohle, Mann. Denk mal an Frank und Tony. Die liegen jetzt auf ihren Pritschen hinter der Tür und wichsen sich einen. Warte, ich gebe dir schon mal fünf Hunnis im Voraus.» Sjors holte ein dickes Bündel Banknoten aus seiner Innentasche und zählte fünf Hunderter ab. Kurze, dicke Finger hatte Sjors, die Nägel fast bis zur Kuppe abgenagt. Roy konnte den Blick nicht abwenden. Er hatte Sjors noch nie an den Nägeln beißen sehen. Was machte ihn nervös? Er tat doch immer so entspannt.

Ein Mann kam angelaufen, direkt auf das Auto zu. Wieder hielt Roy den Atem an. Es war, als suche der Mann etwas, er schaute sich irgendwie fragend um.

«Weitergehen», flüsterte Sjors.

Der Mann ging weiter.

«Siehst du, es hat geholfen», sagte Sjors.

Der Mann stieg in einen Volvo Kombi, ein paar Sekunden später war er verschwunden.

Roy schaute auf seine Uhr. Fast halb zwölf. Shit, das lief schief, verdammt schief.

«Wie wichtig findest du Unterwäsche bei deiner Frau?»

«Na ja, die ersten paar Minuten.»

«Wieso?»

«Na ja, dann ist sie weg.»

Alle Männer im Zimmer mussten lachen. Manon fragte

sich, wie es ihr gefallen würde, wenn Roy dabei wäre und alle ihn im Fernseher sehen würden, wie er mit geilen Blicken ein Mädchen in sexy Unterwäsche und mit wiegenden Arschbacken in einem String anstarrte. Es war ein ordentliches Wohnzimmer, in dem die Männer gefilmt wurden. In einer Art Vitrine stand eine Sammlung weißer Porzellankatzen. Es war eine Unterwäsche-Party, extra organisiert für Männer, weil sie bei den Partys für ihre Frauen nicht zugelassen waren. Manon war noch nie auf so einer Party gewesen. Die Sache kam ihr blöd vor, genau wie die Treffen, bei denen Tupperware verkauft wurde. Ihre Mutter war manchmal zu so etwas hingegangen und mit einem Stapel Plastikbehälter zurückgekommen.

«Was gefällt dir am besten als Unterwäsche für deine Frau?», fragte der Moderator jetzt einen anderen Mann, der ein bisschen dümmlich aussah mit seinen Hamsterbacken und den vorstehenden Zähnen.

«Na ja, ein String.»

«Und deiner Frau?»

«Der nicht ...» Der Mann lachte ein bisschen schafsköpfig. «Die sagt, der sitzt nicht bequem.»

«Was gefällt ihr?»

«Eine wollene Unterhose.»

Noch mehr fettes Männergelächter. Manon wusste es. Sie waren verlegen und aufgeregt zugleich, und um es zu überspielen, machten sie Witze. Blöde Witze, na gut, was konnte man von so einem Haufen Idioten erwarten.

Sie machte den Fernseher aus, ging in die Küche und goss sich ein Glas Cola ein. Wann würde Roy nach Hause kommen? Es war gefährlich, diese Frage zu stellen. Jede Antwort lockte sie in eine Falle. Die Falle der falschen Hoffnung. Vielleicht hätte sie mit Anouk ins Kino gehen sollen oder ins Bahama Bay oder ins Dance Heaven. Bei den Nachbarn lief Musik. Sie bewegte sich zu der

Melodie, die Augen geschlossen. Plötzlich meinte sie einen Schrei zu hören, danach war es still, schrecklich still.

Es war schon nach zwölf, als «die Bestellung», wie Sjors es nannte, endlich kam. Ein Audi mit dunklen Scheiben. Er blieb stehen und blinkte dreimal. Sjors blinkte dreimal zurück. Der Audi fuhr zu dem nächsten leeren Parkplatz neben dem Opel. Danach passierte minutenlang nichts.

«Was ist?», flüsterte Roy.

«Nichts», sagte Sjors, «einfach zur Sicherheit ... abwarten, ob nichts Komisches passiert. Das musst du auch immer tun.»

Dann ging die Tür des Audi auf, ein Mann stieg aus. Sein Gesicht war kaum zu erkennen.

«Nie näher rangehen», sagte Sjors. «Immer auf Abstand bleiben. Das gefällt ihm. Dann fühlt er sich am wohlsten.»

«Wer ist das?»

«Das geht dich einen Dreck an.»

Der Mann holte aus dem Kofferraum des Audi ein paar große Plastiktüten oder Säcke, lief zum Opel, klappte den Kofferraum auf, legte die Tüten hinein und ging, ganz gemütlich, zum Audi zurück. Wieder blinkte er dreimal und wieder blinkte Sjors zurück.

«Ich weiß nicht, wozu das Geblinke gut ist», sagte Sjors, «aber er will es nun mal. Vermutlich hat er es mal im Kino gesehen oder so und findet es cool.»

Arschkriecher, dachte Roy, aber er sagte nichts. Als der Audi verschwunden war, wollte er aussteigen.

«Eilig?», fragte Sjors.

Er schüttelte den Kopf. «Ich will einfach was machen. Das macht mich ganz verrückt, im Auto zu sitzen und nichts zu tun.» Er sagte nichts von dem Gestank, den Sjors verströmte und der im Wageninneren hängen blieb, obwohl er ein Fenster heruntergedreht hatte.

«Wenn du wirklich arbeiten willst, musst du das sagen», sagte Sjors. «Bei uns heißt arbeiten vor allem warten. Der Vorteil ist, dass man davon nicht müde wird. Noch ungefähr fünf Minuten.»

Als die Wartezeit vorbei war, gingen sie zum Opel.

Sjors gab ihm die Schlüssel. «Mach auf und schau nach, was drin ist.»

Roy machte den Kofferraum des Opel auf und warf einen flüchtigen Blick auf die großen Plastiktüten.

«Immer kontrollieren», sagte Sjors.

«Hier?»

«Ja, hier. Was hast du denn gedacht? Auf der Straße? Hol sie raus.»

Roy leerte mit einer heftigen Bewegung die Tüten.

«*Take it easy.*»

«Acht», sagte Roy heiser, «acht Päckchen.»

«Okay. Du fährst ... ich fahre dir nach. Weißt du die Adressen noch?»

Roy nickte. Er hatte sich einen halben Tag damit beschäftigt, die Adressen auswendig zu lernen. Manon war mit Anouk zum Strand gegangen. Oder besser, er hatte sie zum Strand geschickt. Manchmal war das nötig, manchmal hing sie den ganzen Tag an ihm, bis er fast keine Luft mehr bekam. Er hatte am Küchentisch gesessen, einen Block vor sich. Dutzende von Malen hatte er die Liste mit den Adressen gelesen, immer wieder. Dann hatte er das Papier umgedreht und versucht, die Adressen auf ein Blatt Papier zu schreiben. Drei hatte er gleich beim ersten Mal richtig. Drei! Nachdem er wieder eine Viertelstunde lang die Adressen gelesen hatte, hatte er einen neuen Versuch gewagt. Fünf Richtige. Manchmal irrte er sich, machte aus einer Straße eine Gracht oder aus einem Platz einen Weg, aber meist waren es die Nummern, die er durcheinander brachte. Er hatte noch mehr als zwei Stunden lang Adressen gelernt. Als beste Methode stellte sich schließlich heraus, die Adressen immer wieder aufzuschreiben, bis sich das Bild der Liste in sein Gedächtnis gegraben hatte. Er fragte sich, was passieren würde, wenn sich eine Adresse veränderte. Diese Reihe würde er jedenfalls nie mehr vergessen. Noch mit achtzig würde er sie aufsagen können. Achtzig, er musste lachen. Das war in ... mal sehen ... siebenundsechzig ... nein, siebenundfünfzig Jahren.

«Was gibt es da zu lachen?», fragte Sjors.

«Nichts.»

«Okay, du hast doch nichts Komisches vor, oder?»

Roy wusste, was Sjors meinte. Wenn er die Ware selbst verkaufen würde, wäre er mit einem Schlag reich. Nun ja, nicht wirklich reich, aber er würde das Flugzeug nehmen können. Nach Curaçao, nach Brasilien oder Mexiko, mit Manon. Schöne Ferien wären das. Aber sie würden ihn verfolgen oder Leute dafür anheuern. So verrückt war er nicht. Er wusste, was die Strafe war.

«Wir fahren los», sagte Sjors. «Du voraus, ich hinterher. Und fahr vorsichtig. Wenn du von der Polizei angehalten wirst, bleib ruhig, stell dich nicht ungeschickt an. Einfach machen, was sie sagen. Du trinkst doch nicht vorher, oder? Jedenfalls nicht mehr als ein paar Bierchen, und nicht kiffen im Auto, das riechen sie, wenn sie dich anhalten, und dann suchen sie vielleicht weiter, diese Arschlöcher. *Come on, let's go.*»

Sjors ging zurück zu seinem eigenen Auto. Angehalten werden. Polizei am Straßenrand. Stopp. Wollen Sie bitte aussteigen? Das hier war viel linker als das, was er mit Frank getan hatte. Roy holte tief Luft. Er hatte das Gefühl, mit etwas beschäftigt zu sein, was größer war als er selbst. Es würde ihn verschlucken können, überfahren, zerquetschen. Aber er hatte damit angefangen, jetzt musste er weitermachen. Es war einfach, bequem, ohne großes Risiko. Doch dann dachte er an die Leute, die damit zu tun hatten, an diejenigen, die dieses Zeug hierher brachten – wie dieser Mann im Audi –, und an die Kunden, an die es geliefert werden sollte, an die Kunden der Kunden. Während er im Schneckentempo aus der Garage fuhr, dachte er an das ganze Netzwerk, in das er jetzt eingebunden war, mit unsichtbaren Fäden hing er mit all diesen anderen Menschen zusammen.

9 *Manon drückte* auf die Klingel und erschrak bei dem Geräusch. Einen Moment lang überlegte sie, in ihre eigene Wohnung zurückzugehen. Was hatte sie hier zu suchen? Warum sollte sie sich in die Angelegenheiten anderer Menschen einmischen? Roy würde das bestimmt nicht tun. Wenn du sie in Ruhe lässt, lassen sie dich auch in Ruhe, hatte er schon mehrmals gesagt. Wir haben nichts damit zu tun.

Aber dieser Schrei. Es war eigentlich mehr ein Gellen gewesen, der hohe, gellende Schrei einer Frau. Pure Panik war durch die Wand gedrungen. Es war der Schrei eines Menschen, der sie brauchte.

Die Tür wurde aufgemacht. Das Treppenlicht ging an. Sie sah die Umrisse eines Mannes auf der Treppe.

«Wer ist da?» Die Stimme klang neutral, abwartend.

«Ich wohne nebenan und ...»

«Nachbarn», sagte der Mann im selben gleichgültigen Ton.

«Ja, Nachbarn, und ich habe einen Schrei gehört. Es war ein komischer Schrei und danach war es still.» Sie wusste selbst nicht, warum sie sich traute, es auszusprechen. «Ich glaube, es kam aus Ihrer Wohnung.»

Der Mann kam herunter, zwei, drei Stufen auf einmal nehmend. Manon hatte einen Moment lang Angst, er würde sich ohne Zögern auf sie stürzen. Nun stand er vor ihr, berührte sie fast, nur ein paar Zentimeter waren zwischen ihr und seinem massigen Körper. Er trug ein T-Shirt mit dem Aufdruck FUCK OFF. Als er anfing zu sprechen, wich sie einen Schritt zurück.

«Oh, du meinst also, es kam von mir. Und, was soll das sein?»

Sie reagierte nicht, sie war gefangen in ihrer Angst.

«Und was soll das sein?», wiederholte der Mann, jetzt in zwingendem Ton.

«Ich weiß es nicht», sagte sie mit einem dünnen Stimmchen.

«Und wenn du es nicht weißt, warum klingelst du dann?»

«Ich dachte ... ich dachte, da wäre jemand in Schwierigkeiten, eine Frau.»

«Das kann man kaum denken nennen.» Der Mann zog die Nase hoch und spuckte einen großen Schleimfetzen dicht an ihrem Gesicht vorbei. Sie wich noch etwas weiter zurück. «Und was wolltest du tun?», fragte der Mann und verkleinerte den Abstand zwischen ihnen wieder.

«Ich weiß es nicht», sagte sie noch einmal, während sie sich überlegte, dass sie besser einfach oben, in ihrer eigenen Wohnung, sitzen geblieben wäre, sie hätte höchstens die Polizei anrufen sollen, anonym. Sie hatte hier in der Tat nichts verloren, das waren nicht ihre Angelegenheiten. Wie immer hatte Roy wieder einmal Recht gehabt.

«Weißt du, was du machst, Nachbarin?» Der Mann beugte sich zu ihr. «Du gehst jetzt einfach wieder in deine Wohnung und lässt mich in Ruhe.» Er packte ihren Arm und presste ihn. «Dann lasse ich dich auch in Ruhe, okay?»

Sie nickte, er presste ihren Arm noch fester.

«Okay?»

«Ja.»

Er ließ sie los und ging, ohne sich umzuschauen, wieder in die Wohnung.

«Du siehst, es ist ein Kinderspiel. Nichts dran, babyleicht.»

Sie saßen in einer Nachtbar und tranken noch einen

Schluck. Roy war erstaunt darüber, wie glatt alles abgelaufen war. Reine Luft, ein Kinderspiel, sonst nichts. Sjors war immer hinter ihm hergefahren, das war zugleich sicher und bedrohlich gewesen.

Niemand hatte erstaunt reagiert. «Ich komme von Sjors», hatte er jedes Mal gesagt, «ein Päckchen abliefern.» Und ein paar Mal hatte er zur Antwort bekommen: «Oh, du bist also der Neue.» Er war froh, dass er kein Geld kassieren musste. Das würde Sjors später tun, nach ein paar Lieferungen. Es kam ihm nicht verlockend vor, mit sechzehntausend Gulden auf der Straße herumzulaufen.

Sjors spielte den spendablen Mann. Die ganze Bar durfte mittrinken.

«Eigentlich müsstest du eine Runde schmeißen», sagte Sjors. «Du hast deine Zulassungsprüfung bestanden. Mit einer Zwei, würde ich sagen.»

Sie prosteten sich zu.

«Aber denk dran. Das nächste Mal weniger nervös, dann wird es vielleicht eine Eins minus. Und nie Speed nehmen oder so, dann wirst du zu aufgedreht. Einfach ruhig bleiben, dann klappt alles von allein.»

Sjors schaute zu den Frauen, die an der Bar saßen. «Welche willst du?», fragte er.

«Ich ... nein, keine ... ich weiß nicht.»

«Gehst du lieber heim zu deinem eigenen Weibchen?» Spott klang in Sjors' Stimme. «Wartet sie mit einer Tasse Tee und einem Stück Kuchen auf dich?»

Roy hob die Schultern. Was sollte er mit diesen Frauen hier, jede eine schlimmere Hure als die andere, wo Manon zu Hause war? Er stellte sich vor, wie er sich neben sie ins Bett legte, wie sie wach wurde und die Arme um ihn legte. Hatte sie ein T-Shirt an oder schlief sie nackt, in Erwartung seiner Ankunft? Manon ... Es war nun schon nach drei. Vielleicht wartete sie auf ihn, unruhig, voller Angst. Oder sie war weggegangen, ins Bahama Bay, vielleicht auch ins Woody's Place. Hatte sie dort vielleicht etwas über Sjors aufgeschnappt, über einen Job, den sie zusammen tun würden? Sollte er ihr alles erzählen? Oder besser nicht?

Sjors hatte einen Arm um eine Frau gelegt, die neben ihm saß. Eine andere Frau stellte sich neben Roy, die Brüste an seine Seite gedrückt.

«Ich bin Debby», sagte sie. «Wie heißt du?»

«Roy.»

«Schöner Name. Ein Freund von Sjors?»

Er nickte.

Sie lachte, als habe er einen Witz erzählt. Ihre Brüste bewegten sich mit. «Wollen wir gleich noch was Hübsches anstellen?»

Roy war dabei, seinen neuen CD-Player zu installieren. «Schau, für dich, ein Geschenk», hatte er gesagt. Manon schaute zufrieden zu, wie er schweigend und angespannt arbeitete. Ab und zu nahm er einen Zug von seiner Zigarette. Sie fragte, ob er noch Kaffee wolle. Nein, lieber eine Cola. Wie froh war sie in der Nacht gewesen, als sie endlich, nach stundenlangem Warten, gehört hatte, wie die Tür aufging. Mit jeder Minute war ihre Überzeugung gewachsen, dass er nicht mehr kommen würde, dass er für immer wegbleiben würde. Es kostete sie die größte Mühe, nichts zu sagen wie: Du warst aber lange weg, wo hast du die ganze Zeit gesteckt, warum kannst du es mir nicht vorher sagen, wenn du so spät heimkommst, warum hast du nicht angerufen? «Wie schön, dass du wieder da bist», hatte sie gesagt, das kam der Sache noch am nächsten. Er hatte sie umarmt, heftiger als sonst, hatte sie das Gefühl. «Ich komme doch immer zu dir zurück, ich lasse dich doch nicht allein.» Sie hatten gebumst, still, ohne etwas zu sagen, als ob sie ganz ineinander aufgingen. Jetzt noch fühlte Manon die vollkommene, prickelnde Befriedigung in jeder Faser ihres Körpers. Sie atmete tief ein und aus und schaute wieder zu Roy, der eine neue CD auflegte. «*Everybody needs a little time away, I heard her say, from each other. Even lovers need a holiday, far away from each other. Hold me now, it's hard for me to say I'm sorry. I just want you to stay.*» Sie ging zu Roy und er zog sie auf seinen Schoß. Er streichelte ihre Haare, küsste zart ihren Nacken. «*After all that we've been through, I will make it up to you, I promise to. And after all that's been said and done, you're just a part of me I can't let go.*»

Manon ging auf die Toilette. Als sie zurückkam, machte sie, ohne sich etwas dabei zu denken, die Zimmertür zu.

«Lass die Tür auf», sagte Roy in einem so scharfen Ton, dass sie erschrak.

«Warum?»

«Einfach so, das gefällt mir besser. Die Tür braucht nicht zugemacht zu werden. Das ist, als wäre man eingeschlossen, das ist unnötig.»

Mittags gingen sie in die Stadt. Roy fragte, ob sie noch etwas kaufen wolle. Vielleicht Kleider? Sie brauchte nichts. Hier mit Roy zu sein, durch die Stadt zu laufen, in einem Straßencafé zu sitzen, das reichte ihr; es war sogar fast zu viel, überwältigend viel. Alle Leute sollten es sehen.

Trotz des schönen Wetters gingen sie ins Kino. *Ransom*, mit Mel Gibson. Um die Spannung auszuhalten, schmiegte sie sich manchmal ganz dicht an Roy. Der Polizist, der mitspielte, war unheimlich. Man sah sofort, dass er nichts taugte.

Danach gingen sie in ein großes, neues mexikanisches Restaurant. Sie fühlte sich lahm und schläfrig; am liebsten würde sie sofort mit Roy ins Bett gehen, träge und faul mit ihm bumsen, stundenlang, in seinen Armen einschlafen.

«Gottverdammt, wie lange das dauert», sagte Roy, nachdem sie eine Viertelstunde gewartet hatten, ohne das jemand gekommen war, um ihre Bestellung aufzunehmen. Sie hatten sich selbst eine Speisekarte von einem anderen Tisch geholt.

Es liefen zwar Jungen und Mädchen an ihrem Tisch vorbei, aber die ignorierten sie. Es war, als würden sie gar nicht da sitzen.

Endlich hielt Roy einen Jungen an. «Ich möchte gern was bestellen.»

«Der Tisch gehört zu einem Kollegen. Er wird gleich kommen.»

«Bist du sicher?»

«Natürlich.»

«Bring schon mal ein Bier und einen Weißwein. Du willst doch Weißwein, oder?»

«Mein Kollege kommt gleich zu Ihnen.»

Es dauerte wieder zehn Minuten. Manon sah, wie sich über Roys Kopf eine Wolke von Wut zusammenbraute. «Sollen wir woanders hingehen? Mir würde auch einfach McDonald's gefallen.»

«Nein», sagte Roy mit zusammengebissenen Zähnen. «Wir essen hier, und wenn es noch Stunden dauert.»

Endlich kam wieder ein Junge an ihrem Tisch vorbei.

«Ich möchte was bestellen», sagte Roy.

«Ich bin gleich bei Ihnen.»

«Du bist jetzt schon bei mir, also ist es einfacher, die Bestellung sofort aufzunehmen.»

Manon wünschte sich, sie wäre nicht dabei, sie könnte ungesehen verschwinden. Sie traute dem Ton von Roys Stimme nicht.

Der Junge machte Anstalten, wegzugehen, aber Roy hielt ihn zurück.

«Können Sie Ihre Hände nicht bei sich behalten?»

Es war ein Scheißjob, aber zu Sjors sagte man nicht nein. «Beobachte ihn», hatte Sjors ihm aufgetragen. «Ich will wissen, was er tut, einfach ein bisschen Kontrolle.» Willem hatte Hunger. Er hatte sich schon eine Weile umgeschaut, aber hier in der Gegend gab es weder ein Restaurant noch eine Dönerbude oder eine Snackbar. Nichts, absolut nichts. Im Handschuhfach war noch eine halbe Rolle Pfefferminzbonbons. Er ließ sie hintereinander in seinem Mund verschwinden. Sjors hatte leicht reden. Der schob natürlich irgendwo eine Nummer oder ließ sich bei Ad voll laufen, während er sich hier zu Tode langweilte. Na ja, Sjors bezahlte gut.

Ein Junkie stolperte über den Gehweg. Willem sah, wie er sich an einer Autotür zu schaffen machte. Bestimmt suchte er ein Autoradio. Diesen Ärger konnte er jetzt nicht brauchen.

Willem stieg aus dem Pontiac. «He, verpiss dich!»

Viertel nach elf. Er wusste, dass er nicht immer auf die Uhr schauen sollte, aber es kostete ihn zu viel Mühe, sich zu beherrschen. Wenn er erst mehr Routine hätte, würde es besser klappen. Gestern Abend hätte er sich, verdammt noch mal, auch beherrschen müssen. Manon war ganz aus dem Häuschen gewesen, als er dem Jungen einen Klaps gegeben hatte. Ein Klaps war es gewesen, nicht mehr als ein kleiner Klaps, aber dann lief Blut aus seiner Nase und er fing an zu schreien: «Er hat mich geschlagen! Er hat mich geschlagen!» Als hätte Roy ihn fast umgebracht. Was für ein Feigling. Es hätte gerade noch gefehlt, dass er geweint hätte wie ein kleines Kind. Natürlich war sofort der Chef angelaufen gekommen. Roy hatte erklärt, was passiert war. Der Junge hatte versucht, sich loszureißen. Ja, und dann war eines zum anderen gekommen. Konnte er was dafür? Manon war weiß geworden. Sie hatte sofort nach Hause gehen wollen.

Fast halb zwölf. Noch immer war niemand zu sehen. Dies war seine erste Tour allein. Wenn heute alles klappte, würde es immer klappen, dann gab es kein Problem. Aber diese Minuten dauerten Jahre. Warum konnten sie, verdammt, nicht pünktlich kommen? Er musste doch auch rechtzeitig hier sein? Mit der Faust schlug er aufs Lenkrad.

Ruhig, ruhig, sagte er sich. Ruhig. Gleich kommen sie, dann bringen sie die Sachen und alles ist in Ordnung. Sein Auto würde er hier zurücklassen. Er hatte ein Abonnement für die Parkgarage. Wenn er mit dem Opel wieder zurückkam, konnte er in sein eigenes Auto steigen. *No problem*, wieder anderthalb tausend Gulden verdient.

Ein Auto kam. Verdammt, der Typ nahm den Parkplatz neben ihm. Es war eine Dummheit gewesen. Stell dich so hin, dass neben dir keine leeren Parkplätze sind, hatte Sjors ihm eingebläut, und er hatte es doch vergessen. Eine gute Lektion fürs nächste Mal. Roy warf einen vorsichtigen Blick auf das Auto neben ihm. Der Mann hinter dem Steuer nickte ihm kurz zu. Aus den Augenwinkeln sah Roy, dass er sich eine Zigarette ansteckte. Shit, shit, shit, dieses Arschloch wollte doch nicht hier warten? Vielleicht auf die gleiche Lieferung. Ein Missverständnis. Vielleicht hatte er auch Autoschlüssel für den Opel. Donnerstagabend um elf, hatte Sjors gesagt. Und es war Donnerstag, da war er sich sicher.

Roy schaute kurz zu dem Mann im Auto neben ihm. Erst jetzt sah er, dass auch eine Frau im Auto saß, auf dem Rücksitz. Der Mann und die Frau unterhielten sich offenbar miteinander. Verflucht, dafür fuhr man doch nicht in eine Parkgarage. Was für Armleuchter! Und was sollte er tun, wenn jetzt der Audi kam? Trotzdem blinken? Und fünf Minuten später zum Opel gehen, das Zeug kontrollieren und wegfahren? Dieses Szenario hatte er nicht mit Sjors eingeübt. Der hatte getan, als wäre es immer gleich einfach, der hatte nicht an so einen Typ gedacht, der gemütlich mit einer Frau quatschte. Roy merkte, wie ihm der Schweiß ausbrach und in juckenden Bächen über seinen Rücken lief. Er rieb sich an der Rücklehne des Sitzes.

Zehn vor zwölf. Was ihn betraf, konnte der Audi noch eine Weile wegbleiben. Er steckte sich eine Zigarette an. Er hatte Lust auf ein Bier, aber im Auto war nichts zu trinken, außerdem war es besser, nüchtern zu bleiben, stocknüchtern. Um die Zeit totzuschlagen, ging er noch einmal die Ereignisse in dem mexikanischen Restaurant durch, von dem Moment an, als er zum ersten Mal so ein Kellnerchen angesprochen hatte, so einen Waschlappen. Diese hochnäsige Art, die sie drauf hatten, diese Sperenzchen, Jesses. Mein Kollege kommt gleich zu Ihnen, mein Herr. Ja, von wegen, niemand kommt. Sie lassen dich einfach blöd herumsitzen und lachen dich auch noch aus. Wieder schlug er mit der Faust auf das Lenkrad. Nur weil Manon dabei gewesen war, hatte er sich zurückgehalten. Sonst hätte er ihm schon längst aufs Maul geschlagen. Neben ihm wurde das Auto angelassen. Zum Glück verzog sich dieser Kerl endlich.

Willem startete den Motor, als er den Opel aus der Garage kommen sah. Wie spät war es jetzt? Viertel nach zwölf. Er fuhr mit etwa hundert Meter Abstand hinter dem Opel her. Er hatte Sjors gefragt, ob Roy nichts merken würde. «Der? Der sieht dich erst, wenn du dich zu ihm in den Wagen setzt.»

Es kostete Willem Mühe, so langsam zu fahren wie Roy. Der brauchte fast anderthalb Stunden, um seine Sachen abzuliefern. Außerdem verirrte er sich einmal, musste umdrehen und fuhr an Willem vorbei, der sich so weit wie möglich hinter das Steuer sinken ließ. Roy schien noch immer nichts zu merken.

Erst gegen drei konnte Willem die Zähne in ein Brot mit Döner schlagen.

Er hatte ein Hotel in Scheveningen reserviert. «Warum Scheveningen?», hatte Manon gefragt. «Einfach so. Dort ist immer viel los.» Aber während die ganze Woche die Sonne geschienen hatte, war das Wetter am Samstag und Sonntag schlecht, trübe und regnerisch. Sie hatte sich im Badezimmer zurechtgemacht. Als sie zurückkam, schaute Roy sie ganz seltsam an. Noch nie hatte sie so einen Blick in seinen Augen gesehen. Verlegen, wie ein kleiner Junge.

Er hielt beide Hände hinter dem Rücken. «Welche Hand willst du?»

Sie lachte. «Alle beide.»

«Welche Hand?»

«Also … die rechte.»

In der ausgestreckten Hand hielt er etwas, in dunkelrotes Papier gewickelt.

«Für mich?»

«Natürlich, für wen denn sonst?»

Mit zitternden Fingern machte sie das Päckchen auf. Flüchtig las sie den Namen eines Juweliers. Ein langes, schmales Etui war darin. Sie schaute Roy an. Er nickte, noch immer mit diesem verlegenen Blick, und lächelte. Sie öffnete das Etui. Sie war sprachlos, als sie die goldene Halskette herausnahm.

Sie waren mit einem Taxi in die Stadt gefahren. Es war eine Scheißstadt, das hatten sie beide festgestellt. Langweilig und öde. Blöde und dumm. Aber das machte ihnen nichts aus. Lachend und singend liefen sie durch die Straßen und ließen sich nass regnen. Alles war ihnen egal. In einem eleganten Laden kaufte Manon ein schönes, gewagtes Top. Sie musste über Roy lachen, der, ein bisschen unglücklich aussehend, auf einem der Stühle mitten im Laden saß, neben einem anständigen Mann in einem grauen Anzug mit Weste.

Mit einem Taxi fuhren sie ins Hotel zurück, frierend und

nass geregnet. Zusammen stiegen sie in die große Badewanne, spritzten sich nass, tauchten sich gegenseitig unter. Sie fühlte Roys Kraft, vor der sie manchmal Angst hatte, die sie jetzt aber erregte. Im warmen Wasser drang er in sie ein. Das hatte sie noch nie gemacht. So etwas ging nur mit Roy. Vorsichtig, in einem langsamen Rhythmus, bewegte er sich. Sie sah die kleinen Wellen, sie hörte, wie das Wasser an den Badewannenrand klatschte, sie hörte seinen leicht keuchenden Atem und umklammerte ihn noch fester.

«Nein, Mam, es geht gut, sehr gut.»

«Warum kommst du dann nicht mal vorbei?»

«Ich habe viel zu tun.»

«Was denn?»

Manon schloss die Augen. «Ach, dies und das. Ich suche mir eine Arbeit ... ich muss alles Mögliche tun ... die Wohnung einrichten und so.»

«Aber du brauchst dir doch keine Arbeit zu suchen. Hier gibt es doch Arbeit für dich, oder? Wir haben jetzt ein Mädchen, das ...»

«Ich will nicht mehr in der Metzgerei arbeiten.»

«Hältst du dich für zu gut dafür? Ich habe es doch auch jahrelang gemacht, sogar noch, als ich euch schon hatte, als Rolf und du noch klein wart.»

Manon musste sich Mühe geben, den Hörer nicht hinzuknallen. Nun war natürlich wieder die ganze Geschichte dran, die schwere Arbeit, die Selbstaufopferung, immer einer für den anderen da sein. Sie hätte es im Traum aufsagen können. Ihre Lippen bewegten sich mit den Worten ihrer Mutter mit.

«Papa möchte auch gern, dass du wieder heimkommst. Du bist noch viel zu jung, um mit jemandem zusammen zu wohnen, und dieser Junge, dieser Roy, was tut er eigentlich?»

«Er arbeitet bei einem Transportunternehmen.» Das hatte Roy tatsächlich gesagt: Ich transportiere Waren von einem Ort zum anderen, ganz einfach. Sie verstand nicht, dass er damit so viel Geld verdiente. Tagelang war er zu Hause. Er hatte nichts zu tun, keine Arbeit, keine Verabredungen, nichts. Natürlich war etwas faul an der Sache, aber sie wollte nicht wissen, was es war. Wenn sie es nicht erfuhr, war es auch nicht wirklich da. Roy wäre übrigens nicht entzückt, wenn sie danach fragen würde.

«Und verdient er da so einigermaßen?»

«Ja, sehr gut.» Sie dachte an das Bündel Geldscheine in Roys Hosentasche. Er wurde offensichtlich in bar ausbezahlt. Von Steuern, Krankenkasse, Rentenversicherung und diesen Dingen schien er nie was gehört zu haben. Sie wollte sich auch nicht verrückt damit machen. Das würde das Leben nur komplizieren und langweilig machen.

Manon hörte ihre Mutter schluchzen, als sie fragte: «Wann kommst du wieder mal bei uns vorbei?»

«Bald, wenn ich Zeit habe.» Sie fühlte, wie ihre Wangen rot wurden bei dieser Lüge. Jeden Tag hatte sie Zeit und sie würde bestimmt nicht bald mal bei ihrem Vater und ihrer Mutter vorbeigehen.

«Am Sonntag?», fragte ihre Mutter. «Dann hole ich Kuchen. Ihr könnt auch zum Essen bleiben.»

Wochenlang hatte Roy es verschoben. Ja, natürlich, diesen Besuch musste er mal erledigen, aber er hatte immer wieder davon abgesehen, weil ihn der Gedanke bedrückte: Wenn er ins Gefängnis ging, forderte er sein eigenes Schicksal heraus. Noch nie war er in einem Knast gewesen. Mit dem Zug war er einmal vorbeigefahren und damals hatte er zum ersten und letzten Mal das Gebäude mit den sechs Türmen gesehen, die moderne Raubritterburg. Am liebsten hätte er sich von diesem Gebäude fern gehalten, möglichst weit, aber jetzt war ein Besuch unvermeidlich. Wenn er selbst drin sitzen würde, würde er auch erwarten, dass Frank mal vorbeikäme. Wer weiß, wie er sich langweilte. Und Roy war ihm noch etwas schuldig. Soweit er wusste, hatte Frank bei der Polizei oder bei Gericht seinen Namen nicht genannt. Er hatte behauptet, die BMW's alleine geklaut zu haben. Natürlich hatten sie in diesem BMW Fingerabdrücke genommen, aber seine eigenen waren zum Glück noch nicht registriert. Er musste dafür sorgen, dass das nie passierte.

Er hatte angerufen. Roy wusste, dass er auf Franks Liste stehen musste, sonst hätte er keine Besuchserlaubnis bekommen. Ja, der Inhaftierte 834, Frank Bartels, war bereit, ihn zu empfangen. Donnerstag Nachmittag um zwei Uhr war die Besuchszeit. Sonst hatte sich niemand gemeldet, also hatte er die ganze Stunde zur Verfügung. Wie würde er eine ganze Stunde mit Frank reden können? Ob Frank es ihm übel nahm, dass er entwischt war? Zufall, Frank, purer Zufall, das hätte dir auch passieren können, wenn du nicht im Auto sitzen geblieben wärst.

Heute war Donnerstag. Roy schaute auf die Uhr. Fast eins. Manon hantierte in der Küche. Er musste nun gehen, sonst würde er es sich vielleicht noch anders überlegen.

Er legte die Arme um Manon, berührte zart ihre Brüste. «Ich muss mal weg, Schatz.»

«Wohin gehst du?»

«Was?»

«Ach, nichts.»

Er küsste sie in den Nacken.

Roy hatte kalte, feuchte Hände, als er sich dem Gefängnis Bijlmer näherte. «Vollzugsanstalt Over-Amstel» war der offizielle Name; es hörte sich an wie der Versuch, die wirkliche Bestimmung des Gebäudes, das grau wie ein Bunker war, zu vertuschen. Einfach ein Gefängnis, ein Kittchen, ein Knast, und wer drin saß, war ein Verbrecher. Roy blieb einen Moment stehen und betrachtete die Mauern. Vor den Fenstern der Türme waren Gitter. Die hatte es früher nicht gegeben, das hatte er mal gehört oder gelesen. Damals war es ein paar Mal passiert, dass Gefangene mit einem schweren Möbelstück die Fenster zerschlugen und sich mit Hilfe aneinander geknoteter Laken oder eines eingeschmuggelten Seils hinuntergelassen hatten.

Wie lange war Frank nun schon hier? Mehr als zwei Monate. Allein die Vorstellung, hier eingeschlossen zu sein, schnürte Roy die Kehle zu. Schon früher, zu Hause, mussten bei ihm alle Türen offen stehen. Einmal war er in der Schule eingesperrt worden, in einer Kammer mit Putzzeug, nachdem er einen anderen Jungen aus der Klasse verprügelt hatte. Er war ganz verrückt geworden in der Kammer. Was auch passierte, er durfte sich nie schnappen lassen. Sonst würde er kaputtgehen.

10 *Es war vertraut,* so wie früher, als sie noch zusammen in der Schule waren, die Lehrer ärgerten und provozierten, heimlich Zigaretten rauchten, kichernd von ihrem ersten Zungenkuss erzählten, von der Hand eines Jungen unter dem T-Shirt, von seinem steifen Ding am Bauch. Manon hatte ein enges, schwarzes Kleid gekauft, das ihren Rücken frei ließ, und zwei Leggins, die einen mit einem Tigerdruck und die anderen mit einem Totenkopfmotiv. Sie konnte kaufen, was sie wollte, es spielte keine Rolle.

«Musst du nicht arbeiten?», fragte Anouk.

«Warum?»

«Nun, um Geld zu verdienen natürlich, oder wächst das bei euch im Garten?»

«Roy verdient gut.»

Anouk nickte verstehend.

«Sollen wir was trinken gehen?», fragte Manon. Sie wollte leicht und neblig im Kopf werden, die Welt auf eine andere Art betrachten, alle möglichen Fragen verdrängen, auch die von Anouk. Sie sollten einfach Dinge tun, auf die sie Lust hatten. Darum ging es doch: dass man tun konnte, wozu man Lust hatte.

In der Kneipe saßen einige alte Männer und zwei Frauen mit riesigen Einkaufstaschen. Hier war es dunkel und düster, es gab auch keine Musik. Manon bestellte sich eine Rum-Cola, Anouk blieb bei Kaffee. Zwei Jungen, ungefähr zwanzig, in Lederjacken und Jeans, setzten sich an die Bar. Einer der beiden kam an ihren Tisch und fragte, ob er Manon und Anouk etwas anbieten dürfe.

«Ja, klar», sagte Manon. «Wenn du nur nicht glaubst, dass ich was im Angebot habe.»

«Alles ganz freibleibend», sagte der Junge und gab Anouk Feuer.

«Freibleibend», wiederholte Manon. «Freibleibend.» Sie dachte über das Wort nach, während sie ihre Rum-Cola trank. Eine der Frauen holte immer wieder Päckchen aus ihrer großen Tasche und packte sie aus. Ab und zu hielt sie einen Pulli oder eine Bluse vor sich, die andere Frau sagte dann jedes Mal: «Prächtig ... steht dir sehr gut.» Manon fühlte plötzlich ein Bedürfnis zu sagen, dass die Kleidungsstücke potthässlich waren, dass die Farben nichts waren und dass die Frau mit ihrem Neuerwerb schrecklich aussah.

Einer der beiden Jungen fragte, ob sie sich zu ihnen setzen dürften.

«Nein, dürft ihr nicht», sagte Manon. Sie würde bald heimgehen. Eigentlich sollte sie sich eine Überraschung für Roy überlegen. Aber was? Und da hatte sie eine Idee.

Frank sah blass und grau aus, als lebe er seit Jahren in einem Keller, in den kein Tageslicht drang. Seine Haare waren fettig, auf der rechten Wange hatte er ein großes Pflaster. Er hinkte ein bisschen. Um seine Hand war ein Verband gewickelt.

Sie saßen in dem großen Besuchersaal, an anderen Tischen saßen Männer, meist mit ihren Frauen, manchmal war ein Kind dabei. Am Tisch neben ihnen spielte ein kleiner Junge mit einem Modellauto. «Brrrumm ... brrrumm ...» Roy glaubte, einen BMW zu erkennen. «Brrrumm ... brrrrumm», sagte der Junge und wurde immer lauter. «Halt den Mund», sagte die Frau, die offenbar seine Mutter war. «Ich kann deinen Vater nicht verstehen.«

Roy hielt Frank sein Päckchen Marlboro hin. Sie rauchten schweigend. Als er am Eingang kontrolliert worden war, hatte die Angst wieder zugeschlagen. Sie würden ihn hier behalten können. Natürlich gab es keinen Grund, keine Anklage, geschweige denn ein Urteil, trotzdem ... Er hatte kurz überlegt, wieder zurückzugehen, nach Hause, in die Stadt, Sjors aufsuchen, egal was, jedenfalls nicht in diesen Bunker hineinzugehen, mit dem Risiko, drin bleiben zu müssen.

Jetzt hatte er seine Atmung wieder unter Kontrolle. Seine Hände zitterten kaum mehr. Er hatte Lust auf einen dicken Joint. Damit würde er Frank bestimmt auch einen Gefallen tun. Frank schaute ihn kurz an, mit blicklosen, leeren Augen, und drehte den Kopf wieder weg.

Roy deutete auf Franks Hand. «Was ist passiert?»

«Ach, nichts.»

«Geprügelt?»

«Ja, so ähnlich.»

«Und dann?»

«Strafe, zwei Tage Isolierhaft, in meiner eigenen Zelle. Der andere auch. Aber ich krieg den schon noch, diesen Scheißkerl.»

Roy fragte sich, warum er hergekommen war. Frank schien auch verlegen zu sein wegen seines Besuchs.

«Hast du hier was zu tun?»

Frank nickte. «Ich habe hier mehr zu tun als draußen.»

«Siehst du Tony manchmal?»

«Der sitzt in einem anderen Turm, Nummer drei, glaube ich.»

Am Tisch nebenan bekam der Kleine von seiner Mutter eins hinter die Ohren; er ließ sich sofort auf den Boden fallen und stimmte ein ohrenbetäubendes Geschrei an.

«Schön, so seinen Vater zu besuchen», sagte Roy.

Die Frau versuchte, den Jungen wieder auf den Stuhl zu setzen, aber er blieb wie ein willenloser Sack auf dem Boden liegen.

«Tja ...» Frank bohrte in der Nase.

«Stark, dass du meinen Namen nicht genannt hast», sagte Roy. «Sie haben dich doch bestimmt gefragt, ob noch jemand mitgemacht hat.»

«Klar.»

Roy bot erneut eine Zigarette an. Er schaute auf seine Uhr. Noch keine zehn Minuten waren vergangen. Wie sollte er, in Gottes Namen, die ganze Stunde voll bekommen? Frank erweckte nicht den Eindruck, als schätze er den Besuch besonders, aber er konnte schlecht früher weggehen. Mit einer großen Tüte Chips und etwas zu trinken lockte die Mutter den Jungen wieder auf seinen Stuhl. Der Vater sah aus, als hätte er lieber nichts damit zu tun.

Minutenlang blieb es still. Frank kratzte sich heftig unter seinem T-Shirt.

«Wie lange hast du noch?», fragte Roy schließlich das, was er schon wusste.

«Vierzehn Monate», sagte Frank mit flacher Stimme.

Danach war es wieder still. Der Mann und die Frau neben ihnen unterhielten sich flüsternd. «Nein, tu das nicht, nein», hörte Roy ein paar Mal, «schlag dir das aus dem Kopf.» Roy schaute auf seine Uhr: noch eine gute halbe Stunde. Der Junge kroch jetzt mit zwei Autos über den Boden.

«Hast du noch eine Zigarette?», fragte Frank.

Roy schob ihm die fast volle Packung zu. «Hier, behalte sie.»

Frank steckte sich eine Zigarette an, fing aber nach dem ersten Zug schrecklich zu husten an. Er drückte die Zigarette aus.

«Willst du was trinken?», fragte Roy. Aus dem Automaten holte er zwei Dosen Cola.

«Was machst du zur Zeit?»

Roy erschrak fast über Franks Frage. «Transport … eh … Transport und Verteilung.»

«Hört sich gut an. Kommt was rüber?»

«Und ob.»

«Gefährlich?»

«Nicht wirklich.» Roy dachte an die angstvollen Minuten in der Parkgarage. An den Schweiß, der ihm aus allen Poren zu strömen schien, als der Audi in die Garage kam, an das eine Mal, als er an einer seiner Adressen klingelte und ihm nicht aufgemacht worden war. Warum sollte er das alles Frank erzählen?

«Für wen arbeitest du jetzt?»

Wie sicher war diese Information bei Frank? Sjors schrie es lieber auch nicht von den Dächern.

«Für wen?», fragte Frank noch einmal.

«Für Sjors, du weißt schon. Er ist früher auch manchmal bei Tony gewesen. Früher hatte er einen Pferdeschwanz, jetzt hat er eine Glatze. So ein älterer Knacker.»

Zum ersten Mal erschien ein Lächeln in Franks Mundwinkeln. «Sjors, ja, das ist in Ordnung. Was meinst du, kann ich mitmachen, wenn ich wieder draußen bin?»

Aus irgendeinem Grund hatte er keine Lust, sofort nach Hause zu gehen. Er würde den Knast mittragen, die Atmosphäre, die Blicke der Wachleute, das Geräusch, das Frank machte, als er seine Nase hochzog, den kleinen Jungen, der Chips aß und dessen Vater mutlos und verlassen daneben saß.

Es war still im Woody's Place. Eigentlich war es nicht klar, warum Ad tagsüber für die paar Kaffeetrinker und einen verirrten Kneipengast überhaupt geöffnet hatte. Roy versuchte, den unangenehmen Geschmack im Mund loszuwerden, und goss vier Bier hintereinander in sich hinein.

«Durst?», fragte Ad.

«Ja, gehörig, gib mir noch eins. Ich bin gerade bei Frank gewesen.»

«Das macht einen nicht gerade fröhlicher.»

«Nein, ganz bestimmt nicht.»

«Sorge ja dafür, dass du außerhalb der Mauern bleibst», sagte Ad. «Das habe ich auch immer getan.»

Roy fragte sich, wie Ad das geschafft hatte. Es gab hartnäckige Gerüchte über raffinierte Sachen, schöne Deals und linke Geschäfte. Ad schien nicht nur mit Gras und Hasch zu tun zu haben, sondern auch mit harten Drogen. Außerdem, dieser Coffeeshop, Smoker's Paradise, den er sich gekauft hatte, nachdem der frühere Besitzer zusammengeschlagen worden war. Von einem Unbekannten ... der Fall wurde nie aufgeklärt. Ein paar Wochen lang hatte der Kerl im Krankenhaus gelegen, danach hatte er den Vertrag mit Ad unterschreiben wollen, für eine viel zu niedrige Summe. Niemand sprach darüber, was wirklich passiert war, man erkundigte sich auch nicht danach.

Mit gierigen Zügen trank Roy sein Glas leer. «Gib mir noch eines und nimm dir selbst auch was.»

Ad stellte sein Bier hin. «Du arbeitest zur Zeit für Sjors, oder?»

Roy nickte.

«Und, geht es gut?»

«Perfekt.»

«Transport?», fragte Ad.

«Ja, Transport.» Ein unangenehmes Gefühl stieg in Roy auf. Es war, als würde es ihn irgendwo jucken, wo er nicht kratzen konnte. Erst Frank und jetzt Ad. Der stellte mehr Fragen, als man das normalerweise tut. Als wollte er etwas erfahren, was besser verborgen bleiben sollte. Das ging ihn nichts an, aber so etwas sagte man nicht zu Ad.

«Du holst es irgendwo ab und dann bringst du es zu verschiedenen Adressen.» Ad sagte es wie eine simple Feststellung, gegen die nichts vorzubringen war.

«Ja, so ähnlich.»

«Wie lange hast du damit zu tun?»

Roy nahm einen Schluck und steckte sich noch eine Zigarette an. «Na ja, ein paar Stunden.»

Ad zapfte ein Bier für einen anderen Kunden, als wäre das eine Arbeit, die seine volle Aufmerksamkeit erforderte. Dann wischte er mit einem Tuch über die Theke.

11 *Roy blieb* vor dem Haus noch eine Weile im Auto sitzen. Er fühlte den Alkohol in seinem Körper. Ihm war schwindlig. Heute Abend musste er arbeiten, heute Abend, shit.

Als er oben ankam und Manon sah, war er erst nur überrascht. Dann kam die Wut.

«Warum hast du das gemacht, verdammt noch mal?»

«Einfach so, ich wollte was verändern.»

«Was verändern?», zischte er sie an.

«Ja, die langen Haare hatte ich schon so lange und die Farbe hat mich auch gelangweilt.» Sie strich sich mit den Händen durch die kurz geschnittenen Haare.

«Rot ... warum rot?»

«Es ist mehr kastanienbraun.»

«Wenn ich rot sage, dann ist es auch rot!»

«Ich finde das schön.»

Er äffte sie nach.

«Aber ich habe es für dich getan, Roy, um dich zu überraschen. Ich habe gedacht, dass du ...»

Er unterbrach sie. «Eine schöne Überraschung. Hättest du mich nicht erst fragen können?»

Mit beiden Händen hielt er sie fest. Härter, als er eigentlich wollte, aber er konnte nicht anders. Warum hatte sie so was getan? Es war sowieso schon ein Scheißtag, und jetzt auch noch das.

«Lass mich los!», rief sie. «Du tust mir weh.»

Als Reaktion packte er sie noch fester. Verflucht, sie musste lernen, nicht solchen Blödsinn zu machen. Ihre Haare waren jetzt kürzer als seine. Und dann diese Farbe!

Der rote Fleck breitete sich vor seinen Augen aus, bis er fast sein ganzes Blickfeld füllte.

«Lass mich los!», rief sie wieder. «Au! Tu's nicht, Roy.»

Sie wand sich, kratzte mit der rechten Hand über sein Gesicht. Er fühlte den Striemen auf seiner Wange und holte mit der rechten Hand aus.

«Willst du Kaffee?»

Sie schüttelte den Kopf, der unter der Decke hervorschaute.

«Cola?»

«Nein», kam es gedämpft.

«Etwas anderes?»

Keine Reaktion. Er setzte sich neben sie aufs Bett und streckte die Hand nach ihrem Kopf aus, hielt aber auf halbem Weg inne.

«Willst du was zu essen? Eine Pizza oder so?»

«Nein, ich hab keinen Hunger.»

Aus dem Gefrierfach holte er ein paar Eisstücke, die er in ein Küchenhandtuch wickelte. «Hier, drück dir das auf die Backe. Dann geht die Schwellung schneller weg und es tut weniger weh.»

Wieder schüttelte sie leicht den Kopf.

«Es tut mir Leid, Manon. Ich hab's nicht so gemeint.»

Sie schluchzte noch ein paar Mal. Er legte seine Hand neben ihren Kopf auf das Kissen.

«Ich war ein bisschen überdreht ... einfach, weil ...» Er sagte den Satz nicht zu Ende.

Sie richtete sich so plötzlich auf, dass er erschrak. Mit großen, roten, verweinten Augen schaute sie ihn an; die Mascara war verlaufen. Sie sah gespenstisch aus. «Du darfst mich nie mehr schlagen, Roy, nie mehr.»

Er legte die Arme um sie.

«Versprichst du das?», fragte sie noch einmal. «Dass du das nie mehr tust?»

«Nein, nie mehr.» Mit einer vorsichtigen Bewegung legte er ihr die Hand auf den Kopf. Sanft wühlte er durch ihre kurzen Haare. Es war fremd, aber nicht unangenehm. Sie legte einen Arm um ihn, zögernd, als umarme sie ihn das erste Mal.

Sie tastete über ihre Wange. Noch immer geschwollen, aber es tat kaum mehr weh. Sie aß ein Butterbrot, trank ein Glas Seven-Up und ging unter die Dusche. Länger als eine Viertelstunde stand sie darunter. Wasser, Wasser, alles sollte von ihr abgespült werden, alle Angst, alle Panik, der ganze Schmerz. Roy hatte erzählt, dass er Frank im Knast besucht hatte und deshalb ein bisschen durcheinander gewesen war, einfach wegen der ganzen Situation. Bei der Arbeit hatte er auch ein paar Probleme, und als er dann heimgekommen war und sie gesehen hatte, da hatte er einfach durchgedreht. Sie hatte seine fanatische Wut erkannt, vom ersten Mal her, bei den Abbruchhäusern mit diesem unheimlichen Kerl, der sie schnappen wollte. Sie schenkte noch ein Glas Seven-Up ein und zündete sich eine Zigarette an.

Minutenlang stand sie vor dem Spiegel und betrachtete ihr Gesicht. Sie blies die rechte Wange auf, so dass sie fast so dick war wie die geschwollene linke.

Ganz kurz stieg eine beängstigende Frage in ihr auf: Konnte sie bei Roy bleiben? Aber was sollte sie sonst tun? Sie konnte doch nicht mit hängenden Ohren zu ihren Eltern zurückkehren, erniedrigt und besiegt. Und Roy würde es nie mehr tun, er hatte es versprochen. Als er wegging, hatte sie ihm in die Augen geschaut, seinen Blick festgehalten, und dann hatte sie es wieder gewusst: Dies war ihr Roy, ihr König, wie sie ihn manchmal bei sich selbst leise nannte. Er hatte sie gerettet, er hatte sie beschützt, deshalb durfte sie ihn nicht wegen einer Paniksituation verurteilen. Jeder machte mal einen Fehler. Warum sollte Roy nicht auch einen machen? Er war doch auch nur ein Mensch.

Sie stellte den Fernseher an und zappte herum, bis sie bei einem Diskussionsprogramm mit Transvestiten und Transsexuellen landete. Ein Mann, der fünfzehn Jahre verheiratet gewesen war und zwei Kinder hatte («ein Junge von dreizehn und ein Mädchen von zwölf») erzählte, dass er durch die Hormonkur schöne Brüste bekommen habe. Die Kamera brachte eine Großaufnahme seines Dekolletees. «Aber da unten bin ich noch ein Mann», sagte er. «Ich warte noch auf eine Operation.» Nein, das Leben war nicht einfach, weil die Menschen es nicht verstanden. Seine Kinder hatten auch Schwierigkeiten damit, die konnten es nicht akzeptieren und wollten ihn nicht mehr sehen. «Das finde ich schwierig, ja, wenn meine Kinder sich mir gegenüber so verhalten ... aber ich kann nicht anders ... mein Körper zwingt mich einfach.»

Es war schon nach zwölf und der Audi war noch immer nicht in die Parkgarage gekommen. Was sollte er tun, wenn niemand auftauchte? Seit ein paar Wochen besaß er ein Handy. Sollte er Sjors anrufen? Der hatte auch immer so ein Ding dabei. Vielleicht war es besser, noch eine Weile zu warten. Sie waren schon früher so spät gewesen.

Endlich erschien der Audi, ruhig, als wäre nichts los. Plötzlich wollte Roy wissen, wer in dem Auto saß, wer das Zeug lieferte. Mit Mühe unterdrückte er den Wunsch, auszusteigen und hinzulaufen.

Der Audi blinkte dreimal. Roy tat dasselbe. Nach ungefähr fünf Minuten stieg ein Mann aus dem Auto. Ob es immer derselbe war? Er schaute sich erst eine Weile um, bevor er die Sachen nahm. Roy folgte seinen Blicken: Nichts Besonderes war zu sehen, einfach eine Parkgarage mit ein paar Autos, sonst nichts. Nachdem er die Ware in den Opel gelegt hatte, blieb der Mann wieder eine Weile stehen. Er steckte sich sogar eine Zigarette an. Roy sah die rote Glut aufleuchten. Was war los? Vielleicht ein neuer Mitarbeiter, der sich nicht genau an die Regeln hielt?

Roy tastete nach seinem Handy und nach dem Zettel mit Sjors' Nummer, die er noch nicht auswendig wusste. Er brauchte Rat. Bei dieser Art Arbeit benötigte man festgelegte Abläufe, sonst war man verloren. Angenommen, er selbst würde auch ein bisschen herumspazieren, mit einer brennenden Zigarette zwischen den Fingern.

Der Audi fuhr weg, hupte sogar kurz. Ganz leicht, aber trotzdem.

Roy wartete eine Weile, dann tippte er Sjors' Nummer ein. Es wurde sofort abgenommen.

«Ich bin's, Roy.»

«Was ist los?» Roy hörte eine Frau im Hintergrund lachen; danach eine zweite Frau.

«Ich traue der Sache nicht. Es läuft anders als sonst.» Roy erklärte, was vorgefallen war.

«Aber das Zeug liegt wie üblich im Opel?» Wieder das Lachen einer Frau. «Nein, nicht … hör auf», sagte Sjors halb neben dem Telefon. «Nein, lass das … Finger weg … Hallo, bist du noch da?»

«Natürlich.»

«Die Ware liegt im Opel und der Audi ist weggefahren?»

Roy bestätigte es.

«Was stellst du dich dann so an?» Wieder lachte eine Frau. «Sie ziehen mich hier aus», fuhr Sjors fort. «He, he, ein bisschen vorsichtig, ich brauche meinen kleinen Jungen noch.»

«Ich soll also einfach weitermachen?», fragte Roy.

«Natürlich, was hast du denn gedacht?» Die Verbindung wurde unterbrochen.

Roy tippte seine eigene Nummer ein. Das hatte er noch

nie getan. Nachdem das Telefon ungefähr sechsmal geläutet hatte, nahm Manon ab.

«Ich bin's ... Roy ...»

«Was ist los?» Ihre Stimme klang verschlafen.

«Ich wollte nur schnell mal deine Stimme hören.»

Sie gähnte. «Warum?»

«Einfach so, ich weiß nicht. Wie geht es dir jetzt?», fragte er.

«Geht schon. Bist du bei der Arbeit?»

«Ja.» Bei der Arbeit. Das war natürlich keine Arbeit, es war vor allem Warten und Nervenanspannung.

«Komm nicht so spät nach Hause, ja?»

«Ungefähr um drei, denke ich, bis bald.» Plötzlich verstand er nicht mehr, warum er Manon angerufen hatte. Das war nur eine Verzögerung.

Er stieg aus dem Auto und ging zum Opel. Ja, das Zeug lag im Kofferraum. Er kontrollierte alles: acht Pakete. Aus einer anderen Ecke meinte er ein schabendes Geräusch zu hören, als streiche jemand mit einer Ledersohle über Beton. Hatte er sein eigenes Auto eigentlich abgeschlossen? Er lief zurück. Ja, natürlich, der BMW war abgeschlossen. Einen Moment lang überlegte er, einzusteigen und wegzufahren. Weg, weit weg, kein Theater mehr, keine Angst mehr, einfach zu Manon, nach Hause. Aber was dann? Würde Sjors ihn aufsuchen? Würde Sjors es sich überhaupt gefallen lassen oder würden Maßnahmen ergriffen? Roy wusste so ungefähr, was das bedeutete, Maßnahmen. Und außerdem, wie sollte er dann an Geld kommen? Ein normaler Job, aber wo und wie? Vielleicht in einer Kneipe oder so was. Aber er durfte gar nicht daran denken, wie das war, jeden Abend Bier einzuschenken, dem Gelaber der Kunden zuzuhören und dann auch noch freundlich und höflich zu bleiben. Außerdem würde er lange nicht so viel verdienen wie jetzt. Sjors hatte auch durchblicken lassen, dass er nach einer Weile («wenn du deine Arbeit gut machst; du musst dich erst beweisen») vielleicht ein paar größere Jobs bekäme. Damit würde er noch mehr Kohle verdienen.

Roy ging zurück zum Opel, setzte sich hinter das Steuer und versuchte zu starten. Der Motor röchelte und hustete, weigerte sich aber anzuspringen. Roy wartete einen Moment und versuchte es dann noch einmal. Verdammt … noch immer nichts. Er steckte sich eine Zigarette an. Eigentlich gab es nur eine Möglichkeit: einfach die Sachen in sein eigenes Auto laden, denn er sah sich nicht unter die Motorhaube des Opel kriechen, um das Ding anzubekommen. Ein so begeisterter Monteur war er auch nicht. Und die Straßenwacht anzurufen schien ihm auch keine brillante Idee.

Er versuchte es noch einmal. «Ja … ja … komm schon … los, komm schon … Scheißauto … ja … ja …»

Der Opel sprang nicht an. Roy stieg aus und wollte die Sachen in seinen eigenen Wagen laden. In diesem Moment kam ein anderes Auto in die Parkgarage gefahren. Er setzte sich wieder in den Opel und wartete. Einfach jemand, der parken wollte. Ein Mann und eine Frau stiegen aus. Lachend und sich gegenseitig befummelnd liefen sie zum Ausgang.

Fuck, es war jetzt schon nach eins, und er stand noch immer hier. Er brachte das Zeug aus dem Kofferraum in sein eigenes Auto und fuhr schnell los. Er hatte es eilig. Gleich würde er noch Probleme beim Ausliefern bekommen. Richtung Ausgang. Verdammt, ein Auto vor ihm. Wie langsam das fuhr. Roy hatte Lust zu hupen, aber er riss sich zusammen. Um die Kurve nach unten. Das Scheißauto fuhr immer langsamer; es stand fast. Was wollte der Arsch eigentlich? Jetzt war auch noch ein Auto hinter ihm. Der Blödian hatte das Fernlicht angeschaltet, so dass Roy im Rückspiegel nichts erkennen konnte. Wer fuhr mit Fernlicht aus einer Parkgarage?

Dann wurde ihm kalt. Es war, als hätte er einen großen Eisklotz im Magen, dessen Kälte sich in seinem ganzen Körper ausbreitete. Bis zu seinen Schultern, seinen Armen, seinen Fingern, die wie erfroren das Steuer umklammerten. Langsam fuhr er durch die Parkgarage, eingeklemmt zwischen zwei anderen Autos. Die Sekunden dauerten Minuten; die Zeit erfror auch.

Er wollte sein Handy nehmen, ließ den Apparat fallen. Er fluchte und fluchte, aber die Flüche blieben ihm in der Kehle stecken, als der kleine Kombi stehen blieb. Automatisch hatte er auf die Bremse getreten. Er wusste, was das war, er wusste auch, dass es unmöglich war, zu fliehen. Aus dem Auto vor ihm stiegen zwei Männer. Sie trugen große Sonnenbrillen. Der Gedanke an die Blues Brothers schoss ihm durch den Kopf, aber dies hier war wirklich. Einer der Männer tippte mit seinem Revolvergriff an das Fahrerfenster. Roy entriegelte die Tür, die von dem Mann sofort geöffnet wurde. Er trug einen eleganten Anzug und darunter ein knallrotes T-Shirt. Er sagte nichts, sondern zog den Schlüssel aus dem Anlasser. Zusammen gingen die Männer hinter den BMW, machten den Kofferraum auf und holten die Sachen heraus. Sie deponierten die Ware in ihrem eigenen Auto und bedeuteten Roy, ihnen zu folgen.

12

Halb vier, und Roy war immer noch nicht da. Nach seinem unerwarteten Anruf hatte sie lange wach gelegen, hellwach. Von den Mietern unten drang leise Musik herauf. Schon seit Tagen hatte sie kein Schreien oder andere beunruhigende Geräusche gehört. Die Frau, die neben ihr wohnte, hatte sie ein paar Mal auf der Straße gesehen. Es schien nichts Besonderes mit ihr los zu sein. Manon tastete wieder nach ihrer Wange. Wenn jemand eine Bemerkung machte, würde sie vorgeben, Zahnschmerzen zu haben.

Sie verließ das Bett und setzte sich ins Zimmer. Sie schaltete den Fernseher ein und zappte zu MTV. Dumme Musik mit einem dummen Clip. Sie mochte Rap nicht besonders. TMF hatte auch nicht viel mehr zu bieten, trotzdem ließ sie den Apparat an.

Kurz vor vier. Sie tippte Roys Nummer ein. Eigentlich durfte sie ihn nicht anrufen, wenn er arbeitete, aber er würde es ihr bestimmt verzeihen, nach allem, was heute Abend passiert war; sie hatte einen Anspruch auf Unterstützung und Sicherheit. Sie hörte nur ein gurgelndes Geräusch. Vielleicht hatte sie sich verwählt. Sie versuchte es noch einmal; das gleiche Geräusch. Roy war nicht da. Vielleicht würde er nie mehr kommen. Sie wollte schreien, seinen Namen so laut wie möglich rufen, aber es schrie nur in ihr selbst.

Roy hatte sich an den Straßenrand gesetzt. Die wenigen Autos, die vorbeifuhren, hatten seine ausgestreckte Hand ignoriert.

«Scheißkerle», murmelte er.

Er fing wieder an zu laufen. Wenn er sich umschaute, konnte er noch etwas Rauch aufsteigen sehen, als brenne dort ein gemütliches Lagerfeuer. Er hatte bei den beiden Männern im vorderen Auto gesessen, nachdem sie ihn erst nach Waffen abgesucht hatten. Aus dem hinteren Auto war ein Mann gestiegen und hatte sich ans Steuer seines Autos gesetzt. Sie waren ein Stück aus der Stadt hinausgefahren, über Straßen und Wege, die er nicht kannte, bis sie auf einem eingezäunten, öden, leeren Platz angehalten hatten. Dort hatten sie ihn gezwungen auszusteigen, noch immer ohne ein Wort zu sagen. Jetzt war es aus mit ihm. Sie hatten keinen Grund, ihn zu schonen. Er erwartete jeden Moment, dass einer der beiden Männer seine Pistole ziehen würde, dann würde ein Schuss folgen. Im selben Moment würde er einen kurzen, heftigen Schmerz spüren, dann nichts mehr. Er war merkwürdig ruhig gewesen; es war nichts zu ändern. Sein Handy hatten sie in einen Wassergraben geworfen, was ihm wieder Hoffnung gab. Wenn ihn jemand anrief, was würde er hören? Blubb-blubb-blubb? Sie hatten, verdammt, einen ganzen Benzintank in und über sein Auto gegossen und es dann angezündet. Es hatte ihm körperlich wehgetan, ein Stich in seinen Magen, als würde ihm jemand ein Messer hineinstecken. Alles war schweigend passiert. Danach waren die Männer in ihr Auto gestiegen und weggefahren. Einer der vier hatte ihm noch zugewinkt, Roy hatte kurz darüber lachen müssen.

Lachen … er würde nie wieder lachen, denn jetzt hatte er Probleme bis über den Hals. Was war das Beste? Sofort verschwinden? Aber wie und wohin? Außerdem, Sjors kannte jeden und jeder kannte Sjors. Sie würden ihn schnell schnappen. Wenn er verschwand, war das wie ein Schuldbekenntnis. Dann konnte er genauso gut gleich sein Todesurteil unterzeichnen.

Wieder kam ein Auto vorbei. Roy hielt den Daumen hoch. Das Auto verlangsamte die Fahrt, hielt aber nicht an.

Roy hob den Mittelfinger hoch. «*Asshole!*»

Er lief weiter über den Asphalt. Das Beste war, so schnell wie möglich Sjors anzurufen, mit offenen Karten zu spielen, alles zu erzählen, von der ersten bis zur letzten Sekunde. Und was dann? Was würde dann passieren? Er hatte für Tausende von Gulden Ware im Auto gehabt, Tausende von Gulden. Wie bekam er das zurück? Woher holte er das Geld? Würde Sjors es vorläufig bezahlen können? Für wen war Sjors ein Verbindungsmann, wer waren die Leute, die über ihm standen? Diese Hundert-Kilo-Typen, die Tausend-Kilo-Typen? Wenn man es mit denen zu tun bekam, dann gute Nacht. Er fluchte. Verdammt, was für ein Elend, was für eine Scheiße.

Erst als die Tür aufging, merkte er, dass ein Lastwagen neben ihm angehalten hatte. «Willst du ein Stück mitfahren?», fragte der Fahrer.

Weinend flog sie ihm an den Hals. «Ich habe gedacht, du kommst nie mehr heim, dass du noch immer böse auf mich bist und mich nicht mehr willst.»

Er schaute sie erstaunt an.

«Wegen meiner Haare ... dass sie dir nicht gefallen ...»

Er drückte sich an sie, klopfte ihr ermutigend auf den Rücken, fuhr ihr mit der Hand noch einmal durch die kurzen, stacheligen Haare. «Natürlich will ich dich noch, du bist doch meine Manon, für immer.»

Sie weinte noch heftiger. Er wusste nicht genau, was er tun sollte. Eigentlich müsste er sofort Sjors anrufen. Die Leute, bei denen er die Ware hätte abliefern müssen, hatten sich wahrscheinlich schon bei ihm gemeldet; gefragt, wo die Sachen blieben.

«Es hat so lange gedauert», schluchzte Manon. «Was ist

passiert? Warum bist du so lange weggeblieben? Ich habe dich noch angerufen, aber dein Handy hat so ein komisches Geräusch gemacht, als wäre es kaputt.»

«Hier ... ein Taschentuch. Kaffee ... kannst du vielleicht Kaffee kochen?»

Manon ging in die Küche. Roy nahm das Telefon. Jetzt sofort, er musste es sogleich tun. Nicht nachdenken, nicht zweifeln. Jetzt. Er wählte Sjors' Nummer. Nachdem das Telefon etwa zehnmal geklingelt hatte, wurde abgenommen. Sjors klang verschlafen. Es schien einen Moment zu dauern, bis er wusste, wer anrief und bis er überhaupt kapierte, um was es ging. Das bedeutete, dass noch kein Kunde angerufen hatte. Vielleicht war das ein Vorteil. Roy sagte, dass etwas Unangenehmes passiert sei.

«Du rufst zu einer beschissenen Zeit an. Was ist passiert? Doch nichts mit der Ware?»

«Doch ... ich fürchte schon.» Er hörte Manon in der Küche hantieren.

«Was denn?»

«Das möchte ich dir lieber nicht am Telefon erzählen.»

Sjors' Stimme hörte sich auf einmal hellwach an. «Okay, ich treffe dich gleich, mal sehen, wie viel Uhr ist es jetzt?»

«Kurz nach sechs.»

«Okay, um sieben Uhr, im Bahnhofsrestaurant, Hauptbahnhof.»

«Okay.»

Manon kam mit zwei Tassen dampfenden Kaffees ins Zimmer.

«Kaffee», sagte sie. «Dann ist alles wieder gut.»

«Fast alles.»

Sjors legte eine Hand auf seinen Arm, väterlich, aber zugleich auch drohend. «Jetzt erzähl noch mal.»

Wieder erzählte Roy die Geschichte, sorgfältig darauf achtend, dass sie eine exakte Kopie der ersten war.

Sjors nickte. Er lachte schief, dann sagte er. «Verdammt, du hast dich ganz schön in die Nesseln gesetzt.»

«Aber ich kann doch nichts dafür, ich habe doch ...»

«Halt den Mund!»

Sjors holte noch zwei Flaschen Bier und hielt sich seine Flasche an den Mund. In einem Zug trank er sie leer. Wieder fluchte er. «Warum bist du mit deinem eigenen Auto gefahren?»

«Das habe ich dir schon zweimal erzählt. Ich verstehe nicht, was du ...»

Wieder diese Hand auf Roys Arm, aber jetzt kräftiger, als wolle er ihn durch die Tischplatte drücken. «Dann erzähle es noch einmal. Ich kann nicht genug davon bekommen.»

«Der Opel sprang nicht an ... ich habe ihn einfach nicht anbekommen.»

Sjors nickte und nahm einen Schluck aus der zweiten Flasche. «Also hast du gedacht: Dann nehme ich eben mein eigenes Auto.»

«Was hätte ich denn tun sollen?»

«Und die Kerle, die dich geschnappt haben, hast du die erkannt? Hast du sie schon früher gesehen, waren es Bekannte?»

Roy hatte sich diese Frage auch schon gestellt. Eines der Gesichter war ihm bekannt vorgekommen, aber wo und wann er den Mann schon mal gesehen oder getroffen hatte, konnte er nicht sagen. Er war auch ziemlich schlecht im Wiedererkennen von Gesichtern. Seine Mutter hatte öfter zu ihm gesagt, dass er auf der Straße an ihr vorbeilaufen konnte, als würde er sie nicht kennen. Er hatte ihr nicht gesagt, dass es noch andere Gründe gab, an ihr vorbeizulaufen.

«Nun?», fragte Sjors.

«Ich weiß nicht ... ich glaube nicht.»

«Du bist dir also nicht sicher?»

Roy zuckte mit den Schultern. Er wollte hier weg. Um sie herum saßen alle möglichen anständigen Leute mit Aktenkoffern oder anderem Gepäck. Ein Stück weiter, in der Ecke, tranken ein paar Penner oder Nachtschwärmer ihren ersten Kaffee oder ihr erstes Bier. Vielleicht auch ihr letztes Bier. So sahen sie jedenfalls aus.

«Du musst es genau wissen», sagte Sjors. Zwischen seinen zusammengepressten Zähnen zeigten sich Spuckeblasen.

«Einen von den Kerlen habe ich vielleicht schon mal gesehen, aber ich weiß nicht mehr genau wo. Ich weiß es einfach nicht mehr.»

«Weißt du, was ich weiß ...» Sjors machte eine Pause und zündete sich eine Zigarette an. «Du sitzt metertief in der Scheiße und es stinkt zum Himmel. Glaub ja nicht, dass ich dich da raushole. Ich muss das Geld ja auch bezahlen. Sechzehn Mille ...» Er schwenkte die Finger vor Roys Gesicht hin und her, «... sechzehn Mille, und da rede ich noch nicht mal vom Gewinn. Das ist nur der Rohpreis.»

«Aber wie kann ich denn ...»

Sjors unterbrach ihn. «Wir schauen uns mal das Auto an oder das, was davon noch übrig ist. Hast du die Schlüssel vom Opel noch bei dir?»

Sie nahmen ein Taxi, um zur Parkgarage zu fahren. Willem war nicht da; für ihn war es wahrscheinlich noch zu früh.

«Wir haben es eilig», sagte Sjors zum Taxifahrer, einem Mann in Roys Alter mit einem roten Lockenkopf und einer enormen Nase.

«Wer nicht?», sagte der.

«Du bist wohl Mamas witziges Kerlchen, was?», sagte Sjors.

«Ach, nein.» Der Taxifahrer drehte den Kopf in ihre Richtung. «Meine Eltern sind tot. Im Krieg vergast worden, von den Deutschen.»

«Oh? Vergast von den Deutschen? Schau auf die Straße, sonst fährst du noch in die Straßenbahn», warnte Sjors.

Roy überlegte, dass das nie stimmen konnte, die Sache mit den Eltern, aber er hielt den Mund.

Sjors nahm eine Pille. «Du auch?»

Roy schüttelte den Kopf. Er war müde, todmüde, aber so angespannt, dass er das Gefühl hatte, etwas in ihm könnte zerreißen.

Tagsüber sah die Parkgarage anders aus, als wäre sie ein unbekanntes Gebäude. Sie gingen zu der Etage, in der der Opel stehen musste. Roy hatte erwartet, dass das Auto verschwunden war, aber es stand noch da, trostlos und traurig.

Sjors streckte die Hand aus. «Die Schlüssel!»

Er setzte sich ins Auto und versuchte zu starten. Nach zwei misslungenen Versuchen sprang der Motor an. Aus dem Auspuff kamen ein paar große, graue Rauchwolken. Roy fluchte unhörbar. Was hatte das zu bedeuten? Würde Sjors ihm nun überhaupt nichts mehr glauben? Würde er denken, dass er die Ware selbst verscherbelt und das Geld irgendwo versteckt hatte, die sechzehn Mille plus Gewinn? Wie viel insgesamt? Fünfundzwanzig, dreißig, vielleicht auch vierzig?

Sjors stand wieder neben dem Opel. Er versetzte Roy einen Stoß gegen die Schulter. Ein heftiger Schmerz schoss durch seinen Arm.

«Er wollte nicht anspringen, was, Scheißkerl … und was ist das?»

Der Motor des Opel ratterte immer noch.

«Heute Nacht ist er nicht gegangen», sagte Roy. «Ich habe es mindestens vier-, fünfmal probiert.»

«Vier-, fünfmal probiert», wiederholte Sjors spöttisch. Er packte Roy am Arm und zog ihn grob mit sich. «Gut, jetzt schauen wir mal, was von deinem Auto übrig geblieben ist.»

13 «*Du bist also* gegen eine Tür gelaufen?», fragte die Frau. «Ist mir auch schon ein paar Mal passiert.»

Manon nickte. «Wie heißt du eigentlich?»

«Wendy.»

«Manon.»

«Angenehm.»

«Angenehm.»

Sie lachten beide. Gleichzeitig waren sie durch die Haustür getreten, als hätten sie sich verabredet. Da war es unvermeidlich; sie mussten miteinander sprechen. Manon hatte sofort das Gefühl, als kenne sie Wendy schon länger. Natürlich waren sie durch eine Wand getrennt, trotzdem waren sie sich nicht fremd.

«Sollen wir dort einen Kaffee trinken? Sie haben guten Kuchen. Oder magst du keinen?»

«Manchmal schon.»

Sie saßen einander gegenüber, jede mit einer Tasse Cappuccino und einem Stück Sachertorte.

«Ich habe noch nichts gegessen», sagte Manon.

«Nun, dann ist das hier dein Frühstück.»

Sie schauten sich an und begannen wieder zu lachen.

Sjors hielt den Opel am Straßenrand an. «Also, denk mal gut nach. Wo war es?»

«Hier irgendwo in der Nähe», sagte Roy, «aber wo genau, das weiß ich nicht mehr.» Er stieg aus dem Auto und schaute sich um. Es kam ihm bekannt vor. Ein Werkgelände, ein großer, fast leerer Parkplatz, ein Stück weiter ein paar Schuppen, ein verlassenes Fabrikgebäude mit eingeworfenen Fensterscheiben, ein Feld mit ein paar Bäumen. Vielleicht mussten sie dort links abbiegen, an den Schuppen vorbei.

Roy stieg wieder ein. «An den Schuppen vorbei links.»

«Bist du sicher?»

Roy sagte nichts. Natürlich hätte er genauer hinschauen müssen, heute Morgen, aber seine Panik und die Angst waren zu groß gewesen. Sjors folgte seinen Anweisungen. Er fuhr weiter, bis sie zu einem großen Schrottberg kamen. Hier hörte der Weg auf.

«So, ist dein Auto hier dazwischen?», fragte Sjors grimmig.

«Wir sind verkehrt.»

«Ach, du merkst es auch schon. Du bist ziemlich verkehrt, Roy. Ich bin froh, dass ich nicht in deinen Schuhen stecke.» Sjors warf einen kurzen Blick auf Roys Füße. «Weißt du was? Gib mal deine Schuhe her.»

«Warum?»

«Ich muss dir nichts erklären, verstehst du.» Sjors drückte mit seiner Hand wieder Roys Oberarm. «Her mit den Schuhen!»

Roy zog langsam, mit zitternden Händen, seine Nikes Air Max aus. Erst machte er noch einen Knoten in einen Senkel, den er nur mit Mühe wieder aufbekam. Neben sich hörte er Sjors schnaufen.

«Her mit den Schuhen!» Sjors warf sie auf den Rücksitz. «Und jetzt raus mit dir!»

«Aber ich …»

«Hast du mich nicht gehört? Bist du vielleicht auch noch taub? Raus mit dir, habe ich gesagt.» Sjors schrie es ihm ins Ohr.

Sie saßen in Wendys übervollem Zimmer. Nur zwei Sessel und ein Tisch standen darin, aber der Raum war voll gestopft mit Fernsehapparaten, Musikanlagen, Küchengeräten und Computern.

«Alles Ware», sagte Wendy. «Mark hat gesagt, dass das Zeug nur für ein paar Tage hier stehen muss, vorübergehend, als Lager, aber es ist schon seit Monaten hier. Na ja, man gewöhnt sich daran.»

«Wo ist er jetzt, dieser Mark?»

Wendy zuckte mit den Schultern. «Verschwunden. Einfach abgehauen, aber wenn er wieder vor der Tür steht, kommt er mir nicht mehr rein, dieser Scheißkerl. Ich habe ein neues Schloss einbauen lassen. Er hatte ein T-Shirt, auf dem FUCK OFF stand ...»

Manon nickte.

«Nun, das soll er selbst tun, diese lahme Ente, *sakka sakka mang*. Sich mit anderen Weibern rumtreiben und mich hier in diesem Verhau sitzen lassen, ja ... dann tschüss.»

Sie tranken Cola und rauchten eine Zigarette. Und später noch eine.

Dann fing Manon zu weinen an. Sie konnte es nicht mehr zurückhalten. Mehr als eine Stunde hatte sie mit Wendy gesprochen, über alles, über früher, zu Hause, noch zu viert. Sie hatte von der Metzgerei erzählt, von der Schule, von Roy, und dann war sie leer und in ihr war wieder Platz für die Angst. Sie hatte Angst, Todesangst. Sie wusste nicht, was war, aber es war etwas. So wie Roy hereingekommen war, wie er sie angeschaut hatte, was er gesagt hatte und wie er dann wieder fortgegangen war. «Ich muss weg, etwas regeln.» – «Kommst du bald zurück?» – «Ich weiß nicht.» – «Was ist los? Was musst du regeln?» Ihm war anzusehen gewesen, dass er seinen Ärger zu unterdrücken versuchte, und sie hatte gewusst, dass es besser war, nicht weiter zu fragen, er war kurz davor gewesen, die Beherrschung zu verlieren. Und jetzt hatte sie Angst, nach

Hause zu gehen, Angst, die Wohnung leer vorzufinden. Was sollte sie dort, wenn Roy noch immer nicht da war?

Wendy gab ihr ein paar Papiertaschentücher und legte den Arm um sie. «Es wird wieder gut, ganz bestimmt.»

Manon wusste nicht, was wieder gut werden sollte.

Endlich war er an einer Bushaltestelle angekommen, *in the middle of nowhere,* seltsam genug. Per Anhalter zu fahren wollte er erst gar nicht mehr versuchen. Bestimmt nicht jetzt, wo er in Socken lief. Ein Held in Socken, er konnte die Worte nicht vermeiden, ein Held in Socken. Aber wieso ein Held? Wofür, worin? Er blickte auf den Fahrplan. In zwanzig Minuten würde ein Bus kommen, nach Haarlem. Von dort aus konnte er mit dem Zug fahren. Und dann? Nach Hause. Aber dann? Was sollte er dann tun? Sjors würde er nicht entkommen. Irgendwie musste er sich die Ware zurückholen, oder das Geld. Sechzehntausend Gulden. Sechzehn grüne Scheine. Wie kam er um Gottes willen an so viel Geld? Er konnte kaum zu Sjors sagen, dass er ein paar Jahre sparen würde. Sjors würde ihn auslachen.

Konnte Manon an Geld kommen? Nein, natürlich nicht. Kurz dachte er an einen Mann, den er im Bahama Bay getroffen hatte. Der hatte seine Frau in einem Sexclub arbeiten lassen, aber das würde er nie tun können. Manon mit all diesen alten, geilen Kerlen, er durfte gar nicht daran denken.

Verdammt, es war kalt. Er hatte Hunger, wusste aber, dass er nichts würde essen können. Die Welt drehte sich leicht vor seinen Augen.

Aus einem Seitenweg, den er vorher nicht bemerkt hatte, kam ein Mann. Er lief zur Bushaltestelle und stellte sich neben Roy. Der Mann, der ein auffallend schmales und langes Gesicht hatte, trug eine altmodische lederne Aktentasche. Er schaute auf seine Uhr, dann auf den Fahrplan.

«Noch fast eine Viertelstunde.»

Roy brummte etwas.

«Bekommen Sie keine kalten Füße?» Der Mann deutete mit seiner Aktentasche auf Roys Füße.

«Das geht dich nichts an! Ich frag dich doch auch nicht, warum du so ein komisches Gesicht hast.»

Der Mann warf ihm einen erschrockenen Blick zu, ging dann ein paar Schritte weiter und wartete.

Roy saß gelangweilt vor dem TV. Sie hatte nichts gefragt oder gesagt, als er nach Hause kam, auch nichts über die Tatsache, dass er in Socken lief. Ab und zu fluchte er oder sagte «fuck» oder «shit» oder «was für ein Mist». Sie hatte Brote gemacht, aber er hatte sein erstes Brot schon nach ein paar Bissen weggelegt. Ihr war schlecht; sie brachte auch keinen Bissen runter.

Sie wollte ihm so gern helfen, aber er sah unnahbar aus, unerreichbar. Er schaute sich gerade die Wiederholung einer Soap-Opera an, aber sie hatte den Eindruck, dass die Bilder an ihm vorbeigingen. Er sagte, er gehe ins Bett.

«Soll ich mich zu dir legen? Ich bin auch müde.»

Er schüttelte den Kopf.

Schon nach einer halben Stunden tauchte er wieder auf. «Ich muss noch mal weg.»

«Soll ich mitkommen?»

«Nein.»

«Warum nicht?»

«Darum nicht! Weil ich es sage. Fängst du jetzt auch schon an zu meckern?»

«Ich will dir doch nur …» Als sie sein Gesicht sah, hielt sie den Mund, obwohl sie ihn noch um etwas Haushaltsgeld hatte bitten wollen.

Er ging zuerst bei Angelo vorbei. Trotz seines italienischen Namens hatte Angelo einen holländischen Kopf mit gelblichen Haaren und Sommersprossen. Sein Vater war Bauer, irgendwo oben in Nord-Holland. Ja, Angelo konnte ihm ein Auto leihen, aber was war mit seinem eigenen Auto passiert? Probleme. Angelo fragte nicht weiter und gab ihm den Schlüssel von einem Mitsubishi Colt. «Pass auf, dass du nicht noch mehr Probleme kriegst. Arbeitest du noch für Sjors?» Roy nickte. «Tja ...» Angelo spuckte auf den Boden, nur ein paar Zentimeter von seinen glänzend geputzten Schuhen entfernt.

Roy fuhr erst ein bisschen herum. Wo sollte er hin, wo sollte er anfangen? Warum war Sjors nicht etwas fairer? Was konnte er überhaupt dafür, ganz allein gegen die vier Kerle in der Parkgarage? Das war doch die pure Übermacht.

Ohne dass er es sich bewusst überlegt hatte, war er aus der Stadt hinausgefahren und befand sich in der Nähe von Tonys Schrottplatz. Er fuhr weiter. Nun, da er schon hier war, musste er weiterfahren. Alles sah verlassen aus. Niemand zu sehen, keine Sterbensseele. Sterbensseele, das Wort ging ihm durch den Kopf. Auf was für Scheißwörter kam er da dauernd? Held in Socken, Sterbensseele ... wann hörte das endlich auf? Er hielt auf dem Zufahrtsweg an, stieg aus dem Auto und steckte sich eine Zigarette an. Kaputte Autowracks, Autoteile, rostige Karosserien, zwischen denen Gras wuchs oder ein vereinzelter Strauch. Nichts hatte sich geändert.

Roy lief zu Tonys ehemaligem Büro, vorsichtig, als ob irgendwo auf dem Gelände noch die Polizei warten könnte, um ihn zu schnappen. Die Tür war eingetreten, drinnen herrschte Chaos. Überall lagen Papiere, der Tisch war kaputt, die Polsterung des Sofas, das da stand, war aufgerissen oder aufgeschnitten. Auf die Wand hatte jemand mit großen Buchstaben MAI RULES gesprayt, darunter ZAPPO. Es stank nach Kot und Pisse. Würgend ging Roy hinaus.

Als er neben dem Mitsubishi stand, sah er, dass ein Stück weiter auf dem Weg ein Auto geparkt war. Es sah aus wie der Pontiac von Sjors. Roy ging darauf zu, vorsichtig, zweifelnd. Das Auto wurde angelassen und verschwand mit quietschenden Reifen.

«Jemand hat für dich angerufen.»

«Wer?»

«Sjors.»

«Was hat er gesagt?»

«Nichts, dass er noch mal anrufe. Ach ja, und ob du schon neue Schuhe hättest.»

«Dieses Arschloch ...»

Manon fragte nichts weiter. Roy holte sich ein Bier aus der Küche, setzte sich aufs Sofa und machte den Fernseher an. Sie setzte sich neben ihn und legte ihm die Hand auf den Oberschenkel. Er schien es nicht zu merken.

«Ich würde gern mal wieder ausgehen», sagte sie. «Es ist schon fast eine Woche her.»

«Ich bin gerade heimgekommen», sagte Roy.

«Sollen wir nicht ins Kino gehen?» Sie streichelte seinen Oberschenkel.

«Tu das nicht ... ich halte das im Moment nicht aus.»

Sie nahm ihre Hand weg. «Es gibt einen neuen Film mit Bruce Willis, glaube ich. Soll ich mal in der Zeitung nachschauen?»

«Tu das.»

«Wenn du nicht willst, brauchen wir es nicht zu tun. Wir können auch gemütlich zu Hause bleiben.»

«Ich habe doch gesagt, du sollst nachschauen. Gottverdammt, kannst du nicht zuhören?»

Das Telefon klingelte. Sie sah, wie er zusammenzuckte, sich verspannte, halb vornüber gebeugt neben ihr saß. Er machte keine Anstalten, den Hörer abzunehmen.

«Soll ich drangehen?», fragte sie.

Er schüttelte den Kopf. Langsam, wie in Zeitlupe, bewegte sich seine Hand zum Hörer.

«Hallo.»

Manon hörte nur ein vages Gemurmel am anderen Ende der Leitung.

«Roy hier ... Oh, es war nur ein Witz? ... Nein, ich weiß noch nichts ... Aber wie soll ich ...?»

Am anderen Ende folgte eine lange Geschichte. Roys Blick verdüsterte sich noch mehr.

«Nein, ich bin einfach hingefahren. Da ist nichts, wirklich nicht. Ja, ich hatte ihn gesehen. Ja, ich glaube, Willem.»

Roy warf Manon einen scheuen Blick zu. «Aber wie kann ich denn ...?»

Er wurde unterbrochen. Am Schluss knallte er den Hörer hin. Sie wusste, dass sie nichts fragen durfte, aber sie legte die Arme um seine Schultern und zog ihn an sich. Es dauerte Minuten, bis seine Muskeln sich entspannten und sie merkte, dass er wieder ein wenig bei ihr war. Sie streichelte seine Haare, küsste seinen Nacken und suchte mit den Lippen seinen Mund. Roy, das war ihr Roy, und niemand konnte ihn ihr wegnehmen. Vielleicht gab es Probleme, aber gemeinsam würden sie die lösen können. Sie knöpfte sein Jeanshemd auf und ließ ihre Hand über seine Brust gleiten.

«Ich habe Lust auf dich», sagte sie, «ich habe solche Lust auf dich.»

Sie lag noch im Bett. Roy saß auf dem Bettrand, mit gesenktem Kopf, schon seit Minuten. Erst war es gut gegangen, phantastisch. Er lag auf dem Rücken und sie saß auf ihm. Während sie ihn in sich fühlte, betrachtete sie seinen schönen Körper. Aber langsam kam ihr der Gedanke, dass sie ihn verlor, dass er immer weiter von ihr wegtrieb. Sein Körper machte noch mit, aber er selbst war nicht mehr dabei. Nachdem er gekommen war, hatte er sich sofort auf den Bettrand gesetzt.

Er zündete sich eine Zigarette an. «Willst du auch eine?»

«Nein, danke.» Sie legte eine Hand auf seine Hüfte. «Du musst mir erzählen, was los ist, Roy. Sonst weiß ich nicht, was ich tun soll.»

Er schüttelte den Kopf.

«Du musst es mir wirklich erzählen.»

«Was spielt es für eine Rolle?» Er drehte sich um und schaute sie an.

Sie bekam Angst vor seinem Blick, aber sie wusste, dass sie nun weiterfragen musste, sonst würde sie Roy für immer verlieren. «Für uns ... für uns beide zusammen ... du musst mir erzählen, was passiert ist.»

Mit einem tiefen Seufzer legte er sich neben sie. «Geld ... es geht um Geld ... sehr viel Geld.»

«Um wie viel?»

«Sechzehn Mille.»

«Und was ist mit dem Geld?»

«Das muss ich bezahlen ... an Sjors.»

Sie schmiegte sich an ihn. «Sjors?»

«Ich arbeite für ihn.»

«Aber warum musst du ihm dann was bezahlen?»

«Ware ... ich habe sie verloren.»

«Wie?»

«Das spielt keine Rolle ... Sechzehn Mille.»

«Und Sjors war gerade am Telefon?»

Er nickte.

«Und was hat er gesagt?»

«Dass er es innerhalb einer Woche haben müsse.»

«Und wenn du es nicht hast, was passiert dann?»

Er drehte ihr den Kopf mit einer heftigen Bewegung zu. «Dann macht er mich kaputt, dann schlägt er mich zum Krüppel. Ich weiß es nicht. Vielleicht schnappt er dich sogar auch.»

Sie legte die Arme um ihn und fühlte den kalten Schweiß auf seinem Körper. Es passierte etwas, was sie noch nie erlebt hatte und was sie maßlos rührte: Er begann leise zu weinen.

14

«Ich glaube es nicht», sagte Ad. Er spülte ein paar Gläser.

Roy wischte sich den Schweiß von der Stirn. «Sechzehn Mille brauch ich, mehr nicht. Das sind für dich doch nur *peanuts*, oder?»

Ad machte eine Bewegung, die alles Mögliche bedeuten konnte.

«Ich bezahle es dir zurück, ganz bestimmt.»

«Du solltest zu einer Bank gehen. Ich bin keine Bank. Ich leihe nichts, damit fange ich gar nicht erst an. Ehe man sich's versieht, kriegt man Probleme mit Zinsen und Tilgung. Das Theater will ich gar nicht erst haben.»

Ein Mann setzte sich an die Bar, mit einer kleinen Melone auf dem runden Kopf. Er legte den Hut fast liebevoll auf die Theke, rieb sich vergnügt die Hände und sagte: «Geben Sie mir doch mal ein leckeres Glas Bier.»

«Wir haben hier nur leckeres Bier, nicht wahr, Roy?»

«Eine Woche», sagte Sjors, «und keinen Tag länger.» Er trommelte mit seinen kurzen, dicken Fingern auf das Steuer. Willem saß hinten im Auto.

«Wie soll ich in einer Woche an sechzehntausend Gulden kommen? Soll ich etwa eine Bank überfallen oder so? Das ist doch ...» Roy wusste, dass er das nicht konnte. Einfach eine Bank betreten. Die Leute mit einer Pistole bedrohen. Geld verlangen. Wie war das mit dem Alarm? Was sollte er tun, wenn sie einfach sagten: «Nein, wir geben nichts her.» Jemanden abknallen? Einen Warnschuss abgeben? Wie kam er dann weg? Autos stehlen war einfach gewesen, weil Frank dabei war, der wusste Bescheid. Von Frank hatte er alles gelernt. Und der Transport war auch einfach gewesen, bis ... Und jetzt?

«Es ist mir scheißegal, wie du dran kommst, Hauptsache, ich kriege die Kohle. Hier, willst du auch?» Er hielt Roy einen Joint hin.

«Nein, danke.»

Eine Weile saßen sie schweigend nebeneinander. Roy überlegte, dass er alles los wäre, wenn Sjors verschwinden würde. Wie auch immer. Tot, im Gefängnis, das war egal. Schweiß brach ihm aus. Er könnte Sjors anzeigen, ein anonymer Tipp bei der Polizei. Aber Sjors hatte seine Beziehungen, mehr als genug, angefangen mit Willem, und wenn es sein musste, hatte er ein Heer von Sportschuljungen in seinem Rücken, die Roy mit Vergnügen zusammenschlagen würden. Denn Sjors würde herauskriegen, wer ihn verpfiffen hatte. Sjors war jemand, der immer hinter alles kam.

«Also, du weißt es jetzt», sagte Sjors. Er nahm noch einen tiefen Zug. «Nächste Woche, gleiche Zeit, gleicher Platz. Keine Ausreden und kein Gejammer, einfach straight. Okay?» Sjors lächelte freundlich, als habe er gerade vorgeschlagen, dass man sich nächste Woche zu einer Partie Pool treffe.

«Aber ich weiß nicht ...»

Sjors fluchte. «Du hast verdammt noch mal gewusst, wie du die Kohle verlieren konntest, also musst du sie jetzt auch wieder zurückkriegen, ja?» Er legte den Joint vorsichtig in den Aschenbecher, packte mit einer blitzschnellen Bewegung Roys linke Hand und drückte seinen Mittelfinger nach hinten.

«Au, hör auf!»

Sjors tat, als habe er ihn nicht gehört. «Vor einiger Zeit habe ich einen Film gesehen, über die Mafia in Amerika.

Ein Mann hatte ein paar Millionen von der Mafia beiseite geschafft. Sie schnappen ihn, aber er will nicht sagen, wo er das Geld versteckt hat. Also nehmen sie eine Heckenschere, du kennst die Dinger doch, nicht sehr groß und vorn abgerundet, mit denen man leicht dicke Zweige durchschneiden kann. Sie fragen ihn wieder, wo die Kohle ist, und er sagt, dass er sie nicht hat. Schnapp, der erste Finger ist ab.» Sjors zog Roys Finger noch etwas weiter nach hinten. Der Schmerz war fast unerträglich.

«Sie fragen ihn noch mal, wo das Geld ist, und er sagt, dass er nichts davon weiß. Schnapp, der zweite Finger. Schau, so bin ich nicht. Das wäre mir übrigens viel zu blutig. Aber wenn ich die sechzehn Mille nächste Woche nicht von dir kriege ...», Sjors presste die Zähne wieder zusammen, «... dann breche ich dir die Finger und vielleicht noch mehr. Hast du das kapiert? Oder vielleicht tut Willem das ja auch, nicht wahr, Willem?»

Vom Rücksitz kam ein zustimmendes Gemurmel.

Roy nickte. Ihm wurde übel von dem Schmerz, der von seiner Hand durch den Arm zog.

«Also, dann verpiss dich.» Sjors ließ seine Hand los und gab ihm einen Schubs. «Und sorge dafür, dass du das Geld hast.»

Roy stolperte mehr aus dem Auto, als dass er ausstieg.

Sie starrte zu den Rissen in der Decke hinauf. Heute Morgen schaffte sie es nicht, aus dem Bett zu kommen. Roy war schon über eine Stunde weg. Von Wendy klang Musik herüber. Fröhliche Musik, Tanzmusik. Sie hatte so verliebt mit Roy getanzt, im Explosion, es waren noch keine zwei Wochen her, dass sie sich, verschwitzt aneinander klebend, in eine Ecke gesetzt hatten. Zusammen, eine wogende, tanzende, feiernde Menge um sie herum, aber trotzdem zusammen. Es schien eine Ewigkeit her zu sein. Plötzlich schoss ihr etwas anderes durch den Kopf. Vor gut zehn Tagen hätte sie ihre Periode kriegen müssen. Sie drückte mit der Hand auf den Bauch. Ja, am, mal schauen, am fünfundzwanzigsten. So weit war sie noch nie über die Zeit gewesen. Höchstens ein paar Tage. Wieder drückte sie mit der Hand auf den Bauch, als könne sie etwas fühlen.

Minutenlang blieb sie so liegen, den Blick zu den bizarren Linien an der Decke gerichtet, als ergäben sie ein Muster, das ihr die Lösung geben könnte. Wofür? Für alles. Dann richtete sie sich auf, mit Phantasievorstellungen, die sie aus der Fassung brachten. Im einen Moment sah sie sich selbst mit Roy hinter einem Kinderwagen, Roy, der mit einem Baby spielte, und im nächsten Moment lag sie bei einem Arzt auf einer Art Tisch, um es wegmachen zu lassen, mit Schwestern um sich herum. Sie fühlte den Schmerz in ihrem Unterleib.

Am Kühlschrank trank sie stehend zwei große Gläser Cola. Danach ging sie in die Drogerie, um Predictor zu kaufen. Vor ein paar Jahren hatte sie Anouk begleitet, als diese zum Arzt ging, weil sie Angst hatte, schwanger zu sein. Sechzehn war sie damals gewesen. Die Sprechstundenhilfe hatte den Test ausgeführt. «Negativ», hatte sie gesagt. Anouk war zu Tode erschrocken. Da sagte die Sprechstundenhilfe: «Für dich ist es positiv, es ist nichts. Aber das nächste Mal besser aufpassen, ja?» Und sie hatte Anouk zwei Prospekte mitgegeben, einen über die Pille und einen über Kondome und sicheren Geschlechtsverkehr.

Sollte sie warten, bis Roy nach Hause kam, oder lieber nicht? Sie spürte einen Drang und pinkelte in ein leeres Gurkenglas. Danach führte sie mit zitternden Fingern den Test durch.

Ja. Schwanger. Getroffen. Bingo.

Roy, sie trug ein Stück von Roy in sich! Aber zugleich, sie wusste nicht, warum, fühlte sie sich unendlich traurig, als würde nun alles aufhören, als wäre alles vorbei, als läge nur noch eine tiefschwarze Zukunft vor ihr.

Roy saß an der Bar von Joops Kneipe, die von außen nach nichts aussah und zwischen einer großen Autowerkstatt und dem Lager eines Möbelladens fast verschwand. Aber hinter der schmalen Fassade mit dem Fenster, auf dem in bescheidenen Buchstaben CAFÉ JOOP stand (keine Bierreklame, kein Aushängeschild, geschweige denn eine Neonleuchte) wurde aus dem Vollen gelebt. Wenn man schlechte Laune hatte, musste man hierher kommen. Oder wenn man eine hübsche Frau aufreißen wollte. Oder wenn man einen guten Handel suchte. Oder wenn man jemanden für einen Job brauchte. Oder wenn man eine Waffe kaufen oder verkaufen wollte. Oder wenn man spielen wollte.

Roy wollte alles und er wollte nichts.

Er bestellte ein zweites Bier bei Joop, der immer hinter der Theke stand. Niemand hatte eine Ahnung, wie er das durchhielt. Wenn man mit ihm sprach, antwortete er zwar, aber er sagte nichts. Er lehnte kein Angebot zum Trinken ab, aber es schien, als habe der Alkohol bei ihm keine Wirkung.

Suzan setzte sich neben ihn. Ihre Titten fielen ihr fast aus der Bluse. Er kannte sie noch vom letzten Jahr. Damals war er manchmal mit ihr gegangen. Er bestellte eine Rum-Cola für sie.

«Alles okay?», fragte sie.

«Klar.»

«Wirklich?», beharrte sie.

«Na ja, mehr oder weniger.»

«Eher weniger oder eher mehr?» Sie legte die Hand auf seinen Schenkel, fast auf sein Ding. Ihre langen, scharfen Nägel suggerierten eher Schmerz als Genuss.

«Eher weniger.»

«Das ist nicht gut. Da muss man was tun. Ich weiß was, damit du dich besser fühlst. Billiger als ein Doktor.» Ein Nagel glitt über sein Ding.

Er schob ihre Hand weg. «Ich bin nicht in Stimmung, Suzan.»

Mit einer ungehaltenen Bewegung nahm sie eine Zigarette aus ihrer Schachtel. Sie ignorierte sein Feuerzeug, schnippte ein Streichholz an. «Ich habe gehört, dass du mit einer zusammen wohnst.»

«Stimmt.»

«Ist sie nett?»

Er nickte. «Willst du noch was trinken?»

«Nein, danke. Also eine kleine Familie, und jetzt darfst du ihn nicht mehr aus der Tür hängen lassen.» Wütend zog sie an ihrer Zigarette.

«Ach, das ist es nicht.»

«Was denn sonst?»

«Eher weniger», sagte er noch einmal.

Sie nickte verständnisvoll. «Mit dieser Frau, mit deiner Freundin?»

«Nein, das nicht.»

«Oh, jetzt weiß ich es. Ist es nicht was mit Sjors oder wie er heißt, dieses Ekel?»

Roy versuchte, sein Erschrecken zu verbergen. Er steckte sich eine Zigarette an und bestellte noch was zum Trinken. Verdammt, es wussten also alle Bescheid. Er war gezeichnet. Vielleicht lachten sie ihn schon hinter seinem Rücken aus, machten Witze über ihn, wenn er zum Pinkeln ging. Einen Vorteil hatte es: Sjors kam nie hierher, nachdem er einmal mit Joop Streit gehabt hatte, und mit Joop stritt man sich lieber nicht. Sjors hatte sich zwei Monate lang nirgendwo gezeigt und das Café Joop war für ihn verbotenes Terrain geworden.

«Ich brauche Geld», sagte Roy.

«Wie viel, Schatz?»

«Sechzehn.»

«Tut mir Leid, ich kann es dir nicht geben. So viel verdiene ich auch wieder nicht», sie streckte die Brüste noch mehr nach vorn. «Ich kann nicht mit Pamela Anderson konkurrieren.»

«Ich finde deine schöner», sagte Roy.

«Danke, du bist ein Schatz. Prost!» Suzan schien nachzudenken. «Du könntest es da oben probieren.» Sie machte eine Kopfbewegung.

Roy wusste, sie meinte das Zimmer, in dem gespielt wurde. Er hatte schon ein paar Mal dabeigestanden. Tausende von Gulden gingen über den Tisch. Leute, die mit fast nichts hereingekommen waren, verschwanden manchmal mit einem Haufen Geld. Andere verloren alles. Es wurde von einem Mann erzählt, der sich auf dem Klo eine Kugel in den Kopf geschossen hatte, nachdem er fast hunderttausend geliehene Gulden verloren hatte. Es schien ein ziemliches Theater gewesen zu sein, die Leiche loszuwerden. An ein paar Stellen war der Mörtel zwischen den Fliesen noch braun verfärbt. Verdammt, Fliesenleger, das hatte er auch ein paar Tage lang probiert, eine Scheißarbeit. Seine Gedanken schossen hin und her wie die Bleikugel in einem Flipperkasten. Spielen, er war wieder beim Spielen. Man musste es versuchen, aber wie sollte er an seinen Einsatz kommen? Er brauchte mindestens zwei Mille. Davon würde er eine als Einsatz brauchen. Und dann brauchte er eine Pistole, das war sicher. Wenn er die sechzehn Mille nicht bezahlen konnte, musste er sich gegen Sjors verteidigen können. Und das tat man nicht mit nackten Händen.

Manon roch, dass Roy in einer Kneipe gewesen war, Alkohol und Zigaretten und ein Hauch von Parfüm oder so, aber sie fragte nichts. Sie brannte vor Verlangen, ihm zu erzählen, was sie ein paar Stunden zuvor herausgefunden hatte, aber sein Verhalten brachte sie dazu, es noch für sich zu behalten. Alles lag an diesem verdammten Geld.

Sie briet zwei Steaks und stellte sie mit Brot auf den Tisch. Beide aßen sie nicht viel.

Roy legte sich auf das Sofa und schaute sich *Unterwegs nach morgen* an. Sie spülte das Geschirr, dann kochte sie Kaffee.

Schweigend nahm Roy seine Tasse, als wäre er völlig in Beschlag genommen von dem, was auf dem Bildschirm gezeigt wurde.

«Was ist jetzt mit der lesbischen Tochter von ...?», fing Manon an, beendete den Satz aber nicht.

Roy zappte weiter zur *Tausend-Gulden-Schau*. Er schien noch angespannter hinzuschauen. Ein Mädchen bekam den Auftrag, innerhalb einer Stunde an öffentlichen Plätzen sechs Menschen zu suchen, die ihr erlaubten, ihre Haare in deren Essen hängen zu lassen. Gelang es ihr, würde sie tausend Gulden bekommen. Manon graute davor.

«Shit!», sagte Roy. «Tausend Piepen.»

Es klappte.

Roy saß noch immer da, die Kaffeetasse in der Hand. «So würde ich auch gern tausend Gulden verdienen.»

Das musst du aber sechzehn Mal tun, wollte Manon sagen, doch sie hielt den Mund.

Der Nächste war ein Mann, der den Auftrag bekam, mit einer Art Hundekopf und in einem seltsamen Kostüm loszuziehen, um zehn wildfremde Menschen zu suchen, an deren Bein er aufreiten durfte, so wie ein Hund, «der ein bisschen aufgeregt ist und Lust hat», wie der Moderator mit einem geilen Lachen sagte.

«Würdest du das für tausend Gulden tun?», fragte Manon.

Sie lagen im Bett. Manon schaute wieder hinauf zur Decke, aber die Risse konnte sie nicht unterscheiden. In der Dunkelheit war die Decke nicht beschädigt, in der Dunkelheit war alles gut.

Neben sich hörte sie Roy atmen, kurz und stockend. Er schlief also nicht. Ab und zu drehte er sich mit einem Ruck um. Nach ungefähr einer halben Stunde stieg er aus dem Bett und ging ins Wohnzimmer. Sie wartete eine Weile, dann schaute sie nach. Durch die halb offene Tür konnte sie sehen, dass er auf dem Sofa saß und rauchte, die Ellbogen auf den Knien, das Gesicht in den Händen. Ab und zu führte er die Zigarette zum Mund, inhalierte und blies den Rauch wieder aus. Totenstill saß er da, in seiner Unterhose und dem Ajax-T-Shirt. Sie liebte ihn mehr denn je.

15 *Manons Vater* erzählte zum dritten Mal, wie er den Laden ohne Hilfe aufgebaut hatte. «Mit nichts, nur mit meinen beiden Händen und arbeiten, arbeiten und noch mal arbeiten.»

Roy nickte. Er wusste, dass er diesen Preis bezahlen musste, dass er tun musste, als würde er sich das Gequatsche interessiert anhören. Der Mann hatte ein rotes, fleischiges Gesicht, wie die meisten Metzger. Manon hatte schon um das Geld gebeten und ihr Vater hatte «ja, ja» gesagt. Danach war er aufs Klo gegangen und erst nach etwa zehn Minuten zurückgekommen. Wie spät war es jetzt? Fast halb elf. Sie saßen also schon gut zwei Stunden hier. Verflucht. Der Alte ließ ihn ganz schön zappeln. Manons Mutter saß vorgebeugt, mit gesenktem Kopf, in einem Sessel. Es war nicht zu erkennen, ob sie schlief oder nur döste. Jedenfalls sagte sie nichts.

«Und was ist mit dir?», fragte Manons Vater. «Steckt in dir vielleicht ein Metzger?»

Roy erschrak. «Ich glaube nicht.»

«Du arbeitest doch irgendwas mit Transport? Bestimmt kein Viehtransport, oder?»

Roy verstand nicht, wo der Witz war, aber der Mann brach in lautes Lachen aus.

«Nein, kein Viehtransport.»

«International?»

«Nein, ich will Manon nicht so lange allein lassen. Einfach hier in der Gegend.»

«Und was transportierst du so?»

«Alles Mögliche, Apparate, Maschinen, Pakete.» Pakete, dachte er, in der Tat, Pakete. Wo waren die jetzt? Wer hatte sie ihm geklaut? Steckte Sjors vielleicht selbst dahinter? Das war doch möglich, dass Sjors auf diese Art versuchte, das Doppelte rauszuschlagen. Sobald er die Kohle hatte, musste er eine Waffe auftreiben. Bei Joop war das ein Kinderspiel.

«Ich habe gefragt, ob du ordentlich verdienst», sagte Manons Vater jetzt lauter.

«Geht schon. Ich habe erst vor kurzem angefangen, ich ... also ...»

«Hart arbeiten, die Hände bewegen, dann schaffst du es, schau mich an.» Ein Ausdruck des Stolzes glitt über sein Gesicht. «Wir müssen allmählich ins Bett, Mutter. Morgen geht's wieder früh raus.»

Roy warf Manon einen panischen Blick zu und sagte tonlos: «Geld.»

Manon stand auf. «Pap ... Wir wollten noch ... wir haben schon ...»

«Was ist, Schatz?»

«Das Geld, du weißt doch ... das wir noch brauchen, um die Wohnung einzurichten und so. Eine Waschmaschine, der Fernseher ist kaputt, der Ablauf von der Dusche ist verstopft ... lauter solche Sachen.»

«Ach ja.» Manons Vater kratzte sich in den Haaren, dann machte er ganz unerwartet ein paar Schritte auf Roy zu und blieb dicht vor ihm stehen. «Zweitausend Gulden, was? Einfach zweitausend Gulden. Erst nimmst du mir meine Tochter weg und jetzt hoffst du, dass ich noch zweitausend Gulden dazulege, weil du noch nicht mal eine Frau ordentlich unterhalten kannst. Weißt du ...» Er schaute Roy mit einem bösartigen Glitzern in den Augen an. «Du hast Glück, dass ich sie so gern habe ... sie ist mein einziges Kind. Was habe ich denn sonst?» Er machte eine hilflose Bewegung in Richtung Manons Mutter, die noch immer taub und blind für ihre Umgebung zu sein schien. «Also, ich leihe euch die zweitausend Gulden. Du brauchst nichts zu unterschreiben, aber du bezahlst mir das Geld innerhalb von einem Jahr zurück. Wenn du das nicht tust, dann ...» Er sprach den Satz nicht zu Ende.

Ja, was dann, was dann?, wollte Roy fragen, aber er hielt den Mund.

Manons Vater ging in die Metzgerei.

«Es liegt irgendwo im Kühlraum», flüsterte Manon.

Als er zurückkam, zählte ihr Vater ihr schweigend zwanzig Hunderter in die Hand. Sie steckte das Geld in ihr Portemonnaie und stopfte es in die Tasche. Roy hatte Manon erzählt, dass Sjors vorläufig mit zweitausend zufrieden war. Den Rest könne er später in Raten zurückzahlen. Natürlich glaubte sie ihm.

Manon küsste ihren Vater und ihre Mutter. «Vielen, vielen Dank ... Ihr habt uns sehr geholfen.»

«Geht ihr schon weg?», fragte ihre Mutter.

«Wir kommen bald bei euch vorbei», sagte ihr Vater. «Dann können wir gemütlich einen Kaffee trinken oder einen Schnaps.»

Roy gab Manons Vater die Hand. Sie fühlte sich kalt an, eiskalt.

«Du musst aufhören zu rauchen», sagte Wendy. «Echt, das ist nicht gut, wenn du weiterrauchst.»

Roy wusste noch nichts, aber Wendy hatte sie es schon erzählt. Seltsamerweise war es ihr normaler vorgekommen, es zuerst Wendy zu sagen und nicht ihren alten Freundinnen wie Natascha, Anouk und Leonie.

«Ihr braucht ein Zimmer mehr», sagte Wendy. «Ein Zimmer für das Baby.»

Beide kicherten sie wie Schulmädchen.

«Hast du noch was von Mark gehört?», fragte Manon.

«Nein, nichts.»

Manon konnte sich nicht vorstellen, dass Roy einfach verschwinden würde. Heute Abend würde sie ihm von ihrer Schwangerschaft erzählen, von ihrem künftigen Glück.

«Muss ich ihn weiter beobachten?», fragte Willem.

Sjors antwortete nicht. Er war eifrig damit beschäftigt, das weiße Zeug auf dem Spiegel mit einem Messer fein zu hacken.

«Muss ich ihn weiter beobachten?», wiederholte Willem seine Frage.

Sjors schüttelte den Kopf. Er teilte das Zeug in zwei Hälften und machte zwei längliche Häufchen, von denen er eines mit der Nase einzog. «Du auch?»

«Nein, danke.»

Sjors nahm auch noch das zweite Häufchen.

«Was werden wir tun?», fragte Willem.

«Gehen wir noch mal zu Ad.»

Willem ließ das Auto an. Er hatte die Nase voll. Sie fuhren immer nur hin und her, gingen in Kneipen und Coffeeshops und sonst passierte nichts. Er brauchte was zu tun. Schon seit Tagen war er nicht mehr bei Barry gewesen. Sein Körper schrie nach einem ordentlichen Training. Verrückt, wenn er nichts tat, fraß er viel zu viel. Er kratzte sich unter dem T-Shirt. Diese Wampe, da musste was weg.

«Komm mal mit nach hinten», sagte Joop.

Er machte die Tür eines Besenschranks auf. Sie standen zusammen in dem engen Raum. Roy fragte sich, wo hier die Ware war. Da schob Joop ein paar Besen und einen Staubsauger zur Seite und schloss eine andere Tür auf. Jetzt standen sie in einem fensterlosen Hinterzimmer. Joop holte eine Pistole aus einem Schrank. Er gab sie Roy, als zeige er ihm einen Rasierapparat oder so was.

«Ein CZ», sagte Joop. «Tschechisch, also Mist. Kostet auch nur vierhundert, samt einer Schachtel Munition.»

Er nahm eine andere Waffe aus dem Schrank. «Das ist eine Parabellum, spanisch, ein ganzes Stück besser. Schön klein, bequem. Kommt auf sieben Hunderter.»

«Gib mir die», sagte Roy. «Ist sie neu?»

«Noch nie damit geschossen. Funkelnagelneu, wirklich eine hübsche Waffe.»

Roy fragte sich, wie viele Joop hier im Schrank liegen hatte. Auch als er die CZ zurücklegte, machte er die Tür kaum auf, und außerdem stand er genau davor, so dass Roy nichts sehen konnte.

Roy zählte die sieben Hunderterscheine ab.

«Du willst doch keine Dummheiten damit anstellen, oder?», fragte Joop, als er Roy die Schachtel mit den Kugeln gab. «Du wirst doch nichts tun, was ich nicht auch tun würde?»

«Natürlich nicht.»

Joop schlug ihm schwer auf die Schulter. «Okay, Roy. Und wenn was ist, hast du ihn auf der Straße gefunden, klar? Oder von jemandem gekauft, in einer Kneipe in Antwerpen. Irgendwo in der Nähe vom Hauptbahnhof, immer in der Nähe vom Hauptbahnhof.» Joop lachte, als habe er einen Witz erzählt.

Alles ging gut. Er hatte das Geld bekommen, er hatte die Parabellum gekauft. Heute Abend würde er bei Joop den Rest des Geldes einsetzen. Es war seine letzte Chance, er musste sie ergreifen. Er wusste es genau. Alles lief in die richtige Richtung. Als würde er von irgendetwas in die Höhe gezogen, so lief er über die Straße. Seine Füße berührten den Boden kaum. Ein Jogger kam ihm entgegen.

«Streng dich nicht an, sie haben ihn schon gefangen», rief Roy dem Mann zu.

Während er an ihm vorbeirannte, sagte der Jogger: «*Fuck you, man!*»

Roy unterdrückte den Wunsch, ihm zu folgen und ihm die Pistole unter die Nase zu halten. Wieso «fuck you»? Hast du jetzt auch noch so ein großes Maul?

Als er heimkam, lag Manon im Bett.

Er setzte sich neben sie. «Was ist, Liebes?»

«Ich weiß nicht, ich fühle mich nicht gut.»

Seine Finger glitten über ihre Wange, die nicht mehr geschwollen war, über ihren Hals, ihr Ohr. «Vielleicht eine kleine Grippe?»

«Nein, mir ist übel.»

Er fuhr mit der Hand durch ihre kurzen, etwas stacheligen Haare und musste fast widerwillig zugeben, dass sie sich hübsch anfühlten.

Sie zog ihn zu sich. «Roy, ich muss dir was sagen. Ich ...»

Sie hatte doch keinen anderen? Sie wollte ihn doch nicht verlassen? «Was ist los?», fragte er heiser.

«Ich habe ... ich bin schwanger.»

Einen Moment lang wurde ihm schwarz vor den Augen, ein dunkler Nebel, durch den er zwar schauen konnte, der zugleich aber alles unsichtbar machte. «Schwa...schwanger?», stotterte er.

Verschwommen nahm er wahr, dass sie nickte. Ansonsten war das Bild dunkel, und in diesem dunklen Bild tauchte eine Familie auf. Manon, er und ein Baby. Krampfhaft ballte er die Fäuste. «Wie lange schon?», fragte er.

«Ein Monat, anderthalb Monate, so was.»

«Bist du sicher?»

«Ich habe erst selbst einen Test gemacht. Heute war ich beim Arzt.»

Er überlegte, wie viel es kosten würde, es wegmachen zu lassen. Musste er dafür Geld aufheben? Die dreizehnhundert Gulden, die er jetzt noch übrig hatte? Er fluchte innerlich. Aber es musste sein. Manon wollte das Kind doch nicht behalten, oder? Er wollte kein Kind, er wollte kein Vater sein. Erst vor ein paar Jahren hatte er sich von seinem eigenen Vater gelöst, diesem Scheißkerl, und nun sollte er selbst ... Er merkte, dass er noch immer die Hände zu Fäusten geballt hatte.

«Du ...», fing er an, «du willst ... du willst es doch auch nicht ...»

«Es ist von uns, Roy, von uns beiden.»

Plötzlich stieß er aus: «Du musst es wegmachen lassen. Es geht nicht. Wir sind noch lange nicht so weit.»

«Aber ...»

Er packte sie an den Schultern und schüttelte sie, seine Augen auf ihren Bauch gerichtet, in dem dieses elende Stück beginnenden Lebens verborgen war. «Du musst es wegmachen lassen. Es geht noch ganz einfach.»

«Au, Roy, du tust mir weh, au.» Tränen liefen ihr über die Wangen.

Er schüttelte sie immer heftiger, als wolle er so das Leben in ihr vernichten.

«Mist», sagte Suzan, «was ist mit dir?»

«Nichts.»

«Willst du was trinken? Ich lade dich ein, weil du so fröhlich aussiehst.»

«Danke, ein Bier, gern.» Er war den halben Nachmittag durch die Stadt gelaufen, immer das Bild von Manon vor Augen, die heulend auf dem Bett lag. Danach Manon mit einem dicken Ballonbauch. Noch nie war er auf der Straße so vielen Müttern und ab und zu Vätern mit Kinderwagen oder Buggys begegnet. Es war, als wären sie zu Demonstrationszwecken alle auf einmal herausgekommen. Bevor er ins Café Joop gegangen war, hatte er bei einem Chinesen gegessen, aber es hatte ihm nicht geschmeckt.

Joop stellte ein Bier und eine Rum-Cola vor sie hin. Suzans Titten stülpten sich fast noch mehr aus ihrer Bluse als sonst. Aber Roy betrachtete sie nur wie eine Naturerscheinung, die nichts mit ihm zu tun hatte. Dann dachte er an ein Kind, ein Baby, das bei Manon saugte. Milchfabriken waren das.

Sie prosteten sich zu.

Nach etwa fünf Minuten sagte Roy zu Joop, dass er nach oben wolle. Joop gab Marvin Bescheid, der hinten am Spielautomaten stand.

«Viel Glück», sagte Suzan. Sie drückte sich schnell an ihn. «Echt, ich hoffe, dass du Glück hast. Ich weiß, wie nötig du es jetzt hast.»

Marvin machte eine Tür auf, die ein Außenstehender nie als Tür erkannt hätte, und ging ihm voraus nach oben. In einem abgeschlossenen Zimmer saßen ungefähr zwanzig Männer. Ein paar kannte Roy aus der Kneipe. Die meisten waren älter als er. In einer Ecke wurde Blackjack gespielt, in einer anderen Roulette. In der Mitte stand der Pokertisch.

«Du weißt ja Bescheid, oder?», fragte Marvin und lachte, dass man die glänzend weißen Zähne in dem tiefschwarzen Gesicht sah. Wenn es einen Wettstreit um den schwärzesten Surinamer gäbe, würde Marvin bestimmt den ersten Preis gewinnen.

Es war verrückt, aber gerade weil Roy es wegmachen lassen wollte, wollte sie es behalten, egal um welchen Preis. Zumindest hatte sie das Gefühl. Außerdem waren, mit den zweitausend Gulden von ihrem Vater, ihre finanziellen Probleme gelöst. Roy würde das Geld heute Abend bezahlen und dann war die Drohung weg. Wenn sie erst einmal ein Kind hatten, würde Roy normale Arbeit suchen.

Sie rief Wendy an, konnte das Telefon auf der anderen

Seite klingeln hören, aber niemand nahm ab. Bestimmt war sie in der Stadt. Wieder mit Mark?

Sie machte die Jeans auf und legte beruhigend eine Hand auf ihren Bauch. Das ... Was war es wohl, ein Junge oder ein Mädchen? Unvorstellbar, dass das jetzt schon feststand. Das konnte man durch eine Art Test feststellen, das wusste sie, aber sie wollte es nicht. Namen ... Was gab es für schöne Namen für Jungen oder Mädchen? Für ein Mädchen würde ihr Kimberly gefallen oder Donna. Für einen Jungen natürlich Roy, aber was würde ihr eigener Roy, Roy senior – sie lachte kurz – davon halten? Vielleicht wäre Ray auch ganz schön. Roy und Ray, zwei Kerle, die zusammen im Park Fußball spielen.

Sie rief Anouk an, fest entschlossen, es ihr zu erzählen, aber als sie sie in der Leitung hatte, kam sie nicht weiter als bis zu dem neuen CD-Player. Anouk erzählte selbst eine Geschichte von einem Jungen, mit dem sie mitgegangen war und der schrecklich cool getan hatte. «Aber dann lagen wir im Bett», sagte sie, «und er hat ihn nicht hochgekriegt, echt wahr. Ich habe alles probiert, aber es hat nicht geklappt. Am Ende hat der Junge dagelegen und geheult. Ich hätte ihn wohl noch trösten sollen, nein, danke!» Anouk lachte laut.

Ohne jemanden zu sehen, war er aus dem Café gelaufen. Vage hörte er eine Frau seinen Namen rufen, aber er ignorierte die Stimme. Er hatte vorsichtig angefangen, mit hundert Gulden beim Roulette. Es ging phantastisch. Alles lief perfekt. Aus den Hundert hatte er Tausend gemacht, dann hatte er erst vierhundert verloren, aber danach fünftausend gewonnen. Heute war sein Glückstag. Vielleicht, weil Manon ihm erzählt hatte, dass sie schwanger war. Fast sechstausend hatte er nun. Noch zehn und er war alles los. Eigentlich noch zwölf, dann konnte er Manons Vater auch gleich das Geld zurückbezahlen, diesem alten Laberer mit seinem «arbeiten, arbeiten, arbeiten».

Aber von diesem Moment an war es schief gegangen. Als habe ihn der Gedanke an Manons Vater nach unten gezogen, in die Tiefe des Verlusts. Tausend weg, noch einmal tausend weg. Er setzte hoch beim Pokern. Er hatte eine gute Hand und hatte schon zwei Typen weggeblufft. Auf dem Tisch lagen Tausende von Gulden. Es ging um alles oder nichts. Wie sagte man doch? Ach ja, um Tod oder Gladiolen. Verflucht, daran hätte er nicht denken sollen. Um den Tod ging es nicht, aber um Schmerz, um sehr viel Schmerz. Natürlich würde Sjors ihn nicht kaltmachen lassen, dafür war er zu unwichtig. Für so jemanden wie ihn gingen sie das Risiko nicht ein. Das hoben sie für die großen Jungs auf, die mit Hunderttausenden auf und davon waren. Es war kaum zu ihm durchgedrungen, dass er alles verloren hatte, wirklich alles. In der Hosentasche hatte er noch ein paar Fünfer.

Fuck, fuck, fuck! Was sollte er jetzt tun? Er tastete kurz über den Mittelfinger seiner linken Hand. Es tat noch immer ordentlich weh, wahrscheinlich verrenkt. An der Straßenecke stand ein Junge von ungefähr achtzehn und rauchte. Der Junge schaute ihn an, als müsse er ihn beobachten.

«Was ist?», fragte Roy.

«Nichts», sagte der Junge.

«Was starrst du dann so? Habe ich vielleicht etwas von dir an?»

«Nein, nichts.»

«Was schaust du dann?»

«Ich schaue überhaupt nicht, ich steh einfach nur da. Darf ich das vielleicht nicht?»

«Du guckst mich an, verdammt noch mal.»

«Ich gucke nicht, wirklich nicht.»

Roy ging einen Schritt auf den Jungen zu. «Du sagst also, dass ich lüge?»

«Nein, das sage ich nicht, ich steh einfach nur da.»

«Du sagst aber doch, dass ich lüge, du Arsch.» Roy packte den Jungen am Oberarm. «Das darfst du nicht tun. Davon könntest du Schwierigkeiten bekommen.»

«Aber ich habe überhaupt ...»

Roy versetzte dem Jungen einen kräftigen Schlag, so dass er nach hinten kippte. Die Zigarette fiel aus seinen Fingern. Ein Mann und eine Frau machten einen großen Bogen um ihn. «Nicht einmischen, Pieter», hörte Roy die Frau flüstern. Sie drückte ihre Tasche krampfhaft an die Brust. Der Junge richtete sich auf.

«Shit, Mann, warum tust du das? Ich habe dir doch auch nichts getan, oder?»

Roy antwortete nicht, er packte den Jungen wieder am Oberarm. Der wehrte Roy ab und schob ihn weg.

«Oh, wollen wir etwa prügeln?», fragte Roy. «Wollen wir prügeln?»

«Nein ... ich möchte ...»

«Wollen wir prügeln?» Roy ballte eine Faust und boxte den Jungen an die Schulter.

«Au ... Arschloch ... ich habe dir doch nichts getan, Mann. Ich stehe einfach nur da.»

«Erst starrst du mich an, als hätte ich was von dir angezogen, dann sagst du, ich wäre ein Lügner, und dann fängst du an zu schlagen und jetzt nennst du mich auch noch Arschloch. Und da traust du dich, verdammt noch mal, auch noch zu sagen, dass du nichts getan hast?» Roy schlug erneut zu. Er traf den Jungen am Kopf, an der Schläfe.

Der Junge sackte stöhnend in die Knie. Bevor er ging, trat Roy ihn noch einmal in die Seite. «Sag Sjors, er soll mich in Ruhe lassen.»

«Sjors? Ich kenne keinen Sjors», brachte der Junge mühsam heraus.

«Hör auf zu lügen, sonst …» Roy machte noch einmal ein paar Schritte auf den Jungen zu, der sich weiter zusammenkrümmte.

Die Kneipe wurde langsam voll. Roy sah ein paar Bekannte, aber er hatte keine Lust, mit irgendjemandem zu sprechen. Er wollte ertrinken, in diesem Meer aus Menschen verschwinden, dass niemand ihn mehr bemerkte. Seine rechte Hand tat nun auch etwas weh, aber das war kein unangenehmes Gefühl, es hielt ihn wach. Morgen, morgen brauchte er das Geld für Sjors. In einer Aufwallung bat er Ad um das Telefon und tippte Sjors' Nummer ein. Als abgehoben wurde, legte er den Hörer auf.

«Probleme?», fragte Ad. «Noch immer Probleme?»

Ad hatte einen seltsamen Blick in den Augen. Was war los? Was wusste Ad eigentlich?

Nach einer halben Stunde kam ein Mann herein, den Roy vage zu erkennen meinte. Es war nicht einfach ein alter Freund oder so. Ad redete mit ihm. Nickte er mit dem Kopf zu Roy herüber? Als wolle er dem Mann etwas erklären? Der Typ verschwand.

«Wer war das?», fragte Roy, als er bei Ad ein neues Bier bestellte.

«Wer?», fragte Ad. Wieder dieser seltsame Blick.

«Dieser Kerl, mit dem du gerade geredet hast.»

«Ach, der … ein alter Bekannter.»

War das nicht einer der Männer aus der Parkgarage gewesen? Er hatte im vorderen Auto gesessen. Schwarze, glatt zurückgekämmte Haare und ein auffallend vorstehendes Kinn mit solchen Grübchen wie … wie … wie hieß der Schauspieler noch, so ein alter Knacker, sein Sohn hatte auch in dem Film mitgespielt … Michael … Michael … noch was.

Aber wenn dieser Mann ein Bekannter von Ad war, dann … Roy wagte den Gedanken nicht zu Ende zu denken: Hatte Ad ihn etwa aufs Kreuz gelegt? Vor einiger Zeit hatte er sich hier, im Woody's Place, mit Ad unterhalten, über seine Arbeit, über den Handel. Was hatte er damals eigentlich von sich gegeben?

«Shit!» Roy schlug mit der rechten Faust auf die Theke, dass ihn die Hand noch mehr schmerzte.

Ad kam auf ihn zu und fragte mit einem scheinheiligen Lächeln, ob er noch etwas bestellen wolle.

16 *Fünf nach zwei.* Roy war noch immer nicht da. Sie setzte sich im Bett auf und bekam große Angst. Vielleicht würde er nie mehr kommen, vielleicht blieb es leer, für immer. All diese Probleme mit dem Geld und dazu noch ein Kind. Das war ihm natürlich zu viel geworden. Er hatte sie einfach im Stich gelassen. Wieder jemand, der verschwunden war, für immer. Erst Rolf, jetzt Roy.

Sie sehnte sich danach zu weinen, aus tiefstem Herzen, aber es kam nichts. Mit trockenen Augen starrte sie die Wand an. Sie war kahl, eine kahle Wand. Sie müsste ein hübsches Poster aufhängen. Neulich hatte sie eines gesehen, von einem Sonnenuntergang in einer Berglandschaft, irgendwo in Indonesien, glaubte sie. In der Ferne sah man Menschen, die etwas in Felder pflanzten. Reis oder so. Wahrscheinlich fand Roy die Idee mit dem Poster nicht so gut. Roy. Sie legte die Hand auf den Bauch. Sie würde nie mehr allein sein, auch nicht, wenn sie auf Roy wartete.

Roy war der letzte Gast. Ad hatte Mariska schon nach Hause geschickt, nachdem er ihr etwas Geld in die Hand gedrückt hatte. Wieso Abgaben und Steuern? Ad selbst war noch hinter der Theke beschäftigt, vermutlich mit der Kasse. Wie viel Geld würde er mit nach Hause nehmen? Dreitausend? Viertausend? Was nahm er an so einem Abend ein? Wie viel hatte Ad zu Hause herumliegen? Zehn, zwanzig, dreißig?

Roy stellte sich hin und musste sich an der Theke festhalten. «Ich geh mal pissen.»

«Pass auf, dass ich dich nicht einschließe, ich mache gleich zu, ich will auch nach Hause.»

Im Klo ließ Roy Wasser in seine gewölbten Hände laufen und platschte es sich ins Gesicht. Verdammt, er musste etwas unternehmen. Jetzt, heute, diese Nacht. Sonst war er dran. Sjors würde ihn finden. Es fing mit dem Mittelfinger an, und wie würde er es weiter machen, dieser kleine, schmierige Sadist? Durfte Willem danach seine Kunst an ihm probieren?

Alles stand klar vor ihm, nur in den Ecken des Bildes waren noch verschwommene Flecken. Er pinkelte, den Kopf an die kühlen Fliesen gelegt. Fliesen, schon wieder. Es machte ihn verrückt.

Er wusch sich noch einmal die Hände und ging zurück, einen Moment lang erstaunt, dass niemand außer Ad in der Kneipe war.

«Ich hatte schon Angst, du wärst eingeschlafen», sagte Ad. «Kommst du mit?»

Roy folgte ihm. Schweigend gingen sie die Straße entlang.

«So, ich bin schon da», sagte Ad, der nur ein paar hundert Meter von seinem Café entfernt wohnte.

«Ich wollte dich noch was fragen», sagte Roy.

«Frag schon, fragen kostet nichts.» Ad lachte.

«Sollen wir kurz raufgehen? Ich meine, auf der Straße ist es so ...»

«Ist das wirklich nötig?», fragte Ad. «Oben ist privat.»

«Tu nicht so kindisch», sagte Roy. «Wie lange komme ich schon zu dir in die Kneipe? Vier Jahre, fünf Jahre ...»

«Also dann, los.»

Als sie oben waren, ging Ad in die Küche, um Kaffee aufzusetzen. Roy staunte über die kahle, cleane Einrichtung der Wohnung. Ein großes, schwarzes Ledersofa stand da, ein niedriger Tisch aus Stahl und Glas, darauf eine Art Skulptur, von der Roy nicht sehen konnte, was sie darstellte; es war vor allem ein Klumpen Metall. In der Ecke stand ein Esstisch, auch aus Stahl und Glas, mit zwei geraden Stühlen. An einer Wand hing ein großes Bild mit lauter großen Farbflecken. Man konnte gerade noch sehen, was es darstellte: zwei Menschen mit großen, groben Gesichtern und weit aufgerissenen, lachenden Mündern. Dieser Schmierer hatte noch nicht mal ordentlich Zähne malen können. Wenn Roy einen kleinen Bruder gehabt hätte, hätte der auch so ein Bild malen können.

Ad kam mit einem Tablett herein, auf dem eine Kanne Kaffee, Tassen und ein Aschenbecher standen. Als er das Tablett abgesetzt hatte, folgte er Roys Blick und deutete auf das Bild. «Ein echter Appel.»

«Teuer?»

«Sehr teuer.»

«Mehr als sechzehn Mille?»

Ad musste lachen, aber er antwortete nicht. Er goss Kaffee ein. «Milch? Zucker?»

«Schwarz, bitte.» Roy steckte sich eine Zigarette an.

Der Kaffee war stark und schmeckte gut. Roy fühlte, wie er wieder Kraft bekam, Zugriff auf die Welt. Nun ging es darum, dass er die Sache geschickt anfing. Einfach um ein Darlehen bitten. Hier, bei Ad zu Hause, musste das doch leichter sein.

«Noch Kaffee?», fragte Ad.

«Ja, gern.»

Ad sprach über seine Kneipe, seine Coffeeshops, die Probleme mit dem Personal, mit Konzessionen, neulich eine Messerstecherei im Smoker's Paradise, aber Roy hörte ihm kaum zu, nur Satzfetzen drangen zu ihm durch.

«Ich brauche Geld», sagte Roy, Ad mitten im Satz unterbrechend.

«Das brauchen wir alle.» Ad lachte.

Roy fühlte wieder Wut in sich aufsteigen, wenn auch nur wegen des albernen Lachens. «Heute noch. Sechzehntausend. Ich brauche sechzehn Mille.»

«Das hast du mich schon mal gefragt, aber ich fange mit so was nicht an, das weißt du.»

«Ich brauche es dringend, sonst ...»

«Was sonst?» Wieder lachte Ad.

Warum nahm dieser Scheißkerl ihn nicht ernst? Er erstickte im Geld und war sich zu gut, ihm ein bisschen zu helfen. Was waren sechzehn Mille für ihn? Doch einfach Peanuts. Wer weiß, was dieses Schmierbild gekostet hatte. Roy fühlte das Gewicht der Parabellum in seiner rechten Jackentasche. «Sechzehn Mille», sagte er heiser, «du musst mir sechzehn Mille leihen.»

«Hör zu, Roy, ich muss gar nichts, und schon gar nicht deinetwegen. Trink deinen Kaffee aus, geh heim und leg dich schlafen.»

«Aber Sjors, der ...»

«Was habe ich mit Sjors zu tun? Du hast gewusst, auf was du dich einlässt. Du wolltest mit den großen Jungen mittun, also musst du es auch selbst wieder in Ordnung bringen.» Wieder das gehässige Lachen.

Roy stand auf, unsicher auf den Beinen. Er schaute auf Ad hinunter. «Du musst mir die sechzehn Mille leihen. Weißt du was, machen wir gleich zwanzig draus, das ist eine hübsche, runde Zahl.» Er zog die Parabellum heraus. Die Waffe lag kühl und Vertrauen erweckend in seiner Hand. Ad schnaufte kurz, schaute aber nicht hoch. Der Kerl sah die Pistole nicht mal! Er tippte mit dem Lauf an Ads Kopf.

«He, was machst du da?»

«Zwanzig.»

«Mann, verpiss dich endlich! Suchst du ernsthafte Schwierigkeiten? Dann musst du wirklich so anfangen.»

Ad steckte sich eine Zigarette an, gleichgültig, als gäbe es Roy gar nicht, als wäre keine Waffe auf ihn gerichtet.

Roy spielte seinen letzten Trumpf aus. «Und was hast du gewusst, was hast du damit zu tun?»

Ad blickte Roy an. «Wovon? Womit soll ich was zu tun haben?»

«Das weißt du verdammt gut, in der Parkgarage, als sie mich geschnappt haben, als ich beklaut wurde.»

«Ich? Mit solchen Spielereien habe ich nichts zu tun, so was überlasse ich kleinen Jungen wie dir.»

Die Wut wuchs, überwältigte Roy fast. «Und dieser glatte Typ, der mit den glatten Haaren und dem Kinngrübchen?»

«Wer?»

Roy hielt den Lauf der Pistole an Ads Kopf. «Er war heute Abend im Lokal. Du hast mit ihm gequatscht, über mich. Er war dabei, damals in der Parkgarage, da bin ich mir ganz sicher.»

«Ach, hau doch ab mit deinem Gerede. Du hast zu viel Phantasie, Roy, das ist das Problem, und zu wenig Power.»

«Zwanzig Mille», sagte Roy. «Du hast es mir geklaut und jetzt will ich es zurück. Kein Darlehen. Ich brauche einfach das Geld.»

Ad drückte seine Zigarette aus und steckte sich eine neue an, ruhig, gelassen. Während er den ersten Zug nahm, kam er für den Bruchteil einer Sekunde hoch und schlug Roy mit einer Art Karateschlag gegen das Handgelenk, dass er die Parabellum fallen lassen musste. Roy versuchte, die Pistole zu packen, wie ein Blitz zog das Gemälde an ihm vorbei und die abgebildeten Menschen schienen ihn auszulachen. Ad kam ihm zuvor und trat die Pistole weg.

«Du kleiner Scheißkerl, der du bist. Willst du jetzt endlich abhauen? Oder muss ich dich persönlich rausschmeißen? Das ist ziemlich hart, ich warne dich jetzt schon.»

«Ich brauche das Geld», wiederholte Roy.

Ad versetzte ihm einen Schlag, dass er gegen das Sofa fiel. Aus seinem Mund lief Blut.

Roy rappelte sich mühsam hoch. «Ich brauche das Geld … zwanzig Mille.»

«Du kannst zwanzig Mille aufs Maul kriegen», sagte Ad und holte wieder aus.

Roy stürzte über den Tisch, die Kaffeekanne und die Tassen fielen zu Boden. Ganz kurz drang es zu Roy durch, dass das Glas nicht zerbrach. Seine Hand schloss sich um das kalte Metall der Skulptur. Wie durch einen Nebel sah er Ad über sich gebeugt stehen und mit letzter Kraft richtete er sich auf, die Skulptur in der linken Hand, und er schlug zu, er schlug, er schlug. Da lag nicht nur Ad, die Hände vergeblich schützend über den Kopf gelegt und kraftlos mit den Beinen strampelnd. Nein, da lagen auch Sjors, sein Lehrer in Buchhaltung, Manons Vater und natürlich sein eigener Vater, Tony, der ihn immer lächerlich gemacht hatte, alle lagen sie da, hilflos, blutend, mit einem letzten Schrei in der Kehle.

17 *Viertel nach drei* war es inzwischen. Ab und zu hörte Manon auf der Straße ein Auto vorbeifahren. Ansonsten war es totenstill. Roy hatte auch sein Auto verloren. Vor ein paar Tagen hatte sie gefragt, was mit ihm passiert sei. «Beschlagnahmt», hatte Roy gesagt. «Warum?» – «Darum.» – «Aber das geht doch nicht einfach so?» – «Doch, das geht.» – «Aber warum?» – «Verdammt, hör doch auf mit dem Gelaber! Ich habe jetzt ein anderes. Was passt dir daran nicht?» Sie hatte nicht weiter gefragt.

Sie stieg aus dem Bett, machte den Fernseher an und schaute eine Weile TMF. Blöde Lieder, blöde Clips, die ihren Augen wehtaten. Sie steckte sich eine Zigarette an und drückte sie gleich wieder aus. Ray, ja, wenn es ein Junge war, würden sie ihn Ray nennen. Er hatte natürlich Roys Locken. Die gleichen lachenden Augen. Und später würde er den gleichen geschmeidigen Körper bekommen.

Roy, wo blieb Roy? Sie ging durch das Zimmer und zählte ihre Schritte. Sechs hin und sechs zurück, sechs hin und sechs zurück. Es war doch nichts passiert, oder? Hatte er doch Streit mit Sjors bekommen? Er würde doch nicht … Nein. Sechs hin und sechs zurück. Sie konnte kaum weiter denken. An der Anrichte stehend, trank sie ein Glas Cola.

Hörte sie nicht unten einen Schlüssel in der Haustür? Sie machte die Augen zu, um sich auf das Geräusch zu konzentrieren. Schritte auf der Treppe? Nein, Stille, wieder diese elende Stille. Es war hier nicht mehr auszuhalten. Sie musste Roy suchen, aber wo? Die Kneipen, die sie kannte, waren schon geschlossen.

Sie steckte sich erneut eine Zigarette an. «Sorry, Ray, es muss sein.» Der Rauch brannte ihr in der Kehle, als wäre dies ihre erste Zigarette. Wann hatte sie die erste Zigarette geraucht? Sie musste ungefähr zwölf gewesen sein. Bei Anouk zu Hause war es gewesen, beide hatten sie geraucht, eine Zigarette von ihrem Vater. Anouks Eltern waren nicht da gewesen. Ihr war nach ein paar Zügen schlecht geworden.

Sie legte sich aufs Bett, ließ das Licht aber an, so dass sie die Risse in der Decke mit den Augen verfolgen konnte.

Sie schrak hoch. Geräusche aus dem Wohnzimmer? Sie schaute auf die Uhr. Fast vier. Wieder Geräusche, dann wurde die Wasserspülung gezogen. Eine Tür ging auf und wieder zu.

Es dauerte einen Moment, bis sie etwas sagen konnte, mit einer piepsigen Stimme. «Bist du das, Roy?»

Keine Reaktion.

Nun etwas lauter, halb geschrien: «Roy, bist du das?»

Er steckte den Kopf durch die Tür. «Ja, wer denn sonst?»

Sie erschrak vor ihm, vor seinen Augen, dem Ausdruck seines Gesichts. «Was ist passiert?»

«Nichts, lass mich.»

Sie stand schon neben dem Bett und kam auf ihn zu. Er sah schrecklich aus. Sie wollte ihn in den Arm nehmen, aber er wehrte sie ab. Erst jetzt sah sie die dunkelroten Flecken auf seiner Jeans und auf seinem Hemd.

«Was ist passiert?»

«Ein Unfall. Geh jetzt ins Bett, ich komme auch gleich. Ich will mich nur noch kurz hinsetzen ...» Er nahm eine Zigarette und steckte sie an. «Ich muss gleich noch mal weg. Aber ich bin bald wieder da, in einer halben Stunde oder so.» Er holte eine saubere Jeans und ein T-Shirt aus dem Schrank.

Sie versuchte ihn zu berühren, aber es ging nicht. Roy stand vor ihr, doch zugleich war er weit weg, als hätte es ihn nie gegeben. Sie streckte die Hand aus, berührte sein Hemd. Natürlich wusste sie, was diese Flecken verursacht hatte. Schließlich hatte sie lange genug in der Metzgerei gearbeitet.

«Es ist jetzt ...» Er schaute auf seine Uhr. «Es ist jetzt halb drei.»

«Aber es ist vier Uhr vorbei», sagte Manon.

Seine Hand um ihren Oberarm war wie ein Schraubstock. «Halb drei ... um halb drei bin ich zu Hause gewesen. Du weißt es noch, weil du auf den Wecker geschaut hast. Sag mir nach: halb drei.»

«Halb drei», flüsterte sie. «Aber ...»

«Kein Aber. Wenn jemand dich fragt, bin ich um halb drei heimgekommen. Kapiert?»

«Au, du tust mir weh.»

«Also, wie viel Uhr war es, als ich heimgekommen bin?»

«Halb drei.»

«Gut so.» Er ließ ihren Arm los und strich mit den Lippen flüchtig über ihre Stirn.

Nein, nicht dieser Container, der stand zu nahe bei seinem eigenen Haus. Roy lief weiter, eine Plastiktüte mit der Jeans und dem Hemd in der rechten Hand. Angenommen, dass er jetzt von der Polizei angehalten wurde? Was tun Sie denn da, junger Mann? Was haben Sie denn da? Lassen Sie doch mal sehen. Nein, das war unmöglich. Hier irgendwo gab es doch einen Glas- und Altpapiercontainer? Ja, um die Ecke. Shit, der Container mit Altpapier war proppenvoll. Überall hatten die Leute Pakete mit alten Zeitungen gestapelt und Kartons mit allem möglichen Mist. Verflucht, jetzt musste er weitersuchen.

Er musste alles loswerden, nichts durfte auf ihn hinweisen. Bei Ad hatte er alle Spuren beseitigt, alle Fingerabdrücke weggewischt. Aus Ads Innentasche hatte er gut drei Mille geholt. Das Geld war in einem Portefeuille. Das hatte er in die erste Gracht geworfen, an der er vorbeikam, zusammen mit der Skulptur. Ad ... er sah den blutigen Kopf wieder vor sich. Einen Moment lang musste er sich an einen Laternenpfahl stützen. Aber dieser Ad hatte es, verdammt noch mal, nicht anders gewollt, dieser gierige Sack. Er hatte jede Menge Geld; er erstickte fast daran. Und Ad musste auch etwas mit dem *rip off* zu tun gehabt haben; da war er sich fast sicher. Dieser Mann in seiner Kneipe, das Grübchen im Kinn, das Gerede, die heimlichen Blicke. Ad hatte mehr darüber gewusst, ganz bestimmt.

Roy hatte in Ads Wohnung weitergesucht. Hinter dem großen Klecksgemälde war ein Safe in die Wand eingelassen, das er natürlich nicht öffnen konnte. In einer Schublade in der Küche hatte er noch fünfzehn lose Hunderter gefunden und einen Umschlag mit fünfhundert Gulden, unter dem Besteckkasten. Insgesamt fünftausend. Ob Sjors sich damit vorläufig zufrieden gab? Er würde es müssen.

Roy kam zu einem Platz, wo die Glas- und Altpapiercontainer eingegraben waren. Der für Papier war wie ein Schornstein, mit einem breiten Schlitz an der Seite. Aus irgendeinem Grund kam ihm das noch sicherer vor. Unter dem Boden, unsichtbar, niemand würde je etwas merken. Roy schaute sich um. Der Platz lag vollkommen verlassen da. In ein paar Häusern brannte Licht hinter den Gardinen. Spät auf oder früh wach. Niemand war zu sehen, niemand sah ihn. Er schob die Kleider durch den Schlitz. Das Geräusch, mit dem sie in den Container fielen, glich eher einem Rascheln als einem Aufprall. Die Parabellum würde er morgen zu Angelo bringen. Er hatte sie zwar nicht benutzt, aber er hielt es für ratsamer, das Ding eine Weile nicht in seiner Wohnung zu haben.

Er kroch neben sie ins Bett, leise, ohne etwas zu sagen, als habe er Angst, sie aufzuwecken.

Nach ungefähr fünf Minuten fragte sie, was passiert sei.

«Nichts, ein kleiner Unfall.»

«Was für ein Unfall?»

Roy drehte sich zu ihr. «Das willst du nicht wissen.»

Sie schwieg. Er streichelte sie, aber sie wusste nicht, ob sie ihn spüren wollte. Die Hand, die sie berührte, schien einem Fremden zu gehören. Er schob sie unter ihr T-Shirt, berührte ihre nackten Brüste, kniff leicht in die Brustwarzen. Was sonst einen wohligen Schauer durch ihren Körper jagte, tat ihr jetzt weh.

«Nein, Roy, ich habe keine Lust.»

«Aber ich.»

Er schob die Hand zwischen ihre Beine und ließ einen Finger hineingleiten.

Sie schloss die Augen. «Bitte nicht, Roy. Ich möchte es nicht.»

Er gab keine Antwort, sondern wälzte sich stöhnend auf sie und drang so hart in sie ein, dass es wehtat. Trotz der Dämmerung sah sie die Risse oben in der Decke. Sie starrte sie an. Um Roy nicht zu spüren, der schließlich zuckend und schreiend in ihr kam. Er schrie lauter denn je. Manon dachte an die Nachbarn.

Roy hatte eine Zeitung geholt und sie nervös durchgeblättert. Von vorn nach hinten und wieder zurück.

Sie trank ihren Kaffee. «Was möchtest du heute Abend essen?»

«Irgendwas, egal.»

Plötzlich fühlte sie die Übelkeit wieder aufsteigen. Sie ging zur Toilette und blieb minutenlang über die Kloschüssel gebeugt stehen, aber es kam nichts heraus, nur ein bisschen Schleim, der ihr in der Kehle brannte.

Als sie zurückkam, fragte er, wann sie zum Arzt gehen würde.

«Wozu?»

«Um es wegmachen zu lassen, natürlich.»

«Das tue ich nicht, das habe ich dir gestern schon gesagt.» Gestern? War das wirklich gestern gewesen? Es schien viel länger her zu sein.

«Aber ich will es nicht. Ich will kein Kind. Wir sind noch lange nicht so weit.» Er deutete auf ihre armselige Wohnungseinrichtung.

Sie stand auf und ging zur Tür. «Aber ich will es!», schrie sie. «Es ist auch mein Kind, und ich will es, merk dir das, Roy Witteman!» Sie legte sich aufs Bett und hoffte, dass Roy kommen und alles gut machen würde, dass er alles wegwischen würde. Aber er blieb im Wohnzimmer sitzen.

Auf Sjors' Kopf wuchsen wieder kleine Stacheln.

«Vergessen zu rasieren?», fragte Roy und deutete auf Sjors' Schädel.

«Ja, so könnte man sagen.»

Sie saßen schweigend nebeneinander, vorn in Sjors' großem amerikanischen Schlitten, der auf einem Gelände am Stadtrand geparkt war. Willem saß hinten auf dem Rücksitz und kaute schmatzend. Roys Mitsubishi stand ein Stück weiter weg. «Ein lächerliches Auto», hatte Sjors gesagt. «Ein absolut lächerliches Auto.»

«Und?», fragte Sjors nach einer Weile.

«Was heißt und?»

«Hast du das Geld?»

«Vier», sagte Roy.

«Das sind zwölf zu wenig.»

«Weiß ich, aber ...»

«Was aber?», fragte Sjors und neigte seinen Kopf näher zu Roy.

Roy roch den stinkenden Atem des anderen. Verdammt, wenn er die Parabellum dabeihätte, würde er jetzt auf diesen stinkenden Scheißkopf schießen und anschließend, in einem Aufwasch, auch gleich diesen fetten Fresssack dahinten abknallen. Damit wäre die Sache bereinigt. «Aber ich habe nicht mehr auftreiben können. Ich habe alles versucht, aber es ist mir nicht gelungen.»

Sjors wiederholte seine letzten Worte in einem schleppenden Ton. «Sechzehn Mille», fügte er hinzu. «Ich brauche das Geld. Wenn es nicht im Guten geht, dann eben im Bösen, was, Willem?»

Willem grunzte zustimmend.

«Vier ist zu wenig.»

«Ich habe nicht mehr», sagte Roy.

«Oh, du hast nicht mehr, das enttäuscht mich aber sehr.» Sjors fing an, einen Joint zu drehen. Als er fertig war, nahm er einen kräftigen Zug, gab den Joint aber nicht weiter.

Roy passte auf, dass seine Hände nicht zu nahe an Sjors' kamen. Wenn er nur daran dachte, was Sjors das letzte Mal getan hatte, schoss ihm schon der Schmerz durch die Finger.

«Und du glaubst, dass ich mich mit den vier zufrieden gebe.»

«Ich will für den Rest arbeiten», sagte Roy.

Sjors lachte, ein Lachen, das in ein bellendes Husten überging. «Verflucht», sagte er schließlich, «du bist schlecht für meine Gesundheit, Roy. Nun gut, gib die vier her. Ich bin nun mal zu gut für diese Welt, das weißt du ja. Den Rest brauche ich nächste Woche, sonst ...» Er hielt das brennende Ende des Joints plötzlich vor Roys Gesicht, ein paar Millimeter entfernt. «Ich weiß nicht, ob deine Freundin deine Fresse noch so hübsch findet mit ein paar Brandwunden. Was glaubst du? Man kann Narben zurückbehalten, sehr hässliche Narben.»

«Bestimmt», sagte Willem.

Als Roy nach Hause kam, hatte er wieder eine Zeitung dabei, die er gespannt durchblätterte. Offenbar fand er nicht, was er suchte.

«Was suchst du?», fragte sie.

«Nichts.»

Abends schauten sie fern. Zu ihrer Verblüffung blieb Roy zu Hause. Wendy rief an und fragte, ob sie mit ihr ins Kino gehen wolle, aber sie hatte keine Lust.

Am nächsten Morgen ging Roy für seine Verhältnisse sehr früh aus dem Haus. Er kam mit einer Zeitung zurück, die er wieder sorgfältig durchging. Seine Augen wanderten von einer Spalte zur nächsten, von einer Seite zur nächsten. Endlich schien er etwas gefunden zu haben. Er las den Abschnitt wieder und wieder. Danach legte er die Zeitung weg und steckte sich eine Zigarette an. Er fragte, ob es noch Kaffee gebe.

Mittags, als er weg war, blätterte Manon die Zeitung durch, aber sie wusste nicht, welchen Bericht oder welchen Artikel er gesucht und schließlich gefunden hatte. Mehrere Male las sie die Überschrift «Horeca-Boss ermordet», aber sie sagte sich, das könne nicht wahr sein. Roy war in eine Schlägerei geraten, irgendwie, daher stammte das Blut, aber nichts Schlimmeres, das gab es nicht, das war unmöglich. Sie las den Artikel. In der Nacht von Mittwoch auf Donnerstag war es passiert, heute war Freitag. Es war also die Nacht gewesen, in der Roy so spät nach Hause gekommen war. Wahrscheinlich war auch Geld gestohlen worden, stand in der Zeitung. Der Täter müsste vermutlich im «Coffeeshop-Milieu» gesucht werden, denn das Opfer war nicht nur Besitzer der Bar Woody's Place, sondern auch von zwei Coffeeshops. In der Wohnung waren keine Drogen gefunden worden, auch keine Spuren eines Einbruchs. Das bedeutete, dass das Opfer seinen Mörder gekannt hatte.

Manon holte sich eine Essiggurke aus der Küche. Während sie aß, las sie den Artikel noch einmal gründlich durch. Hatte Roy ihn auch gelesen? Was hatte er damit zu tun? War er zufällig dabei gewesen? Vage hatte sie ihn einmal etwas über die Bar des Ermordeten sagen hören.

Wieder nahm sie sich den Artikel vor und prägte sich jedes einzelne Wort ein. Sie las so konzentriert, dass sie erst merkte, dass Roy wieder hereingekommen war, als er neben ihr stand. Seine Hand in ihrem Nacken fühlte sich klamm und kalt an.

18

Sie wachte auf, als es klingelte. Viertel nach zehn. Wer klingelte um Himmels willen am Sonntagmorgen um Viertel nach zehn? Zeugen Jehovas? Andere Typen, die einen bekehren wollten? Sie drehte sich zu Roy, aber der stellte sich schlafend. Wieder wurde geklingelt, aber nun länger, kräftig und fordernd. Roy stöhnte kurz, gab aber sonst kein Lebenszeichen von sich.

Manon stand auf, zog einen Slip und ein Hemd von Roy an und ging zur Tür. Gerade als es zum dritten Mal klingelte, machte sie auf.

«Juhuuuu, wir sind's», kam es aus dem Treppenhaus.

Shit, das war ihre Mutter. «Diese Treppe, damit muss auch mal was passieren», hörte sie ihren Vater sagen.

Sie standen nun auf dem Treppenabsatz, ihre Mutter mit einem Strauß Blumen.

«Diese Frisur … ich kann mich nicht daran gewöhnen.»

«Einfach mal was anderes.»

«Die langen Haare haben dir viel besser gestanden. Das ist so … ich weiß nicht, und dann auch noch rot.»

Ihr Vater trug eine Plastiktüte aus dem Laden, er hielt sie mit ausgestrecktem Arm vor sich. «Hier, ein paar leckere Steaks, vom Filet, und ein schöner Rollbraten.»

Manon nahm die Plastiktüte.

«Schau mal, schöne Blumen, für deine neue Wohnung.»

«Kommt rein», sagte Manon, «ich hatte euch nicht erwartet. Wir lagen noch …»

«Eine Überraschung.» Ihr Vater lachte kurz auf. «Gemütlich lange im Bett, was?» Er zwinkerte.

Sie standen im Wohnzimmer. Manon sah, wie ihre Eltern sich umschauten, erst prüfend und bald abfällig.

«Ich ziehe mich schnell an.»

Roy lag noch im Bett. «Wer ist das?», fragte er verschlafen.

«Meine Eltern … eine Überraschung. Stehst du auch auf?»

«Verdammt, eine schöne Überraschung.»

«Stehst du auch auf?», wiederholte Manon und zog ihre Jeans an.

Roy antwortete nicht, sondern drehte sich um und zog die Decke über sich.

Manon setzte sich auf den Bettrand. «Das kannst du nicht machen, einfach im Bett bleiben. Denk an die zweitausend Gulden …»

Roy fluchte ein paar Mal aus vollem Herzen.

«Tu's für mich», bat Manon. Sie zog die Decke ein Stück nach unten. Betrachtete Roys schönen Körper, dieses unschuldige, liebe Ding zwischen seinen Schenkeln.

Endlich stand er auf, seufzend und murrend. Manon zog sich an, während er unter die Dusche ging.

Ihre Eltern saßen im Wohnzimmer. Sie waren bei ihr zu Besuch, richtig zu Besuch, überlegte Manon, und das machte die Situation noch verrückter. Als wäre sie nun selbst eine Fremde in ihrer eigenen Wohnung, betrachtete sie die schäbigen Möbel mit den Augen ihrer Eltern. «Kaffee?», fragte sie.

«Gern.»

«Aber ich habe nichts dazu. Ich habe nicht mit euch gerechnet.»

«Aber ich schon», sagte ihre Mutter und zog eine Schachtel mit Gebäck aus ihrer Tasche.

Manon kochte Kaffee und suchte vergeblich nach einer Blumenvase. Als sie ins Zimmer zurückkam, saß Roy auch schon da.

«Hast du Kuchenteller?», fragte ihre Mutter.

Manon holte Unterteller. Ihre Mutter verteilte die Gebäckstücke.

«Ich möchte nichts», sagte Roy. Er zündete sich eine Zigarette an.

«Wirklich nicht?», fragte ihre Mutter.

Roy schüttelte den Kopf und schaute aus dem Fenster, als gäbe es draußen etwas zu sehen.

«Sie schmecken gut», sagte ihre Mutter.

Roy reagierte nicht.

«So, hier wohnt ihr also», sagte ihr Vater. «Und, gefällt es euch?»

«Du kannst wählen zwischen Apfeltaschen und Sahnegebäck.»

«O ja, prima», sagte Manon. «Das hier sind natürlich keine neuen Häuser, aber für uns ist es gut genug.»

«Und du, Roy?» Ihr Vater sprach seinen Namen noch etwas ungewohnt und seltsam aus, etwa wie «Rooi». «Gefällt es dir hier auch?»

Roy zuckte mit den Schultern.

«Oder bist du schon auf der Suche nach einer anderen Wohnung, vielleicht einer, die ein bisschen größer ist?»

«Ich weiß nicht», sagte Roy.

«Seid ihr beim Wohnungsbauverein eingetragen? Das musst du tun ... man kann nicht früh genug damit anfangen.»

Roy drückte seine Zigarette aus und steckte sich sofort eine neue an. «Wir wohnen hier gut, vorläufig.»

Manons Vater begann wieder mit Wohnungsbauvereinen und den schönen Häusern, die sie heutzutage bauten, den niedrigen Einschreibgebühren. «Wirklich, ich würde es tun, wenn ich du wäre.»

«Das muss ich selbst entscheiden», sagte Roy.

Manon sah den befremdeten Blick in den Augen ihres

Vaters, als könne er Roys Verhalten nicht verstehen. Mit einem Löffelchen rückte er seinem Gebäck zu Leibe.

«Lecker, nicht wahr?», sagte Manons Mutter, die offenbar heute einen besonders guten Tag hatte. «Da ist noch einer für dich, Roy. Sahne, magst du das? Oder hättest du lieber eine Apfeltasche?»

Manon sah, wie Roy die Augen schloss und tief seufzte. Seine rechte Hand umklammerte die Stuhllehne so fest, dass die Knöchel weiß wurden.

«Habt ihr die neue Waschmaschine schon?», fragte Manons Vater. In seinem rechten Mundwinkel klebte ein bisschen Sahne. Unwillkürlich wischte sich Manon über die eigenen Mundwinkel.

Ihr Vater wiederholte seine Frage.

«Eh ... nein, die müssen wir noch besorgen. Wir haben noch keine Zeit gehabt, nicht wahr, Roy?»

Roy schüttelte den Kopf. «Gib mir noch etwas Kaffee.» Er hielt ihr seinen Becher hin.

Manon brach der kalte Schweiß aus. Wie lange waren sie jetzt hier? Zehn Minuten, eine Viertelstunde? Wie lange konnte das noch dauern, wie lange hielt sie das aus? Das war noch schlimmer als ein Tag in der Metzgerei. Roy regte sich immer mehr auf. Sie sah es an der heftigen Art, wie er rauchte, und daran, wie er auf seinem Stuhl herumrutschte.

Ohne dass sie es merkte, hatten die Worte ihren Mund verlassen. «Ich bin schwanger.»

«Was?» Ihr Vater starrte sie mit offenem Mund an.

«Ich bin schwanger, ungefähr zwei Monate sind es.» Sie wagte nicht, Roy anzuschauen, spürte aber seinen Ärger, seine Wut, seine Frustration.

«Also, hast du das gehört, Tiny?» Ihr Vater schaute ihre Mutter mit feuchten Augen an. «Du wirst Oma.»

Ihre Mutter sagte nichts. Sie kratzte noch ein bisschen Sahne vom Teller.

«Nun, herzlichen Glückwunsch, phantastisch, ein Enkel … dir auch herzlichen Glückwunsch, Roy.»

Alle schwiegen. Die Stille wurde immer drückender. Manon fragte, ob noch jemand Kaffee wolle.

«Nein, danke.»

Wieder diese peinigende Stille.

«Das ist aber eine Verantwortung», sagte Manons Vater schließlich, «eine Familie mit einem Kind. Glaubst du, dass du das schaffst, Roy?»

Als Antwort steckte Roy sich wieder eine Zigarette an.

«Da muss man ganz anders leben», fuhr ihr Vater fort. «Kinder, das ist schön, aber auch schwer. Ja, ich weiß noch, wie wir Rolf bekommen haben. Du wirst also Vater, Roy …»

Roy stand auf und verließ das Zimmer. In der Tür sagte er noch: «Sie lässt es wegmachen.»

«Ein Bier und einen Toast, bitte.»

Das Mädchen hinter der Theke schaute ihn mit freundlichen, aber auffallend großen Augen an, während es professionell das Glas voll laufen ließ. «Bitte, ein Bier. Der Toast kommt gleich.»

Roy trank mit gierigen Schlucken. Es war, als müsse er einen unangenehmen Geschmack wegspülen, doch der blieb in seinem Mund, trotz des Biers. Verflucht, diese Alten von Manon, was für ein Gequatsche. Wie war ihnen das nur eingefallen, einfach zu klingeln, einfach in ihre Wohnung einzudringen, ungebeten, als hätten sie ein Recht darauf, und dann zu allem und jedem ihre Bemerkungen fallen zu lassen. O ja, er hatte ihre kritischen Blicke gesehen. Altes Mobiliar, nichts an den Wänden, kaum eine Pflanze, schlechter Anstrich, Tapete, die an einigen Stellen herunterhing, alles altes Zeug. Und dann Manon, die erzählte, dass sie schwanger war, als ob sie ein paar neue

Schuhe gekauft hätte, die sie gern zeigen wollte. Shit, war er jetzt endgültig gefangen? War es jetzt schwieriger, es wegmachen zu lassen? Wahrscheinlich schon. Fuck, fuck, fuck!

«He, was hast du gesagt?», fragte das Mädchen hinter der Bar. Ihre Augen sahen jetzt noch größer aus, sie rollten ihr fast aus den Höhlen.

«Ach … nein, nichts. Gib mir noch ein Bier und nimm dir selbst was.»

«Einen Kaffee, wenn's recht ist.»

«Okay.»

Roy schaute sich um. Das Lokal war leer, bis auf ihn. Das Radio stand auf Sky. «Und nun der Superhit aller Zeiten: *A whiter shade of pale.*»

Eine Frauenstimme fragte: «Darf ich kurz raufkommen?»

«Natürlich.» Manon hatte sich gerade vom Besuch ihrer Eltern erholt. Ihre Mutter hatte bedrückt geschwiegen, und ihr Vater hatte nur noch über «diesen Freund von dir» gesprochen, seinen Namen hatte er nicht mehr genannt, als wäre er infiziert. «Der taugt nicht, dieser Junge, das sage ich dir. Ich sehe so was gleich. Was dieser Junge alles sagt, diese Frechheit, diese Unhöflichkeit, als hätte er keine Erziehung genossen. Erst Geld leihen und sich dann so benehmen. Schrecklich! Und das mit meiner Tochter, meiner lieben Manon.» Ein Schluchzen hatte in seiner Stimme geklungen. «Mit diesem Jungen stimmt was nicht, Manon. Er ist so falsch, ich weiß nicht wie, so link wie nur was.» Manon hatte erklärt, Roy habe Probleme mit der Arbeit und benehme sich deshalb so seltsam. «Dieser Junge hat keine Probleme», hatte ihr Vater gesagt, «er ist selbst ein Problem. Hör doch einmal auf deinen alten Vater, glaub mir nur ein einziges Mal. Wenn ich du wäre, würde ich sehen, dass ich …» Er hatte den Satz nicht zu Ende gesagt, sondern nur mit der flachen Hand eine horizontale Bewegung gemacht. Schluss machen, verstand Manon.

Manon erschrak, als unerwartet ein Mann vor ihr stand, in Jeans und Lederjacke über einem bunten Hemd.

«Wielaard», sagte der Mann mit derselben hohen Stimme, die sie von unten gehört hatte. «Kriminalpolizei.»

«Kriminalpolizei?», flüsterte Manon.

«Ja. Kann ich kurz reinkommen?»

Sie zögerte. «Ich ... eh ...»

«Ich möchte lieber nicht auf der Treppe sprechen ... das ist zu öffentlich, scheint mir.»

«Aber wie weiß ich ... wie weiß ich, dass Sie von der Polizei sind? Das kann doch jeder sagen.»

Wielaard griff in seine Innentasche und holte ein Mäppchen mit seinem Ausweis heraus. Manon studierte die Karte, ohne zu wissen, auf was sie achten musste. Sie sah echt aus.

Manon nickte. «Kommen Sie mit.» Sie ging dem Mann voraus ins Wohnzimmer.

«Ich komme eigentlich wegen Roy Witteman. Der wohnt doch auch hier, oder?»

«Er ist mein Freund.»

«Ist er zu Hause?»

«Nein.»

Wielaard betrachtete sie nachdenklich. Sie bekam Angst. Was sollte sie sagen, wenn er ihr alle möglichen Fragen stellte, über das Geld, über jene Nacht? Es war nicht zufällig, dass der Beamte hier saß. Und dass er an einem Sonntag kam, musste auch etwas bedeuten. Es ging um etwas Wichtiges.

«Wissen Sie, wann er nach Hause kommt?» Noch immer verblüffte Manon die weibliche Stimme, als spräche jemand anders durch den Mund des Mannes.

«Nein, keine Ahnung.»

Wielaard schwieg eine Weile, während er Manon genau

musterte. Sie setzte sich auf den äußersten Rand des Stuhls und musste sich dazu zwingen, nicht aufzuspringen und wegzurennen. Weit weg, die Straße entlang, unerreichbar.

«Ich kann Ihnen nicht weiterhelfen», sagte Manon mit einem halb gelungenen Lächeln.

Wielaard nickte. Er schaute in sein Notizbuch. «Darf ich Sie noch was fragen?»

Manon versuchte, das Zittern in ihrer Stimme zu unterdrücken. «N...natürlich.» Zugleich fragte sie sich, ob sie sich richtig verhielt. Vielleicht sollte sie gar nichts sagen. So etwas hatte sie schon in Filmen gesehen. Oder war das gerade verdächtig?

«In der Nacht von Mittwoch auf Donnerstag ... war Ihr Freund, Roy ... war er da außer Haus?»

«Mittwoch auf Donnerstag ... Mittwoch auf Donnerstag ...» Manon tat, als müsse sie alle Winkel ihres Gedächtnisses absuchen. «Mittwoch auf Donnerstag ... mal sehen, das war ... ja, ich glaube schon.»

«Gut. Und wissen Sie vielleicht auch, wo er war?»

«Nein. Wir sagen uns nicht immer, was wir ...» Ihre Stimme erstarb.

«Natürlich nicht.» Wielaard lachte ein freundliches Lachen. Jetzt sah sie es genau: eine Tunte. Diese Bewegungen, dieser Augenaufschlag.

«Wissen Sie noch, wann er nach Hause kam?»

Manon überlegte fieberhaft. Vielleicht hatten sie schon mit Roy gesprochen. Vielleicht saß er im Polizeibüro und sie hatten ihn schon verhört. Wie sollte sie wissen, ob Wielaard nicht mit einer Ausrede hergekommen war? Sie musste dasselbe sagen wie Roy, sonst bekam er Schwierigkeiten.

Wielaard wiederholte seine Frage.

«Ich ... eh ... ich glaube, ungefähr um halb drei.» Sie fühlte, dass sie rot wurde.

«Ist was?», fragte Wielaard.

«Nein … n…nichts.» Wieder diese unangenehme, stotternde Stimme.

«Sie sind also sicher, halb drei?»

«Ja.»

«Waren Sie wach, als er heimkam?»

«Ich bin aufgewacht.»

Wielaard notierte etwas in sein Notizbuch, schaute sie dann wieder freundlich lächelnd an. «Und da haben Sie gesehen, wie spät es war.»

«Ja, auf dem Radiowecker.»

«Halb drei», sagte Wielaard. «Halb drei.»

Seiner Stimme nach zu urteilen glaubte er ihr kein Wort.

Willem erschrak von einem Schlag gegen das Auto, als wäre jemand draufgeknallt. Ein heftig gestikulierender Radfahrer kam vorbei. Der hatte bestimmt gegen die Karosserie geschlagen, weil er in der zweiten Reihe parkte, auf dem Fahrradweg. Willem startete das Auto und wollte hinter dem Mann herfahren, um ihm eine Lektion zu erteilen. Action, er spürte das Bedürfnis nach Action, und hier war jemand, der sich dafür anbot. Ein Geschenk des Himmels. Er wollte schon losfahren, da fiel ihm ein, dass Sjors jeden Moment auftauchen musste, und der würde sauer sein, wenn er nicht hier stand, sondern ein paar hundert Meter weiter dabei war, jemanden zu verprügeln. Willem seufzte tief und drehte den Zündschlüssel wieder um. Schade. Und diese Sache mit Roy, die zog sich auch schon lange hin. Warum ergriff Sjors keine Maßnahmen? Nun, er wusste wohl, was er tat. Roys Kontakte mit der Polizei waren ihm auch sehr verdächtig. Eine linke Sache. Konnte nur Schwierigkeiten bringen. Ha, da kam Sjors ja. Eine Nummer geschoben, fünf Hunnis los. Blöd, wenn man es auch umsonst bekommen konnte.

Manon hatte eingekauft, aber die Hälfte von dem, was sie hätte kaufen müssen, hatte sie vergessen. Wenn sie ihre Augen schloss, sah sie den Kriminalbeamten wieder im Zimmer stehen. Immer deutlicher und schmerzhafter drang es zu ihr durch, was Roy wahrscheinlich getan hatte. Roy, ihr Roy, der schöne, liebe, lachende Roy, der sie damals gerettet hatte, der sie aus der beschissenen Metzgerei geholt hatte, der Vater des Kindes, das sie in sich trug. Ihr wurde heiß und kalt zugleich, als hätte sie einen Fieberanfall.

Satzfetzen aus dem Zeitungsartikel schossen ihr durch den Kopf. «Mit einem stumpfen Gegenstand ... das Opfer ... ein Bekannter des Opfers ...» Gestern hatte nichts über diesen Mord in der Zeitung gestanden. Es gab neue, andere Gewalttaten und Konflikte. Für die Zeitung war das alles schon vorbei, für sie begann es nun erst.

Sie musste hier weg, sie konnte nicht mehr bei Roy bleiben. Aber wohin konnte sie gehen, was sollte sie tun? Wie gelähmt blieb sie im Stuhl sitzen, zitternd und schwitzend. Sie sah Roy vor sich, böse, überdreht, eine Art Knüppel in den Händen. Er würde zuschlagen. Nein, nicht sie, er liebte sie, sie liebten sich doch. Sie mussten zusammenbleiben, sich gegenseitig beschützen, für immer. Vielleicht war es ein Unfall gewesen, ja, ein Unfall. Oder Notwehr. Der Mann hatte Roy angegriffen. Er hatte sich selbst verteidigen müssen, sonst wäre er ... Sie machte einen Film von den Ereignissen. Sah Roy blutend auf dem Boden liegen. Er packte etwas, um sich zu wehren gegen diesen Mann. Nein, sie konnte Roy nicht im Stich lassen, sie durfte ihn nicht im Stich lassen. Er brauchte ihre Hilfe, gerade jetzt.

Trotzdem spürte sie die Angst noch immer in jeder Faser ihres Körpers. Warum erzählte Roy ihr nicht, was wirklich passiert war? Warum schwieg er so hartnäckig? Zum Glück war dieser Wielaard nicht gekommen, als ihre Eltern noch da waren. Was würden die davon gehalten haben? Ein

Kriminalbeamter am Sonntagmorgen. Der kam doch nicht, um gemütlich eine Tasse Kaffee zu trinken.

Sie rief Wendy an, aber die nahm nicht ab. In der Küche aß sie eine Essiggurke, aber die Übelkeit stieg immer stärker in ihr auf. Sie schaffte es gerade noch, sich in die Kloschüssel zu übergeben. In großen Wellen spie sie alles aus, es war, als würde ihr ganzer Magen mitkommen, so dass sie innen ganz leer wurde.

Sie legte sich aufs Bett. Immer wieder sah sie Roy. Am Strand, im Lokal, mit Freunden, dann wieder mit dem Mann, der ihn bedrohte. Langsam sank sie in einen Schlaf mit wirren Träumen. Im einen Moment saß sie als kleines Kind mit Anouk im Sandkasten und spielte, gleich danach zeigte ihr Roy einen Knüppel, an dem noch Blut klebte. Und dann stand sie in der Metzgerei, ihr Vater schnitt sich in die Hand, aber es kam kein Blut heraus. «Schau.» Er zeigte ihr die Wunde. «Überhaupt kein Blut.» Er schnitt noch einmal hinein. Auf einmal stand auch Roy in der Metzgerei. «Wir müssen Käse verkaufen», sagte er. «Das kaufen die Leute oft zusammen, Käse und Fleischwaren, beides Brotbelag.» Ihre Mutter bediente einen Kunden und heulte dabei Rotz und Wasser. «Ich finde es so schlimm, ich finde es so schlimm, erst ist Rolf weg, vom Erdboden verschwunden, und nun ist mein Schwiegersohn auch noch ein Mörder.» Roy schien sie nicht zu hören; er versuchte vergeblich, einen riesigen, flachen Käselaib in zwei Teile zu schneiden. Extra mittelalt, stand darauf.

Erschrocken wachte sie auf. Roy saß neben ihr auf dem Bett. Sie konnte ihm ansehen und auch riechen, dass er getrunken hatte.

«Wie spät ist es?», fragte sie.

«Viertel nach fünf.» Er deutete auf den Radiowecker.

Sie schloss die Augen. Nun musste sie von Wielaard erzählen. Oder hatte sie es auch nur geträumt? War sogar der Besuch ihrer Eltern nicht wirklich gewesen?

Roy streichelte sie, aber sie konnte seine Berührung nicht aushalten und rollte sich von ihm weg. Er ging um das Bett herum und setzte sich auf der anderen Seite wieder neben sie. Erneut fühlte sie seine Hand.

«Ich habe keine Lust, Roy. Ich fühle mich nicht so wohl.»

«Okay …» Plötzlich beugte er sich mit dem Kopf zu ihr. Sie roch nun noch stärker seinen Kneipenatem. «Du hättest deinem Vater und deiner Mutter nicht sagen sollen, dass du schwanger bist. Jetzt wird es nur noch schwieriger, es wegmachen zu lassen.»

«Das tue ich auch nicht.»

«Das tust du wohl, hörst du mich? Das tust du wohl.»

Fast unmerklich schüttelte sie den Kopf, beide Hände schützend auf den Bauch gelegt.

«Du gehst zu so einem Arzt oder in so eine Klinik. Wir gehen zusammen hin.»

«Nein.»

Roy stand auf. Er fluchte. «Wie dickköpfig du bist.»

«Die Polizei ist hier gewesen», sagte Manon.

«Was?»

«Die Polizei ist hier gewesen. Sie wollten mit dir sprechen.»

«Shit!»

«Was hast du getan, Roy? Was hast du getan?»

19

«*Okay,* du warst also der letzte Gast?»

Roy nickte widerwillig. Natürlich hatte Mariska ausgesagt, dass er noch da gewesen war, als sie wegging. Wielaard schaute ihn freundlich an, aber er würde auf das durchschaubare Geschleime nicht reinfallen. «Und dann bist du weggegangen?»

«Ja, ich bin nicht zum Schlafen geblieben, es ist schließlich kein Hotel.» Roy steckte sich eine Zigarette an. Manon war zum Glück im Schlafzimmer. Er hätte es nicht ausgehalten, wenn sie dabei gewesen wäre.

«Nein, die Geschäfte im Woody's Place sind sehr ... eh, mannigfaltig, würde ich sagen ...»

Was Roy betraf, konnte er sich mit diesem Mannigdingsbums den Arsch abwischen.

«Aber ein Ort zum Übernachten, nein, das ist es nicht.» Wielaard lachte kurz auf. «Du bist also allein weggegangen.»

«Ja.» Verdammt, das fing an, eine Art Verhör zu werden. Als Wielaard vor der Tür stand, hatte Roy gefragt, ob er vielleicht verhört werden solle. «Nein, nur ein paar Informationen», hatte Wielaard gesagt.

Der Kriminalbeamte machte sich ein paar Notizen.

«Danach hast du den Lokalbesitzer, Ad ten Kate, nicht mehr gesehen?»

«Nein.»

«Er war also noch im Lokal, als du hinausgegangen bist.»

«Das habe ich doch gesagt!»

Wielaard machte eine beruhigende Handbewegung. «Du

musst dich nicht aufregen, ich stelle doch nur ein paar einfache Fragen.»

Roy drückte seine Zigarette aus. «Ich muss mal pissen.»

Er stand im Klo und betrachtete den Geburtstagskalender, den der vorige Mieter zurückgelassen hatte. Übermorgen hatte Saskia Geburtstag, einen Tag später Christien. Er kannte sie nicht und würde sie nie kennen lernen. Widerwillig kehrte er ins Wohnzimmer zurück, wo Wielaard, dieser Schwachkopf, ihn wieder anlachte.

«Also, wie viel Uhr war es, als du das Lokal verlassen hast?»

«Zwei Uhr ... Viertel nach zwei. Ich habe nicht auf die Uhr geschaut.»

«Und dann bist du nach Hause gegangen?»

«Ja.»

«Sofort?»

«Ja.» Er war sich ziemlich sicher, dass ihn niemand mit Ad gesehen hatte. Dieses Risiko musste er eingehen.

«Hast du jemanden bemerkt, in der Nähe des Lokals? Einen Unbekannten oder jemanden, bei dem du gedacht hast: He, was sucht denn der hier?»

«Keine Ahnung, aber es laufen natürlich immer Leute auf der Straße herum, vor allem dort in der Gegend.»

Wielaard machte sich wieder ein paar Notizen. «Und dann bist du heimgekommen um ...»

«Kurz nach halb drei.»

«Warum weißt du das so genau?»

«Ganz einfach, vom Radiowecker. Ich ... eh, habe noch eine Nummer geschoben, mit meiner Freundin, und ich ...» Zu seinem Vergnügen merkte er, wie Wielaard jetzt die Augen niederschlug, «und da habe ich gesehen, dass es Viertel vor drei war. Das weiß ich noch verdammt genau, Viertel vor drei.»

Roy hatte sich auf dem Sofa ausgestreckt. Manon dachte, er schlafe, aber er lag nur unbeweglich da, mit offenen Augen.

«Was hat er alles gefragt?»

Roy sagte nichts.

«Was hat dieser Kriminalbeamte gefragt?»

Roy richtete sich langsam auf, wie in Zeitlupe. «Wann ich Mittwochnacht heimgekommen bin ... was ich getan habe.»

«Und was hast du gesagt?»

Roy wurde wütend. «Dass ich um halb drei heimgekommen bin. Darüber haben wir doch schon gesprochen. Hör auf mit dem Gelaber.»

«Aber ... aber es war viel später.»

Roy blickte sie erstaunt an.

«Du warst viel später zu Hause. Ungefähr um vier ... und deine Kleider ...»

«Ich war um halb drei zu Hause», sagte Roy mit einer monotonen, drohenden Stimme, «und mit meinen Kleidern war gar nichts.»

«Aber Roy, was ist passiert? Was hast du getan? Ich muss es wissen.»

Er packte sie am Oberarm und zog sie grob an sich. «Nichts ist passiert, gar nichts. Und du willst es überhaupt nicht wissen. Das habe ich schon mal gesagt. Kannst du nicht zuhören?»

Sie fing an zu weinen. «Auf deinen Kleidern war Blut ... du hast sie weggeworfen.»

«Hör auf mit der Flennerei! Wenn ich sage, dass nichts passiert ist, ist auch nichts passiert. Kapiert?» Er schüttelte sie heftig.

«Au ... nicht.» Tränen liefen ihr über die Wangen. «Du hast was Schlimmes getan, Roy, du hast jemanden ...» Sie konnte es nicht aussprechen. «Du hast jemanden ...»

«Halt's Maul, verdammt!»

Mit einer heftigen Bewegung stieß er sie von sich, so dass sie rückwärts aufs Sofa fiel. Der Schmerz schnitt ihr durch die Hüften. Auf den Knien setzte er sich neben sie. Einen Moment lang hatte sie Angst, er würde ihr etwas antun, dann sah sie an seinem Blick, dass es ihm Leid tat. Er streichelte ihre Haare.

«Ich bin ein bisschen überdreht», sagte er, «bei all dem Scheiß.»

Sie schwiegen minutenlang. Schließlich sagte Roy: «Es wird alles wieder gut. Aber du musst mir helfen. Wenn ich sage, dass nichts passiert ist, ist auch nichts passiert. Wenn wir gemeinsam dabei bleiben, dann klappt das.» Er fuhr ihr mit der Hand durch die Haare, wischte ihr die Tränen von der Wange. «Du bist doch meine Manon, für immer, nicht wahr?»

«So», sagte Sjors. «Wie geht's?»

«So lala.»

Am anderen Ende der Leitung hörte Roy vage eine schrille Frauenstimme.

«Geht es auch so lala mit den zwölf Mille, die ich von dir noch kriege?»

«Das hoffe ich.» Roy hatte Lust, den Hörer aufzulegen. Warum rief Sjors ihn an, verflucht noch mal? Was sollte das bedeuten? Manon blätterte in einer Zeitschrift, aber er hatte den Eindruck, als höre sie zu.

«Blöd, was», sagte Sjors, «was mit Adje passiert ist.»

«Ja, beschissen.»

«Auch für dich, nehme ich an. Du warst doch ...» Sjors brach in bellendes Husten aus. Roy hielt den Hörer ein Stück von seinem Ohr weg. «Gib mir was zu trinken», hörte er Sjors mit einer hohen Piepsstimme zu jemandem sagen. Einen Moment lang blieb es still. «Du warst doch der letzte Gast, oder?», fragte Sjors. In seiner Stimme lag ein spöttischer Unterton.

«Ja, vielleicht.»

«Du bist also der Letzte, der Ad lebend gesehen hat, außer dem Mörder, natürlich.» Es hörte sich an, als würde Sjors sich eine Zigarette anstecken.

«Ja, außer dem Mörder.» Roy sah, wie Manon ihn mit einer Mischung aus Neugier und Angst anschaute.

«Und du hattest plötzlich vier Mille», stellte Sjors fest, «einfach so, als wären sie vom Himmel gefallen.»

«Ach ...»

«Die kamen doch nicht etwa von Ad?»

Gottverdammt, er hatte Sjors auf eine Spur gebracht. Vielleicht hätte er ihm das Geld nicht geben dürfen, aber was dann? Hätte er sich die Finger brechen lassen sollen, hätte er sich zusammenschlagen lassen sollen, von Willem oder von ein paar marokkanischen Bürschchen, die dafür einen Schein von Sjors bekamen? «Nein», sagte Roy, «geliehen ... bei Joop.»

«Oh, von diesem Ekelpaket ... danke, Schatz ... prost.» Roy hörte Sjors trinken. «Ein komischer Zufall, das Ganze, das mit Ad und dem Geld ... Findest du nicht auch?»

Roy reagierte nicht.

«Ich nehme an, dass die Polizei das nicht weiß.»

«Warum sollte sie?»

«Ja, warum sollte sie», wiederholte Sjors. «Aber das wäre trotzdem interessant für sie, denke ich, sehr interessant. Angenommen, sie erfährt es zufällig, einfach so, jemand verplappert sich. Doch eine hübsche Information, glaubst du nicht?»

«Das tust du nicht, Sjors», sagte Roy, «dann bist du selbst auch dran.»

«Wer sagt denn, dass ich zur Polizei gehe und jemanden verpfeife? So bin ich nicht, das weißt du doch, immer *straight*, immer fair. He, Tanja?» Es hörte sich an, als klatsche Sjors einer Frau auf den Arsch. «Au.» – «Ich habe gedacht, du magst das.» Dann sprach Sjors wieder zu Roy. «Na ja, so was geht oft über mehrere Ecken und das habe ich natürlich nicht in der Hand.»

Wielaard wurde diesmal von einer jungen Frau begleitet. «Van Alphen, Ineke van Alphen», sagte sie und drückte Manon fest die Hand.

«Ist dein Freund nicht da?», fragte Wielaard.

«Nein.» Sie wusste nicht, wo Roy war. «Ich geh mal schnell weg», hatte er gesagt, «bin gleich wieder zurück.» Aus Erfahrung wusste sie, dass «mal schnell» ein paar Stunden bedeuten konnte, manchmal einen ganzen Tag.

«Schade», sagte Wielaard. Zu dritt standen sie etwas ungemütlich mitten im Wohnzimmer. «Ihr wohnt hier gar nicht übel, keine schlechte Gegend.»

«Wie geht es dir?», fragte van Alphen.

«Wieso?»

«Einfach so.»

Die Kriminalbeamten schauten sich um, räusperten sich, lächelten vage. Manon überlegte, dass sie ihnen gleich alles erzählen konnte. Dann war sie es los und hatte es hinter sich. Oder fing es dann erst an? Sie konnte Roy doch nicht einfach verraten, ihn nicht einfach der Polizei ausliefern.

«Ja», sagte Wielaard, «wir wollten uns noch mal über die Mittwochnacht unterhalten, diese bewusste Mittwochnacht, also die Nacht von Mittwoch auf Donnerstag. Dürfen wir uns setzen?»

«Natürlich, aber ich habe schon alles erzählt.»

«Alles?», fragte van Alphen, die eine Lesebrille aufsetzte und in ihrem Notizbuch blätterte. «Wirklich alles?»

«Wie spät ist dein Freund, wie spät ist Roy in jener

Nacht heimgekommen?», fragte Wielaard. Seine Stimme war ungefähr genauso hoch wie die von van Alphen.

«Ungefähr um halb drei, das habe ich schon gesagt.» Ihr wurde warm und sie hatte das Gefühl, als würden sich ihre Wangen und ihr Hals dunkelrot färben.

«Woher weißt du das?»

«Das habe ich doch gesagt, vom Radiowecker.»

«Schaust du immer auf die Uhr, wenn Roy nach Hause kommt?»

«Manchmal ja, manchmal nein.»

«Dieses Mal aber schon?»

Manon nickte. Van Alphen blätterte weiter ruhelos in ihrem Notizbuch.

«War etwas Besonderes mit Roy, als er heimkam?»

«Etwas Besonderes? Nein, ich glaube nicht.»

«Er war nicht aufgeregt, in Panik, aggressiv, verängstigt oder was auch immer?»

«Nein, ich glaube nicht.» Manon nahm eine Zigarette, steckte sie an, inhalierte und drückte sie sofort wieder aus.

«Also nichts Besonderes», sagte Wielaard.

Manon schloss die Augen. Wie lange würde sie das noch durchhalten, all diese Fragen, dieses Herumwühlen in ihrem Leben, diese halben Verdächtigungen.

«Und dann ist er auch zu Hause geblieben?», fragte van Alphen.

«Ja, wir sind schlafen gegangen.»

«Er war müde, du warst müde, ihr habt also sofort die Augen zugemacht.» Van Alphen lachte kurz.

Manon nickte.

«Aber wie geht das? Roy hat gesagt, dass ihr noch … eh, dass ihr noch Verkehr gehabt habt, ‹eine Nummer geschoben›, wie er sich ausgedrückt hat.»

Manon schwieg einen Moment. «Das … eh … das stimmt …, ja, jetzt fällt es mir wieder ein.» Wieder diese heißen Wangen. «Ich hatte es vergessen, und solche Sachen, die ... eh, die sage ich nicht gerne zu Fremden.»

«Natürlich nicht», sagte van Alphen. «Bumsen ist Privatsache. Aber vielleicht hast du auch andere Dinge vergessen.» Ihr katzenfreundliches Lächeln passte nicht zu ihrer giftigen Stimme.

Manon hörte Roy ins Zimmer stolpern. Etwas fiel um. Er fluchte. Stunden hatte sie wach gelegen, bis er nach Hause kam. Sie wusste, dass sie wach bleiben würde, auch wenn es bis zum Morgen dauern sollte. Es war fast vier Uhr. Schwankend kam er ins Schlafzimmer. Angezogen legte er sich neben sie. Sie hörte, dass er schwer atmete. Sie wollte erzählen, dass die Polizei wieder da gewesen war, wagte aber nichts zu sagen.

Gegen ein Uhr mittags kam Roy aus dem Bett, mit wirren Haaren und trüben Augen. Seine Stimme klang heiser. «Hast du Kaffee?»

«Ich mache welchen.»

Als sie ins Wohnzimmer kam, schaute sich Roy MTV an, den neuen Clip der Spice Girls. «Hier, dein Kaffee.»

Beide schauten sie fern, aber Manon sah nichts. Ab und zu warf sie Roy einen Blick zu und dann musste sie sich anstrengen, keine Angst vor ihm zu haben. Wenn er ihr nur erzählt hätte, was passiert war, dann könnte sie ihn vielleicht verstehen und würde ihm wirklich helfen können. Alle Möglichkeiten schossen ihr durch den Kopf, bis ihr fast schwindlig wurde. Sie fühlte sich wie jemand, der ganz aus der Nähe einem Tischtennisspiel folgt.

«Gibt es noch Kaffee?» Er hielt seinen Becher in ihre Richtung.

Sie ging in die Küche. Dort blieb sie auf einem Hocker am Tisch sitzen. Das hielt sie nicht aus. Sie wurde verrückt, ganz und gar verrückt. Nach ein paar Minuten kehrte sie ins Wohnzimmer zurück.

«Du hast meinen Kaffee vergessen», sagte Roy, den Blick auf den Fernseher gerichtet.

«Wir müssen miteinander sprechen, Roy.»

«Worüber?»

«Über das, was passiert ist, was wir tun sollen.»

«Es ist nichts passiert.»

«Es geht so nicht weiter, Roy, ich halte es nicht mehr aus.»

Roy machte den Fernseher aus. «Als hätte ich nicht schon genug am Hals, jetzt fängst du auch noch an zu nörgeln.»

«Die Polizei ist gestern wieder hier gewesen.»

«Na und? Sie wissen nichts, diese Blödmänner, und wenn du nichts sagst, geht es von selbst vorbei. Dann geben sie es auf.»

«Aber du, du hast es getan, Roy?» Ihre Stimme klang zweifelnd.

«Was? Was habe ich getan?»

«Diesen Mord, hast du jemanden ermordet?»

«Ach ...» Er zündete sich eine Zigarette an.

Sie wollte hören, dass es nicht stimmte, ein Irrtum, ein Missverständnis, vielleicht auch Notwehr, aber es kam nichts. Roy rauchte schweigend. Warum war es nicht mehr so wie am Anfang, als alles noch in Ordnung war, als Roy noch mit gebrauchten Autos handelte. Diese Zeit wünschte sie sich zurück.

«Ich liebe dich, Roy, wirklich ...»

Er schaute sie an. Sie erkannte seine Augen wieder, diese lachenden Augen.

20

«So», sagte Wielaard, «eine andere Umgebung. Vielleicht hast du dann ja auch andere Ideen, andere Erinnerungen. Wer weiß, was alles hochkommt, was, Ineke? Wir erleben manchmal die verrücktesten Sachen.»

Roy schwieg. Sie hatten gefragt, ob er zum Polizeipräsidium kommen wolle, und hier saßen sie nun, in einem kleinen, engen Zimmer. War das nun ein Verhör oder sammelten sie immer noch Informationen? Ganz unverbindlich? Treten Sie ein, Sie brauchen nichts zu kaufen. Jede Information ohne Verpflichtung. Sollte er einen Anwalt verlangen oder war das zu professionell? Vielleicht sogar verdächtig. Alles, was Sie sagen, kann gegen Sie verwendet werden. Die Worte schossen in seinem Kopf hin und her. So wenig wie möglich sagen, dann konnte so wenig wie möglich gegen ihn verwendet werden.

«Gehen wir die Ereignisse von Mittwochnacht noch einmal durch, okay?»

Roy nickte.

Wielaard brachte die Geschichte so vor, wie Roy sie erzählt hatte, bis zu seiner Heimkehr um ungefähr halb drei. Immer wieder fragte er Roy, ob es so stimme. «Und du bist also nicht mit ten Kate zu seiner Wohnung gegangen?»

«Nein, warum sollte ich?»

«Ja, warum solltest du? Vielleicht, weil du Geld von ihm wolltest, weil er einen Job für dich hatte, weil du ein bisschen für ihn gedealt hast? Wer weiß, ich phantasiere nur so ...»

«Genau», sagte Roy. «Phantasie.» Zufrieden lehnte er sich auf dem Stuhl zurück. Sie konnten ihm nichts anhaben, diese Scheißkerle, diese Seidensocke von Wielaard und das blöde Weib, das daneben saß. Sie hatte übrigens ganz hübsche Titten, das musste er zugeben. Noch ein bisschen größer und sie könnte im Kanjers hinter der Theke stehen.

«Aber weißt du, was keine Phantasie ist?», fragte Wielaard und beugte sich vor. «Nein, warte, ich will es mal anders ausdrücken.» Er beugte sich weiter vor. «Jemand ist oben bei ten Kate gewesen, sagen wir mal, Herr X. Es könnte auch eine Frau gewesen sein, was, Ineke?»

«Natürlich.»

«Oder vielleicht zwei Männer, aber gehen wir vorläufig mal von diesem einen Herrn X aus. Der hat offenbar mit ten Kate Kaffee getrunken, gemütlich, zu zweit, und danach hat er ten Kate den Schädel eingeschlagen, ein bisschen weniger gemütlich, für ten Kate jedenfalls. Er hat Geld gesucht und vermutlich auch gefunden, denn ten Kate hatte kein Geld mehr bei sich, nichts, seine Geldtasche war verschwunden. Und X hat dann all seine Fingerabdrücke ordentlich weggewischt. Unsere Jungs von der Spurensicherung haben nichts mehr gefunden. Jammerschade. Was sollen wir also tun? Wie können wir hinter die Identität dieses Herrn X kommen?»

Roy reagierte nicht.

«Kannst du es dir denken, Roy?»

Er schüttelte den Kopf. «Das ist Ihr Job. Sie haben das doch gelernt.»

«Genau. Wir haben also gelernt, dass es auch andere Dinge gibt, nicht nur Fingerabdrücke.»

Roy überlegte, worauf Wielaard hinauswollte. Versuchte er ihm nur Angst zu machen, ihn zu verunsichern? Was hatten sie, was hielten sie in der Hinterhand?

Wielaard riss sich ein Haar vom Kopf. «Schau mal, ein Haar. Wenn ich irgendwo gewesen bin, lasse ich immer ein oder mehrere Haare zurück. Geht gar nicht anders. Und das ist eine Art Merkmal, vergleichbar einem Fingerabdruck. Wenn wir irgendwo Haare finden, können wir die analysieren lassen. Und bei ten Kate haben wir verschiedene Arten Haare gefunden. Eine Art ist von ihm selbst, und die andere, das wissen wir noch nicht.»

«Könnten auch Haare von dir dabei gewesen sein, Roy?», fragte van Alphen.

Roy antwortete nicht. Konnten sie ihn zwingen, sich an einem Test zu beteiligen? Oder musste er dazu offiziell verdächtigt werden? Konnte er sich dann auch noch weigern? Was machte es schon aus? Sie kamen garantiert dahinter. Shit, was sollte er jetzt tun, was sollte er sagen? Wie kam er aus dieser Sache heraus? Oder blufften sie nur? Hatten sie nichts und versuchten nur, ihn ins Bockshorn zu jagen, diese schleimigen Scheißkerle? Er schaute zu van Alphen, die ihn freundlich anlachte. Verdammt, waren sie freundlich und nett, es konnte einem glatt schlecht werden.

Van Alphen wiederholte ihre Frage.

«Ist das wahr?», fragte Wendy.

«Ja, es kann nicht anders sein.» Manon fühlte sich seltsam erleichtert. Ein Gewicht, das schon seit Tagen auf ihr lag, war nun von ihr genommen. Sie hatte es niemandem erzählen können, noch nicht einmal ihren Freundinnen. Anouk gegenüber hatte sie einmal vorsichtig davon angefangen. «Ich glaube, dass Roy was ausgefressen hat, dass er ...» Aber Anouk hatte das beginnende Bekenntnis sofort unter einer Lawine begütigender Worte begraben. Freunde, ach, hör mir auf, lass den Jungen doch, ein guter Junge, wirklich, schau, was er alles für dich getan hat, die Uhr, die Kette, die anderen sind auch nicht alle toll, manchmal passiert eben was ... Vielleicht hatte sie es Wendy sagen können, weil sie sie erst kurze Zeit kannte, weil Wendy nicht zu dem bekannten Club aus dem Bahama Bay gehörte, der Gruppe von früher.

«Du bist dir also sicher, dass Roy ...»

«Ja, muss wohl so sein.»

Wendy stieß einen Pfiff durch die Zähne aus, wie ein Mann, einen lauten, hellen Ton. «Wie schrecklich. Wie ist es passiert?»

«Ich weiß nicht ... Roy will nicht darüber sprechen.»

«Aber ...» Wendy schlug die Hände vors Gesicht. «Mord ... Mord», stammelte sie. «Dagegen war Mark ja ein Engel.» Sie schaute Manon an. «Und du irrst dich nicht? Du bist ganz sicher?»

«Ich fürchte, es stimmt, dass er ...»

Eine Weile saßen sie zusammen, ohne etwas zu sagen. Wendys dunkles Gesicht schien noch dunkler zu werden.

«Und was wirst du jetzt tun?»

«Ich weiß es nicht.»

«Ich finde, du musst zur Polizei gehen. Wenn die dahinter kommen, dass du gelogen hast, dann hängst du mit drin. Willst du noch einen Kaffee? Etwas anderes? Cola? Wein? Sherry? Bier?»

«Aber es ist Roy ... das geht doch nicht. Ich kann ihn doch nicht verraten. Er ist mein Freund ... ich liebe ihn. Wir gehören zusammen. Ich bekomme ein Kind von ihm ...» Die Wahrheiten waren zu groß, die Worte passten in *Gute Zeiten, schlechte Zeiten*, trotzdem stimmte alles, wie in einer Wirklichkeit gewordenen Soap.

«Und das Kind, das will er nicht mal. Stimmt doch, oder?» Wendy holte sich eine Flasche Malzbier.

Manon nickte.

«Na also.»

Manon versuchte sich vorzustellen, dass sie zur Polizei ging. Wielaard würde sie anhören. Danach würden sie Roy verhaften. Hatten sie noch mehr Beweise? Wurde er verurteilt? Das konnte sie sich doch nicht auf ihr Gewissen laden, oder? Außerdem empfand sie eine vage Angst. Angenommen, Roy würde erfahren, was sie der Polizei erzählt hatte, was würde dann passieren? Was würde er tun? Wie würde er reagieren?

«Das hältst du nicht durch», sagte Wendy. «Daran gehst du kaputt.»

«Ich weiß nicht», sagte Manon wieder, «ich weiß nicht.» Und sie begann unaufhaltsam zu weinen.

Wendy setzte sich neben sie, legte einen Arm um sie und zog sie an sich.

«Du bist also bei ten Kate oben gewesen», stellte van Alphen fest.

«Ja», sagte Roy widerwillig. Ein paar Haare, verdammt, wer hätte daran gedacht? Ein paar Haare, die ihn verraten konnten. Es gab noch eine kleine Möglichkeit, dass sie geblufft hatten, aber wenn er nun noch leugnete, dass er bei Ad oben gewesen war, und sie konnten es ihm beweisen, dann war alles viel, viel schlimmer. Er fühlte eine heftige, stürmische Wut in sich aufsteigen. Dieses schleimige Lächeln, er würde es dieser van Alphen am liebsten aus dem Gesicht schlagen. Was für ein Miststück von Weib! Er hielt die Hände zusammen, als könnten sie selbstständig losprügeln.

«Warum hast du das nicht sofort gesagt?»

Roy zuckte mit den Schultern.

Van Alphen wiederholte ihre Frage.

«Ich hatte Angst. Ich wusste, was mit Ad passiert war … ich wollte nichts damit zu tun haben. Sonst hättet ihr vielleicht noch geglaubt, dass ich es getan hätte.»

«Diese Ausrede haben wir schon oft gehört», sagte Wielaard. «Fällt dir nichts Besseres ein, ein bisschen was Originelleres?»

«Nein, verdammt, es ist die Wahrheit. Ich hatte einfach Angst ... Panik. Das müssen Sie doch verstehen, oder?»

«Wir verstehen alles, nicht wahr, Ineke, wir sind so was von verständnisvoll. Aber es muss natürlich stimmen. Denn wie sieht es nun mit dem Rest von deiner Geschichte aus?»

«Mit dem Rest von meiner Geschichte?»

Vollkommen unerwartet wurde Wielaard böse. Seine Stimme schoss noch ein bisschen weiter in die Höhe. «Verdammt, Roy, du sitzt doch hier nicht vor zwei Idioten.» Der Polizist schlug mit der Faust auf den Tisch. Ein halb voller Kaffeebecher fiel um; Kaffee floss über den Tisch. «Wie lange bist du bei ten Kate geblieben, um wie viel Uhr bist du weggegangen, wann bist du nach Hause gekommen?»

Angespannt und fieberhaft überlegte Roy. Er durfte jetzt keinen Fehler mehr machen, sonst war er dran, dann war er verloren. «Ich bin ungefähr zehn oder fünfzehn Minuten bei Ad gewesen», sagte er in gleichgültigem Ton. «Wir haben eine Tasse Kaffee getrunken.» Plötzlich hatte er eine Idee. «Er erwartete noch jemanden, deshalb bin ich weggegangen.»

«Wen?»

«Keine Ahnung, das hat Ad nicht gesagt. Es hatte mit irgendeinem Deal zu tun, glaube ich.»

«Mit was für einem Deal?»

«Weiß ich nicht.»

«Du weißt nicht viel, was?»

Aber mehr als ihr, hätte er am liebsten gesagt. Mehr als ihr, ihr Blödmänner, aber glaubt ja nicht, dass ich was sage. Ich bin oben bei Ad gewesen. Na und? Es waren so viele Leute oben bei Ad. Roy hielt den Mund. Der dünne Kaffeestrom hatte fast den Tischrand erreicht. Roy folgte ihm mit den Augen.

«Du bist sofort nach Hause gegangen?», fragte van Alphen.

«Ja.»

«Und wann bist du zu Hause gewesen?»

«Ungefähr um halb drei, das habe ich doch schon tausendmal gesagt.»

«Dann bist du wie ein Blitz heimgegangen.»

Roy zuckte mit den Schultern.

«Bist du sicher, dass es nicht später war?»

«Halb drei, vielleicht fünf oder zehn Minuten später.» Ein paar Tropfen Kaffee fielen auf den Boden. Roy folgte ihnen mit den Augen.

«Rekapitulieren wir mal», sagte Wielaard. «Um ein Uhr wurde das Lokal geschlossen, oder?»

Roy reagierte nicht. Rekapitulieren ... dieser Blödmann. Ein bisschen vornehm tun, hochgestochene Worte benutzen. Damit wollten sie ihn wohl beeindrucken. Da waren sie aber schief gewickelt. Sollten sie doch rekapitulieren.

«Es waren noch ein paar Gäste da, sie räumten auf, Ad und Mariska. Irgendwann kurz vor zwei ging Mariska weg und du warst noch da. Stimmt das? He, du bist doch nicht eingeschlafen? Stimmt das?»

Roy nickte.

«Sag was.»

«Ja ... es ... stimmt», sagte Roy, jedes Wort langsam und betont aussprechend.

«He, stell dich nicht so an», sagte van Alphen. «Wenn du glaubst, du kannst uns auf den Arm nehmen, dann bist du an die Falschen geraten.»

Roy nahm eine Zigarette aus der Packung und bot van Alphen und Wielaard auch eine an. «Nein danke, ich rauche nicht mehr», sagte Wielaard.

«Aufgehört?», fragte Roy.

«Ja.»

«Wie lange?»

«Vor drei Monaten.»

«Toll. Ich würde das nicht schaffen.» Er steckte sich eine Zigarette an und inhalierte tief.

«Gut», sagte Wielaard. «Um wie viel Uhr habt ihr das Lokal verlassen?»

«Weiß ich nicht. Um Viertel vor zwei, denke ich.»

«Um Viertel vor zwei war noch Licht. Das wissen wir von dem Besitzer vom ... wie heißt der Laden gleich noch mal? Ach ja, Fifty Fifty ...»

«Die Schwulenkneipe», sagte Roy. «Gehst du da manchmal hin?»

«Es geht hier nicht um die Art und Weise, wie ich meine Freizeit verbringe, sondern darum, wie du das tust, und darum, in welche Situationen du gerätst. Also, um Viertel vor zwei brannte noch Licht im Woody's Place. Wann seid ihr weggegangen?»

«Vielleicht war's zehn vor zwei. Ich habe nicht auf die Uhr geschaut.»

«Und wann bist du von ten Kate weggegangen?»

Roy zuckte mit den Schultern. «Irgendwann zwischen zwei Uhr und Viertel nach zwei, denke ich.»

«Und du bist sofort nach Hause gegangen?»

«Ja, sofort.»

«Und du bist ungefähr um halb drei zu Hause angekommen?»

«Stimmt.» Roy lehnte sich zufrieden zurück. Dagegen konnten sie nichts einwenden.

«Wir machen eine kleine Pause ... Gleich sind wir wieder da.» Wielaard und van Alphen standen auf.

«Aber ich ...»

«Du kannst unten in der Kantine ein Stück Brot essen», sagte van Alphen und schenkte ihm ihr liebenswürdigstes Lächeln.

«Arschlöcher», murmelte Roy vor sich hin.

«He? Was hast du gesagt?»

«Nichts.»

Wielaard legte eine Hand auf seine Schulter. «Bis gleich. Wir holen dich ab.»

Roy konnte sich gerade noch beherrschen, die Hand nicht mit einer wilden Bewegung wegzustoßen.

«Möchtest du ein Pastetchen? Selbst gemacht.»

Manon hatte das Gefühl, seit Tagen nichts gegessen zu haben. «Hmm, lecker.»

«Echt surinamesisch», sagte Wendy. «Habe ich von meiner Mutter gelernt. Die hat sie auf dem Markt verkauft.»

«Wo?»

«In Paramaribo natürlich.»

«Es hätte doch auch hier sein können, auf dem Cuyp, oder?»

«Möchtest du noch ein Stück?» Wendy hielt ihr die Platte hin.

Manon nahm noch ein Pastetchen. «Und deine Mutter?», fragte sie. «Wohnt die noch in Surinam?»

Wendy nickte. «Die kommt dort nicht mehr weg, sie klebt dort fest, an ihren Freundinnen, an der Familie. Alle sind arm, aber sie will nicht weg.»

«Und dein Vater?»

«Mein Vater? Der hat nie bei uns gewohnt. Ich weiß, wer er ist, aber damit hört es auch schon auf.» Wendy lachte und ließ ihre strahlend weißen Zähne sehen.

«Ist deine Mutter schon mal hier gewesen?»

«Zweimal, aber es hat ihr nicht gefallen. Sie hat auch noch Verwandte in Bijlmer, eine Schwester, meine Tante Lilian, aber dort hielt sie es auch nicht aus. Sie ist fast gestorben in der Wohnung. Hier bei Mark und mir konnte sie auch nicht wohnen.» Wendy deutete auf die aufgestapelten Apparate. «Willst du jetzt was trinken? Eine Cola?»

Roy versuchte ein Stück Brot zu essen, aber er bekam es kaum herunter. Ein Brocken blieb an seinem Gaumen hängen. Er zog seine Jacke aus. Um ihn herum saßen Polizisten, einige in Uniform, andere in Zivil. Ein instinktiver Hass gegen all diese Mitläufer stieg in ihm hoch. Sie redeten, sie lachten, sie machten Witze, als wäre es die normalste Sache der Welt. Sie waren die braven Jungen in der Klasse. Oder Mädchen. Sie hatten sich Mühe gegeben, sie hatten immer auf den Lehrer gehört und jetzt versuchten sie, andere zu erwischen, die ein bisschen weniger brav waren, die manchmal etwas taten, was nicht erlaubt war. Diese Schleimer. Pfui Teufel, zum Kotzen.

Wielaard betrat die Kantine. Was würde passieren, wenn er jetzt sagen würde, er habe keine Lust mehr, mitzumachen? Ihr könnt machen, was ihr wollt, ich gehe nach Hause.

«Es ist wieder so weit, Roy, neue Runde, neues Glück. Wie auf dem Jahrmarkt.»

Schweigend lief Roy hinter Wielaard her, der ihm etwas von der letzten Renovierung des Gebäudes erzählte.

Van Alphen wartete schon.

«Setz dich. So, und jetzt erzähl mal. Womit verdienst du deinen Lebensunterhalt?»

Er schaute von van Alphen zu Wielaard. Was sollte das bedeuten, warum fingen sie damit an?

«Ein Job? Hast du Arbeit?»

«Ich ... eh, ich bekomme Sozialhilfe.»

Wielaard brachte ein paar Blätter zum Vorschein. «Zuletzt gearbeitet bei einer Reifenfirma am Amsteldijk. Dort bist du entlassen worden, schon nach anderthalb Tagen. Warum?»

«Ich habe Krach gekriegt mit dem Chef. Der hat dauernd nur rumgenörgelt.»

«Du findest ziemlich schnell, dass Leute rumnörgeln, stimmt's?»

«Ja, wie du zum Beispiel.» Roy steckte sich eine Zigarette an.

«Und danach hast du nicht mehr gearbeitet?»

«Nein.»

«Du warst also jeden Tag zu Hause?»

«Ja.»

«Bei deiner Freundin?»

«In der letzten Zeit schon.»

«Und davor?»

«Da habe ich allein gewohnt.»

«Und deine Freundin, mal sehen ... Manon, die kann bestätigen, dass du immer daheim warst, dass du keine Arbeit gehabt hast?»

Mist, was wollten sie? Manon würde mit den gebrauchten Autos anfangen, mit Transporten. «Ich weiß nicht», sagte er. «Ich war natürlich nicht immer daheim ... ich bin auch manchmal ein Bier trinken gegangen, mit Freunden.»

«Weißt du, was sein könnte?», fragte Wielaard. «Dass jetzt ein Kollege von uns bei dir zu Hause ist. Dass er deiner Freundin genau dieselben Fragen stellt.» Der Bulle machte ein zufriedenes Gesicht. «Und weißt du, was sie dann sagt?»

«Nein, das weiß ich nicht.»

«Okay. Frank Bartels, war das ein Freund von dir?»

«Frank?»

«Ja, du hast mich richtig verstanden.» Wielaard beugte sich zu ihm.

«Ja, den kenne ich noch von der Schule.»

«Und Frank war also ein Kumpel von dir.»

«So was Ähnliches.»

«Aber er sitzt im Knast. Das weißt du? Wegen Autodiebstahls.»

Roy drückte seine Zigarette aus, nahm eine neue, steckte sie an, mit trägen, fast einstudierten Bewegungen. Er musste Zeit gewinnen, er musste nachdenken. Worauf wollten sie hinaus? Was hatte Frank damit zu tun? Wie kamen sie auf Frank? Wahrscheinlich hatten sie überall herumgefragt, mit wem er sich herumtrieb. «Ja, das weiß ich», sagte er. «Aber ich verstehe nicht, was Frank ...» Wie in Verzweiflung hob er beide Arme in die Luft.

«Wir auch noch nicht.» Van Alphen zeigte ein strahlendes, herzerwärmendes Lächeln. «Aber was nicht ist, kann noch werden, nicht wahr, Eric? Jedenfalls sind Autodiebe meistens zu zweit. Mit einem Auto kommt man, mit zweien fährt man weg.»

21 *Sie war mit Wendy* im Kino gewesen. («Komm schon, du musst mal raus!»). Ein Film mit Madonna, *Evita*, aber er hatte ihr nicht besonders gut gefallen. Das war nicht mehr die alte Madonna, dieses provozierende Stück. Aber hatte ihr die alte Madonna eigentlich so gut gefallen?

Danach hatten sie in einem Terrassencafé auf dem Leidseplein noch etwas getrunken. Es war, als hätten sie beide krampfhaft versucht, nicht über Roy zu sprechen. Wendy hatte etwas über ihr Leben in Surinam erzählt, warum sie in die Niederlande gekommen war. «Ich hatte dort keine Zukunft, nichts, es war hoffnungslos, vor allem nach den Dezembermorden.» Manon wusste nicht, was sie meinte, fragte aber nicht. «Jeder, der was will, versucht, in die Niederlande zu kommen.» Manon hatte von der Metzgerei erzählt, von der schrecklichen Arbeit, von der schrecklichen Kälte in den Wintermonaten und von Rolfs Verschwinden, wodurch es zu Hause völlig unerträglich geworden war. Plötzlich hatte Manon sich todmüde gefühlt, sie waren mit einem Taxi heimgefahren.

Zu ihrem Schreck sah Manon, dass in der Wohnung Licht brannte. Natürlich, Roy war zu Hause.

«Ich glaube, Roy wartet auf mich.»

«Na ja», sagte Wendy, «du hast ja auch oft genug auf ihn gewartet.»

«Aber ... ach ... ich geh jetzt rauf. Danke.»

«Denk dran, was ich dir gesagt habe. Wenn was ist, ruf mich an.»

Manon schaute zu den erleuchteten Fenstern hinauf.

Zweifelnd ging sie die Treppe hoch. Mit unsicheren Händen schloss sie die Wohnungstür auf. Roy saß vor dem Fernseher, eine Dose Bier in der Hand. Erst schien er sie gar nicht zu bemerken. Sie sagte nichts, sondern blieb abwartend in der Türöffnung stehen.

«Da bist du ja endlich», sagte er schließlich.

Sie hörte an seiner Stimme sofort, dass er getrunken hatte, viel getrunken. «Ja, ich war in der Stadt.»

«Allein?»

«Mit Wendy.»

«Und ich sitze hier herum und warte. Ich weiß nicht, wo du bist.» Mit einem lauten Knall stellte er die Dose auf den Tisch, so dass schaumiges Bier herausspritzte. «Du gehst einfach aus dem Haus, ohne was zu sagen.» Er packte sie am Arm. «Warum tust du das?»

«Aber du bist doch auch so oft weg ... Au!»

«Und da glaubst du, dass du auch ...? Ach, blöde Kuh.» Roy lief in die Küche und kam mit einer neuen Dose Bier zurück. Er zog sie auf und trank in gierigen Schlucken. Der Fernseher lief noch immer. Sie setzte sich aufs Sofa. Seltsam, jetzt sah sie zum ersten Mal, deutlicher denn je, wie traurig die Möblierung war. Solche Sofas standen regelmäßig beim Sperrmüll. Die Stühle und der Tisch auch. Der Teppich abgetreten und verschlissen, ein paar große Flecken machten das Ganze noch ekliger.

«Ist die Polizei hier gewesen?», fragte Roy.

«Nein.»

«Bist du sicher?»

«Ja, natürlich.»

«Sie sind also nicht hier gewesen und haben dich gefragt, was für eine Arbeit ich hatte oder was ich getan habe?»

«Nein, habe ich doch gesagt.»

«Shit!» Roy zerdrückte die Dose, der Rest des Biers lief über seine Hand.

Manon hatte noch nie so große Angst vor ihm gehabt.

Er schaute sich noch einmal genau um. Ja, hier war es gewesen. Es ging gar nicht anders. Von Tonys Büro war nichts mehr übrig. Es war dem Erdboden gleichgemacht. Fast alle Autowracks waren weggeholt worden. Da und dort lagen noch ein paar verrostete Motorblöcke, einige Radkappen, ein Stapel alter Reifen, ein paar Autositze, bei denen die Federn aus dem kaputten Bezug ragten. Ja, dort drüben war der Schuppen mit den Hunden. Er ging darauf zu und wich ein paar Schritte zurück, als sie anschlugen.

Er war hierher gekommen, um ... ja, um was? Es war schwer zu sagen. Es ging ihm nicht um die Lösung, sondern um eine Vorstellung, eine Idee, was weiter passieren konnte. Irgendwie würde ihm hier etwas einfallen. Wie nannten sie das doch? Ja, eine Inspiration. Aber da war nichts. Nur ein großer Kater wegen der vielen Bierchen, die er gestern getrunken hatte. Verflucht, er war dabei, auch den Zugriff auf Manon zu verlieren. Er fühlte es. Sie entglitt ihm, wie ihm alles entglitt. Natürlich, er hätte sich nicht reizen lassen sollen. Er trat gegen eine Radkappe, die weit durch die Luft segelte. Aber sie hatte auch blöd reagiert. Warum war sie mit dieser Surinamer Gans in die Stadt gegangen? Und er hatte geglaubt, dass Kollegen von Wielaard und van Alphen bei ihr wären. Einmal hätte er vielleicht zuschlagen können, aber nicht so fest. Sie war sofort heulend in die Toilette geflohen, hatte die Tür abgeschlossen. Eigentlich war der Schlag für van Alphen bestimmt gewesen, aber das konnte er Manon nicht klarmachen. Und diesen Wielaard erwischte er auch noch, diesen Arschficker.

Wieder stieg er in den Mitsubishi und versuchte, das Auto anzulassen. Der Motor hustete und röchelte. Er versuchte es noch einmal. Vergeblich. Sofort fiel ihm die Szene in der Parkgarage ein. Ruhig bleiben, sagte er sich, ruhig bleiben; das bedeutete nichts, es war nichts los.

Im Kofferraum lag etwas Werkzeug. Er klappte die Motorhaube auf und schraubte die Zündkerzen heraus. Sie sahen nicht besonders schmutzig aus. Was konnte er noch tun? Die Verteilerkappe? Wieder versuchte er zu starten, aber der Motor röchelte nur kurz. Mist, er stand hier in der Pampa. Außer diesen Scheißhunden war nichts oder niemand zu sehen. Er stieg aus dem Auto und trat mit aller Kraft eine Delle in die Tür.

Sie war ungefähr zehn Jahre alt gewesen, als sie sah, wie ein Mädchen aus ihrer Klasse – wie hieß sie doch gleich? – Geld aus der Schublade von Lehrer Johan nahm, in der Pause. Am nächsten Tag entdeckte es der Lehrer. Er war wütend. Sie selbst saß zitternd in ihrer Bank, irgendwann hatte sie sogar angefangen zu weinen.

Dann fiel ihr wieder ein, wie das Mädchen geheißen hatte: Evaline. Fast alle sagten Eva zu ihr, aber so wollte sie nicht genannt werden, dann wurde sie böse. Evaline saß aufrecht da und schaute vor sich hin. Die Wut des Lehrers berührte sie nicht. Manon selbst hatte das Gefühl, als stünde ihr der Name Evaline auf die Stirn geschrieben. Sie hatte den Lehrer nur halb verstanden. Er sprach darüber, wie schlimm das war, dass das Vertrauen gebrochen worden war, dass er jetzt immer aufpassen musste. Wenn der Dieb sich nicht melde, sagte er, müsse er jedes der Kinder als Dieb betrachten, dann hätten sie alle es getan haben können. Sie hatte die Lippen aufeinander gepresst, kein Ton durfte ihren Mund verlassen.

Manon fühlte jetzt noch die Angst, die sie damals ergriffen hatte. Aber sie hatte nichts gesagt, gar nichts. Irgendwann war der Lehrer aus der Klasse gerannt und hatte die Tür zugeknallt.

«So, Kaffee, Tee? Etwas anderes? Was Kaltes vielleicht?» Van Alphen schaute sie freundlich an.

«Nein, danke», sagte Manon.

«Jetzt haben wir zur Abwechslung mal dich herkommen lassen. Diesmal sind wir die Gastgeber.» Van Alphen und Wielaard schauten sich an.

«Was ... eh, was ist?» Würde jetzt die Mitteilung kommen? Hatten sie sie hergebeten, nur um ihr zu erzählen, was sie wussten? Vielleicht war Roy ja schon festgenommen worden und hatte alles zugegeben. Musste sie ihm Kleider bringen? Gab es eine Besuchsregelung? Konnte sie ihn überhaupt besuchen? Die Gedanken schwirrten ihr durch den Kopf, so dass sie kurz die Augen schließen musste.

«Gegen eine Tür gelaufen?», fragte Wielaard und deutete auf ihr Gesicht.

Sie nickte.

«Kann einen hart treffen, so eine Tür gibt nicht nach.»

«Nein, die gibt nicht nach.»

«Geht es dir sonst einigermaßen?», fragte van Alphen. In ihrer Stimme lag wirkliches Interesse.

«Geht schon.»

Van Alphen fragte weiter. Über die Nachbarschaft, über ihre Eltern, die Metzgerei. Es war, als wäre sie für eine gemütliche Kaffeestunde hergekommen, bis Wielaard seine Kollegin unterbrach. «Nein, für mich wäre das auch nichts, in einer Metzgerei zu arbeiten. Viel zu blutig, genau so blutig wie das da, zum Beispiel.» Er zog aus einem großen Umschlag das Farbfoto eines liegenden, blutenden Mannes. Manon drehte den Kopf weg.

«Nein, schau es dir mal genau an.»

Sie warf einen schnellen Blick auf das Foto und schlug die Augen nieder.

«Kennst du diesen Mann?»

Sie schüttelte den Kopf.

«Nie gesehen?»

«Nein.»

«Er ist ermordet worden, totgeschlagen.»

Sie zeigte keine Reaktion.

«Von deinem Freund», sagte van Alphen mit einer zuckersüßen Stimme, als hätte sie ein schönes Gemälde von Roy gezeigt.

«Er hat ihn totgeschlagen wie ein Stück Vieh, einfach so», sagte Wielaard, «wie ein Stück Vieh.»

Manon stand auf.

Van Alphen legte ihr die Hand auf den Arm. «Setz dich ruhig hin. Wir sind noch nicht fertig.»

«Dein lieber Roy», sagte Wielaard, «Roy mit den lockeren Händen, der seine Frau zusammenschlägt, der einen anderen Mann kaltmacht, für ein paar lumpige tausend Piepen. Was glaubst du, Ineke, es werden doch nicht mehr gewesen sein als ein paar tausend?»

«Nein, die große Beute lag im Tresor.»

«Und du deckst ihn», sagte Wielaard so laut, als würde Manon fünfzig Meter weiter weg sitzen, und deutete mit dem Finger auf sie. «Du musst ihn ja unbedingt beschützen. Verflucht!» Er schlug mit der Faust auf den Tisch.

«Ruhig, Eric ... ruhig, Eric», sagte van Alphen. «Wir wissen es, wir wissen, dass er es getan hat.» Sie wandte sich wieder an Manon. «Aber wir müssen es beweisen, und dabei kannst du uns helfen. Dabei musst du uns helfen.»

Manon schüttelte den Kopf. Helfen ... der Polizei helfen. Das bedeutete, Roy zu verraten. Aber es bedeutete noch mehr. Angenommen, sie sagte, was sie wusste, und er wurde doch nicht verurteilt. Davon hörte man ja immer wieder mal. Und dann? Was würde Roy dann tun? Sie saß in der Falle.

«Du musst uns helfen», wiederholte van Alphen. «Er ist

nicht um halb drei heimgekommen, sondern viel später, und du weißt das.»

«Um halb drei», flüsterte Manon.

«He? Was hast du gesagt?»

«Um halb drei.»

Wieder hielt ihr Wielaard das Foto vors Gesicht. «Es klingt nicht sehr überzeugend, muss ich sagen. Wir machen hier so lange weiter, bis du uns sagst, was du weißt. Halb drei? Von wegen halb drei. Dein Süßer ist viel später heimgekommen, weil er erst noch diesen Mann niederschlagen musste, und das tat er gründlich, zu gründlich. Weißt du das?»

Van Alphen verließ das Zimmer.

Wielaard rutschte noch näher an Manon heran. Sein Gesicht kam ganz nahe. Sie konnte sein Aftershave riechen, sah kleine Haare aus seinen Nasenlöchern ragen, einen beginnenden Pickel auf seiner rechten Wange. «Dieser Mann muss eingesperrt werden. Er ist eine Gefahr für die Gesellschaft. Und für sich selbst. Er muss behandelt werden, er muss in eine Therapie. Wer weiß, was er sonst noch alles anstellt. Komm, erzähl es uns. Es gibt keine andere Möglichkeit. Du hast keine Chance mehr.» Wielaards flüsternde Stimme klang drohend. Dann, plötzlich, schrie er: «Sag's endlich! Dieser Scheißkerl ist es nicht wert, dass du ihn deckst. Kapier das endlich! Es ist zu deinem Besten, verdammt noch mal!»

Sie konnte sich nicht mehr erinnern, in wie vielen Läden sie gewesen war. Genauso wenig wie sie wusste, was sie in diesen Läden zu suchen gehabt hatte. Aber sie musste etwas tun, irgendetwas betrachten, mit den Händen über Jacken und Hosen streichen, Vasen hochheben und wieder hinstellen. Sie konnte nicht nach Hause. «Womit kann ich Ihnen dienen?» – «Oh ... nichts ... ich schaue mich nur um.»

Sie floh, auf die Straße hinaus, in einen anderen Laden. Bei Blokker ließ sie ein Weinglas fallen. Der ganze Laden schaute zu ihr hin. «Ich bezahle es ... ich bezahle es.» Mit zitternden Fingern hatte sie ihren Geldbeutel genommen. Ein paar Zehner flatterten auf den Boden. «Fühlen Sie sich nicht wohl?», fragte ein Mann, vermutlich der Geschäftsführer. Sie hatte genickt und sich aus dem Staub gemacht.

«Die Polizei hat angerufen. Du sollst zurückrufen.»

Roy reagierte nicht.

Heute Nachmittag hatte sie wieder mit Wendy gesprochen. Sie würde ihr helfen, wenn es nötig wäre. Sie hatte nicht gewagt, Roy zu erzählen, dass sie im Polizeipräsidium gewesen war, nahe daran, eine Art Geständnis abzulegen. Über eine Stunde hatte sie dort gesessen, weinend, stotternd, zweifelnd. Aber letztlich hatte sie die für Roy so fatalen Worte nicht ausgesprochen und sie hatten sie wieder gehen lassen. «Sag Roy, er soll uns anrufen. Es ist wichtig, für ihn und für dich. Wir meinen es wirklich gut mit dir, das musst du uns glauben.» Van Alphen hatte mütterlich den Arm um sie gelegt und ihr eine Karte mit Namen und Telefonnummer gegeben. «Dumme Gans», hatte Wielaard gemurmelt. Und van Alphen hatte gesagt: «He, wir wollen doch ein bisschen höflich sein, oder?»

«Du sollst die Polizei anrufen. Wielaard oder van Alphen. Sie haben schon zweimal angerufen. Dort liegt die Nummer.» Sie hatte sie von der Karte auf einen Zettel abgeschrieben.

«Ich hab's gehört.»

«Was ist mit dir? Warum hinkst du?»

«Nichts.» Roy ließ sich in den Sessel fallen und steckte sich eine Zigarette an. «Kannst du mir einen Aschenbecher bringen?»

«Zu enge Schuhe?», fragte van Alphen.

Wenn man was hatte, fing jeder gleich damit an. «Nein, ich habe jemandem mit einem Holzarsch einen Tritt gegeben.»

«Du bist heute ja wieder fröhlich», sagte Wielaard. «Bestimmt sind lauter schöne Dinge passiert.»

Roy schwieg.

«Bist du eigentlich mit diesem Witteman vom Fernsehen verwandt?», fragte van Alphen mit einem falschen Lächeln.

«Ist mein Bruder», sagte Roy.

«Ja, und Sonja Barend ist bestimmt deine Kusine», sagte Wielaard.

«Kann ich eigentlich ... eh ... ich hätte gern einen Anwalt.»

«Warum?»

«Einfach so, ich will mich von euch nicht aufs Kreuz legen lassen.»

«Das tun wir nicht, was, Ineke, so sind wir nicht. Übrigens stellen wir nur ein paar einfache Fragen. Du bist kein Verdächtiger oder so. Du spinnst ja!» Wielaard lachte auf. «Wir reden mit Dutzenden von Menschen. Alles Bekannte von Ad, Leute, die in seine Kneipe gekommen sind, die ihn zu Hause besucht haben. Glaubst du, dass die alle mit einem Rechtsanwalt ankommen? Wäre ein bisschen übertrieben. Die Rechtsanwälte würden es schon wollen, das bringt was ein, so ein Fall. Aber wenn du darauf bestehst ...»

Roy steckte sich eine Zigarette an. «Okay, fragt schon.»

«Kennst du Sjors, Sjors Verduin?»

Roy erschrak. Er versuchte, so gleichgültig wie möglich auszusehen. «Wen?»

«Sjors Verduin, tut alles, was Gott verboten hat, früher mit einem Haarwust, zur Zeit mit Glatze.»

«Ach den, ja, den kenne ich. Ich hab ihn manchmal bei Ad gesehen, auch mal in anderen Kneipen.»

«Kennst du ihn gut? Hattest du mal was mit ihm zu tun? Hast du vielleicht manchmal Besorgungen für ihn erledigt?»

«Ich? Nein, nie.»

Wielaard blätterte in einem Dossier und nickte ein paar Mal. «Du kennst einfach die falschen Leute.»

«Wieso?»

«Frank Bartels, Sjors Verduin, Tony Prins, was wir so kriminelles Milieu nennen, lauter kreuzfidele Kerle.»

Roy zog die Nase hoch.

«Und du selbst bist absolut sauber», sagte Wielaard in beißendem Ton, «nur die Sozialhilfe und sonst nichts.»

«Genau, du sagst es.»

Wielaard stand auf. «Hör auf, Roy. Das glaubst du doch selbst nicht! Eine Wohnung, ein Auto, eine Freundin, die nicht arbeitet, Runden schmeißen in der Kneipe, den tollen Kerl raushängen, und das alles mit einer lausigen Unterstützung? Und all deine Freunde?»

«Ich weiß nicht, was du meinst.» Roy lachte kurz. «Ich weiß es wirklich nicht.»

Mit einem tiefen Seufzer setzte sich Wielaard wieder hin. «Was sollen wir machen, Ineke? Was fangen wir mit diesem Kerl bloß an?» Er sprach, als wäre Roy nicht dabei. «Es ist alles so klar wie Kloßbrühe und da sagt er doch knallhart, es würde nicht stimmen. Verstehst du das?»

«Machen wir eine Pause», sagte van Alphen und stand auf.

Roy folgte ihrem Beispiel.

«Bleib du mal sitzen. Wir sind gleich wieder da.»

Shit, wie lange das dauerte. Wo blieben sie nur? Er hatte nicht ewig Zeit. Lag es daran, dass sie eigentlich nichts wussten, oder zweifelten sie daran, ob sie hier weitermachen sollten? Vielleicht brachten sie Frank her oder Tony oder Sjors, die Ratte. Aber Sjors würde keinesfalls was sagen, dann hing er selbst drin: Roy wusste genug, um Sjors für ein paar Jahre hinter Gitter zu bringen.

Roy steckte sich die soundsovielte Zigarette an. Der Aschenbecher quoll über. Viertel vor fünf, er wartete schon über eine halbe Stunde. Wenn dieser Wielaard nicht so sichtbar schwul wäre, hätte man meinen können, sie bumsten miteinander.

Plötzlich schnürte es ihm die Kehle zu. Angenommen, sie holten Manon und würden, wenn sie hier wäre, all diese Fragen stellen, immer wieder die Sache von jener Nacht? Würde sie das durchhalten? Würden sie sich nicht widersprechen? Würde Manon nicht zusammenklappen? Vielleicht war sie ja wegen der Schwangerschaft besonders empfindlich, besonders schwach.

Er fluchte verhalten. Warum ließ sie es nicht wegmachen? *Peanuts* waren das, das hatte er mal gehört. Morgens rein in die Klinik, nachmittags wieder raus, *no problem*, bestimmt. Warum stellte sie sich so an? Sie konnte doch jederzeit wieder schwanger werden, wenn es besser passte. Er war nicht gegen ein Kind, aber jetzt schon, mit all diesen Scheißproblemen? Ein Satz schoss ihm durch den Kopf: Es kommt ungelegen. Verdammt, es kam wirklich ungelegen.

Fast fünf Uhr. Sie hatten ihn doch nicht vergessen? Er steckte den Kopf durch die Tür.

An einem Schreibtisch nicht weit weg saß ein Mann an einem Computer. «Sie kommen gleich.»

«Was heißt das, gleich? Ich habe nicht vor, noch länger zu warten.»

«Sie kommen gleich.»

Roy setzte sich hin und steckte sich eine Zigarette an.

Zwei Männer kamen herein, die er noch nie gesehen

hatte. Sie stellten sich vor. «Kees Grotendorst.» – «Rob Hengeveld.»

«Hast du geglaubt, wir könnten uns keine Zigaretten kaufen?», fragte Grotedurst. «Und dass wir deshalb bei dir mitrauchen müssen? Ich hoffe, es ist noch ein bisschen Sauerstoff in der Luft.»

Hengeveld setzte sich.

«Moment», sagte Roy. «Was soll das heißen?»

«Wir werden uns ein bisschen mit dir unterhalten, über das, was letzte Woche passiert ist, Mittwochnacht. Mal sehen, ob du uns was erzählen kannst.»

«Aber ... aber wo sind die anderen, Wielaard und van Alphen?»

«Ach, magst du sie so sehr? Findest du sie so nett? Kommst du nicht ohne sie aus?»

«Nein, aber ich ...»

Grotendorst beugte sich zu ihm. Sein Atem roch nach Knoblauch. «Sie hatten genug von dir, weißt du, sie hatten es satt, sich dein blödes Gelaber anzuhören, all die kleinen und großen Lügen, das ganze dumme Geschwätz.»

Roy zuckte mit den Schultern.

«Wir werden es anders anpacken, verstehst du?»

«Ja, was ich mich zum Beispiel frage», sagte Hengeveld, «warum hast du ten Kate kaltgemacht?»

Roy schüttelte den Kopf, aber er hatte nicht den Eindruck, dass es auch nur einer der beiden Beamten merkte.

«Wegen Geld? Doch nicht für die lausigen paar tausend Gulden, die er bei sich hatte, oder? Ich meine, du bist im Geschäft, du hast mit Frank Bartels zusammengearbeitet ...»

«Das könnt ihr nicht ...»

«Nein, das können wir nicht beweisen, aber wir wissen es, und darum geht es auch, um das, was wir wissen. Und du hast Besorgungen gemacht für Sjors Verduin, der schickt dich nicht für ein paar Zehner, um bei Aldi was einzukaufen, oder?»

«Ich weiß nicht, ich mache keine Besorgungen für Sjors Verduin.»

Grotendorst und Hengeveld brachen in herzliches Gelächter aus, als hätte jemand einen guten Witz erzählt.

«Die paar Mille, die können es nicht gewesen sein. Im Safe waren übrigens über hunderttausend, vermutlich hat er keine Zeit gehabt, das Geld weiß zu waschen. Wenn es also nicht das Geld war, warum dann, Roy?»

«Ich habe ihn nicht umgebracht.»

«Die Frage ist nicht, ob du es getan hast, sondern warum du es getan hast.»

«Shit, ich sage nichts mehr.»

22 *«Wo ist Roy jetzt?»,* fragte Manon.

«Im Polizeipräsidium», sagte van Alphen. «Hier, willst du noch eins?» Sie hielt ihr die Bonbonschachtel hin, die sie mitgebracht hatte.

«Warum?»

«Das kann ich nicht sagen.»

«Muss er dort bleiben?»

«Vielleicht.»

Manon versuchte es sich vorzustellen. Roy in einem kleinen Zimmer. Er lief hin und her, vielleicht immer noch ein bisschen hinkend. All seine Wut und seine Aggressivität waren mit eingeschlossen in diesem kleinen Zimmer. Diese Vorstellung machte ihr Angst. «Wurde er verhaftet, ich meine, wird er verdächtigt oder so?»

«Vielleicht schon», sagte Wielaard. «Schau, er hat uns was vorgelogen. Und wenn man lügt, kommt das immer raus. Wenn nicht heute, dann morgen. Verstehst du das?»

Sie nickte, aber sie wusste, dass das nicht stimmte. Der Lehrer hatte damals alle Kinder gefragt, ob sie das Geld genommen hätten. Evaline hatte auch «nein» gesagt. Der Lehrer war nie dahinter gekommen, dass sie es getan hatte.

«Nun gut, reden wir erst mal über etwas anderes, über Roys Arbeit.»

«Seine Arbeit?»

«Ja. Was hat er gemacht, womit hat er sich ernährt, abgesehen von der Sozialhilfe?»

Sie sah die beiden erstaunt an. «Roy hat keine Sozialhilfe bekommen, er hat gearbeitet ...»

Wielaard legte ein Formular vor sie hin: «Sozialdienst»,

stand mit großen Buchstaben darüber. «Ein Antrag auf Sozialhilfe», sagte Wielaard, «ausgefüllt von einem gewissen Roy Witteman, wohnhaft in …»

Sie hörte nicht mehr, was Wielaard weiter sagte, und versuchte zu lesen, was auf dem Formular stand, aber die Buchstaben schienen zu leben und wimmelten wie Insekten durcheinander.

Eine Weile blieb es still. Manon bemühte sich hartnäckig, sich darauf zu konzentrieren, was sie jetzt machen musste.

«Du meinst also, er hat gearbeitet», sagte Wielaard. «Was für eine Arbeit denn? Schwarz, natürlich.»

«Autos … Handel mit Gebrauchtwagen.»

Wielaard lachte laut. Van Alphen machte eine beschwichtigende Handbewegung.

«Weißt du, was er getan hat?», fragte Wielaard, nachdem er sich mit einem Papiertaschentuch die Augen trocken gewischt hatte. «Er hat Autos geklaut, zusammen mit einem Kumpel, und die hat er verkauft, also in der Tat eine Art Handel mit Gebrauchtwagen.»

Manon wurde schwindlig. «Ist … ist …» Sie schaffte es nicht weiter.

«Und weiter war er wahrscheinlich, sehr wahrscheinlich auch im Drogenhandel, eine Art Laufjunge; er trug die Pakete aus.»

«Aber …» Sie schloss die Augen und wiegte den Oberkörper hin und her. Transport, das war natürlich der Transport, von dem Roy geredet hatte. «Ist er … wird er deshalb festgehalten?»

«Nein, das nicht.» Van Alphen setzte sich neben sie auf das Sofa und legte ihr die Hand auf den Arm. «Geht's ein bisschen?»

Sie nickte.

«Er hat eine offensichtlich unwahre Aussage gemacht»,

sagte Wielaard in einem Ton, als lese er einen offiziellen Brief vor. «Es geht um die Mittwochnacht letzte Woche. Du weißt ja, wir haben schon mal mit dir darüber gesprochen.»

«Mittwochnacht letzte Woche», wiederholte Manon flüsternd.

«Ja, eine offensichtlich unwahre Aussage. Er sagte, er sei nicht mit ten Kate hinaufgegangen, aber wir konnten ihm beweisen, dass er dort gewesen war.»

Wieso, warum, was war damit? Manon hätte so gerne Fragen gestellt, aber sie schaffte es nicht. Es war, als müsse sie erst noch sprechen lernen. Oder wie ihr Onkel Niels, der an Aphasie litt und ab und zu unzusammenhängende Worte brabbelte.

«Soll ich dir was zu trinken holen?», fragte van Alphen.

Sie nickte.

«Was willst du?»

Sie sagte nichts. Nach kurzer Zeit kam van Alphen mit einem Glas Cola aus der Küche.

«Kannst du uns noch mal erzählen, was in jener Nacht war? Um wie viel Uhr Roy heimgekommen ist, was er getan hat, was für einen Eindruck er gemacht hat, ob er noch mal weggegangen ist … «

Van Alphen lächelte ihr freundlich zu. So freundlich wie Wendy. Erzähl schon, behalte es nicht länger für dich … offensichtlich unwahr … vielleicht hatte er selbst schon ausgesagt und sie musste mit ihrer Aussage alles bestätigen, Sicherheit verschaffen.

«Wir möchten dir noch eine Chance geben», sagte Wielaard, nun auch katzenfreundlich. «Die Chance, mit der Wahrheit herauszurücken. Niemand wird es dir übel nehmen, dass du nicht gleich die Wahrheit gesagt hast, auch der Richter nicht, stimmt's, Ineke?»

Van Alphen bestätigte, was ihr Kollege gesagt hatte.

Manon zögerte. Sie sah das Foto wieder vor sich, den blutüberströmten Kopf. Aber was passierte, wenn sie sagte, was sie wusste? Was passierte mit ihr? Mit Roy? Sie konnte es nicht. Es ging nicht.

«Ich muss aufs Klo», sagte sie.

Sie machte den Haken an der Tür fest und setzte sich auf die Klobrille. Sie wollte verschwinden, nicht hier sein, irgendwo anders neu anfangen. Einen Moment dachte sie an Rolf. Jemand klopfte an die Tür. «Du kannst dich nicht verstecken, Manon.» Es war van Alphen. «Einmal musst du wieder rauskommen, du musst der Wahrheit ins Auge sehen.»

Manon biss in ihren Handballen, bis es wehtat. Roy, es ging um Roy. Sie liebte ihn, das wusste sie, das war eine unentrinnbare Gewissheit. Aber inzwischen wusste sie auch genau, dass er jemanden totgeschlagen hatte, ermordet. Das war sehr schlimm. Eigentlich konnte sie nicht mehr mit ihm zusammen in einer Wohnung leben, in einem Bett liegen, geschweige denn mit ihm bumsen. Aber … Immer dieses ewige Aber. Sie wusste nicht weiter.

Jemand schlug nun fester an die Tür. «He, mach auf», schrie Wielaard. «Wenn du jetzt nicht die Wahrheit sagst, wird dich bald der Richter fragen. Und wenn du dann lügst, ist es Meineid. Weißt du, was auf Meineid steht? Dann gehst du selbst in den Knast, ist dir das klar?»

Manon fühlte einen heftigen, aber herrlichen Schmerz in ihrer Hand, dann schmeckte sie ihr eigenes Blut im Mund. Sie machte die Tür auf.

Roy lehnte sich im Stuhl zurück und schaute auf seine Uhr. Fast sechs. «Müsst ihr nicht mal was essen?»

«Bleiben wir bei der üblichen Rollenverteilung», sagte Hengeveld. «Wir stellen die Fragen und du antwortest.»

«Ich habe Hunger», sagte Roy.

«Gleich kommen ein paar Brote.»

«Ich dachte, wir wären fertig.»

«Ja, sagte Grotendorst, «du denkst mit, falls man das überhaupt denken nennen kann.»

«Ihr habt alles schon hundertmal gefragt. Ich meine, so können wir noch stundenlang weitermachen, aber es hat keinen Sinn. Es ist alles Blödsinn, *bullshit*!» Roy steckte eine Zigarette an, die letzte aus seinem Päckchen. «Wenn ich diese Zigarette geraucht habe, gehe ich heim. Okay?»

Grotendorst schüttelte fast unmerklich den Kopf.

«Aber ihr habt überhaupt nichts ... ihr könnt mir gar nichts vorwerfen.»

Jemand klopfte an die Tür und der Mann, den Roy vorher schon am Schreibtisch hatte sitzen sehen, nickte in Richtung von Hengeveld, der aufstand und das Zimmer verließ.

«Was ist los?», fragte Roy. Plötzlich wurde er von Panik erfasst. Sie spielten ein Spiel mit ihm, ein Spiel, dessen Regeln er nicht kannte, aber er war gezwungen, mitzuspielen. Man konnte ihnen nicht trauen, diesen Scheißkerlen.

Grotendorst tat, als habe er ihn nicht verstanden.

«Was ist los?», fragte Roy noch einmal. Er stand auf. «Macht, was ihr wollt. Ich gehe nach Hause.»

Grotendorst stand schon neben ihm und packte sein Handgelenk mit eisernem Griff. «Setz dich und mach keine Schwierigkeiten. Sonst machen wir dir auch Schwierigkeiten, kapiert?»

Hengeveld kam in das stickige Zimmer zurück. Eine Weile lang unterhielt er sich flüsternd mit Grotendorst. Alle drei setzten sich hin. Hengeveld schob ein in Zellophan verpacktes Sandwich in Roys Richtung, es sah aus wie von letzter Woche. Er rührte es nicht an. Diesen Mist sollten sie selber fressen.

«Essen», sagte Hengeveld, «kostbare Nahrung.»

Roy drückte seine Zigarette aus. «Gibt es keinen Hamburger oder so was? Ich hätte auch Lust auf Pommes.»

«Manon», sagte Hengeveld, «deine Freundin heißt doch Manon?»

Roy drehte den Kopf zur Tür.

«Die hat uns so einiges erzählt, wodurch die Dinge, na ja, wie man so sagt, in ein anderes Licht gerückt werden. Unsere Kollegen Wielaard und van Alphen, du kennst sie ja, haben sich ein bisschen mit ihr unterhalten. Interessant, verdammt interessant. Sie hat übrigens auch erzählt, dass sie schwanger ist. Wir dürfen dir also gratulieren ...»

«Hör auf.»

«Du wirst also Vater, eine ziemliche Verantwortung.»

«Vor allem, wenn man hinter Gittern sitzt», fügte Grotendorst hinzu.

Manon lag schon seit Stunden wach. Roy saß vorläufig in einer Zelle im Polizeipräsidium, das wusste sie. War er auch noch wach? Van Alphen hatte ihr gesagt, was weiter passieren würde. Verhöre, Rechtsanwälte, Untersuchungshaft, Gerichtsverhandlung ... die Worte waren lose in ihrem Kopf, sie hatten den Zusammenhang verloren.

Sie legte sich auf die andere Seite und verstand plötzlich, mit einer niederschmetternden Sicherheit, dass es noch nicht vorbei war, sondern dass es gerade erst angefangen hatte.

«Gequatsche», sagte Roy, «nur Gequatsche. Ihr braucht jemanden, um Punkte zu machen. Die IRT-Affäre und solche Sachen, also müsst ihr euch jetzt beweisen. Aber nicht mit mir, da spiele ich nicht mit.» Zwei Becher Kaffee hatten die Benommenheit in seinem Kopf einigermaßen vertrieben. Heute Nacht hatte er kaum geschlafen. Das Bett war unmöglich, und als er endlich wegsackte, war immer wieder ein seltsamer Schrei zu hören. Es war eher ein Irrenhaus als ein Gefängnis. Er hätte auch schreien können, wenn er an Manon dachte. Was für ein Scheißweib! Ihm wurde schwarz vor den Augen. Er hätte sie ... Dass sie ihn verraten hatte, geradewegs verpfiffen, das hätte man doch nicht für möglich gehalten.

«Du spielst nicht mit?», wiederholte Wielaard.

«Nein, spielt ihr doch euer eigenes Spiel. Ihr versucht mich aufs Kreuz zu legen, ihr wollt mich in die Pfanne hauen. Probiert's doch.»

Alle schwiegen. Sein Verteidiger saß dabei, als gehöre er eigentlich woanders hin. Er war ganz offensichtlich kein Moskowicz, allein schon wegen seiner strähnigen blonden Haare, aber er hatte Sjors seinen Namen schon einmal nennen hören. «Ein guter Kerl», hatte Sjors gesagt, «unauffällig, aber verdammt gut. Wenn du in der Scheiße sitzt, musst du den verlangen.» Es hatte eine ganze Weile gedauert, bis ihm der Name eingefallen war. Veldman, hatte er erst gedacht. Veldman oder so ähnlich. Nein, Veldstra. Er hieß Marius Veldstra.

«Wie lange bist du oben bei ten Kate geblieben?», fragte Wielaard.

Roy schüttelte den Kopf.

«Seine Uhr ist auf fünf vor drei stehen geblieben. Er hat noch versucht, sich mit dem rechten Arm zu schützen, also hat er auch einen Schlag auf den Arm bekommen ... Uhr kaputt. So etwas hält sogar eine Rolex nicht aus. Fünf vor drei. Also bist du mindestens bis fünf vor drei oben geblieben.»

Roy nahm eine Zigarette aus der Schachtel, die Veldstra für ihn mitgebracht hatte.

«Aber danach», fuhr Wielaard fort, «hast du natürlich noch nach Geld gesucht, oder?»

Roy versuchte Rauchringe zu blasen. Das hatte er noch nie gut gekonnt.

«Sagen wir mal, dass du kurz nach drei durch die Tür gegangen bist. Dann bist du noch eine Weile rumgelaufen und bist schließlich um vier nach Hause gekommen. Stimmt das?»

Roy schaute zu Veldstra und zog die Augenbrauen hoch. Veldstra reagierte nicht.

«Schwierig», sagte Veldstra, «schwierig, aber nicht unmöglich.»

«Wieso?»

«Ich sehe noch Chancen», sagte Veldstra.

Sie saßen zusammen in dem kleinen Zimmer und gingen die Sache durch. Roy hatte erwartet, dass Veldstra ihn fragen würde, ob er es getan hatte, aber es schien, als sei sein Rechtsanwalt an dieser Frage überhaupt nicht interessiert.

«Was wird jetzt weiter passieren?», fragte Roy.

«Warst du noch nie bei der Polizei?»

«Nein, nie, ich bin ganz sauber.»

«Bald kommst du vor den Untersuchungsrichter, und wenn der meint, dass es genug Anhaltspunkte gibt, dann beginnt die vorläufige Untersuchungshaft. Die kann maximal hundert Tage dauern und innerhalb dieser Zeit musst du im Prinzip vor Gericht kommen. Da ist die Verhandlung und dann, ja ... Sie können die Sache übrigens auch verzögern, wenn sie weitere Untersuchungen vornehmen müssen oder wenn das Gericht keine Zeit hat, wenn die Gerichtstermine alle besetzt sind, zum Beispiel.»

«Ich sitze also ungefähr hundert Tage fest?»

«Ja, mindestens.»

«Shit! Verdammte Scheiße!»

Veldstra blieb ungerührt. Er blätterte noch einmal in

dem Dossier. Roy sah Manon wieder vor sich. Verdammt, was sie ihm eingebrockt hatte ... Er hätte sie würgen können. Wenn er hier rauskam, konnte sie was erleben. Dann konnte sie wirklich was erleben.

23 *Zum soundsovielten Mal* nahm Manon die Zeitung, immer wieder überschlug sie das Blatt mit den Gerichtsberichten. Ihre Augen blieben an einem kleinen Artikel hängen. «Die Polizei von Amsterdam Geuzenveld/Slotermeer setzt eine neue Waffe gegen Taschendiebe ein: die so genannte Lock-Oma.» Verrückt, wenn es in der Zeitung stand, war es doch nicht mehr geheim. «Eine Polizeibeamtin, verkleidet als Oma, zittrig wie eine alte Frau, wird die Straßen ‹unsicher› machen», las sie weiter. «Für Taschendiebe, wohlgemerkt. Die alte Dame wird jedem Angreifer sofort Handschellen anlegen.» Ob Roy auch so angefangen hatte? Alten Omas die Taschen klauen? Ladendiebstahl? Kleinkram, der langsam immer mehr, immer größer, immer schlimmer wurde, bis zu einem Mord? Falls sie ihm den Mord nachweisen konnten. Sie selbst wusste jedenfalls nun, dass es wahr war, sie wusste es mit einer Gewissheit, die sie verzweifeln ließ. Wie hatte sie alle Anzeichen ignorieren können? Warum war sie bei Roy geblieben, warum hatte sie sich an ihn gehängt? Eigentlich kannte sie die Antwort auf diese Fragen. Sie hatte gestern noch mit Anouk und Rosita darüber gesprochen. In ihren Reaktionen lagen unausgesprochene Vorwürfe. Sie waren interessiert, nett, aber es war anders als früher, als würde sie abseits stehen, nicht mehr ganz zur Gruppe gehören, gerade jetzt, wo sie Unterstützung brauchte. Letzte Woche stand sie im Bahama Bay und unterhielt sich mit anderen, hatte aber gleichzeitig das Gefühl, als wäre sie gar nicht da, sondern befände sich irgendwo anders. Sie sah sich selbst, hörte, was sie sagte und es klang fremd; es war eine fremde

Stimme, die versuchte, die Musik zu übertönen. Die anderen schauten sie an wie eine Fremde, vor allem Natascha. Wussten sie, was sie der Polizei erzählt hatte? Sie war keine Lock-Oma gewesen, sondern eine Art Lock-Freundin.

Seufzend legte sie die Zeitung weg. Morgen musste sie als Zeugin aussagen. Würde sie das können? Was geschah, wenn sie Roy sah? Heute Morgen hatte Wendy ihr noch Mut zugesprochen. «Du kannst es, du kannst es, genau wie ich Mark rausgeschmissen habe mit seinem ganzen Zeug.» Sie hatte mit einer weiten Bewegung auf ihr seit ein paar Wochen geräumiges, leeres Zimmer gedeutet. Alle Apparate waren verschwunden. «Wohin?», hatte Manon gefragt. «Weiß ich nicht, interessiert mich auch nicht die Bohne.» Manon hatte gesehen, dass Mark unten auf der Straße stehen blieb, während seine Freunde die Sachen auf einen Lastwagen luden. Er hatte es nicht gewagt, selbst nach oben zu gehen. Wenn sie nur so stark wäre wie Wendy.

Morgen. Sie würde vielleicht wie Onkel Niels sein. «Nicht den Verdächtigen anschauen», hatte van Alphen ihr eingeschärft. «Nicht den Verdächtigen anschauen. Schau mich an.» Der Verdächtige … als wäre es ein Fremder, jemand, mit dem sie nichts zu tun hatte, den sie nicht kannte. Aber es war Roy, verdammt noch mal.

Sie legte die Hand auf ihren leicht gerundeten Bauch.

Ein paar Männer waren am Basketballkorb mit einem Ball beschäftigt. Ein Surinamer Junge mit langen Dreadlocks warf den Ball jedes Mal mit ungeahnter Präzision aus einer Entfernung von ungefähr fünf Metern in den Korb. Roy schaute zu.

«Toll», sagte ein anderer Junge, der neben ihm stand und den Roy verschwommen zu kennen meinte. Wo hatte er ihn früher mal gesehen, außer hier? Bei Ad, bei Joop? Blöd, dass er sich Gesichter so schlecht merken konnte.

«Ich kann so was nicht», sagte Roy. «Ich bin nie ein Held gewesen im Sport, auch in der Schule nicht.»

Der Surinamer vergrößerte den Abstand.

«Das wird ein Distanzwurf, drei Punkte», sagte der Junge.

Der Ball prallte am Ring ab. Pfiffe waren zu hören. Der Surinamer dribbelte mit dem Ball um vier andere herum, immer wieder. Es war, als halte er den Ball an einem Gummi fest.

«Du bist noch nicht lange hier, was?», sagte Roy.

«Nein, erst ein paar Tage.»

«Warum?»

«Diebstahl … ein paar Schuppen … Lastwagen. Irgendein Arschloch hat mich verpfiffen. Und du?»

Roy lachte kurz auf. «Totschlag.»

Der Junge pfiff durch die Zähne. «Wie lange musst du sitzen?»

«Weiß ich nicht. Morgen geht's zum Gericht und dann noch das Urteil.»

«Und?»

Roy zuckte mit den Schultern. «Es kann so oder so ausfallen, sagt mein Rechtsanwalt. Aber morgen sagt meine Freundin als Zeugin aus.» Er wusste nicht, warum er das erzählte, aber irgendwie wirkte dieser Junge vertrauenswürdig. Das lag an seinem Blick, seinem nicht zu großen Interesse, seiner Stimme.

«Oh, dann kann ja nichts schief gehen, oder?»

«Nein, gar nicht.»

«Wieso nicht?»

«Du bist doch auch verpfiffen worden, nun …» Roy machte eine Handbewegung.

«Verflucht, das wird dich ganz schön ärgern. Ich würde jedenfalls …»

Der Surinamer machte diesmal einen Drei-Punkte-Wurf. Die anderen applaudierten.

«Ja, genau, aber was kann ich tun? Ich bin drinnen und sie ist draußen.»

«Aber du kommst auch wieder raus. Vielleicht schon sehr bald.»

Ein kurzes Klingeln ertönte; die Stunde war um. Die Tür ging auf. Der Surinamer sprang noch einmal hoch und blieb einen Moment am Ring hängen. Roy trat seine Zigarette auf dem Boden aus.

«Wir sehen uns noch», sagte der Junge. «Wie heißt du eigentlich?»

«Roy. Und du?»

«Rolf.»

Sie lachten beide.

«Erst waren Sie sich sicher, dass der Verdächtige ungefähr um halb drei in der Nacht nach Hause kam?»

Manon nickte; sie hielt den Blick krampfhaft auf van Alphen gerichtet.

«Wollen Sie nicht antworten?», fragte Roys Rechtsanwalt.

«Ja, aber ...»

«Und später waren Sie sich sicher, dass er ungefähr um vier heimkam?»

«Aber er hatte ...»

Der Rechtsanwalt unterbrach sie wieder. «Also erst waren Sie sich sicher, dass es eine bestimmte Uhrzeit war, und später, dass es eine andere war?»

Sie zögerte. Ihr Blick schoss in Roys Richtung und wieder zurück zu van Alphen.

«Nun, ja oder nein?», beharrte der Anwalt.

«Ja.»

«Nun haben Sie erklärt, dass Sie erst halb drei gesagt haben, weil der Verdächtige Sie dahingehend instruiert hatte. Stimmt das?»

Manon schaute ihn fragend an. Was meinte dieser Mann?

«Hat der Verdächtige zu Ihnen gesagt, Sie sollten aussagen, dass er um halb drei heimgekommen sei?»

«Ja.»

«Also haben Sie zuerst gelogen?»

Verzweifelt suchte sie Hilfe bei van Alphen, aber sie konnte an dem glatten Gesicht der Polizistin nichts ablesen.

Der Anwalt schaute sich im Saal um und wiederholte seine Frage: «Sie haben also zuerst gelogen?»

«Ja», antwortete sie fast flüsternd.

«Aber wie kann ich nun wissen, ob sie das zweite Mal nicht auch gelogen haben? Ich will nicht behaupten: einmal ein Lügner, immer ein Lügner, trotzdem ...» Der Anwalt raschelte mit seinen Papieren. «Das zweite Mal haben Sie also nicht gelogen?»

«Nein.»

«Nun, etwas verstehe ich trotzdem nicht. Es geht mir ungefähr so wie mit diesem Rätsel, das Sie vielleicht kennen: Ich lüge immer, sagte der Mann, aber nun sage ich die Wahrheit. Jetzt rate mal ... lügt der Mann nie, manchmal oder immer, also auch dieses Mal. Dasselbe Problem habe ich jetzt mit Ihnen.»

Van Alphen nickte ihr ermutigend zu, aber das Spinnennetz in ihrem Kopf wurde immer dichter.

«Sie haben also erklärt, dass Sie auf Druck des Verdächtigen hin sagen mussten, er sei um halb drei nach Hause gekommen, was Sie anfangs auch der Polizei erzählt haben. Stimmt das?»

«Ja.»

«Haben Sie immer die Instruktionen des Verdächtigen befolgt?»

Sie schüttelte den Kopf. «Ich verstehe Sie nicht.» Ihr wurde immer heißer. Ein paar Schweißtropfen liefen ihr über den Rücken und kitzelten sie.

«Waren Sie immer gehorsam, haben Sie immer gemacht, was der Verdächtige wollte? Haben Sie all seine Befehle befolgt?»

«Ich weiß nicht ... Ich weiß nicht, was Sie meinen.»

«Gut, dann werde ich es konkreter formulieren. Sie sind schwanger?»

Sie fragte sich, was das in Gottes Namen damit zu tun hatte.

«Sie sind schwanger?», wiederholte der Anwalt.

«Ja.»

«Wie lange?»

«Vier Monate.»

«In ungefähr fünf Monaten werden Sie also ein Kind zur Welt bringen», sagte der Anwalt lächelnd. «Einstweilen herzlichen Glückwunsch.»

Wieder schossen Manons Blicke zu Roy hinüber. Er schaute sie beängstigend starr an. Es war unmöglich, nicht an den Spruch zu denken: Wenn Blicke töten könnten ...

«Sie freuen sich, dass Sie ein Kind bekommen?»

«Ja, sehr.»

«Und der Vater, wer ist der Vater?»

«Roy.»

«Aha, der Verdächtige ist der Vater.» Der Anwalt machte eine Pause. «Und hat er sich auch gefreut, dass Sie schwanger wurden?»

Sie schüttelte den Kopf, kurz und heftig.

«Er hat sich nicht gefreut?»

«Nein.»

«Wollte er vielleicht, dass Sie eine Abtreibung vornehmen lassen?»

«Ich ... ja, ich glaube schon.»

«Aber Sie wollten das nicht?»

«Nein.»

«Also haben Sie es auch nicht getan?»

«Nein.» Sie senkte den Blick auf ihren schwangeren Bauch. Was wollte dieser Mann, dieser Anwalt? Warum half ihr niemand?

«Sie taten also nicht immer, was Roy, was der Verdächtige sagte, dass sie tun sollten?»

«Nein.»

«Warum taten Sie es denn dann, als es um die Frage ging, wie spät er nach Hause gekommen war?»

«Ich weiß es nicht.»

«Sie wissen es nicht», sagte der Anwalt, «Sie wissen es nicht.» Es hörte sich spöttisch an. Oder als wäre sie eine dumme, schwache, schwangere Frau, die nicht wusste, was los war, die alles nicht richtig verstand und einfach nur daherredete.

Roy schaute fern, eine blöde Spielshow. An einem Bagger war eine Art Bügel befestigt, mit dessen Hilfe eine offene Weinflasche hochgehoben werden konnte. Das Ziel war, dass in möglichst kurzer Zeit die Weinflasche zu einem Satz Gläser gefahren wurde, die voll geschenkt werden sollten. Der Showmaster schrie und jubelte fast so, als würde die niederländische Nationalmannschaft Fußballweltmeister. «Blödmann», sagte Roy.

In Gedanken ließ er die vergangenen Tage an sich vorbeiziehen. Mit steigender Bewunderung hatte er Veldstra betrachtet und ihm zugehört. Nun verstand er erst, warum der Kerl von Sjors empfohlen worden war. Auf den ersten Blick hätte man nichts von ihm erwartet. Oft schien es, als starre er ein bisschen glasig vor sich hin wie irgendein Idiot. Aber im Gerichtssaal, vor den Zeugen, den Sachverständigen, dem Staatsanwalt, dem Richter, da war er große Klasse. Wie er Manon unter Druck gesetzt hatte! Sie wusste schließlich nicht mehr, was sie sagen sollte.

Und das mit den Haaren, das hatte er auch verdammt

gut hingekriegt. Ja, natürlich waren da ein paar Haare von ihm gewesen, und von Ad. Ein Gutachten des gerichtsmedizinischen Labors lag vor. Roy hatte es nicht ganz verstanden, aber es besagte, dass jedenfalls noch Haare von zwei anderen Personen gefunden worden waren, vermutlich auch «Personen männlichen Geschlechts», wie im Gutachten stand. Veldstra hatte herausgefunden, dass an dem bewussten Mittwoch Ads Putzfrau da gewesen war. Wie hatte Veldstra sie genannt? Raumpflegerin oder so was. Er hatte das in einem so seltsamen Ton gesagt, dass die meisten Leute im Publikum lachen mussten.

Veldstra hatte sie als Zeugin aufgerufen, diese Putzfrau, eine kleine, omaartige Frau. Sie bewegte den Kopf manchmal mit kurzen, ruckartigen Bewegungen, wie ein Vogel, und schaute die Leute mit schief gehaltenem Kopf an. Auch ihr Mund sah ein bisschen schnabelartig aus. Veldstra hatte sie gefragt, ob sie an jenem Mittwoch das Wohnzimmer geputzt habe. Das hatte sie getan. Gründlich? Natürlich, sie putzte immer gründlich, dafür wurde sie bezahlt. Doch keine Schwarzarbeit, oder?, hatte Veldstra gefragt. Sie hatte empört reagiert. Natürlich nicht. Veldstra fuhr fort. Ob sie das Sofa auch sauber gemacht habe. Ja, das tat sie immer. Wie? Erst mit dem Staubsauger und danach mit einem feuchten Tuch. War es dann ganz sauber? Sauberer konnte es nicht sein. Man hätte also darauf essen können, wie man so sagt? O ja, was sie betraf, schon. «Ich danke Ihnen sehr für Ihre erhellende Erläuterung», hatte Veldstra gesagt. Und er hatte deutlich gemacht, dass an jenem Abend oder in jener Nacht auch noch andere Leute bei ten Kate gewesen sein mussten, die ebenfalls als Täter in Frage kamen. Die Spurensicherung hatte das unumstößlich bewiesen.

Im Fernsehen gab es eine Reklame für Bier. Junge Leute mussten den Strand entlang rennen, gegen den Wind. Danach tranken sie aus großen Gläsern auf einer Terrasse, hübsche Mädchen und angeberische Jungs. Eigentlich blöd, solche Reklamefilme, so große Gläser gab es in Strandcafés nie, nur die einfachen, kleinen Biergläser. Mist, wie gerne hätte er jetzt ein Bier gehabt.

Der Strand. Da war er Sjors begegnet. Wenn das nicht passiert wäre, säße er jetzt nicht hier. Am ersten Tag des Prozesses hatte er Sjors auf der Publikumstribüne gesehen. Als Roy den Saal betrat, hatte Sjors einen Daumen hochgehoben. Lachend. Als wäre er, verdammt noch mal, nicht schuld, dass Roy in die Scheiße geraten war. Roy hätte ihm gern den Stinkefinger gezeigt, aber er hielt sich zurück. Im Lauf des Prozesses waren noch andere Bekannte im Saal aufgetaucht, auch Marco und Tjerk aus dem Bahama Bay, Joop und Suzan, die ihre knallrot gemalten Lippen vorschob und eine obszöne Handbewegung machte, sogar ein paar Freundinnen von Manon. Eine von ihnen ballte die Faust, als wollte sie sagen: Halt die Ohren steif.

Morgen kam das Plädoyer des Staatsanwalts, dieses langen Schleimers, der so empört reden konnte, als hätte Roy ein Mitglied seiner Familie umgebracht. Dabei hatte dieser Ad ten Kate selbst genug Dreck am Stecken. Roy hatte Veldstra gefragt, was der Staatsanwalt fordern würde. «Fünfzehn Jahre», hatte der Anwalt gesagt. «Fünfzehn Jahre.»

24

«Aber das kann man doch nicht machen», sagte Anouk.

«Ach, ich wusste nicht mehr weiter.»

«Deinen eigenen Freund verpfeifen ... Niemand versteht das, niemand. Natascha, Rosita und Leonie auch nicht.» Sie schaute Manon mit Augen an, die noch stärker nachgezogen waren als sonst. Dunkle Augen mit einem schwarzen Blick.

Vielleicht hatte Anouk Recht, vielleicht hatten alle Recht. Aber sie konnte nicht mehr zurück. Und wollte sie das überhaupt? Wenn sie an Roy dachte, wenn sie überlegte, was er getan hatte, wollte sie es nicht. Sie wünschte sich, Anouk würde sie verstehen. Die stellte sich alles so einfach vor, aber so einfach war es nicht. Anouk hatte auch keine Ahnung davon, wie einen die Polizei in die Mangel nehmen konnte, sie wusste nicht, wie es war, wenn man wusste, dass der eigene Freund Blut an den Händen hatte, dass er imstande war, einen anderen umzubringen, einfach einen Mord zu begehen.

«Aber angenommen, dass du nun ...» Manon suchte nach einer Zigarette. Als sie die Schachtel in der Hand hatte, legte sie sie wieder weg. «Angenommen, dass du ...» Es war eine Wand, die sie nicht durchbrechen konnte. Anouk war unerreichbar fern. Was sich schon vorher angekündigt hatte, war Wirklichkeit geworden. Niemand war bei ihr vorbeigekommen, keiner hatte sie angerufen. Deshalb hatte sie selbst diese Verabredung getroffen. Anouk saß ihr nun mit einem unwilligen Gesicht gegenüber, wo sie ihr früher doch immer so nah gewesen war.

«Und noch dazu bist du schwanger von ihm», sagte Anouk. «Es wird nicht lange dauern, da sitzt der Vater deines eigenen Kindes im Gefängnis. Irgendwann fragt ein Kind doch, wo sein Papa ist ... Verstehst du das? Was willst du dem Kind dann erzählen? Dass sein Vater durch deine Schuld sitzt, dass du ihn reingelegt hast?»

«Aber das habe ich überhaupt nicht getan.» Manon wartete einen Moment, weil sie ein zartes, wohliges Strampeln in ihrem Bauch zu fühlen meinte. «Ich habe einfach die Wahrheit gesagt.»

«Die Wahrheit?», fragte Anouk. «Die Wahrheit? Das ist die CD von Marco Borsato, sonst nichts, überhaupt nichts. Wer weiß schon, was die Wahrheit ist? Du? Roy? Roys Anwalt? Der Staatsanwalt? Oder der Richter? Ich weiß es jedenfalls nicht. Ich bilde mir nicht ein, es zu wissen.»

«Aber er hat ihn umgebracht, das weiß ich.»

Anouk machte eine wegwerfende Handbewegung. «Ach, hör doch auf. Du hast doch auch gewusst, dass du Roy liebst, dass du in ihn verliebt warst. Ist das denn einfach vorbei? Weißt du das auch sicher?»

Manon zog die Schultern hoch.

«Und wir haben uns gegenseitig nie verraten, nie, auch Frank nicht, also auch Roy nicht. Du hast doch gewusst, dass nicht alles, was er getan hat, astrein war, oder?»

«Sechzehn Jahre» war das Einzige, was Roy hörte. Was der Staatsanwalt sonst noch sagte, drang nicht zu ihm durch. Sechzehn Jahre. Natürlich würde ein Drittel davon erlassen, aber trotzdem. Gut zehn Jahre eingesperrt sein. Zehn Jahre im Knast. Das hielt er nicht aus. Das würde ihn verrückt machen. Zehn Jahre im Knast! Und das alles hatte er dieser *bitch* zu verdanken.

Nun hatte Veldstra das Wort. Seine ersten Sätze hatte

Roy verpasst, aber es war klar, dass Veldstra auf Freispruch plädierte. Nach Ansicht des Anwalts gab es keine eindeutigen Beweise. Den Gegenstand, mit dem der Mord begangen worden war, hatte man nie gefunden. Die Aussage der einzigen Zeugin über den Zeitpunkt, an dem der Verdächtige nach Hause gekommen war, war unzuverlässig, «höchst unzuverlässig». Außerdem hatte die Spurensicherung klar gemacht, dass noch andere Personen bei ten Kate in der Wohnung gewesen waren. «Angesichts dieser Fakten kann ich nur zu dem Schluss kommen, dass es keinen legalen und überzeugenden Beweis für die Schuld meines Mandanten am Tod von ten Kate gibt, und ich ersuche das hohe Gericht, die Untersuchungshaft aufzuheben und eine sofortige Freilassung anzuordnen.»

Es war, als würde ein Schalter in Roys Kopf gedreht. Veldstras Worte bewirkten eine warme Glut in seinem Körper. Sie konnten nur zu einem Freispruch führen. Das war sonnenklar. Veldstra hatte Recht. Das musste doch jeder verstehen, oder? Die Richter konnten ihn doch nur freisprechen. Und dann, was würde er tun, wenn er die Gefängnistür hinter sich gelassen hatte?

«Strengst du dich nicht zu sehr an?», fragte Wendy.

«Nein, es geht prima.» Manon fühlte sich erschöpft, geschafft wie nach einem Tag in der Metzgerei, trotzdem wollte sie weitermachen. Erst hatte sie Anouk gefragt, ob sie ihr helfen würde, aber sie hatte sich schlichtweg geweigert; keine Zeit, was anderes zu tun, zu viel Arbeit, du weißt schon. Manon wusste, dass sie Anouk verloren hatte, vielleicht für immer, zusammen mit ihren anderen alten Freundinnen, die weiter zusammenhingen wie die Kletten und sie ausgestoßen hatten. Sie kannte das von früher, von der Schule. Dieses eine Kind, das nicht mitmachen durfte, weil es die falschen Kleider anhatte, die falschen

Dinge sagte, das wurde gehänselt. Sie war dieses Kind. Sie hatte die falschen Dinge getan.

Sie tunkte den Pinsel in die Farbe und fuhr fort, die Tür zu streichen. Wendy hatte sich ans Streichen der Wände gemacht. Die Wohnung sah nun ganz anders aus. Wenn das fertig war, brauchte sie noch neue Möbel. Vielleicht konnte sie irgendwo ein Darlehen bekommen. Vorgestern war sie beim Sozialamt gewesen und hatte schamrot ihre Situation erklärt. Es hatte sie viel Kraft gekostet, die Worte herauszubringen ... mordverdächtig ... im Gefängnis ... drohende sechzehn Jahre ... Es war, als spreche sie ein Urteil über sich selbst aus. Die Frau auf der anderen Seite hatte sie verständnisvoll angeschaut. Sie würden ihren Antrag auf Sozialhilfe prüfen.

Sie hatte sich von Wendy Geld geliehen, damit sie die Farbe kaufen konnte. Warum war Wendy so nett, so lieb? Sie hatte sie gefragt. Wendy hatte gelacht, dass man ihre wundervollen Zähne sah. «Ach, ich habe selbst schon Probleme gehabt; ich weiß, wie das ist. Du hättest mir bestimmt auch geholfen.»

Was war eigentlich mit den zweitausend Gulden von ihren Eltern passiert? Manon konnte sie jedenfalls nicht noch einmal um Geld bitten. Und dann, wenn das Baby kam, was war dann? Das Babyzimmer musste noch eingerichtet werden. Sie hatte keine Sachen, nichts, überhaupt nichts.

Der Pinsel fiel aus ihren kraftlosen Fingern.

Roy fühlte sich vollkommen allein und verletzlich. Das Siegesgefühl nach Veldstras Plädoyer war weg. Sein Anwalt saß neben ihm und nickte ihm ermutigend zu. Es wird gut, es wird bestimmt gut. Immer wieder versuchte er, diese Worte im Kopf zu wiederholen, aber es gelang ihm nicht. Alle waren gegen ihn. Er selbst war vollkommen hilflos und Veldstra konnte auch nichts ausrichten, trotz seiner dicken Dossiers, seiner schönen Worte und seiner überzeugenden Argumente. Sie warteten noch auf die Richter, aber Roy war nun sicher, dass er verurteilt werden würde. Er warf einen Blick hinter sich, auf die Publikumstribüne. Alle Gesichter schoben sich übereinander und vermischten sich.

Die Richter betraten den Saal und alle standen auf. Roy wurde schwummrig vor den Augen. Es war undenkbar, dass diese Leute über sein Leben beschließen konnten. Verflucht, sie kannten ihn doch gar nicht. Einer der drei war eine Frau, nicht unansehnlich. Frauen, wenn sie ihn verurteilten, würde er sie jahrelang vermissen müssen, denn ein Besuchszeit-Quicky mit Manon war natürlich nicht drin. Was passierte im Knast zwischen den Männern? Er wusste es nicht und er wollte es auch nicht wissen.

Veldstra legte eine Hand auf seinen Arm, es war, als drücke ein schweres Gewicht auf ihn. Er war allein; er stand allein da. War es ein Traum? Nein, es war Wirklichkeit. Er hörte Stimmen, aber er verstand sie nicht. Der mittlere Richter hielt einen Vortrag, aber was er wollte, war nicht zu verstehen. Es war eine Sprache, die Roy nicht beherrschte, mit Worten aus einer anderen Welt: ... das primär zur Last gelegte ... keine Umstände, die Strafbarkeit ausschließen ... Rechtsordnung erschüttert. Aber dann fiel das Wort «verurteilen» und sofort danach: fünfzehn Jahre.

Roy hatte das Gefühl, sich übergeben zu müssen. Sein ganzer Körper widersetzte sich. Das konnte nicht wahr sein. Er schaute Veldstra an, der mit den Schultern zuckte. War es ihm egal? Im Publikum erhob sich Gemurmel, vage Stimmen, aber es gelang ihm nicht, den Kopf zu drehen. Sie hatten ihn geschafft. Fünfzehn Jahre, das gab's doch nicht, das konnte nicht wahr sein. Alles, was Veldstra gesagt hatte, zählte das gar nicht? Er hätte jemandem aufs Maul hauen können, aber wem? Jedem. All diesen Arschlöchern und Rindviechern, die ihn reingelegt hatten.

«Fünfzehn ... fünfzehn Jahre?», sagte er zu Veldstra.

«In der Praxis zehn.»

«Aber das geht doch nicht, oder?» Roy hätte Veldstra fast eine runtergehauen.

Veldstra sammelte seine Unterlagen zusammen. «Wenn du einverstanden bist, gehen wir in die Berufung.»

Natascha, Leonie und Rosita unterhielten sich miteinander, über die stampfende Musik hinweg. Es war heiß und stickig im Bahama Bay. Manon stellte sich zu ihnen, aber sie schienen sie gar nicht zu bemerken.

«Soll ich was zu trinken holen?», fragte Manon.

Keine Reaktion.

«Sie hat in diesem Kleid absolut lächerlich ausgesehen», hörte sie Leonie sagen. «Wie ein Kartoffelsack, den sie über den Kopf gezogen hatte.»

«Wer war das?», fragte Manon.

«Aber sie hat ja auch keine Figur», sagte Rosita. «Schlabberhüften und kurze, dicke Beine.»

«Und?», fragte Rolf.

Roy konnte erst nichts sagen. Wenn er nur an das Urteil dachte, wurde ihm schwarz vor den Augen.

«Beschissen gelaufen?», fragte Rolf.

Roy nickte.

«Scheiße ... wie lange?»

«Fünfzehn Jahre», brachte Roy mit Mühe heraus.

«Shit! Und weiter?»

«Berufung.» Roy nahm eine Zigarette aus der Schachtel, die Rolf ihm hinhielt. Er betrachtete seine Hand, die leicht zitterte.

Rolf gab ihm Feuer. «Und, hast du eine Chance?»

«Mein Anwalt meint, schon.»

Rolf schlug ihm auf die Schulter. «Du schaffst es schon, das fühle ich. Sie kriegen dich nicht klein.»

Sie wusste, dass ihr Leben jetzt neu anfing. Natürlich war sie eine Weile mit der Angst herumgelaufen, dass Roy freikommen würde. Eine Angst, die ihr ab und zu den Atem nahm und sie manchmal nachts erschrocken hochfahren ließ. Dann sah sie Roy hereinkommen. Sie lag allein in diesem Bett, schwanger und verletzlich. Er stand am Fußende, kam auf sie zu, schweigend. Sie wusste nun schon, wozu er imstande war, fühlte auch wieder, wo er sie geschlagen hatte. Manchmal war es, als käme der Schmerz zurück, wie eine alte Wunde, die wieder aufging und plötzlich mehr schmerzte als am Anfang. Eigentlich hatte sie noch Glück gehabt. Ihr hätte dasselbe passieren können wie ten Kate. Aber nun war die Gefahr abgewendet, jedenfalls für die nächsten zehn Jahre, hatte van Alphen gesagt. Nun ging es nur darum, dass sie ihr eigenes Leben einrichtete. Zehn Jahre waren eine Ewigkeit, wer weiß, was inzwischen alles passieren würde.

An diesem Morgen hatte sie ihre Eltern besucht. Die rechneten damit, dass sie wieder bei ihnen einzog, aber das war ausgeschlossen, diese Tür hatte sie für immer hinter sich zugemacht. Wenn sie nach Hause ging, würde sie auch wieder in der Metzgerei arbeiten müssen. Von ihrem Vater hatte sie fünfhundert Gulden bekommen, ohne dass sie ihn darum gebeten hatte.

Mit der Straßenbahn fuhr sie in die Stadt. Erst ließ sie sich die Haare machen. Wieder rot, das gefiel ihr. Sie schaute in den Läden nach Kinderkleidung, Strampelhosen, Wiegen, Spielzeug. Eine halbe Stunde lief sie bei Intertoys herum. Rasseln, Bauklötze, Enten, Plastikbücher, die man aufklappen konnte, alles nahm sie in die Hand. Die Auswahl war zu groß. Erst musste er oder sie noch geboren werden. Wenn es ein Junge war, konnte sie ihn dann wirklich Ray nennen? Eine Verkäuferin starrte sie an und sie legte den großen, weichen Plastikball mit bunten Disney-Figuren zurück ins Regal.

Sie wollte den Laden verlassen, da sah sie an der Kasse einen Mann stehen, der von hinten genauso aussah wie Roy. Es war Roy! Aber das war doch nicht möglich. Er war doch gerade verurteilt worden. Hatte er vorübergehend Ausgang bekommen? Sie versuchte sich an dem Regal mit Bällen und Stofftieren festzuhalten. Die Jeans, die Lederjacke, die schwarzen, leicht gelockten Haare, die Haltung … Sie fühlte, wie die Welt kippte, und sie versuchte, sie wieder aufrecht zu stellen. Das Regal, an dem sie sich krampfhaft festhielt, gab nach und kippte um. Der Mann drehte sich um. Sie sah, dass sein Gesicht Roy kaum ähnlich sah, aber es war schon zu spät. Das Regal fiel über sie und alle Bälle rollten bunt und fröhlich durch den Laden, und sie wurde unter Bären, Hündchen und Berts und Ernies aus der *Sesamstraße* begraben.

25

Um sieben Uhr aufstehen – warum um sieben Uhr, wenn man doch den ganzen Tag vor sich hatte? –, frühstücken, halb neun duschen, von neun bis elf Arbeit in der Zelle, blöde Wäscheklammern auf blöde Kartons stecken oder sonst eine Beschäftigung für Debile, dann sauber machen, essen, dann eingesperrt bis vier, eine Stunde Erholung, essen. Die Tage flossen ineinander. Roy wusste nicht mehr, ob es Montag, Dienstag oder Mittwoch war. Nur der Sonntag unterschied sich deutlich, wegen der *Sportschau*. Dass die Tage sich nicht mehr unterschieden, bedeutete aber nicht, dass die Zeit schnell vorbeiging. Im Gegenteil, es war, als müsse jeder Tag neu erlebt werden, oder als müsse jeder Tag wiederholt werden, denn «erleben» war ein viel zu großes Wort für die Art, wie er die Zeit verbrachte. So würden die zehn Jahre nie vorbeigehen. Sie würden sein ganzes Leben füllen.

Die Tage waren schrecklich, aber am schlimmsten waren die Nächte. Noch nie im Leben hatte er unter Schlaflosigkeit gelitten: Normalerweise legte er den Kopf auf das Kissen und war weg. Aber nun blieb er stundenlang wach, manchmal so lange, bis es hell wurde.

Dauernd spukte durch seinen Kopf, was passiert war. Er erzählte sich die ganze Geschichte immer wieder, von den ersten Szenen auf Tonys Schrottplatz bis zum Urteil der Richter. Dann variierte er die Ereignisse. Angenommen, er hätte Sjors damals am Strand nicht getroffen, weil er zum Beispiel zu einem anderen Strandkiosk gegangen wäre, um Bier zu holen. Oder Sjors hätte ihn nicht erkannt oder überhaupt keinen *runner* gebraucht. Angenommen, die Arbeit für Sjors wäre so organisiert gewesen, dass die Übergabe nicht in der Parkgarage stattgefunden hätte, angenommen, dass Manon … Wenn jemand Schuld daran war, dass er nicht schlafen konnte, dann war es Manon. Er konnte sich manchmal nicht vorstellen, dass sie ihn verpfiffen hatte. Frank hatte damals den Mund gehalten, Tony auch, und Manon hatte einfach bei diesen Arschlöchern von der Polizei den Mund aufgemacht, als wären die ihre besten Freunde. Wenn er daran dachte, war er bestimmt die nächste Stunde hellwach. Es war unmöglich, nicht daran zu denken.

Gestern waren seine Eltern zu Besuch gekommen, als ob er diesen Scheiß auch noch brauchte. Nie hatten sie sich auch nur im Geringsten dafür interessiert, was er tat, und jetzt fanden sie es angeblich so schlimm, dass er im Knast saß. Schlimm für ihn? Schlimm für sie selbst. Seine Mutter sah aus, als hätte sie Angst, angesteckt zu werden. «Aber du bist doch unschuldig», hatte sein Vater gesagt. «Das ist doch ein Irrtum, oder?»

Nun wartete er auf Veldstra. Dessen Besuch sorgte wenigstens für ein bisschen Abwechslung. Verdammt, er war schon zehn Minuten zu spät. Was bedeutete das? Dass er seinen Fall nicht mehr wichtig genug fand? Dass es schon keine Rolle mehr spielte? Dass er Roy mehr oder weniger aufgegeben hatte? Roy versuchte, sich selbst aus dem saugenden, stinkigen Morast zu ziehen, in dem er nach dem Urteil gelandet war. Verflucht, wo blieb dieser Scheißkerl von Veldstra denn? Roy steckte sich noch eine Zigarette an. Es war schon Viertel nach zwei, dabei hätte der Kerl um zwei da sein sollen. Roy rauchte zornig, als müsste er in möglichst kurzer Zeit die Zigarette zu Ende bekommen.

Manons Leben bestand hauptsächlich aus Warten. Manchmal dachte sie kurz an Roy, der musste auch warten, aber viel länger, zehn Jahre lang. Ab und zu schossen glückliche Bilder durch ihren Kopf, mit Roy ins Kino, zum Strand, ins Bett. Dann dachte sie wieder an die Witze, die er gemacht hatte, an sein Lachen, an seine Augen, ja, vor allem an seine Augen. Und für den Bruchteil einer Sekunde wusste sie, dass das alles nicht passiert war. Sie würde die Augen aufmachen und Roy würde mit einem Glas Cola und einer Dose Bier hereinkommen. Er umarmte sie, drückte sie an sich und sagte: «Na, meine Süße», während er erst mit den Händen über ihren Hintern strich, dann den Reißverschluss ihrer Jeans aufmachte. War es richtig gewesen, dass sie der Polizei alles erzählt hatte? Warum hatte sie sich über den Tisch ziehen lassen? Warum hatte sie ihn verraten? Es war doch ihr Roy. Vor ein paar Monaten hatte sie sich nicht vorstellen können, je ohne ihn zu leben. Ihr Roy. Und jetzt saß er gefangen, durch ihre Schuld, wo sie ihn eigentlich hätte stützen müssen. Darauf hätte er doch ein Anrecht gehabt. Oder nicht? Sie sah den Blick in seinen Augen wieder vor sich, wie er damals nach Hause gekommen war. Das Blut an seinen Kleidern. Sie fühlte wieder seine Faust in ihrem Gesicht. Hatte er durch das, was er getan hatte, all seine Rechte verspielt?

Im Versuch, alles loszuwerden, schüttelte sie den Kopf. Es ging um das Hier und Heute und um das, was vor ihr lag; die Vergangenheit war etwas, das man mit einem dicken Strich durchstreichen konnte. Roy war ein Irrtum gewesen, ein Fehler, ein dummer Fehler, den sie nie hätte machen dürfen. Sie wollte mit Wendy sprechen, ging hinunter und klingelte am Eingang nebenan. Niemand machte auf. Erst als sie ins Haus zurückgehen wollte, merkte sie, dass sie keinen Schlüssel eingesteckt hatte. Vermutlich hatte sie ihre Wohnungstür ebenfalls zugezogen. Mist, keiner der Nachbarn auf ihrer Treppe war zu Hause. Sie war ausgeschlossen. Genauso, wie Roy eingeschlossen war, dachte sie, und auf einmal fühlte sie einen stechenden Schmerz im Unterleib.

Die Berufung war eine Wiederholung und doch anders. Er sah sich selbst da sitzen, und er betrachtete die anderen – Veldstra, den Staatsanwalt, die Richter –, als wäre er ein Außenstehender. Er sah es geschehen.

Veldstra hatte mit ihm über neue Tatsachen gesprochen. Ob er sich vielleicht doch noch an etwas erinnerte, was ten Kate gesagt oder getan hatte, was ein neues Licht auf den Fall werfen konnte. Irgendwann hatte Veldstra Roy nachdenklich betrachtet. Der hatte erwartet, dass nun die bestimmte Frage kommen würde: Sag ehrlich, hast du es getan oder nicht? Aber Veldstra sagte nichts und machte nur eine Notiz in das mehr als faustdicke Dossier, das vor ihm lag, aus dem alle möglichen gelben Markierungskleber herausschauten, mit Anmerkungen in einer kritzeligen Handschrift.

Der Staatsanwalt erklärte, warum er Roy für schuldig am Mord von ten Kate hielt. Seiner Meinung nach war zweifellos bewiesen, dass Roy der Täter war. Es gab keine mildernden Umstände. Dies war ein kaltblütig geplanter Mord, möglicherweise eine Abrechnung im kriminellen Milieu des Drogenhandels … blablabla. Wie ein Echo erklangen die Worte der vorigen Verhandlung. Sie plätscherten dahin, ohne dass man sie wirklich verstand. Roy musste fast lachen und ganz kurz empfand er den Impuls, den Quatschkopf mit seinen schönen Geschichten über Recht, die Gesellschaft und die notwendige Strafe zu unterbrechen und ihm zu sagen, dass er keinen Fuck davon wusste, dass er ins Blaue hinein quatschte und dass er, Roy, ihm mal genau erklären würde, was passiert war. Wie überrascht sie alle sein würden, Veldstra wohl am meisten.

Der war nun dran mit Reden und wieder hörte ihm Roy

mit steigender Wertschätzung zu. Man musste ihm einfach glauben, so, wie er die Sache darstellte. Roy glaubte es fast selbst, seine eigenen Erinnerungen korrigierend. Das Hauptthema war noch immer die unzuverlässige Zeugenaussage Manons und natürlich die Haare, die auf ten Kates Sofa gefunden worden waren.

«Die Anklage hat keinen eindeutigen Beweis beibringen können, hohes Gericht, nur eine Reihe indirekter Hinweise. Tatsächlich ist mein Mandant am Tatort gewesen und tatsächlich hat er das anfänglich geleugnet. Aber ist das nicht verständlich? Wie oft passiert es doch, dass Menschen aus Angst, zu Unrecht als Täter beschuldigt zu werden, leugnen, am Tatort eines Mordes gewesen zu sein? Dutzende Male, vielleicht Hunderte. Die Angst, irgendwie mit einem Mord in Verbindung gebracht zu werden, ist nun einmal sehr lebendig, auch bei meinem Mandanten. In dieser Hinsicht ist ihm nichts Menschliches fremd.» Veldstra schaute zu Roy und nickte ihm zu.

Roy trug keine Lederjacke, sondern ein schwarzes Jackett, übrigens aus Veldstras Garderobe. Es war ihm ein bisschen eng, vor allem an den Schultern. «Alles, um einen guten Eindruck zu machen», hatte Veldstra gesagt. Auf seinen Rat hin versuchte Roy auch, den Richter freundlich anzuschauen, wann immer es möglich war. «Nicht lachen, einfach freundlich lächeln», hatte Veldstra ihm empfohlen. Roy bekam fast einen Krampf in den Kiefern.

«Die Zeugenaussage der Partnerin meines Mandanten muss als sehr unzuverlässig angesehen werden. Wie Sie wissen, hat sie eine anfängliche Aussage zurückgezogen und auf Druck der Polizei eine andere Aussage abgegeben. Die Lebensumstände der Zeugin, ihre erwünschte oder unerwünschte Schwangerschaft und ihre Beziehung zu dem Verdächtigen sind dergestalt, dass meiner Ansicht nach ihren Worten nicht viel Glauben zuerkannt werden kann.

Ihre Sichtweise besteht aus Verwirrung und Ungenauigkeit und kann nicht als objektive Wahrheit betrachtet werden, auf deren Basis man jemanden schuldig sprechen könnte.»

Manon, Manon … Roy verstand noch immer nicht, warum sie ihn verraten hatte. Vielleicht war es dieses surinamesische Weib nebenan gewesen. Wie hieß sie doch? Ach ja, Wendy. Die hatte schließlich ihren eigenen Freund auch vor die Tür gesetzt. Marco oder Mark, Roy hatte mal mit ihm gesprochen, bei Joop. Er handelte mit allem Möglichen. Aber wie Manon … Roy konzentrierte sich wieder auf Veldstras Rede, der gerade die Schlussworte sprach.

«… ist meiner Ansicht nach nicht die Rede von Beweisen, die die Schuld meines Mandanten unumstößlich belegen. Der Herr Oberstaatsanwalt kann nur eine Reihe indirekter Beweise anführen, die zwar den Verdächtigen mit dem Opfer in Verbindung bringen – ich wäre der Letzte, der das leugnen würde –, die aber in keiner Weise die Behauptung, dass der Verdächtige der Täter sei, unterstützen können. Es gibt vermutlich Dutzende von Personen, die auf irgendeine Weise mit dem Opfer in Verbindung gebracht werden können. Es ist in diesem Fall klargeworden, dass das Opfer sich in jenem Milieu bewegte, das ich als Rand der Gesellschaft bezeichnen möchte, vielleicht könnte man sogar kriminelle Kreise sagen. Nun, was in einem solchen Umfeld geschieht, welche Personen da agieren, wie sie sich zueinander verhalten, welche Rechnungen von wem beglichen werden müssen, entzieht sich zu einem großen Teil unserer Kenntnis, und folglich entzieht sich auch unserem Wissen, welche Personen aus diesem Umkreis mit ten Kate in Verbindung gebracht werden können.»

Roy hätte am liebsten Beifall geklatscht. Yes, yes, dachte er, bog seinen Arm und ballte eine Faust.

«Solange wir das nicht wissen und ein Verdächtiger mehr oder minder zufällig aufgetaucht ist, weil er das Pech hatte, in jener Mittwochnacht der letzte Kunde in ten Kates Lokal gewesen zu sein, scheint es mir, juristisch gesehen, nicht gerechtfertigt, diesen zufälligen Verdächtigen als Mörder zu betrachten. Diese Annahme der Anklage steht auf wackligen Füßen. Außerdem möchte ich noch darauf hinweisen, dass die Anklage alle möglichen Hinweise auf kriminelle Verbindungen des Verdächtigen ausgesprochen hat, die in keiner Hinsicht durch Tatsachen untermauert wurden. Wie Ihnen bekannt ist, wird dies im Englischen als *guilty by association* bezeichnet. Der Herr Oberstaatsanwalt hat in diesem Zusammenhang seiner Phantasie freien Lauf gelassen und das ist natürlich eine attraktive, kreative Gedankenbeschäftigung für die Freizeit, aber als Methode der Beweisführung wenig geeignet in einem Prozess, in dem ein Mensch vor Gericht steht, der des Mordes verdächtigt wird.»

Das war die Sprache, die er manchmal im Fernsehen hörte, die Sprache von allen möglichen weltfremden Spinnern, daher verstand Roy nicht alles, was Veldstra sagte, aber er merkte wohl, dass sein Anwalt versuchte, den Kläger, in diesem Fall den Oberstaatsanwalt, reinzulegen.

«Ich möchte noch einmal nachdrücklich betonen», fuhr Veldstra fort, «dass mein Mandant nicht vorbestraft ist. Seine Strafakte ist jungfräulich weiß, und dass er manchmal das Woody's Place aufsuchte, das Lokal ten Kates, ist an sich nicht strafbar. Darüber brauchen wir wohl nicht zu diskutieren. Wenn ich mich recht erinnere, habe ich dort selbst manchmal etwas zu mir genommen. Das macht mich hoffentlich nicht verdächtig.» Veldstra lächelte dem Richter zu. Roy imitierte ihn unwillkürlich.

«Noch einmal, und ich kann es nicht nachdrücklich genug betonen, die Anklage hat keinen einzigen konkreten, eindeutigen, überzeugenden Beweis für die unumstößliche Schuld meines Mandanten liefern können. Ich wiederhole noch einmal den Begriff *guilty by association*. Im Alltagsleben werden Menschen auf dieser Basis oft genug beschuldigt und vielleicht sogar verurteilt, aber in einem Rechtsfall wie dem vorliegenden ist es unzulässig, diese Strategie anzuwenden. Ich bin der Meinung, dass die vagen, diskutablen Hinweise, die von der Anklage vorgebracht wurden, um die Schuld meines Mandanten am gewaltsamen Tod ten Kates zu beweisen, nicht ausreichen, ihn zu verurteilen. Deshalb kann ich nicht anders, als das Gericht mit Nachdruck aufzufordern, ihn freizusprechen.»

Als Veldstra sich setzte, schüttelte Roy ihm die Hand. Er hätte ihm am liebsten auf die Schulter geschlagen, aber es gelang ihm, sich zu beherrschen. Der Oberstaatsanwalt war platt geredet, es gab ihn nicht mehr. Freispruch ... es konnte nichts anderes geben als einen Freispruch, bestimmt.

Roy schaute auf seine Uhr. Viertel vor zwei und er schlief noch immer nicht. Veldstras Worte drehten sich in seinem Kopf, aber er sah auch die strengen, unpersönlichen Gesichter der Richter vor sich. Am Nachmittag war er noch sicher gewesen, dass sie ihn freilassen würden, aber jetzt, hier in den vier Wänden, kamen ihm Zweifel. Vielleicht hatten die Leute Veldstra gar nicht richtig zugehört, vielleicht war ihr Urteil von vornherein klar. Es gefiel ihnen bestimmt, wenn wieder mal jemand verurteilt wurde, wenn wieder ein Fall aufgeklärt war. Gut für die Polizei. Vielleicht war der Oberstaatsanwalt ein alter Studienfreund von einem der Richter und es war ein simpler Doppelpass. Den Ball von einem zum anderen, kurz zurück und wuppsch, ein Tor. Und er war der Dumme. Er schlug mit den Fäusten auf das Bett. Verflucht. Er schaute von links nach rechts, den Kopf vorsichtig bewegend, und sah, wie die Wände wieder anfingen, ihn einzuschließen. Fast unsichtbar und quälend langsam kamen sie näher. Er schloss die Augen und machte sie wieder auf. Morgen kam das Urteil. Ein schwerer Stein sank in seinen Magen, wenn er daran dachte, dass es vielleicht negativ ausfallen könnte.

Manon hatte gerade Einkäufe erledigt – so sparsam wie möglich, bei Dirk van den Broek –, als Natascha anrief. Manon wunderte sich, dass Natascha den Kontakt zu ihr suchte, ausgerechnet Natascha.

«Heute ist das Urteil, nicht wahr?», sagte Natascha. Ihre Stimme klang freundlich. Hatten sie nun begriffen, dass Manon nicht anders gekonnt hatte, dass sie vor dem Gericht sagen musste, was passiert war? Unterstützten sie sie wieder? Gehörte sie wieder zu ihnen?

«Ja, ich glaube.»

«Gehst du hin?»

Manon schüttelte den Kopf. In der Leitung knackte es kurz. Natascha wiederholte ihre Frage.

«Nein … ich …» Sie durfte gar nicht daran denken, zum Gericht zu gehen und Roy da stehen zu sehen und das Urteil anzuhören.

«Du hast ihn also ganz und gar im Stich gelassen», sagte Natascha.

«Aber er …» Manon wusste nicht, was sie sagen sollte. Jetzt verstand sie auch, welche Absicht hinter dem Anruf steckte. Das passte zu Natascha.

«Und wenn er verurteilt wird, hast du erreicht, was du wolltest.» Nataschas Stimme klang bösartig und giftig.

«Aber das wollte ich doch gar nicht.»

«Was wolltest du dann?»

«Ich weiß nicht.» Eine Zigarette, Manon wollte eine Zigarette. Verzweifelt schaute sie sich nach dem Päckchen um, das sie für den Notfall auf dem Tisch hatte liegen lassen.

«Wenn du es nicht weißt, warum bist du dann zur Polizei gegangen?»

«Bin ich ja gar nicht.»

«Nein, aber du hast ihnen alles erzählt. Wenn du das nicht getan hättest, würde er noch frei herumlaufen, dann könnten wir mit ihm was im Bahama Bay trinken. Du hast ihn ja unbedingt aufreißen müssen, das weißt du doch noch. Nun, und dann hattest du ihn und dann hast du ihn aufs Kreuz gelegt.»

Manon wollte schreien und sagen, dass sie ihn überhaupt nicht aufs Kreuz legen wollte. Er hatte sich selbst in Schwierigkeiten gebracht, es war seine Schuld. Aber sie konnte nichts sagen.

«Und jetzt bist du auch noch zu feige, um zu schauen, was mit ihm passiert. Das ist doch nicht zu fassen!»

«Ich kann es nicht.»

«Ach, du kannst es nicht, aber du konntest sehr wohl bei der Polizei Sachen über ihn erzählen. So etwas tut man nicht mit seinem Freund. Warum hast du vor dem Richter nicht gesagt, dass du dich geirrt hast, dass er am Tag davor nachts um vier Uhr heimgekommen ist oder so etwas? Das verstehe ich nicht.»

«Ja, aber …»

«Und was wirst du tun, wenn er freikommt?», unterbrach Natascha sie. Etwas wie Triumph lag in ihrer Stimme und zugleich etwas Scharfes, als würde sie sagen: Jetzt habe ich dich erwischt.

«Freikommt? Aus dem Gefängnis?»

«Ja, natürlich. Was hast du denn gedacht, aus dem Kindergarten?» Natascha lachte kurz auf. «Stell dir vor, er bekommt einen Freispruch. Das ist leicht möglich, sonst wäre der Anwalt nicht in Berufung gegangen. Nun, dann steht er morgen bei dir auf der Schwelle. Was machst du dann? Weißt du schon, was du dann machst?»

26 *Sie sah nicht fern,* sie hörte nicht Radio, sie schaute in keine Zeitung, sie zog den Telefonstecker heraus, sie hatte den Wunsch, sich die Ohren zuzuhalten. Nichts wollte sie hören, nichts wollte sie sehen, nichts wollte sie wissen. Nataschas hasserfüllt ausgesprochene Worte gingen ihr nicht aus dem Kopf. Was machst du, wenn er vor deiner Tür steht? Das war ausgeschlossen, das durfte nicht sein. Wie groß war die Chance, dass sie ihn freisprachen? Das war doch unmöglich. Es musste unmöglich sein. Sie trank ein Glas Saft in der Küche. Ihre Zähne klapperten an das Glas.

Roy. Hier vor der Tür. Natürlich hatte er noch einen Schlüssel und konnte einfach hereinkommen. Seltsamerweise hatte sie nie an diese Möglichkeit gedacht. Die Wohnung lief auf seinen Namen. Das Schloss an der Haustür konnte sie nicht auswechseln, für das hatten ihre Nachbarn aus den Wohnungen unter und über ihr auch einen Schlüssel, Nachbarn, die sie übrigens selten sah oder hörte. Aber was war mit der Tür ihrer eigenen Wohnung, von Roys Wohnung, sollte sie ein neues Schloss einsetzen lassen? Jetzt noch? Im Branchentelefonbuch suchte sie nach einem Schlüsseldienst. Ob sie ein neues Schloss einbauen und eine Kette anbringen könnten ... «Sie wissen schon, so eine, dass man die Tür nur ein kleines Stück aufmachen kann.»

Am anderen Ende der Leitung blieb es eine Weile still, als müsse der Mann, den sie am Telefon hatte, erst darüber nachdenken.

«Da schau einer an», sagte Angelo. «Ich habe gedacht, dass du noch sitzt. Wie viel war's?»

Roy lachte nur.

«Vierzehn Jahre ... sechzehn Jahre?» Angelo kratzte sich die Haare. «Adje hätte übrigens auf so etwas gefasst sein müssen, was der alles gedeichselt hat ...»

«Freispruch», sagte Roy, «ein Freispruch in der Berufungsverhandlung. So unschuldig wie ein neugeborenes Kind.»

Angelo pfiff durch die Zähne, einen hohen, schrillen Ton. «Verrückt, he, zu verrückt. Kaffee? Ein Bier?»

«Gern.»

Angelo nahm zwei Flaschen Bier aus einem monströs großen Kühlschrank. Sie prosteten sich zu und setzten sich auf zwei alte Autositze, mitten im Schuppen, von dem aus Angelo seinen Handel trieb und wo er auch wohnte. «Gut, dass es noch so was wie Gerechtigkeit gibt», sagte Angelo mit einer ziemlich feierlichen Stimme, «gut, dass das Recht gesiegt hat.»

«Genau.»

Schweigend tranken sie ihre Bierflaschen leer. Ohne zu fragen, machte Angelo noch zwei auf.

«Prost ... Auf Frau Justitia.»

«Prost.» Roy trank ein paar Züge aus der zweiten Flasche, genüsslich, ganz und gar genüsslich.

«Was wirst du jetzt tun?», fragte Angelo.

Roy zuckte mit den Schultern. «Alles Mögliche.»

«Wirst du ... gehst du zu Sjors?»

«Ich denke schon.» Roy steckte sich eine Zigarette an.

«Und zu deiner Freundin, dieser Manon?»

«Ich denke schon.» Roy stand auf und schaute sich um. Der Schuppen war groß und geräumig. Er hatte Lust zu jubeln, zu schreien, herumzuspringen. Mit der rechten Faust stieß er gegen Angelos Schulter. «He, Alter ...»

«Wo wohnst du?», fragte Angelo.

«Vorläufig noch nirgends.»

«Gehst du nicht zurück in deine alte Wohnung?»

«Das ist eine Überraschung für Manon ... wann ich wieder heimkomme. Es soll vorläufig auch noch eine Weile eine Überraschung bleiben.»

«Du kannst hier wohnen, na ja, wohnen. Dort ...», Angelo deutete in eine dunkle Ecke hinten im Schuppen, «... dort steht noch ein extra Bett.»

«Toll, danke. Und hast du noch meinen besten Freund?»

«Deinen besten Freund?»

Roy machte aus seiner rechten Hand eine Faust und streckte den Zeigefinger vor. «Paff.»

Willem hatte den halben Tag vor dem Gefängnis gestanden und gewartet. Endlich tauchte Roy auf. Er hätte ihn sich am liebsten sofort vorgeknöpft, aber das war gegen Sjors' Instruktionen. Er hatte auf den Taxistandplatz am Amstelbahnhof getippt und Recht behalten. Es war einfach gewesen, dem Taxi zu folgen. Roy schien jedenfalls nichts zu merken. Sie waren zum Stadtrand gefahren. Das Taxi hielt an einem alten, mit Wellblech gedeckten Schuppen, der mitten auf einem kahlen, leeren Gelände stand. Roy war ausgestiegen und zu dem Schuppen gegangen, ohne sich umzuschauen. Aus einer Entfernung von ein paar hundert Metern hatte Willem Angelo erkannt. Natürlich, der war noch immer hier, bis auch an dieser Stelle die Bagger zuschlagen würden.

Willem wartete. Worauf, wusste er eigentlich nicht. Mist, er hatte Hunger. Er setzte sich ins Auto. Bevor er in die Stadt zurückfuhr, rief er Sjors an, um zu fragen, was er weiter tun sollte.

«Es ist, als hätte ich Geburtstag», sagte Roy.

Jeder gratulierte ihm. Vor seiner Nase reihten sich die Biergläser auf. Suzan drückte sich an ihn. Er trank, er feierte, er fühlte Suzans Körper, er roch Suzans Körper. Das war das Leben, das war sein Leben. Sie hatten ihn nicht erwischt, diese Arschlöcher. Er hatte es ihnen gezeigt, allen. Mit einem Knall stellte er das soundsovielte leere Bierglas auf die Theke und griff nach dem nächsten, vollen. Suzan drückte ihm einen klebrigen Kuss in den Nacken. Ihre rechte Hand strich über seinen Oberschenkel.

Wieder kam ein alter Bekannter in die Kneipe. Falco, der ihn umarmte, ihm auf den Rücken schlug und ein Bier für ihn bestellte. Was, ein Bier für Roy? Eine Runde fürs ganze Lokal.

Gegen zwei konnte Roy kaum mehr auf dem Hocker sitzen. Er lehnte halb an Suzan, halb an der Theke.

«Sollen wir gehen, Schatz?», fragte Suzan.

«Okay.»

Mussten sie ein Taxi nehmen? Nein, Suzan wohnte hier um die Ecke.

Sie stützte ihn, als er aus dem Lokal schwankte. «Ich stell dich erst mal unter die Dusche», sagte sie.

«Habmeine … habmeinebadehosenichbeimir.»

Suzan lachte schallend. Ihr Lachen wurde von den Häusern als Echo zurückgeworfen. Roy stand mittendrin. Er musste auch lachen, sehr laut lachen. Sie hielten sich gegenseitig fest, um nicht hinzufallen. Aus dem Nichts heraus tauchte ein Auto auf, das mit quietschenden Bremsen neben ihnen hielt. Die Tür des Rücksitzes wurde aufgerissen, ein Mann stieg aus, den Roy durch den Alkoholnebel vage zu erkennen meinte.

Der Mann packte Roy am Arm. «Du kommst mit mir.»

«He, du Drecksau», schimpfte Suzan, «er geht mit mir.» Mit ihrer Tasche schlug sie nach dem Mann.

«Hau ab!«, sagte der Mann.

Jetzt erst sah Roy, dass es Willem war. War das nicht das Auto von Sjors, dieser große Schlitten?

Suzan blieb stehen und kreischte: «Lass ihn los!», immer lauter und immer höher.

«Halt doch mal dein großes Maul», sagte Willem, aber Suzan schien ihn nicht zu hören. Er versetzte ihr einen Stoß, so dass sie auf die Straße fiel. Auffallend behände und schnell sprang sie auf und kratzte ihm mit ihren Supernägeln über das Gesicht.

«Shit, du Miststück!» Willem stieß Roy ins Auto. Dann gab er Suzan eine Ohrfeige und stieg ein. Roy sah in seinem Gesicht die vier parallelen, roten Streifen, aus denen Blut quoll.

Sjors saß hinter dem Steuer des Autos. Roy blickte von Sjors zu Suzan, die sich mühsam hochrappelte, dann wieder zu Sjors.

«*Welcome in the free world*», sagte Sjors.

«Habmeinebadehosenichbeimir», sagte Roy.

«Was laberst du da?»

«Lassnur.»

«Mistweib!», wiederholte Willem.

Trotz des neuen Schlosses, der Kette und einem schweren Riegel hatte Manon Angst gehabt, eine seltsame Angst, die sie überall im Körper spürte. Natascha hatte sie angerufen. Manon hatte das Telefon mindestens zehnmal klingeln lassen, bevor sie den Hörer abnahm, obwohl sie doch neben dem Apparat saß. «Freispruch», hatte Natascha gesagt. Manon hatte sofort aufgelegt. Zum Glück war Wendy zu Hause und sie konnte bei ihr schlafen. Es war nun fast fünf Uhr morgens. Manon lag auf einer alten Matratze in der Diele. Vielleicht stand Roy nebenan vor der Tür. Vielleicht war er drinnen. Wer weiß, möglicherweise gelang es ihm, einzubrechen. Ob er vermutete, dass sie hier war? Kam er auch hier herein? Würde er an der Rückseite des Balkons vom einen Haus aufs andere klettern können?

Nachmittags hatte sie bei der Polizei angerufen. Es dauerte lange, aber schließlich wurde sie mit van Alphen verbunden. Sie hatte gesagt, dass sie Angst habe, ob sie Schutz bekommen könne oder so etwas, ob die Polizei irgendetwas tun könne. Nein, nicht wirklich. Van Alphen würde bitten, dass ein Streifenwagen öfter einmal durch die Straße fuhr, in der Manon wohnte. Ja, natürlich verstand sie es, klar, aber solange Roy nichts anstellte, war die Polizei machtlos. «Also muss er erst etwas tun. Er muss mir erst etwas antun, dann greift ihr ein.» – «So ähnlich, ja.» Van Alphens Stimme hatte schon weniger begeistert geklungen als sonst. «Aber dann ist es zu spät, dann bin ich vielleicht schon tot.» – «So schnell wird das nun auch nicht gehen.»

So schnell wird das nun auch nicht gehen, die hatten leicht reden.

Roy erkannte die Umgebung. «Wir gehen es noch mal durch», hatte Sjors gesagt. «He, Willem? Wegen großem Erfolg verlängert ... Aber diesmal musst du mit dem Geld rüberkommen, sonst glauben die Leute noch, ich würde mir alles gefallen lassen, dass ich mich reinlegen lasse von einem Jüngelchen wie dir.»

Es fing an hell zu werden. Er schaute auf seine Uhr: ein paar Minuten vor fünf. Eine schöne Art, ein neues, freies Leben anzufangen, irgendwo in diesem verfluchten Industriegebiet, keine Menschenseele in der Gegend, keine Transportmöglichkeit, ein Kater von hier bis Tokio und nun sogar barfuß. Willem hatte ihm auf Sjors Forderung ungeschickt die Schuhe ausgezogen, die anschließend wieder ins Auto geworfen wurden. Danach hatte er ihm noch die Socken und die Jacke abgenommen. «Die Sachen kriegst du wieder, wenn du mit den zwölf Mille rausrückst», hatte Sjors gesagt. «Und wenn ich sie nicht habe?» – «Dann wird Willem dir vielleicht ein bisschen wehtun, was, Willem?» Willem hatte Roy, als Vorgeschmack, den Arm hinter dem Rücken verdreht, bis er aus der Pfanne zu kugeln schien. Tränen des Schmerzes waren Roy in die Augen getreten, aber er hatte keinen Ton von sich gegeben. «Das ist nur der Anfang», hatte Willem versprochen. Die vier Streifen auf seiner Wange waren nun dunkelrot, fast violett. Roy wollte sagen, dass er ganz schön bescheuert aussah, aber er hielt den Mund.

Roy fing an zu laufen. Es hatte angefangen zu regnen. Er fror. Kilometer lief er so dahin, auf kalten, schmerzenden Füßen, bis er in der Ferne die Stadt erkennen konnte. Der Nebel in seinem Kopf wollte nicht verschwinden und seine Beine waren noch ziemlich wacklig. Um Viertel vor sechs stand er vor einem Café, das gerade aufmachte. Er trank eine Tasse Kaffee und versuchte, ein Käsebrot hinunterzukriegen. In der Ecke saßen ein paar Männer, Bauarbeiter, wie man sehen und hören konnte. Männer, die zu ihrer Arbeit gingen und danach zu ihren Frauen und ihren Kindern, am nächsten Tag wieder zur Arbeit und so weiter und so weiter. Jeden Monat bekamen sie einen ordentlichen Lohn ausbezahlt und fühlten sich wer weiß wie mit ihrem Escort aus zweiter Hand und den Ferien in Marbella.

Ein Mann ging an seinem Tisch vorbei. Er deutete auf Roys nackte Füße. «Training für den Viertagemarsch?» Seine Kumpel lachten.

Roy reagierte nicht. Er machte die Augen zu und schlug den Mann, der die Bemerkung gemacht hatte, im Zeitlupentempo zusammen. Der Mann beugte sich vor und Roy schaute sich selbst zu, wie er ihm die Knie ins Gesicht stieß, dass ihm Blut aus der Nase strömte. Eine Wiederholung in

Slow-motion. Sonst passierte nichts, niemand merkte es. Der Mann richtete sich auf, aber bevor er stand, trat Roy ihm zu seinem eigenen Erstaunen mit einem Karatetritt mitten ins Gesicht. Eine Frau stellte Kaffee, Tee und Milch vor den Bauarbeitern auf den Tisch, die unterhielten sich weiter über ein Fußballspiel am Vorabend, im Fernsehen. Der Mann fiel flach auf den Boden. Er zuckte noch einmal, ein Arm zog sich krampfartig zusammen. «Sonst noch was?», flüsterte Roy mit der ziemlich heiseren Stimme von Bruce Willis. Er bestellte sich noch einen Kaffee und betrachtete die Stelle auf dem Boden, wo das Blut hätte sein können.

Nach einer zweiten Tasse Kaffee, die ihn ein bisschen klarer machte, ging er wieder hinaus. Er tat, als höre er die Bemerkungen der Männer über seine nackten Füße nicht. Vielleicht kam er ja mal hierher zurück, mit seiner Parabellum. Dann würden sie anders reden. Inzwischen hatte es wieder angefangen zu regnen. Er steckte sich seine letzte Zigarette an.

Um halb acht war er bei Angelos Schuppen angekommen. Kein Zeichen von Leben war zu sehen. Ein bisschen weiter weg stand der Mitsubishi, den er früher auch gefahren hatte. Roy probierte es an der Schuppentür, sie war zu seiner Überraschung nicht abgeschlossen. Er machte einen Schritt zurück. War das eine Falle? Versuchten sie ihn reinzulegen? Angelo würde doch nie im Leben seine Tür offen lassen, oder?

Zitternd vor Kälte blickte Roy sich um. Die Neubauten rückten näher. Die Blocks waren schon bis auf etwa hundert Meter herangekommen. Auf der Sandfläche zwischen den Blocks und dem Schuppen standen zwei Frauen und unterhielten sich, offenbar führten sie ihre Hunde aus. Der eine Hund bestieg den anderen, ohne dass die Frauen es zu merken schienen.

Mit dem Fuß stieß Roy die Tür auf. Stille. Im Schuppen war es noch dunkel. Er ging hinein, fühlte etwas Scharfes unter seinem rechten Fuß.

Angelo saß auf einem der Autositze mitten im Schuppen, eine Flasche Bier in der Hand. «Na, ein bisschen gefeiert?»

Er stellte den Mitsubishi ab und stieg aus. Angelos Schuhe waren ihm zu groß, aber er konnte ziemlich gut damit laufen. Diese Gegend ... seine Gegend. Auf der Straße war es still. Er stand vor seinem Haus. Natürlich war niemand zu sehen. Die Vorhänge waren zugezogen, aber das musste nicht unbedingt etwas bedeuten.

Er klingelte. Noch einmal. Nichts. Er schaute sich um und machte dann mit seinem Schlüssel die Haustür auf. Der Geruch des Treppenhauses war ihm sofort vertraut. Stufe für Stufe ging er hinauf. Vielleicht war sie zu Hause, vielleicht konnte er einfach hineingehen. Wenn er an sie dachte, stieg wieder diese unbeherrschbare blinde Wut in ihm auf. Er musste sich einen Moment am Geländer festhalten und tief Luft holen.

Er stand vor der Wohnungstür und klopfte an. Ein unsicheres Klopfen. Niemand machte auf. War sie nicht zu Hause oder traute sie sich nicht? Er nahm seinen Schlüssel, aber es gelang ihm nicht, die Tür aufzubekommen. Verflucht, das Miststück hatte ein neues Schloss einbauen lassen. Einen Moment lang überlegte er, die Tür einzutreten. Ein paar kräftige Tritte und er wäre drin. Wie sie erschrecken würde. Aber das war unnötig, es war sogar falsch. Er musste sich beherrschen, sich nicht reizen lassen, ruhig bleiben. Diese Unsicherheit war viel schlimmer für sie. So würde sie vielleicht selbst spüren, was er in dem ekligen Bau gefühlt hatte. Sie lag vielleicht auch nachts wach, schwitzend, und warf sich im Bett herum. Phantastisch, große Klasse. Er nahm sich vor, ihr heute eine Karte oder so zu schicken.

Als er wieder auf der Straße stand, sah er einen Streifenwagen der Polizei wegfahren. Um das Hinterrad seines Mitsubishi war eine hässliche, grellgelbe Reifenkralle festgemacht.

27 *Manon wagte* sich nicht mehr auf die Straße. Sie war ein paar Mal einkaufen gegangen, aber hinter jeder Straßenecke, in jedem Laden hatte sie erwartet, Roy zu sehen. Jeder Schatten war ein Schatten von Roy, jedes unerwartete Geräusch stammte von ihm, jeder Schritt, jedes Räuspern, jeder plötzliche Aufschrei. Immer wieder schaute sie sich beim Gehen um, ging und schaute, ständig auf der Hut, aber ohne zu wissen, was sie tun würde, wenn er tatsächlich auftauchen sollte. Ein hilfloser Angstschrei steckte in ihrer Kehle, aber nicht mehr als das.

Heute Morgen hatte sie ihre Post abgeholt. Ein Brief vom Sozialdienst, eine Ansichtskarte mit zwei Polizisten, einem Mann und einer Frau, die von hinten fotografiert waren. Die Frau legte dem Mann eine Hand auf den Arsch. Neben ihrem Namen und der Adresse stand nur der Text: «Ich bin wieder da!!! Roy.»

Ich bin wieder da, Roy. Sie wiederholte die Worte, während sie unwillkürlich mit der rechten Hand über ihren Bauch strich. Noch knapp zwei Monate.

Wendy stellte Kaffee auf den Tisch. «Soll ich noch was für dich holen?»

«Ich wüsste nicht, was.» Sie machte sich Sorgen um das Babyzimmer. Eigentlich hatte sie noch nichts. Über Bekannte ihrer Eltern konnte sie vielleicht eine Wiege bekommen, einen Kinderwagen, Kleidungsstücke, aber dafür musste sie das Haus verlassen.

«Was willst du heute Abend essen? Soll ich Moksi machen? Das ist lecker, surinamesisch.»

«Wenn ich Geld habe, bezahle ich dir alles zurück, echt.»

«Natürlich, weiß ich doch.»

Manon hatte schon eher mit Wendy über Geld gesprochen. Sie hatte Manons Bedenken leichtherzig weggewischt. «Ich habe auch schon mal im Dreck gesessen. Ich weiß, wie das ist.» Manon trug in ihr Notizbuch die geschätzten Beträge ein, die Wendy für sie ausgab.

Willem klingelte, die Brechstange in der Hand. Niemand machte auf. Vom Auto aus hatten sie John vor ein paar Minuten noch am Telefon gehabt, also musste er zu Hause sein. Willem rief noch einmal an. Keine Reaktion. Er blickte zu Sjors, der im Wagen sitzen geblieben war. Sjors nickte. Willem ließ den Blick über die Straße wandern. Niemand zu sehen. Die Luft war rein. Er rammte ein paar Mal heftig mit der Schulter gegen die Tür, die nicht ganz aufging, aber ein paar Zentimeter zurückwich. Er schob die Brechstange zwischen den Türstock und die Tür und stemmte, bis die Tür krachend aufsprang. Mit ein paar Schritten war er oben.

John machte gerade seine Wohnungstür auf. Er sah zerknautscht aus. «Was ist …?»

Willem schob ihn grob hinein. John stolperte über einen Teppich und fiel zu Boden.

«Und, hast du es schon?», fragte Willem.

«M…m…morgen.»

«Das sagst du schon seit ein paar Wochen. Wir schlucken das nicht mehr. Das kapierst du doch, oder?»

«Morgen … be…be…bestimmt.»

Willem hob die Brechstange.

John hielt den rechten Arm vor das Gesicht. «Nein … nicht schlagen. Morgen … be…bestimmt.»

Mit einer schnellen, kräftigen Bewegung ließ Willem die Brechstange fallen und schlug Johns Arm weg. Er glaubte den Knochen brechen zu hören.

Angelo hatte ein zweites Bett installiert. Zu Roys Überraschung gab es sogar eine Art Badezimmer hinten im Schuppen, mit einer Dusche und einem Waschbecken. In einem Schrank lagen mehrere Dutzend Handtücher, alle die gleichen. «Nimm nur», hatte Angelo gesagt. «Wenn eins dreckig ist, wirf es weg. Es gibt genug.«

Roy lag noch auf dem Bett. Angelo war mit seinem Lieferwagen weggefahren. «Mal schnell ein bisschen Ware holen.» Roy tastete unter seinem Kopfkissen, bis seine Hand das kühle Metall der Parabellum berührte. Parabellum, ein schönes Wort. Das war seine Sicherheit. Nie mehr würde er sich von Sjors oder Willem überraschen lassen, diesen Arschlöchern. Sie wussten nicht einmal, dass er hier war. Aber er wusste, wo Sjors wohnte, und er wusste noch mehr über Sjors.

Nachdem er noch eine Zigarette geraucht und eine Pille aus Angelos Vorrat in der Werkzeugkiste geschluckt hatte, stieg er in den Mitsubishi und fuhr schnell in die Stadt. Er aß zwei Big Macs und trank eine große Cola. Danach fuhr er zu seinem Haus. Vor der Tür war ein Parkplatz. Am Automaten holte er sich einen Schein. Schade, dass es nicht mehr die alten Automaten waren, die früher im Zentrum gestanden hatten. Wenn man zwei Streifen Klebeband gegeneinander an einen Gulden klebte, konnte man den Gulden im Automaten verschwinden lassen und wieder herausholen, wenn der Zähler anschlug. Ohne dass es etwas kostete, konnte man stundenlang parken. Hier musste man wirklich bezahlen. Diese Arschlöcher dachten sich jeden Tag etwas Neues aus, um einem auf den Wecker zu gehen.

Roy klingelte, aber niemand machte auf. Er öffnete die Haustür und ging hinauf. Es lag keine Post da, obwohl er doch vorgestern die Karte in den Briefkasten geworfen hatte. Die Post hatte sie also abgeholt. Gestern hatte er ihre Eltern angerufen. Ohne seinen Namen zu nennen, hatte er nach Manon gefragt. Nein, die war nicht da. Wo sie war? Ihre Mutter hatte ihm die alte Adresse gegeben, seine alte Adresse. Aus irgendeinem Grund wusste er, dass sie nicht gelogen hatte. Das blöde Weib wusste es nicht besser.

Er klopfte an die Türen der Leute im Stockwerk darüber und darunter, aber die waren offensichtlich auch nicht zu Hause. Ein paar Minuten blieb er auf dem Treppenabsatz stehen; alles Mögliche schwirrte ihm durch den Kopf. Er versuchte seine Gedanken unter Kontrolle zu bekommen. Ruhig, er musste ruhig bleiben. Nicht wieder so einen Fehler machen wie bei ten Kate. Alles unter Kontrolle. Shit, der Schweiß brach ihm aus, seine Hände begannen zu zittern. Wie ein alter Mann ging er hinunter.

Er setzte sich ins Auto und hielt den Blick auf das Haus gerichtet. Einmal meinte er, einen Schatten im Fenster gesehen zu haben, aber er war sich nicht ganz sicher. Nach ungefähr einer halben Stunde hielt ein Auto von einer Reinigungsfirma vor dem Haus. SCHOONEN stand mit großen Buchstaben auf dem Kleinbus. Er glaubte ihn schon mal hier gesehen zu haben. Wendy stieg aus. Sie sagte etwas zu dem Fahrer des Autos. Roy verließ das Auto und ging auf sie zu.

«So, da bin ich wieder.»

Ihre einzige Reaktion war ein düsterer Blick. Sie ging einfach weiter und drehte ihm den Rücken zu.

«He, weißt du, wo Manon ist?»

Wendy blieb stehen. «Manon?»

«Ja, meine Freundin.»

«Meiner Meinung nach ist sie nicht mehr deine Freundin.»

«Weißt du, wo sie ist?»

Die Frau schüttelte den Kopf.

«Ich kann nicht mehr in meine Wohnung. Sie hat ein anderes Schloss in die Tür einsetzen lassen.»

«Schade für dich. Da musst du dich an den Hausbesitzer wenden.»

Der Hausbesitzer. Roy durfte nicht an ihn denken. Dieser Scheißkerl wollte nur eines: so viel Miete wie möglich kassieren. O nein, zwei Dinge: Er wollte die Leute auch so schnell wie möglich rausschmeißen, um danach die Wohnungen zu Apartments umzubauen, die er für stinkend viel Geld vermietete oder verkaufte. Wie hoch war wohl sein Mietrückstand? Oder hatte Manon inzwischen bezahlt? Vielleicht war sie schon rausgeschmissen worden.

«Wohnt sie noch hier?»

Die Frau zuckte mit den Schultern. «Wer kann das sagen?»

Roy fühlte einen fast unwiderstehlichen Drang, sie zu packen und ihr ein paar kräftige Schläge zu verpassen. Sie lag schon auf dem Boden, flehte um Gnade. Erneut holte er aus. Sie sollte es fühlen. Blut auf dem Bürgersteig. Er schüttelte kurz den Kopf und sie ging wieder ein Stück vor ihm. Warum tat sie, als wäre er ein Stück Dreck? Sie konnte ihm doch einfach normal antworten. «Wohnt sie noch hier?»

«Ich weiß es nicht.» Wendy verschwand hinter ihrer eigenen Tür.

Roy las die Namen neben den Klingeln. Adamson, so hieß sie, es war die Klingel vom zweiten Stock. Er setzte sich wieder ins Auto. Er war bereit, stundenlang zu warten, wenn es sein musste. Tagelang. Sie war hier, sie musste hier sein. Er fühlte es. Diese Wendy, die hatte was zu verbergen. Wäre er eine Art Willem, würde er es wohl aus ihr herauskriegen.

Roy steckte sich seine soundsovielte Zigarette an. Der Streifenwagen der Polizei bog in die Straße ein. Seine Parkzeit war schon lange abgelaufen, deshalb startete Roy das Auto und fuhr weg. Nach ein paar Blöcken fuhr er zurück. Angenommen, sie war genau in diesen paar Minuten auf die Straße gekommen und verschwunden? Das würde zu ihr passen, zu diesem gemeinen, falschen Stück.

Auf der Straße spielten ein paar Kinder. Zwei kleine Jungen traten gegen einen Ball. Er meinte sie zu erkennen. Sie mussten hier in der Nachbarschaft wohnen. War der eine nicht der Sohn von den Leuten, die unter Wendy wohnten? Mit einem harten Schlag knallte der Ball gegen den Mitsubishi. Die Jungen erschraken und zogen sich ein Stück von dem Auto zurück, bereit, wegzulaufen.

Roy stieg aus und nahm den Ball. «Ist das eurer?»

Beide Jungen nickten, blieben aber in sicherer Entfernung stehen.

«Ich fresse euch doch nicht. Hier ist euer Ball.»

Widerwillig kamen sie näher.

Roy gab den Ball dem Sohn der Nachbarn. Der Kleine trug ein Ajax-T-Shirt.

«Erkennst du mich nicht mehr? Ich wohne neben dir.»

Der Junge nickte. «Du hast doch ... du warst doch ...»

«Was habe ich doch?», fragte Roy.

«Jemanden ermordet», flüsterte der Junge.

Roy lachte. «Ich? Aber nein. Der Richter hat es selbst gesagt. Ich bin unschuldig. Sonst würde ich doch im Gefängnis sitzen, oder?»

Die beiden Jungen nickten verstehend.

«Nun, ich stehe hier, ich sitze nicht im Gefängnis, also ... Sag mal, ich wollte noch was fragen.» Er schaute die Jungen abwechselnd an. «Wisst ihr, wo Manon ist? Sie hat bei mir gewohnt. Das weißt du doch noch.» Er richtete den Blick auf den Jungen mit dem Ajax-Shirt. «Sie ist jetzt schwanger. Sie hat so einen dicken Bauch.» Er hielt die Hände ein Stück von seinem Körper weg. «Ihr habt sie bestimmt gesehen. Sie hatte kurze, rote Haare.»

«Oben», sagte der Junge. «Sie ist die ganze Zeit über uns, bei der surinamesischen Frau.»

«Okay, ich habe ja gewusst, dass ihr mir helfen könnt. Hier …», er holte zwei Fünfer aus seiner Hosentasche, «… für jeden einen. Und den Mund halten, verstanden, niemandem sagen, dass ich mit euch gesprochen habe. Sonst …» Er machte einen kräftigen Schritt nach vorn und die Jungen stoben davon, halb lachend.

Manon blieb ungefähr einen Meter vom Fenster entfernt. An der anderen Straßenseite stand ein hellgraues Auto, das sie diese Woche schon ein paar Mal gesehen hatte. Wendy hatte ihr von dem Zusammentreffen mit Roy erzählt. «Das ist aber ein aggressives Kerlchen.» Wartete er dort auf sie? Verschwommen konnte sie sehen, wie sich jemand hinter dem Steuer des Autos eine Zigarette ansteckte. Das Fenster wurde ein Stück heruntergedreht. Wendy war bei der Arbeit, Büros putzen, und würde erst abends gegen neun nach Hause kommen. Sie schaute weiterhin hinaus und merkte erst nach einer Weile, dass sie in einer ganz verkrampften Haltung dastand, so dass ihre Muskeln anfingen zu schmerzen. Aber sie konnte sich nicht vom Fenster wegbewegen.

Sie blätterte in einer Zeitung. Politik, das interessierte sie nicht. Arbeitslosigkeit, Tunnels, Schiphol, Parkprobleme, Bolkestein, was ging sie das alles an? Früher war er zu ihnen in die Metzgerei gekommen, ein Mann, der Bolkestein ähnlich sah. Aber er sprach mit einem schweren Amsterdamer Dialekt.

Wieder schaute sie hinaus. Das Auto stand immer noch da. Ob er wusste, dass sie hier war? Durch das geöffnete Fenster an der Fahrerseite meinte sie Rauchkringel aufsteigen zu sehen. Was würde er tun, wenn sie auf der Straße auftauchen würde? Es war hell, Leute gingen auf dem Bürgersteig, Autos fuhren vorbei. Vielleicht tat er ja gar nichts. Stieg aus dem Auto und schaute sie an. Sagte nur: «Guten

Tag, Manon.» Aber vielleicht wäre das auch das Schlimmste, denn sie wusste, dass es danach weitergehen würde. So war Roy. Er hörte nicht auf. Morgen würde er wieder da stehen und übermorgen auch. Eine ewige Warnung, dass ihr etwas passieren konnte, und nicht nur ihr selbst, sondern auch dem Leben in ihr. Roy war der dunkle Schatten, der ihr an einem sonnigen Tag folgen würde. Sie konnte sich eine Weile verstecken, wie hier, hinter der verriegelten Tür, aber sobald sie sich ins Licht wagte, erschien er wieder, unentrinnbar an sie gekettet.

Es klingelte. Das Geräusch riss alles auf. Noch einmal. Die Angst schnürte ihr die Kehle zu. Dieses Geräusch war nur ein Vorbote. Sie spitzte die Ohren. Würde er es schaffen, die Haustür aufzumachen? Stand er gleich hier auf dem Treppenabsatz? Sie wartete minutenlang, lauschend. Nichts. Er hatte es bestimmt aufgegeben. Sie schaute aus dem Fenster, aber sie konnte nicht sehen, ob jemand im Auto saß.

Sie holte sich ein Glas Milch aus der Küche und nahm die Zeitung. Ein kleiner Bericht zog kurz ihre Aufmerksamkeit auf sich. «Bondage», stand darüber. «Die Polizei in Lelystad hat am Sonntag einen dreißigjährigen Mann befreit, der von seiner Frau im Schlafzimmer festgehalten worden war. Die Ehefrau hatte den Mann festgebunden, um klarzumachen, dass sie nicht bereit war, sich seinen Besitzansprüchen zu unterwerfen. Der Mann hatte sich festbinden lassen, weil er dachte, seine Frau habe sexuelle Absichten.»

«Absichten, Absichten», sagte Manon. Sie legte die Zeitung weg und ging wieder zum Fenster. Das Auto stand noch immer da.

28 «*Er tut nichts,* solange ich in deiner Nähe bin. Wirklich, glaub mir doch.»

«Aber wenn er ...» Manon wusste es selbst nicht. Er würde plötzlich auftauchen. Er würde etwas sagen, etwas tun, ihr etwas antun. Seit heute Morgen stand das hellgraue Auto wieder vor dem Haus. Wendy hatte jetzt gerade Zeit, mit ihr zu gehen. Wenn sie heute nicht gingen, würde es vorläufig nicht mehr klappen. Außerdem, im Haus zu bleiben verstärkte nur noch das Gefühl, eingesperrt zu sein. Die Luft war dick und schwammig und machte einem das Atmen schwer. Alle schönen Dinge verwehten, verschwanden spurlos, als habe es sie nie gegeben. Sie lief zwischen dem Zimmer und der Küche hin und her, in Wendys Schlafzimmer und wieder zurück. Es war nie zu Ende, es ging immer so weiter. Roy war aus dem Gefängnis heraus und sie war drin.

«Was kann er dir denn tun? Außerdem habe ich das da bei mir.» Wendy nahm eine Sprühdose aus ihrer Handtasche. «Tränengas, falls er wirklich lästig wird. Mark hat früher damit gehandelt, er hatte ganze Kartons voll mit diesem Zeug.»

«Ich weiß nicht, ob ich mich das traue.»

«Dann tu ich's.»

Sie standen oben an der Treppe. Manon klammerte sich so fest an das Geländer, dass ihre Hände wehtaten. Sie schaute in einen Abgrund. Vor ein paar Jahren war sie mit Natascha, Anouk und Rosita in England gewesen, mit dem Schiff. Es hatte ziemlich gestürmt, in ihrer Erinnerung mussten sie ständig über Metalltreppen von einem Deck zum anderen steigen. Das Gefühl der Übelkeit, das aus ihren Eingeweiden aufstieg, als sie auf solch einer Treppe gestanden hatte, befiel sie auch jetzt wieder. Es war, als ob das ganze Haus zittere und schaukle wie das Schiff. Musste sie etwa gleich wieder versuchen, auf so einem Flugzeugsessel zu schlafen, zusammen mit anderen jugendlichen Touristen, in einem Raum, in dem es nach Öl und Resten von saurem Erbrochenem stank?

«Geht's?», fragte Wendy.

Schritt für Schritt ging sie die Treppe hinunter.

Auf der Straße. Sie wollte eigentlich sofort wieder zurück, aber Wendy führte sie sanft weiter. Stand das Auto da? Kam Roy heraus? Sie wagte nicht hinzusehen.

Sie hörte eine Stimme hinter sich. Roy.

«Weitergehen», sagte Wendy und legte einen Arm um sie.

Sie hörte Schritte.

«He, Manon!» Roy. «Du hast mich doch nicht vergessen?»

Er stand nun vor ihr. Sie schlug die Augen nieder. Wendy zog sie mit sich.

«Ich dich jedenfalls noch nicht.» Roy ging hinter ihnen her. Er nahm sie am Ärmel. «Findest du's nicht schön, dass ich aus dem Knast raus bin? Nein? Du findest es nicht schön?» Seine Stimme hatte einen scharfen, schneidenden Ton.

«Hau ab!», sagte Wendy. «Lass uns in Ruhe.»

«Ich lasse sie nie mehr in Ruhe, das weißt du. Nie mehr.»

Manon wollte etwas sagen, aber sie brachte nur ein armseliges Piepsen heraus.

«Lass die Hände von ihr!», befahl Wendy.

«Okay, okay.» Roy hob die Arme wie in Unschuld.

Manon schaute ihn nun an. Einen Moment lang sah sie

das unschuldige Gesicht, das Lachen, die Augen, aber dahinter schimmerte etwas anderes.

Eine Stunde später waren sie zurück, beladen mit Babykleidung, einem kleinen Schlafsack, der aussah, als wäre er für eine Puppe, mit Wärmflaschen und anderen notwendigen Dingen. Das Auto stand wieder da, das Fenster war heruntergedreht. Roy drückte kurz auf die Hupe, als sie das Haus betraten.

Vage hörte Roy eine Stimme seinen Schlaf durchbrechen. Fühlte eine Hand, die seine Schulter hin und her bewegte. Er versuchte sich umzudrehen und den Traum festzuhalten, in dem er herumgeisterte, aber er wurde noch heftiger geschüttelt.

«He, aufwachen!»

Im dämmrigen Licht des Schuppens sah Roy, dass Willem sich über ihn beugte. Die vier Kratzer auf seinem Gesicht waren noch nicht ganz verschwunden.

«Sjors will dich sprechen.»

«Sjors soll die Schwindsucht kriegen.»

Mit einer einzigen Bewegung kippte Willem das Bett um, so dass Roy auf dem Fußboden landete.

«Du Arsch! War das nötig?»

«Sjors will dich sprechen», wiederholte Willem und fing an, sich eine Zigarette zu drehen.

Roy lag neben dem Bett.

Angelo schaute aus einem gewissen Abstand zu. «Er war drin, bevor ich es gemerkt habe.»

Willem hielt Roy fest, zog ihn hoch und führte ihn zum Ausgang.

«Kann ich mich noch eben anziehen?», fragte Roy.

«Das ist nicht nötig», sagte Willem. «Du gehst doch nicht zur Königin auf Besuch.»

Sjors saß hinten im Pontiac und trank aus einer Bierdose. Willem machte die hintere Tür auf und stieß Roy hinein, der auf ein paar halb leere Plastikschüsselchen mit Essen fiel. Er fühlte Soße an seinem Oberschenkel kleben.

Sjors tat erst, als sähe er Roy nicht, dann sagte er: «Oh, du bist auch da? Hast ja immer weniger an. Erst keine Schuhe, dann fehlt die Jacke, jetzt nur noch in einer Unterhose. Ich bin neugierig, wann du mit bloßem Arsch auftauchst.«

Willem, der sich hinter das Steuer gesetzt hatte, lachte brüllend.

«Kein Geld, um Kleider zu kaufen?»

Roy schwieg. Es war klar: Es war ein Spiel geworden für Sjors, ein Spiel, bei dem Sjors sich amüsierte. In der Türöffnung des Schuppens stand Angelo und schaute zu, genauso hilflos wie er selbst.

«Überhaupt keine Kohle?»

Roy antwortete noch immer nicht. Sjors stampfte mit dem Stiefel auf Roys nackten rechten Fuß. Der Schmerz schoss ihm bis zur Leiste hoch.

Er biss die Zähne zusammen. Verdammt, vielleicht war was gebrochen. Vorsichtig bewegte er die Zehen hin und her.

«Tut doch nicht weh, oder?»

«Nein, das sieht nur so aus», stieß Roy zwischen den zusammengepressten Zähnen hervor.

«Keine Kohle?», fragte Sjors noch einmal.

«Nein, blank.»

«Weißt du, dass ich noch zwölf Mille von dir bekomme, Jungchen? Inzwischen fünfzehn, mit Zinsen. Ich habe doch auch Kosten. In der nächsten Woche brauche ich es. Zuverlässigkeit, darum geht es in unserem *business*, das weißt du ... Zuverlässigkeit, und ich bin so zuverlässig wie die Pest: Wenn ich einmal gesagt habe, dass ich das Geld haben will, dann will ich es auch haben. Zuverlässig und konsequent. Wie du an das Geld kommst, ist mir scheißegal. Notfalls bringst du jemanden um die Ecke, wie du Adje um die Ecke gebracht hast. Ja? Hast du mich verstanden?»

Roy nickte. Notfalls bringst du jemanden um die Ecke. Jemanden. Wen?

«Nächste Woche bin ich wieder da. Dann hast du die Hälfte vom Geld, sagen wir mal, acht Mille, damit werde ich mich vorläufig begnügen. Ich bin nicht der Schlechteste. Und denk daran, keine Tricks. Ich bin hier mit Willem und noch ein paar Kumpels, also, na ja, wenn du Krieg willst, kannst du ihn haben, was, Willem?»

Willem nickte begeistert, als würde ihm allein die Vorstellung schon einen Kick geben.

Sjors griff an Roy vorbei und machte die Tür auf. Bevor er aussteigen konnte, hatte Sjors ihm schon einen Stoß versetzt, so dass er neben dem Auto auf den schlammigen Boden fiel.

Das Auto stand nicht da. Alle paar Minuten lief sie zum Fenster, aber das hellgraue Auto, in dem Roy immer vor der Tür gewartet hatte, war nirgends zu sehen. Sie wollte weg, sie wollte hinaus. Es war frisch, aber die Sonne schien. Sie wollte sich in ein Straßencafé setzen, unter Leute kommen. Wendy war bei der Arbeit, und hier, allein im Haus, fühlte sie sich immer bedrückter.

Wieder schaute sie hinunter. Keine Spur von dem Auto, keine Spur von Roy. Sie nahm ein paar Sachen und Geld, aber an der Tür zögerte sie wieder. Sie ging zurück zum Fenster. Niemand, nichts. Eine alte Frau mit einer Gehhilfe, die sich mühsam auf dem Bürgersteig vorwärts bewegte. Alle schienen weit weg zu sein. Nur sie war hier allein. Sie hatte das Gefühl zu wachsen, und das Haus schien zusammenzuschrumpfen.

Die Wohnungstür. Die Treppe. Der Treppenabsatz. Noch

eine Treppe. Die Haustür. Konnte sie einfach hinter sich zuziehen. Ihr Blick nach links und nach rechts. Niemand. Eine leere Straße. Jemand mit einem großen Helm auf dem Kopf, der auf einem Moped vorbeiraste. Ein Schwarzer mit einem Paket Anzeigenblätter in einem Kinderbuggy schleppte sich über den Bürgersteig.

Ihre Atmung wurde langsam wieder normal. Sie ging die Straße entlang, schaute sich ein paar Mal um, überquerte einen Platz, schaute sich noch einmal um, kam in die Straße mit der Straßenbahnhaltestelle.

Glück, pures Glück. Zur Abwechslung hatte Roy ein frisiertes Moped von Angelo geliehen. Davon hatte er ungefähr fünf herumstehen. Es gab einen enormen Kick, damit durch die Stadt zu brausen. Auf geraden Strecken schaffte er fast achtzig.

Und noch mehr Glück. Er sah sie herauskommen. Sie trug einen kleinen Rucksack. Eigentlich auch eine Art Rucksack vorn, mit diesem dicken Bauch. Sein Kind? Er konnte es sich nicht vorstellen. Es gehörte nicht zu ihm, er wollte nichts damit zu tun haben. Aber konnte sie ihn auf irgendeine Art mit hineinziehen? Er durfte gar nicht daran denken. Dass andere Leute Kinder bekamen, fand er schon schlimm genug, aber er selbst …

In einem gewissen Abstand folgte er ihr, bis er sah, dass sie auf die Straßenbahn wartete. Als sie eingestiegen war, ließ er das Moped an.

Manon saß in einem Straßencafé am Rembrandtplein und trank eine Tasse Cappuccino. Sie dachte an die Straßencafés auf Kreta, in denen sie mit Anouk, Natascha und Rosita gesessen hatte, lachend und flirtend, essend und trinkend. Was war das für eine phantastische Zeit gewesen! Erst anderthalb Jahre her, unglaublich.

«Na, gemütlich im Café sitzen?» Roy nahm einen Stuhl und setzte sich neben sie. Er hatte schon ein Glas Bier in der Hand. «Geht es dir gut?» Er legte einen großen Motorradhelm auf den freien Stuhl neben ihr.

Sie wollte aufstehen. Er drückte sie auf den Stuhl zurück, mit einer ruhigen, selbstsicheren Bewegung.

«Geht es dir gut?», wiederholte Roy seine Frage.

Viele Gedanken schossen ihr durch den Kopf, Worte und Sätze knallten gegeneinander, ein Durcheinander kam aus ihrem Mund. «Ich gehe … du musst … die Wohnung … und bald das Baby … aber ich weiß … und dann ist da …»

«Willst du noch was trinken?», fragte Roy.

Sie schüttelte den Kopf, widerspenstig, wild, als könne sie so alles von sich abschütteln.

«Ich bestelle noch eine Cola, du willst doch bestimmt noch eine Cola.»

Sie schaute sich um. Niemand bemerkte etwas.

Roy schob sich noch etwas näher zu ihr, sein Kopf dicht neben dem ihren. Andere mussten sie für ein verliebtes Paar halten. Roy legte eine Hand auf ihr Bein. Erst war die Berührung sanft, doch dann fing er an zu kneifen, anfangs noch sanft, dann aber immer fester.

«Warum hast du das getan, Manon?»

«Was?»

«Das weißt du verdammt genau. Tu jetzt nicht, als wärst du ein bisschen blöd.» Er kniff sie fester.

«Ich weiß nicht … ich konnte nicht anders. Au, du tust mir weh.»

«Du konntest nicht anders, ja, ja, du konntest nicht anders. Du hättest verdammt noch mal sagen können, dass ich um halb drei zu Hause war. Du hast dich einfach einwickeln lassen von der Polizei. Warum hast du das getan? Wolltest du mich etwa loswerden? Du hättest doch einfach weggehen können, durch die Tür hinaus. Aus, vorbei, finito, schade, aber na ja.»

Sie schaute sich um, ob ihnen jemand zuhörte.

«Und später, vor dem Gericht, dasselbe noch einmal. Meine eigene Freundin, verdammt, das hält man nicht für möglich. Warum? Du hast mich doch geliebt, du warst doch verliebt, weiß ich was alles. Weißt du noch, was du mal zu mir gesagt hast, als wir eine Nummer geschoben haben?»

Sie schloss die Augen, wollte nicht daran denken, wollte Roy wegschieben. Wie konnte sie ihm sagen, dass sie sich von ihm verraten fühlte, dass es ihr darum ging.

Roy stieß ein paar seufzende Töne aus, flüsterte ein paar Mal seinen eigenen Namen. «O Roy, für immer will ich bei dir bleiben. Du darfst mich nie im Stich lassen.» Er nahm sie am Kinn und drehte ihr Gesicht zu sich. «Und dann hast du mich im Stich gelassen, das weißt du doch, oder?»

Sie nickte fast unmerklich.

«Warum?»

Sie reagierte nicht.

«Ein bisschen dumm stellen, was? Hättest du das doch bei der Scheißpolizei getan, hättest du bei denen das Maul gehalten.»

Seine Finger kniffen noch fester in ihren Oberschenkel.

«Au ...»

«Weißt du, wie weh du mir getan hast? Weißt du, was es heißt, im Knast zu sitzen? Zwischen vier Wänden, in einem Scheißloch, mit lauter Abschaum? Und die Polizei, sie haben meinen Namen, sie glauben, dass ich es getan habe ...»

Ich auch, wollte sie sagen, ich bin mir sicher. Aber sie hielt den Mund.

«Ich stehe also im Buch, in dem großen Buch, und wenn dein Name da mal drin steht, kommt er nie mehr raus. Das habe ich alles dir zu verdanken, meiner liebenden Freundin.» Roy schwieg einen Moment lang. «Schau mich an!» Sie sah seine Augen, andere Augen, einen Blick, den sie kaum kannte. «Glaub ja nicht, dass du mich los bist. Ich komme zurück ... immer.»

Er nahm die Hand von ihrem Bein. Er hielt ihr ein Päckchen Zigaretten hin. Sie schüttelte den Kopf.

«Ich hol mir nur schnell ein Bier, die Bedienung ist mal wieder beschissen.» Er stand auf. «Du bleibst hier sitzen ... pass auf, sonst kriege ich dich, doppelt und dreifach. Ich finde dich immer. Das hast du ja heute gesehen. Willst du noch was trinken? Eine Cola? Was anderes?»

«Nein, danke», flüsterte sie.

Roy ging in das Café hinein. Nach fünf Minuten war er immer noch nicht zurück. Nach zehn Minuten auch nicht.

Sie empfand kein Gefühl der Befreiung. Im Gegenteil. Der Helm lag immer noch auf dem Stuhl neben ihr.

Es war still bei Joop. Ein paar Gäste saßen an der Theke.

«Suzan gesehen?», fragte Roy.

«Schon seit ein paar Tagen nicht. Bier?»

Roy nickte. «Nimm dir selbst auch eins.»

Marco Borsato sang: «Wie erzählst du jemandem, dass die Erde nicht mehr rund ist, dass die Vögel nicht mehr fliegen und die Sonne nicht mehr scheint. Wie erzähl ich dir, dass das Leben, das du lebtest, und die Liebe, die du fühltest, bald vorbei sind. Du wirst mich verlieren, du wirst mich verlieren, und das ist die Wahrheit.» Einige Leute summten mit. Wie erzählt man jemandem, dass die Erde nicht mehr rund ist? Gesülze.

«Oben wird gespielt», sagte Joop.

«Mit mir nicht mehr. Ich habe kein Geld. Das letzte Mal bin ich k.o. gegangen, ich werde mich hüten.» Das Geld, das er jetzt hatte, hatte ihm Angelo geliehen. «Du kannst es zurückbezahlen, in dem du ab und zu eine Fahrt für mich machst», hatte Angelo gesagt. Ab und zu eine Fahrt machen, das würde er tun, ohne eine Frage zu stellen. Angelo war zuverlässig, ein alter Freund von Frank. Nicht so eine Ratte wie Sjors. Mit dem hätte er sich nie einlassen dürfen. Manchmal hatte Roy das Gefühl, verrückt zu werden. Sie machten ihn verrückt. Wer? Sie.

«Finanzielle Probleme?», fragte Joop. «Hier, ein Bier aufs Haus.»

«Danke, prost. Finanzielle Probleme, ja, das kann man wohl sagen.» Wieder dachte er an die Blamage von heute Morgen, an die Bedrohung, das dreckige Lachen um Willems Lippen. «Sjors bekommt noch fünfzehn Mille von mir und ich habe sie nicht.»

«Fünfzehn Mille? Wieso?»

Roy erzählte die Geschichte von dem *rip deal*. Wie er selbst reingefallen war und Sjors ihm die Schuld gegeben hatte, obwohl es doch eine Art Betriebsunfall gewesen war. Konnte dem Besten passieren.

«Klar doch.» Joop schüttelte den Kopf. «Es wird Zeit, dass Sjors selbst auch mal was passiert. Du hast doch nicht vor, ihm die fünfzehn Mille rüberzuschieben?»

«Natürlich nicht. Sjors kann von mir aus die Schwindsucht kriegen.» Roy fühlte sich durch Joops Worte gestärkt. Wenn Joop es sagte, stimmte es auch.

«Das bedeutet, dass du selbst was tun musst», sagte Joop. «Ich denke, die Welt wäre ein ganzes Stück hübscher ohne dieses Mistvieh.»

Roy steckte sich eine Zigarette an. Bedächtig trank er sein Glas leer. Natürlich konnte Sjors was passieren. Aber wie und wann? Er hatte schon sagen hören, dass Willem zur Zeit immer in seiner Nähe war. Sjors, der Prolet mit dem eigenen Bodyguard, als wäre er eine wichtige Person. Roy kam fast das Kotzen. Verflucht. Aber Willem war nicht immer bei ihm, nicht jeden Tag des Monats. Sjors hatte es ihm selbst mal gesagt. Er war dabei gewesen. Er schaute auf die Uhr, was für ein Datum war. Noch ein paar Tage. Dann musste es sein, dann musste es passieren. Viele Leute würden ihm dankbar sein, angefangen mit Joop und Suzan. Aber konnte er das überhaupt? Es musste sein. Es gab keinen anderen Weg. Er hatte eine Idee.

«Am Sonntag sind wir zusammen bei Ajax gewesen», sagte er zu Joop.

Joop warf ihm einen verständnislosen Blick zu.

«Sonntag, übermorgen, zusammen bei Ajax. Wenn sie wissen wollen, wo ich war.»

In Joops Augen leuchtete etwas auf.

«Spielen sie hier?»

Joop nickte. «Ach so, natürlich, Marvin geht auch mit, der kann Karten besorgen. Sein Neffe spielt bei der Jugend mit. Der neue Kluivert.»

29

‹Hallo, sind wir verabredet?›

‹Nein, ich komme einfach so.›

‹Was ist los?›

‹Ich finde, dass es mit Kim und Julian nicht so weitergeht.›

‹Kim und Julian, Kim und Julian, ja, was kann ich daran ändern?›

‹Du kannst dafür sorgen, dass Kim nicht länger bei uns auf der Schwelle hockt. Julian will sie nicht mehr sehen und Kim will das nicht zur Kenntnis nehmen.›

‹Ja, aber … was soll ich tun?›

‹Ganz einfach, härter auftreten.›

‹Du hast leicht reden …›

‹Du musst einfach viel strenger sein. Du darfst es nicht so schleifen lassen. Bruder und Schwester, das geht einfach nicht, das macht die beiden doch todunglücklich.›

‹Ich … ich stimme dir ja zu, aber ich kann sie doch kaum vor die Tür setzen und das will ich auch nicht.›

‹Nein, aber die Autorität gelten lassen ist etwas anderes, als dein Kind vor die Tür zu setzen.›

‹Ich glaube nicht, dass Kim noch lange damit fortfährt. Sie wird bestimmt einsehen, dass das, was sie tut, nicht sein darf.›

‹Wenn Julian nun einfach weiter behauptet, dass er nicht will …›

‹Er muss jetzt aufhören und Jef muss dafür sorgen. Es ist auch nicht gut für Kim. Sie wird selbst zum Opfer. Dass ihr das nicht verstehen wollt!›

‹Ich verstehe es sehr gut. Soll ich dir was sagen? Es raubt mir den Schlaf. Ich habe alles versucht. Wenn ich zu stark in sie dringe, geht sie aus dem Haus und das will ich auch nicht.›»

Manon machte den Fernseher aus. *Gute Zeiten, schlechte Zeiten, Unterwegs nach Morgen, Goldküste,* Krimiserien, *Die Reichen und die Schönen,* das ging alles ineinander über, direkt oder über einen Umweg. Außerdem folgte sie der Geschichte schon lange nicht mehr. Sie hatte den Fernseher eingeschaltet, um sich abzulenken, aber ihre Gedanken schossen immer wieder zurück zu dem Straßencafé, zu Roy. Angst schnürte ihr die Kehle zu, während die Bilder unbezwinglich vor ihr auftauchten. Sie hatte noch lange gewartet, aber Roy war nicht erschienen. Beobachtete er sie? Stand er in einer gewissen Entfernung und schaute herüber, um später wieder zuschlagen zu können? Nach einer Viertelstunde war sie aufgestanden, mühsam und zögernd, als würde eine Strafe darauf stehen. Sie hatte den Blick über das Café schweifen lassen. Kein Roy. Mit unsicheren Schritten war sie in das Café hineingegangen, dort war es dunkler und laute Musik spielte. Aber da sah sie ihn auch nicht. War er auf dem Klo? War ihm schlecht geworden? War er krank?

Sie war wieder hinausgegangen zu ihrem Platz und hatte gewartet. Was würde passieren, wenn sie wegging und er auftauchte? Nach weiteren zehn Minuten war sie doch aufgestanden, absolut sicher, dass er sie beobachtete, dass sie gefangen war in seinem Blick.

Jetzt ging sie zum Fenster und schaute hinaus, auf genügend Abstand achtend, damit sie von draußen nicht zu sehen war. Kein verdächtiges Auto war zu erkennen, kein Mann, der vor dem Haus Wache hielt. Aber was hieß das schon? Sie setzte sich wieder auf das Sofa und merkte, dass sie ab und zu die Luft anhielt, als könne sie auf diese Weise verdächtige Geräusche eher wahrnehmen.

Die Klingel ließ ihr Herz wild schlagen. Zum Glück, es

war der Code, den sie mit Wendy abgesprochen hatte, zweimal lang und dreimal kurz, damit sie wusste, wer die Treppe heraufkam. Als Wendy in der Wohnung war, erzählte Manon, was ihr passiert war.

«Du musst hier weg», erklärte Wendy. «Für eine Weile irgendwo anders wohnen, wo er dich nicht finden kann, wenigstens vorläufig nicht. Hast du keine Freundin, bei der du unterschlüpfen kannst?»

«Nicht mehr ... und Roy kennt sie übrigens alle und sie kennen Roy. Es ist ein Club. Das habe ich dir doch schon erzählt. Sie beachten mich nicht mehr. Sie wollen nichts mehr mit mir zu tun haben.» Wieder hörte sie das Gift in Nataschas Stimme, sah Anouks Blicke.

«Und deine Eltern?»

«Roy weiß, wo sie wohnen. Er wird mich da finden. Und übrigens, dahin kann ich nicht mehr zurück. Wenn ich nur daran denke ...»

«Warum nicht?»

Manon schüttelte den Kopf. Ein anderer konnte das nicht begreifen. Aber wenn sie nur schon an die Metzgerei dachte, spürte sie es im Hals.

«Verwandte? Irgendwo auf dem Land oder so, in einer anderen Stadt.»

Zu Onkel Niels konnte sie natürlich nicht. Ihr Vater hatte noch einen Bruder, Onkel Thijs, der auch Metzger war, irgendwo in Nord-Holland, Sint Pancras. Sie war seit Jahren nicht dort gewesen. Außerdem war Tante Lies, die Frau von Onkel Thijs, ein schrecklich mürrisches Weib. Dort hielt sie es keinen Tag aus, selbst wenn sie willkommen wäre. Die Medizin war ärger als die Krankheit.

Wendy holte zwei Sandwiches aus der Tasche. »Stellst du mal Teller hin? Du hast doch bestimmt auch noch nichts gegessen.»

Erst als sie den ersten Bissen genommen hatte, fühlte

Manon, wie hungrig sie war. Sie aß hastig, aber konzentriert.

Plötzlich merkte sie, dass Wendy sie anstarrte. «Es ist natürlich schrecklich blöd, so was zu sagen, aber du isst wirklich für zwei.»

Ein Mann stellte sich neben Roy. Er hatte ihn noch nie zuvor gesehen.

Der Mann schob ein paar Mal blitzschnell die Zunge aus dem Mund. «Weißt du, was das ist?»

Roy zuckte mit den Schultern.

«Ein Eis für fünf Gulden.»

«Gib dem Mann ein Bier, Joop. Hat er sich verdient.»

Der Mann lächelte dankbar. «Was glaubst du?», fragte er. «Würden sie mich nehmen bei den *Witzbolden*?»

«Witzbolden?»

«Du weißt doch, mit Ron Brandsteder ... im Fernsehen.»

«Klar», sagte Roy. «Du bist gut, das habe ich gleich gesehen.»

«Marietje geht zum Tanzunterricht und sieht einen hübschen Jungen», fing der Mann an. «‹Wer ist das?›, fragt sie ihre Freundin und deutet auf den Jungen. ‹Das ist der Schnelle Henkie›, sagt ihre Freundin. ‹Warum Schneller Henkie?› – ‹Bevor du's merkst, steckt er in dir drin ...›»

Aus den Augenwinkeln sah Roy jemanden mit einem bekannten Gesicht ins Lokal kommen.

«... und beim folgenden Tanz wird sie vom Schnellen Henkie aufgefordert. Gut, sie tanzen eine Weile, es klappt gut ...»

Verdammt, war das Rolf? Shit, der war also auch frei. Wie war er hierher gekommen? Ach so, er hatte ja selbst ein paar Mal über Joop gesprochen, dass man hier immer gut saß, dass Joop keine lästigen Fragen stellte und dass er kein Theater machte, wenn man mit ein paar Hundertern in der Kreide stand.

«… und Henkie fragt: ‹Kannst du mal kurz die Beine auseinander machen?› – ‹Nein›, sagt Marietje, ‹du kommst mir nicht rein.› Sagt Henkie: ‹Aber ich will ihn doch nur rausholen.›»

Rolf sah ihn noch nicht.

«Und wie war der?», fragte der Mann.

«Klasse», sagte Roy.

«Aber du lachst ja gar nicht.»

«Hier, Joop, noch ein Bier für diesen Herrn.» Er ging auf Rolf zu, der sich ans andere Ende der Theke gesetzt hatte.

Sie tranken beide ein Glas frisch gepressten Saft, während Wendy gelangweilt durch verschiedene Sender zappte.

«Jetzt weiß ich's», sagte Wendy und machte den Fernseher aus. «Meine Tante, ich habe dir schon mal was von ihr erzählt, Lilian, die Schwester meiner Mutter, die fährt übermorgen für ein paar Monate nach Surinam, zu meinen Eltern, weil ihre Mutter, meine Oma also, ins Krankenhaus muss. Na ja, ihre Wohnung ist dann eine Weile leer, es ist zwar in Bijlmer, aber immerhin …»

«Hat sie keinen Mann, keine Kinder?»

«Keinen Mann mehr, und Kinder nie gehabt. Was das betrifft, ist sie wie ich. Wenn man allein ist, kann man wenigstens selbst sein Leben versauen, das ist immer noch besser, als wenn es jemand anders tut.»

«Also nach Bijlmer», sagte Manon.

«Ja, da leben massenhaft Menschen. Viele Schwarze, aber die färben nicht ab.» Wendy lachte. «Ich komme mit dir.»

«Und du glaubst, dass ich dort sicher bin?»

«Sicherer als hier.»

«Was ist da drin?», fragte Rolf. Er deutete auf die Dutzende von Kartons, die sie in Angelos Lieferwagen eingeladen hatten, in Arnhem, in der Gegend des Spijkerkquartiers.

«Ich weiß es nicht.»

«Gefährliches Zeug?»

«Ich glaube nicht.»

Außerhalb von Arnhem steuerte Roy einen Parkplatz an und sie öffneten einen der Kartons. Es waren nur Ajax-Hemden drin, mit dem Namen LITMANEN hinten drauf. R DE BOER war im nächsten Karton.

«Echt Umbro», sagte Roy, «echt Umbro aus Thailand oder Malaysia oder so. Mehr als hundert Gulden im Laden, vielleicht ein bisschen weniger auf dem Markt. Und einen Zehner beim Einkauf, schätze ich.» Er fragte sich nicht, wie viel Angelo daran verdiente. Sie bekamen jeder fünfhundert, das war nicht schlecht für eine fast risikolose Fahrt nach Arnhem und zurück. Nun, er war müde, todmüde, mit diesem Sjors im Nacken, mit den vielen Stunden, die er in der Gegend von Manons Wohnung Wache hielt, und manchmal gelang es ihm nicht, einzuschlafen. Dann spukte es hinter seiner Stirn.

«Willst du eine Pille?», fragte er Rolf.

«Was ist es?»

«Keine Ahnung. Gutes Zeug, sagt Angelo.»

«Nein, danke.»

Er selbst schluckte eine. Rolf setzte sich hinter das Steuer. Roys Gedanken flitzten von Sjors zu Manon und wieder zurück. Sjors ... noch ein paar Tage, dann würde er das Geld haben müssen. Es gab kein Entkommen. Man konnte sich nicht verstecken, diese Ratte fand einen überall. Es gab nur einen Ausweg: Ratten musste man vertilgen, mit Fallen oder Gift. Roy fühlte immer mehr Energie durch seinen Körper strömen. Morgen war der erste Sonntag des Monats.

«Warum lachst du?», fragte Rolf.
«Ich werde was Tolles anstellen.»

Morgens um fünf hatten sie ein Taxi gerufen. Das musste zweimal hin- und herfahren, erst mit Manon, Wendy und einem Haufen Gepäck, dann noch einmal mit Wendy und dem Rest von Manons Sachen. «Nach Bijlmer?», hatte der Taxifahrer gefragt. Sie hatten ihm hundert Gulden im Voraus bezahlen müssen. Manon hatte sogar um diese Uhrzeit nervös hinausgeschaut. Im Taxi schaute sie sich ständig um, im sicheren Gefühl, dass sie verfolgt würden. Hatte sie nicht einmal mit Roy einen Film gesehen, in dem das passierte? Männer, die dachten, sie hätten ihre Verfolger abgehängt, während sie in einem Hinterhalt erwartet wurden. Gleich würde ein Auto quer im Weg stehen. Das Taxi hielt an. Und dann? In Filmen floss immer sehr viel Blut, aber war ihr Leben inzwischen nicht auch ein Film geworden? Beschützend legte sie die Hände auf den Bauch. Wenn es stimmte, was Doktor Hulstijn gesagt hatte, dauerte es noch ein paar Wochen.

Bijlmer, sie war seit Jahren nicht mehr da gewesen. Hier befand sie sich in einer anderen Stadt, wie in einem anderen Land, mit Menschen, die sie nicht kannte und deren Sprache sie nicht sprach. Die Wohnung war im vorletzten Stock, im neunten. Auf einem Pfeiler klebte ein Plakat für eine *Welcome streetparty*. «Bleib nicht zu Hause, denn au spang», stand darauf, unter dem Namen einer Reihe Bands, die Manon nicht kannte. «Denn au spang» hieß vermutlich so was wie «sonst tut es dir Leid». Sie musste Wendy fragen.

Zum Glück funktionierte der Lift. Sie konnte fast nichts tragen, aber der Taxifahrer begleitete sie schwer beladen, nach einem Trinkgeld von fünfundzwanzig Gulden.

Vom Balkon aus schaute sie hinaus auf die Wohnblocklandschaft. Es war früh, noch keine sieben Uhr. Sie roch exotische Essensdüfte. Wurde hier schon gekocht? Oder erst? Weiter weg erklang Reggaemusik. Zwischen den Bäumen, den Sträuchern und Stauden führte ein Weg, auf dem Leute zu der nahe gelegenen Metrostation eilten, alles dunkle Köpfe. Niemand schaute herauf, niemand wusste, dass sie hier war. Zum ersten Mal seit Wochen hatte sie das Gefühl, frei atmen zu können. Sie hatte Lust zu schreien. Wendy stellte sich neben sie und legte die Arme um sie. Sie drückte sich ein bisschen an Wendy, roch ihren süßen, warmen und inzwischen vertrauten Geruch.

«Hier wird alles gut», sagte Wendy, «da bin ich mir ganz sicher.»

Manon lächelte. «Ich mir auch, und wenn es ein Mädchen wird, dann nenne ich es Wendy.»

Wendy lachte ihr lautes, schallendes Lachen, das von der gegenüberliegenden Häuserfassade als Echo zurückgeworfen wurde.

Roy hatte ein paar Stunden Wache gestanden, aber niemand erschien. Er klingelte. Keine Reaktion, aber das war ja auch zu erwarten gewesen. Er betrachtete noch einmal das Namensschild, dann klingelte er erneut. Danach stieg er in den Kleinbus, der so geparkt war, dass er Wendys Wohnung im Blickfeld hatte. Wieder steckte er sich eine Zigarette an. Die ausgedrückten Kippen ragten schon über den Rand des Aschenbechers.

Er bekam Hunger und Durst, aber er blieb sitzen. Irgendwann mussten sie doch auftauchen, wenigstens Wendy. Er wusste noch nicht, was er tun würde, und diese Anspannung gefiel ihm gut. Erst durch die Tür, die Treppe hinauf, in die Wohnung, dann würde er weitersehen. Sie war ihn noch nicht los, noch lange nicht. Er würde es ihr mit gleicher Münze heimzahlen.

Noch immer niemand. Wie lange vergeudete er hier schon seine Zeit mit Warten? Langsam wurde ihm klar: Vielleicht waren sie fort. Vielleicht war der Vogel ausgeflogen … das falsche Miststück. Er schlug mit der Faust aufs Lenkrad. Ein gerade vorbeikommender Radfahrer erschrak so bei dem Geräusch der Hupe, dass er ins Schlingern geriet und an einem geparkten Auto zum Stillstand kam. Der Radfahrer inspizierte den Lack des Autos, schaute sich scheu um und verschwand blitzschnell. Das würde Roy auch tun: nach dem Schaden abhauen, verschwinden.

Er stieg aus dem Auto, ging zu Wendys Haus und probierte alle Klingeln.

Die Nachbarin vom Stockwerk darüber machte die Tür auf. «Wer ist da?»

Roy lief hinauf, bis er die verschwommenen Umrisse einer Frau in dem düsteren Treppenhaus sah. «Ich bin ein Bekannter von Wendy», rief er. «Ich suche sie, sie bekommt noch Geld von mir.»

Die Frau lachte rau. Roy sah den roten Punkt einer brennenden Zigarette aufleuchten. «Gib's ruhig mir, ich kann's gut gebrauchen.»

«Ich versuche es schon seit ein paar Tagen», sagte Roy. «Wissen Sie, wo sie ist?» Er hatte nicht den Eindruck, als würde die Frau ihn erkennen.

«Nein, umgezogen … weg, glaube ich, mit diesem Mädchen, das ein Kind kriegt … ich weiß nicht, wohin.»

Roy polterte die Treppe hinunter. Er stieß gegen ein Fahrrad, das auf einem Absatz stand, und fluchte laut.

«Beten geht aber anders!», rief die Frau von oben.

«Warum gehst du nicht hinaus?», fragte Wendy. «Hier kann dir nichts passieren. Er weiß gar nicht, dass du hier bist.»

Manon schüttelte den Kopf. «Auf dem Balkon bin ich auch draußen. Ich finde es herrlich hier.»

Manon schaute wieder hinunter, wo eine Gruppe dunkler Mädchen, alle mit bunten Bändern und Perlen in den Haaren, mit einem Gummiband hüpften, begleitet von schnatterndem Stimmengewirr. Etwas weiter weg spielten etwa ein Dutzend Jungen Fußball. Seltsam, dass dies so nah bei der Stadt war, sogar noch Teil der Stadt. Wenn sie in die Metro stieg, war sie in einer halben Stunde bei ihrer alten Adresse, Roys alter Adresse. Vielleicht war er ja wieder in die Wohnung gezogen.

30 *Manon hörte Vögel* zwitschern und singen. Ansonsten war es still. Ein Vogel wiederholte unzählige Male seine kurze Melodie, die mit einer Frage zu enden schien. Es war, als warte er auf eine Antwort. Wenn die nicht kam, fing er von vorn an. Manon summte leise mit, während sie das große Foto eines weißen Gebäudes betrachtete, vermutlich in Surinam. Sie würde Wendy danach fragen. Es war nicht schlimm, hier wach zu liegen. Sie atmete tief ein und aus; ihr Kind atmete mit.

Plötzlich erklang ein Schrei, der Schrei einer Frau. Manon wurde steif. Ihre rechte Hand umklammerte die Zudecke. Noch ein Schrei. Kam das hier aus dem Flur? Nein, von draußen, von der Galerie. Die Stimme eines Mannes, tief und drohend. Eine Sprache, die sie nicht verstand. Oder war es Englisch? Hallende Schritte, die langsam erstarben.

Der Vogel begann wieder mit seiner kurzen Melodie. Es dauerte ein paar Minuten, bis Manon mit leiser Stimme seinem Beispiel folgte.

Roy zögerte. Er hatte zwei Möglichkeiten. Sein Auto ganz in der Nähe abstellen, aber dann bestand die Gefahr, dass er entdeckt wurde, vielleicht sogar, dass jemand die Nummer notierte. Oder er konnte das Auto viel weiter weg parken und ein Stück zu Fuß gehen. Aber dabei könnte ihn jemand sehen. So viele Menschen liefen hier nicht herum. Er wählte die erste Möglichkeit. Falls die Nummer notiert wurde, war das übrigens auch kein Problem. Angelo hatte das Nummernschild von einem Autowrack abmontiert.

Das nächste Problem: Wann würde Sjors kommen? Er hatte keine Ahnung. An jenem Sonntag waren sie erst um fünf hergekommen, aber das war eigentlich viel zu spät, wie Sjors gemeint hatte. Er würde jedenfalls dafür sorgen, selbst früh da zu sein. Zwölf Uhr kam ihm einigermaßen vernünftig vor. Er schätzte Sjors' Ankunft auf ungefähr drei.

Er stellte sein Auto einfach auf den Parkplatz des Heims, nichts Besonderes, nicht auffallend, nichts. Da standen zum Glück noch mehr Autos, vor allem auf dem Teil für das Personal. Er manövrierte den Renault genau zwischen zwei Autos. Fast hätte er mit seiner Stoßstange die rechte Vorderseite des einen Autos geschrammt. Fluchend saß er hinter dem Steuer.

Viertel nach zwölf war es nun. Er drehte das Fenster ein Stück herunter und machte es sich auf der Rückbank bequem, mit Zigaretten, mit belegten Broten und ein paar Computerspielen für Kinder, von denen Angelo ein paar Kartons in seinem Schuppen stehen hatte. Unwillkürlich tastete er über das Metall in der Innentasche seiner Jacke.

Er probierte ein Computerspiel, aber schon bald wurde ihm schlecht von den Figuren, die sich rasend schnell hin und her bewegten. Ein Stück weiter wurde ein Auto geparkt. Roy ließ sich tiefer sinken, so dass er kaum zu sehen war. Ein Mann und eine Frau stiegen aus, beide um die sechzig, schätzte er. Sonst keine besonderen Kennzeichen, würde es im Polizeibericht heißen. Sie gingen auf das Heim zu. Die Frau blieb stehen. Sie sagte etwas zu dem Mann, er aber ging weiter. «Nein, ich will nicht mehr», hörte Roy sie rufen. Der Mann reagierte nicht. «Es hat keinen Sinn, es ist sinnlos.» Sie hob die Arme hoch, in der einen Hand eine große Einkaufstasche, die sie nun fallen ließ. Sie begann zu weinen, mit lauten, schrillen Schluchzern. «Nein ... nein ... ich tu's nicht mehr.» Der Mann lief zu ihr, in einem ungeschickten Altmännertrab. Roy lachte auf. Eine Gratisvorstellung, im Preis inbegriffen. Der Mann versuchte, die Frau zu umarmen, aber sie wehrte ihn ab. Er startete einen neuen Versuch, aber nun schlug sie ihm klatschend ins Gesicht. Der Mann schrie: «Au, meine Nase ... verflucht!» Der Mann hielt eine Hand vors Gesicht. Das Blut lief zwischen seinen Fingern hindurch.

Gut eine Stunde war vergangen, ohne dass etwas passierte. Es waren noch ein paar Leute gekommen, offensichtlich Besucher. Der Mann und die weinende Frau waren schließlich wieder ins Auto gestiegen und weggefahren. Roy fühlte, wie er schläfrig wurde. Wo blieb dieses Ekelpaket von Sjors bloß? Es war doch der erste Sonntag des Monats. Roy war sich ganz sicher. Vielleicht kam er heute überhaupt nicht. Vielleicht hatte er es vergessen. Vielleicht war er im Ausland oder krank. Alles Mögliche konnte passiert sein, während er selbst hier krampfhaft wartete. Es verdeutlichte aber nur das, was er in Bezug auf Sjors ohnehin schon dachte und fühlte. Der war nun auch noch schuld daran, dass er hier stundenlang in unbequemer Haltung herumhockte und wartete.

Roy aß ein Stück Brot. Er hatte Lust auf ein Bier, aber um sich selbst zu schützen, hatte er nur ein paar Dosen Cola mitgenommen. Draußen war es kalt, aber die Sonne brannte auf das Auto. Roy fühlte, wie er in seinem eigenen Schweiß schmorte.

Aus dem Haus kamen Leute auf den Parkplatz zu: ein Ehepaar mit einem Mann zwischen sich, dem man sofort ansah, dass er debil war, ein typischer Mongi. Sjors meinte, man müsse sie anders nennen, etwas mit *down* oder so. Er hatte es noch erklärt, aber für Roy blieben es Mongis. Der Mongi klammerte sich an seiner Mutter fest, während der Vater ihm mit einem Papiertaschentuch die Spucke vom

Kinn wischte. Sie stiegen in ein Auto. Shit, das konnte auch noch passieren, dass Sjors mit seinem zurückgebliebenen Sohn ein Stück spazieren fahren wollte. Und wenn er dann schon im Auto saß, was war dann? Dann hatte er zwei, um die er sich kümmern musste. Roy fluchte unterdrückt.

«Gehen wir doch raus», sagte Wendy. «Wir können die Metro nehmen und zum Gaasperpark fahren. Okay? Für diese Jahreszeit ist sehr schönes Wetter.»

Manon zögerte. Die Straße ... die Metro ... der Park. Er konnte überall sein, er konnte jeden Moment auftauchen. Wenn sie wieder an die Szene im Straßencafé dachte, fing ihr Herz wie wild an zu klopfen.

«Ich bin bei dir. Da sind Hunderte von Menschen, echt, es kann nichts passieren. Du kannst doch nicht den ganzen Tag hier im Haus sitzen, oder?»

Manon machte eine Handbewegung zum Balkon hin.

Wendy lachte. «Der Balkon? Das ist drinnen in der frischen Luft oder draußen im Haus, je nachdem, wie man's betrachtet. Ich gehe jedenfalls. Kommst du mit? Ja oder ja?»

Roy fuhr hoch. Verdammt, jetzt war er auch noch eingeschlafen. Er schaute auf seine Uhr. Viertel vor drei. Vielleicht war Sjors schon angekommen und wieder verschwunden. Dann hatte er die ganze Zeit für nichts und wieder nichts gewartet. Er versuchte sich auf dem engen Rücksitz aufzurichten, auf dem er gelegen hatte. Es war, als wären seine Knie eingesperrt. Er ließ den Blick über den Parkplatz schweifen. Dort stand Sjors' Pontiac. Man konnte ihn unmöglich übersehen.

Roy schaffte es nicht, sich zu bewegen. Er musste den Renault verlassen, zu dem anderen Auto hinübergehen, aber es war, als wäre er auf dem Rücksitz festgeklebt. Er steckte sich eine Zigarette an und inhalierte tief. Zweimal hatte Sjors ihn erwischt, zweimal, dieser Sack Scheiße. Mit geschlossenen Augen sah er es vor sich, fühlte den Schmerz der Erniedrigung und dazu Sjors' lachendes Gesicht. Und hinter Sjors stand Willem. Es würde nur immer schlimmer werden.

Roy nahm den Haken, den er von Angelo bekommen hatte, öffnete die Tür und wollte aussteigen, doch da näherte sich ein Auto. Wieder diese Eltern mit dem Mongi. Bestimmt hatten sie einen Ausflug gemacht. Der Mongi wollte nicht ins Heim zurück. Er klammerte sich am Griff der Autotür fest. Der Vater redete auf ihn ein. Roy fluchte mit zusammengebissenen Zähnen. Hoffentlich dauerte es nicht so lange, bis Sjors erschien. Endlich liefen die drei auf das Heim Sparrenberg zu.

Roy musste sich bemühen, nicht gebückt zu Sjors' Auto zu schleichen. Ruhig laufen, sagte er sich. Er trug eine knallrote Jacke, die er gestern von der Garderobe einer Kneipe mitgenommen hatte, in der er nie zuvor gewesen war und in die er auch nie wieder gehen würde. Er schob das flache Stück Metall zwischen das Fenster und die Tür, wie er es von Frank gelernt hatte. «Danke, Frank», murmelte er. Ein Auto bog auf den Parkplatz ein. Roy folgte ihm mit den Augen. Es könnte Verdacht erregen, wenn er sich bückte. Das Auto fuhr weiter und blieb am Rand des Parkplatzes stehen. Ein Mann stieg aus und lief, ohne nach rechts oder links zu schauen, auf das Heim zu. Roy spürte, dass er das Schloss erwischt hatte, es gab einen kurzen Ruck und er konnte die Tür aufmachen. Er kauerte sich zwischen den Vordersitz und den Rücksitz. Plötzlich überfiel ihn ein Anfall von Panik. Angenommen, dass Willem diesmal mitgekommen war, oder jemand anders? Was sollte er dann tun? Was konnte er tun? Versuchen, sich versteckt zu halten und hoffen, dass ihn niemand bemerkte? Zusammengekauert auf dem Boden des Pontiac nach Amsterdam mitfahren? Mit aller Kraft konzentrierte er sich auf die Vorstellung, wie Sjors auf das Auto zukam, allein, zufrieden darüber, dass er seinen monatlichen Besuch wieder hinter sich hatte. Sjors allein, ohne etwas zu ahnen. So musste es sein.

Roy fühlte einen Krampf in seinem rechten Bein. Er versuchte es zu strecken, aber sogar in diesem Schlitten hatte man nicht genug Platz. Verdammt, es durfte nicht viel länger dauern. Halb vier war es jetzt. Wie lange hielt Sjors das aus, dort in dem Heim, zwischen all den Mongis.

Roy erschrak, als die Tür aufgemacht wurde, fast hätte er vor Schreck einen Schrei ausgestoßen. Sein Atem stand still und kam nur mühsam und stockend wieder in Gang. Er hörte, wie Sjors tief seufzte, die Nase hochzog und sich dann eine Zigarette ansteckte. Fast sofort füllte sein scharfer Körpergeruch das Autoinnere, dann der Rauch. War jetzt der richtige Moment oder etwas später, wenn sie den Parkplatz verlassen hatten? Letzteres, das hatte er sich schon vorher überlegt. Er musste sich an sein Szenario halten, durfte nicht improvisieren. Hier war die Gefahr zu groß, dass andere ihn sahen. Verdammt, warum startete Sjors nicht? Was hatte er hier verloren? Sjors putzte sich die Nase. Dieser Arsch heulte doch nicht etwa? Was sollte das heißen? Der Rauch kitzelte Roy in den Nasenlöchern. Er packte die Nase zwischen Daumen und Zeigefinger und kniff sie zu, wobei er die Finger leicht hin und her bewegte, um das drohende Niesen zu neutralisieren.

Endlich ließ Sjors das Auto an, aber der Motor starb gleich wieder ab. *Fuck*. Sjors murmelte etwas Unverständliches vor sich hin. «Auch das noch», sagte er dann. In der Tat, dachte Roy, auch das noch, und es kommt noch viel mehr. Sjors versuchte es erneut, doch wieder klappte es nicht. Er fluchte lange und aus tiefster Seele und hieb offenbar mit der Faust aufs Lenkrad. Die Hupe ertönte. Auch schön, so zog er noch die Aufmerksamkeit anderer Leute auf sich.

Angenommen, Sjors würde das Auto nicht ankriegen, was dann? Roy schwitzte noch stärker, als er es ohnehin schon tat. Ein stechender Schmerz schoss durch sein rechtes Bein. Dann ging der Motor an. Roy hätte fast einen Triumphschrei ausgestoßen. Er spürte, wie sich das Auto in Bewegung setzte, langsam, eine Kurve, noch eine. Sjors hielt an. Was war nun schon wieder los? Sie fuhren weiter. Roy hatte sich die Umgebung genau eingeprägt. Sie befanden sich jetzt vermutlich auf dem Weg, der zum Parkplatz führte. Das war die beste Stelle, die Stelle, die er ausgewählt hatte.

Roy tastete nach seiner Innentasche und holte die Parabellum heraus. Dann richtete er sich mühsam auf. «Okay, einfach weiterfahren.» Er drückte den Pistolenlauf in Sjors' kahlen Nacken.

Sjors fuhr in die Höhe. *«Holy shit!»*

Roy fand es schade, dass er Sjors' Gesicht nicht sehen konnte. Sjors steuerte fast in den Straßengraben. «Ich habe gesagt, einfach weiterfahren, Arschloch.»

Sjors veränderte den Rückspiegel, so dass er Roy sehen konnte. «Das habe ich längst befürchtet. Du bist es also.»

«Ja, ich», sagte Roy. «Hier rechts ab.»

«Wohin fahren wir?»

«Das wirst du schon merken. Du hast es mir auch nie gesagt, wenn wir ein Stück gefahren sind. Weißt du noch, das mit den Schuhen? Sogar zweimal.»

«Mit den Schuhen? Welchen Schuhen?»

«Tu jetzt nicht so, als wärst du auch debil.» Roy drückte den Lauf der Parabellum fester in Sjors' Nacken. «Du kommst ja gerade von all den Mongis, aber du weißt verdammt gut, wovon ich spreche. Hier links. Nicht zu schnell ... nicht zu schnell, verdammt noch mal.»

«So fahren wir nicht nach Amsterdam.»

«Sollten wir das?»

Sjors drehte das Fenster herunter und warf seine Zigarette hinaus.

«Mach's wieder zu», sagte Roy.

Es klappte phantastisch. Sie hatten keinen Menschen gesehen und kein Mensch hatte sie gesehen. Alles lief wie geschmiert. Der Schmerz in seinem Bein ließ auch langsam nach. Er würde es diesem Sjors zeigen. Ein entgegenkommendes Auto fuhr auf dem sonst ruhigen Weg an ihnen vorbei. Kein Problem. Roy hatte zuvor gründlich die Karte studiert. Gestern war er die Strecke mit Angelos Bus abgefahren.

«Hier wieder nach rechts.»

«Wohin fahren wir?»

«Weiter, nicht quatschen.»

«Du hast doch keine Dummheiten vor, oder?», fragte Sjors, aber es hörte sich eher wie eine Warnung an.

«Das entscheide ich. Hier wieder nach links.»

Sie kamen in die Nähe eines Industriegeländes, das mitten zwischen Wiesen lag. Erst hatte er überlegt, zu einem Erholungsgebiet zu fahren, aber dort waren vielleicht zu viele Leute, neugierige Leute. Das Industriegelände war an einem Sonntag perfekt. Es hieß *De Bevelaar*. So hatte es schon auf den Hinweisschildern gestanden.

«De Bevelaar», sagte Sjors. «Was ist das denn wieder?»

Roy antwortete nicht. Mit seiner freien Hand angelte er sich eine Zigarette und steckte sie an.

«Krieg ich auch eine?», fragte Sjors.

«Nein.»

«Darf ich dann eine von meinen nehmen?»

«Nein.»

«Was stellst du dich heute an. Habe ich vielleicht was falsch gemacht?» Sjors lachte auf.

«Hier nach rechts», sagte Roy.

Wendy hatte zwei Dosen Cola aus dem Kiosk geholt. «Wie fühlst du dich?»

«Gut, sehr gut.»

«Siehst du, dass du mit nach draußen musstest?»

Schweigend tranken sie ihre Cola und betrachteten die spielenden Kinder. Manon hatte sich schon eine Ewigkeit nicht mehr so frei gefühlt. Aller Druck schien von ihr abgefallen zu sein. Die Luft war voller Sauerstoff. Natürlich würde Roy hier nicht auftauchen. Er war weg. Er hatte es aufgegeben. Für immer.

Roy sah die Schweißtropfen in Sjors' Nacken. Sie tropften in den Kragen seiner Trainingsjacke. Ab und zu rieb sich Sjors mit dem Rücken an der Lehne.

«Hier nach rechts», sagte Roy. «Ja, und dort nach links, um die Lagerhalle herum. Gut so, brav. Und still sitzen bleiben. Okay, anhalten.»

Sie saßen ein paar Minuten da. In seinen Gedanken, seinen Vorstellungen, seinen Phantasien war es ganz einfach gewesen. Einfach auf den Abzug drücken. Nicht mehr und nicht weniger. Danach würde er Sjors rauswerfen und zum Parkplatz vom Heim Sparrenberg zurückfahren. Er hatte einen vollen Benzinkanister im Renault, genug, um den Pontiac in Flammen aufgehen zu lassen. Das Feuer würde alle Spuren verwischen; von ihm würden sie keine Haare oder was auch immer finden können. Doch jetzt war es anders, ganz anders. Mit zitternden Fingern nahm er sich eine Zigarette.

«Krieg ich auch eine?»

Roy hielt ihm das Päckchen hin und gab ihm auch Feuer.

«Jedes Mal, wenn ich komme, freut er sich wie ein kleines Kind», sagte Sjors. «Papa, Papa, sagt er dann, und dabei ist er fast fünfundzwanzig. In zwei Wochen hat er Geburtstag.»

«Das hast du mir das letzte Mal schon erzählt.»

«Wir gehen ein bisschen auf dem Gelände herum. Wir spielen ein bisschen Fußball oder Tischtennis. Er kann es natürlich nicht. Er zeigt mir, was er gebastelt hat ... So ein Zeug, das Kinder in der Grundschule auch machen. Jetzt hat er gerade aus Ton einen Elefanten gemacht. Das musste man aber dazusagen, dass es ein Elefant sein sollte, es hätte genauso gut ein Löwe sein können. Dumbo nannte er den Elefanten, denn diesen Film hat er schon ein paar Mal gesehen, auf den ist er ganz scharf ...»

Roy wollte sich wehren, aber er fühlte, wie er langsam mitgezogen wurde. «Hör auf!», sagte er, aber nicht kräftig genug.

Sjors redete einfach weiter. Roy hörte nicht, was der Mann vor ihm sagte. Der Lauf der Pistole im Nacken, die verschwitzte Haut am Metall, es sah eklig aus. Er konnte es nicht, es war unmöglich. Fast ließ er die Hand schon sinken.

«Was hast du vor?», fragte Sjors.

Roy empfand einen schrecklichen Durst, aber es gab nichts zu trinken.

«Okay», sagte Sjors, «ich vergesse das Geld, ja? Wir fangen neu an ... kein Theater, kein Gejammer. Wir reden nicht mehr darüber.»

«Damit bist du aber zu spät.»

«Na ja, Geschäfte, du weißt doch, wie das ist. Vielleicht kannst du ja wieder für mich arbeiten. Ich habe noch genug zu tun.»

Roy schüttelte den Kopf.

«Und dieses Spiel?», fragte Sjors. «Sollen wir jetzt nicht aufhören damit? Hat lange genug gedauert. Mal sehen, ich sollte um fünf Uhr in Amsterdam sein, das schaffe ich schon nicht mehr.»

Roy hatte das Gefühl, nicht ernst genommen zu werden, er drückte den Lauf noch etwas fester in Sjors' Nacken.

«Au, das tut weh, verdammt. Weißt du das?»

«Du bist schon immer ein empfindliches Kerlchen gewesen», sagte Roy. «Vielleicht tue ich dir noch mehr weh.» Er hoffte, dass seiner Stimme der Bluff nicht anzuhören war.

Sjors fing wieder mit seinem Sohn an. Manchmal fuhren sie an diesem ersten Sonntag im Monat ein Stück spazieren, mit dem Auto. Pommes essen, das war für ihn das Leckerste, das es gab. Nur mit Mayo, und es war immer eine richtige Sauerei. Heute hatte er keine Zeit für eine Spazierfahrt gehabt.

Es dauerte lange, viel zu lange. Es entsprach nicht dem Szenario. Roy überlegte, dass es auch anders möglich war. Er würde Sjors auf die gleiche Art erniedrigen, wie er es mit ihm getan hatte. Ihn zum Beispiel alle Kleider und Schuhe ausziehen lassen und ihn hier stehen lassen. Sollte er doch sehen, wie er in die bewohnte Welt zurückkam. Sollte er doch erklären, warum er nackt war. Roy lachte auf. Er sah Sjors schon über die Feldwege gehen, splitternackt. Eine Frau auf einem Fahrrad kam vorbei. Bald würde ihn die Polizei aufgabeln, weil sie ihn für einen Exhibitionisten hielten.

«Nein», sagte Sjors, «das ist überhaupt nicht komisch, so ein Junge. Das Einzige ist, sie werden nicht sehr alt. Vielleicht vierzig. Hast du schon mal so jemanden mit sechzig gesehen?»

«Hör doch auf mit deinem Gelaber über diesen Mongi.»

«Er ist kein Mongi. Er hat das Down-Syndrom, das ist …»

«Halt den Mund! Steig aus!»

Langsam, vorsichtig machte Sjors die Tür auf. Das war ein gefährlicher Moment, er musste die Parabellum kurz wegnehmen. Wenn er Sjors eine Sekunde aus den Augen verlor, könnte der wegrennen. Aber Sjors stieg genauso langsam aus. Roy stand neben ihm. Die Gedanken schwirrten durch seinen Kopf, dabei war er sich vorher so sicher gewesen. Konnte er den Abzug drücken, einfach so? Eine Exekution, wagte er das? Es war eigentlich nichts für ihn, das wusste er. Aber Sjors hatte ihn so weit gebracht, er hatte ihn buchstäblich auf dem Gewissen. Er hatte es auch verdient, doppelt und dreifach. Aber reichte das als Grund, eine tödliche Kugel abzuschießen?

«Wirklich, diese fünfzehn Mille», sagte Sjors, «die vergessen wir einfach. Brauchst dich nicht mehr drum zu kümmern. Ich werde Willem auch sagen, dass er dich in Ruhe lässt. Okay? Fahren wir wieder zurück zum Heim?» Sjors machte Anstalten, ins Auto zu steigen.

«Warte ... he, warte! Das bestimme ich, ob wir wieder zurückfahren.»

Roy schaute Sjors in die Augen. Er sah seinen Blick und wusste, was sich dahinter verbarg. Das konnte man nur sehen, wenn man Sjors kannte, wenn man schon früher erlebt hatte, mit welchen Tricks er arbeitete. Roy wusste es nun mit unumstößlicher Sicherheit. Wenn er Sjors laufen ließ, in Kleidern oder nicht, konnte er sich selbst vergessen. Sjors würde Rache nehmen, allein oder mit Willem, egal wie. Er würde wieder Sjors' Spielzeug sein, ein Spielzeug, das langsam, aber sicher kaputtgemacht wurde. Er sah jetzt auch, was auf dem T-Shirt stand, das Sjors trug: JUST DO IT. Das war es. JUST DO IT.

«Okay, wir laufen ein Stück», sagte Roy mit dicker Stimme.

«Warum?»

«Keine Fragen, laufen.»

Roy hoffte fast, dass Sjors versuchen würde zu fliehen, weil er dann einen Grund gehabt hätte, den Abzug zu drücken, aber Sjors lief brav weiter, mit ruhigen Schritten. Roy betrachtete Sjors' Reeboks. Neu, er hätte sie sich nicht mehr zu kaufen brauchen. Gleich mussten sie um die Ecke biegen. Noch zwanzig Meter. Dann würde er es tun. Es musste sein, es ging nicht anders. Wenn Sjors ihn in Ruhe gelassen hätte, wäre es nie so weit gekommen. Jetzt noch zehn Meter. Gleich um die Ecke. Schnell. Er durfte nicht zögern. Zögern war tödlich. Wenn Sjors ihm entkam, ging er selbst drauf, das war sicher, zweihundertprozentig. Noch ein paar Schritte. Hinter der Lagerhalle war ein Feld mit hoch gewachsenem Gras.

Er betrachtete Sjors' Rücken, seinen Hinterkopf. Stunden wollte er so weitermachen und zugleich musste es jetzt ein Ende haben. Jetzt. Aber er konnte nicht den Abzug drücken. Es gelang ihm nicht, den Finger zu bewegen.

«He», schrie Sjors plötzlich und deutete nach oben.

Roy ließ sich einen Moment lang ablenken. Sjors hatte sich umgedreht und stürmte auf ihn los. Ohne zielen zu können, drückte Roy den Abzug.

31 *Mit leichten roten Schleiern* vor den Augen fuhr er zurück. Ab und zu musste er am Straßenrand stehen bleiben. Einmal hatte er die Tür aufmachen müssen, um zu kotzen. Er sah Sjors wieder auf sich losstürmen. Hatte Sjors ihn noch gepackt? Wie war es eigentlich genau passiert? Immer wieder hörte er den Knall und Sjors, der zu Boden stürzte, sich noch bewegte, über den Boden kroch. Wo hatte er ihn erwischt? Wie hatte er ihn erwischt? Tödlich? Einmal und genug? Die rote Jacke hatte er irgendwo in einen Wassergraben geworfen.

Er fuhr nun wieder auf der großen Straße. Erst als ein Auto hinter ihm nicht aufhörte zu hupen, merkte er, dass er noch nicht einmal achtzig fuhr, auf der linken Seite. Er sah Sjors Körper vor sich. Der lag vor ihm auf der Straße und er fuhr darüber hinweg, holperte darüber. Er hielt auf dem Haltestreifen und steckte sich eine Zigarette an. Versuchte, konzentriert an das zu denken, was er gesehen hatte. Natürlich hätte er nicht so schnell weglaufen dürfen, dort auf dem Industriegelände. Niemand war in der Nähe gewesen. Aber jetzt konnte er nicht mehr zurück, jetzt musste er abwarten. Sjors hatte jedenfalls geblutet. Wo? An der Schulter? An der Seite? Am Herz? Oder dort in der Nähe? Shit. Hatte Sjors still dagelegen? Ja, totenstill. Im nächsten Moment zweifelte er. Er hatte sich bewegt, ja, er hatte sich bewegt, langsam, und aus seinem Mund war ein Stöhnen gekommen. Oder hatte er da nur sich selbst gehört? Hatte er selbst vor Angst und Anspannung gestöhnt? Auf dem Parkplatz hatte er eine Weile gewartet, bis niemand mehr zu sehen war. Danach hatte er den Pontiac innen und außen mit Benzin begossen, immer um sich schauend. Er hatte den Renault mit laufendem Motor neben den Pontiac gestellt, dann ein brennendes Streichholz hineingeworfen. Das Feuer loderte sofort auf, und er war auf und davon, mit quietschenden Reifen. Nun verstand er schon nicht mehr, dass er das alles hatte tun können.

Er schrak hoch, als jemand an sein Autofenster klopfte. Ein Polizist. Im Rückspiegel sah Roy einen Porsche stehen. Saß noch jemand anders darin? Sjors? War der ihm schon so schnell gefolgt? Mit der Polizei? Nein, das war unmöglich. Der Polizist klopfte wieder und Roy drehte das Fenster herunter.

«Was ist los?»

«Ich ... ich habe mich schlecht gefühlt.»

«Warnlichter anmachen und das Warndreieck hinstellen. Was Sie tun, ist lebensgefährlich.»

Lebensgefährlich, dachte Roy, lebensgefährlich. «Es geht schon wieder», sagte er. «Ich fahre sofort weiter.»

«Geht es wirklich?» Der Polizist schaute ihn besorgt an.

Sie waren bei einem Arzt gewesen, den Sjors schon seit Jahren kannte. «Ich hab mal was für ihn geregelt», hatte Sjors mit einer verletzlichen, kranken Stimme gesagt. Willem war fast zu Tode erschrocken, als er Sjors sah. All das Blut. Willem hatte ihn von dem Industriegelände abgeholt, über eine Stunde Fahrt von Amsterdam. De Bevelaar. Sjors hatte Glück gehabt, dass er sein Handy in der Tasche hatte und dass es Roy nicht aufgefallen war. Willem hatte gefragt, wer ihn so zugerichtet habe. «Später», hatte Sjors geantwortet. Sie waren zu dem Parkplatz von Sparrenberg gefahren und hatten dort – erst sprachlos, dann fluchend – das ausgebrannte Wrack des Pontiac betrachtet.

Nun lag Sjors zu Hause auf dem Sofa, mit geschlossenen Augen.

«Schläfst du?», fragte Willem und merkte selbst, was für eine alberne Frage das war.

Es kam keine Reaktion. Über eine Stunde blieb er neben Sjors sitzen, bis er Hunger bekam. Er ging in die Küche und suchte nach etwas Essbarem. Im Kühlschrank standen nur zwei Sechserpacks Bier. Er machte alle Schränke auf und zog alle Schubladen heraus, fand aber nicht mehr als eine Tüte Erdnüsse.

Er setzte sich wieder neben Sjors und aß alle Erdnüsse. Herrlich, aber davon bekam er nur noch mehr Hunger. Um die Ecke gab es eine Snack-Bar, aber es schien ihm nicht richtig, die Wohnung zu verlassen. Mist, er wurde ganz müde vor Hunger.

Willem wachte auf, als Sjors ihn ans Bein schlug. «Bring mir doch mal ein Bier.» Seine Stimme klang noch immer anders als sonst.

«Solltest du das wirklich tun?»

«Seit wann machst du einen auf Krankenpfleger? Quatsch nicht, hol Bier.»

Willem holte zwei Dosen aus dem Kühlschrank.

«Es war Roy», sagte Sjors, als Willem ins Zimmer zurückkam. «Ob du es glaubst oder nicht, es war Roy.»

Die Hebamme drückte eine Art Hupe auf ihren Bauch, legte das Ohr an die andere Seite und lauschte. Sie klopfte ihr den Bauch ab.

«Wie fühlst du dich?»

«Gut, ab und zu bin ich müde. Und ich habe ein bisschen Angst.»

«Vor der Entbindung?»

Manon nickte.

«Zieh dich wieder an. Alles ist in Ordnung, du brauchst keine Angst zu haben.»

Manon zog ihre Kleider an. Die Hebamme war die Ruhe,

die Sicherheit und Zuverlässigkeit in Person, aber sie wurde das seltsame Gefühl von Angst und Sorge nicht ganz los. Doktor Hulstijn hatte sie an diese Adresse verwiesen, zum Glück in Zuidoost. Eigentlich hatte sie gehofft, dass Hulstijn die Entbindung selbst vornehmen würde; er war bei ihrer eigenen Geburt schon dabei gewesen, ein richtiger Familiendoktor. Aber sie musste wählen zwischen der Hebamme und dem Gynäkologen, zwischen zu Hause und dem Krankenhaus.

«Du wohnst noch nicht lange in dieser Gegend, nicht wahr?»

«Nein, seit ein paar Wochen.»

«Gefällt es dir hier?»

«Ja.» Manon versuchte einen begeisterten Ton in ihre Stimme zu legen. Sie wusste, dass sie dem kurzen «Ja» noch etwas hinzufügen sollte, aber es fiel ihr nichts ein.

«Wohnst du allein?»

«Mit einer Freundin.»

«Du machst doch Schwangerschaftsgymnastik, oder?»

«Aus einem Buch ... alle Übungen.»

«Mach das weiter. Mal sehen, wann ist dein Termin? In gut einer Woche, glaube ich.»

Ja, noch gut eine Woche, dachte Manon. Wenn das Kind erst einmal geboren war, würde sie alles hinter sich haben, da war sie sich sicher.

«Gib mir ein Pils, Joop, und nimm dir selbst auch eins.»

«Alles in Ordnung?»

«Könnte nicht besser sein.» Roy trank so gierig, dass er sich verschluckte. «Verflucht.»

«Noch Probleme mit Sjors?», fragte Joop.

«Ich glaube nicht.» Ob Joop das Zittern in seiner Stimme hörte?

«Das haben wir gut gelöst. War doch nett, zusammen bei Ajax. Sollten wir öfter tun.»

Joop spülte die Gläser. Das Lokal wurde langsam voller. Zu seiner Überraschung merkte Roy, dass er niemanden kannte. Sogar Suzan war nicht da. Er wollte Joop fragen, wo sie jetzt herumhing, aber Joop war zu beschäftigt. Leute standen in Gruppen zusammen, es wurde herumgealbert und gelacht. Ihm schien, als habe jemand auf ihn gedeutet, ein Glatzkopf mit einem Stoppelbart. Die anderen lachten, nachdem der Kahle etwas gesagt hatte.

Roy schloss die Augen. Ein Glatzkopf, genau wie Sjors. Er erlebte es wieder, aber es war eine Geschichte mit vielen verschiedenen Versionen. Jedes Mal konnte er etwas anderes einsetzen. Er wusste schon nicht mehr, was er gewollt hatte. Nur eine kleine Bestrafung? Sjors zeigen, dass er sich nicht alles erlauben konnte? Roy sah ihn zuckend im Gras liegen. Richtete er sich auf? Rief er noch seinen Namen? Nein, er war tot, mausetot, es konnte nicht anders sein. «Kaputt», murmelte er.

«Was hast du gesagt?», fragte ein Mann, der sich auf den Barhocker neben ihm gesetzt hatte.

«Nichts.»

Der Mann sagte zum Glück nichts weiter. Roy fühlte, dass eine falsche Bemerkung genug sein könnte, mehr als genug. Als er zum Schuppen gekommen war, hatte Angelo nichts gefragt. Er hatte die Nummernschilder vom Renault geschraubt und andere befestigt.

Heute Morgen hatte nichts in der Zeitung gestanden. Wann würden sie die Leiche entdecken, dort um die Ecke der Lagerhalle, in dem hohen Gras? Gab es überhaupt eine Leiche? Würden sie zu ihm kommen, würden sie ihn hier finden, Roy Witteman, ohne festen Wohnsitz? Aber er hatte doch einen festen Wohnsitz. Angelo hatte keine Probleme damit.

Er fragte Joop nach Suzan.

«Weißt du das nicht? Die ist aufgenommen, in der Jellinek, auf Entzug. War völlig durchgeknallt.»

«Shit! Seit wann?»

«Seit ein paar Tagen. Sie konnte nicht mehr aus den Augen schauen vom Suff.»

«Gib mir mal ein Mineralwasser», sagte Roy. «Oder nein, doch ein Bier.»

«Auf den Schreck, meinst du», sagte Joop. «Lieber gleich ein großes?»

Ein Mädchen von ungefähr acht war allein auf der Wiese und spielte, ein dunkles Mädchen mit einer bunten Jacke. Ihre Haare waren zu vielen kleinen Zöpfen gedreht, alle mit eingeflochtenen Perlen oder so. Vom neunten Stock aus konnte man das schwer erkennen. Manon schaute nun schon fast eine Stunde hinaus. Das Mädchen hatte eine Reihe bunter Papiervögel, die sie in die Luft warf und herunterschweben ließ. Manchmal betrachtete sie eine Weile das Muster, das auf dem Gras entstanden war. Dann hob sie wieder einen Vogel hoch, überlegte es sich offensichtlich, legte ihn hin und ließ einen anderen durch die Luft schweben. Ein paar Kinder kamen zu ihr, sie wollten wohl mitspielen, aber das Mädchen ignorierte sie. Sie schien sie noch nicht einmal zu bemerken, sie ging in ihrer selbst geschaffenen Vogelwelt auf. Nach einer Weile kam ein etwa zehnjähriger Junge und nahm auch einen Vogel hoch. Das Mädchen stellte sich ihm gegenüber. Wie es aussah, sagte sie nichts, sondern schaute ihn nur an. Sie standen einander gegenüber, in einer gespannten Stille. Nach einer Weile warf der Junge den Vogel hin und machte sich aus dem Staub.

Gestern hatte er zusammen mit Rolf einen Transport für Angelo erledigt. Wieder Arnhem. Den Weg dorthin fand er inzwischen mit geschlossenen Augen. Rolf sagte wenig, aber Roy gefiel das. *Take it easy*, das war Rolf, kein Getue, kein Gelaber. Noch immer hatte er nichts über Sjors gehört. Oder von Sjors. Willem war auch nicht vorbeigekommen. Geschweige denn die Polizei. In der Zeitung hatte nichts gestanden. Als wäre nichts passiert, als hätte er das alles nur phantasiert. Ein paar Tabletten, und der Kopf fing von allein an mit Ausdenken. Nein, den halben Sonntagnachmittag im Auto, das war echt. Der Schuss, das Blut, Sjors' Schrei.

Er stand vor seiner alten Wohnung und wartete im Lieferwagen, aber er sah kein Zeichen von Leben. Nichts wies darauf hin, dass Manon und Wendy zurück waren. Aber sie war ihn noch nicht los. Mit ihr hatte alles erst angefangen. Wenn sie nicht gewesen wäre, hätte er den ganzen Mist mit Sjors nicht gehabt, dann wäre ihm die Sache nie aus dem Ruder gelaufen. Oder war es anders? Er konnte es nicht mehr genau rekonstruieren, aber es musste so sein.

Gespannt saß er hinter dem Steuer, das er mit beiden Händen festhielt. Wo war dieses Miststück? Schon allein der Gedanke, dass sie es schaffte, sich vor ihm zu verstecken, ihm zu entkommen, ärgerte ihn. Er musste sie finden.

«Wendy ... Wendy ...», flüsterte Manon.

Wendy hatte sich im Schlaf zusammengerollt. Manon konnte ihre regelmäßigen Atemzüge hören. Schon davon wurde sie ruhig. Sie war um ungefähr zwei aufgewacht und hatte ein paar Stunden wach gelegen. Sie tippte Wendy kurz an, die saß sofort aufrecht im Bett, mit weit aufgerissenen Augen.

«Was ist?» Wendy sah hellwach aus.

«Nichts ... ich meine ... ich habe solche Angst gekriegt ... es war nichts, aber ... Und jetzt kann ich nicht mehr schlafen. Ich fühle mich so ...» Tränen liefen ihr über die Wangen.

Wendy zog sie aufs Bett und legte einen Arm um sie.

«Aber du brauchst doch keine Angst zu haben, es ist doch alles unter Kontrolle.»

«Das weiß ich ja, aber …» Manon fing noch lauter zu weinen an. Es war, als steige etwas in ihr auf, was sie sehr lange unterdrückt hatte, etwas, was gewachsen und größer geworden war als sie selbst, etwas, was sie zu überwältigen drohte.

«Wir sind hier so sicher, wie es sicherer nicht mehr geht. Sogar wenn Roy hier … Oder hast du Angst vor der Entbindung?»

Manon schüttelte den Kopf.

«Oder davor, was danach sein wird, wo du wohnen sollst und solche Sachen?»

Manon schüttelte den Kopf, nun noch heftiger.

«Also vor Roy …»

Es wurde still. Manon hatte das Gefühl, als stehe jemand hinter ihr.

«Aber Roy weiß nicht mal, wo du bist, und sogar wenn … wenn er es erfahren würde, könnte er nicht einfach hier hereinkommen.»

Manon lehnte sich an Wendy. Sie roch den würzigen Duft ihres Körpers, jetzt vermischt mit süßem Schlafgeruch. Es gelang ihr, sich langsam zu entspannen. Sie zog die Nase noch einmal hoch. «Darf ich mich neben dich legen?»

«Natürlich», sagte Wendy. «Solange du nur nicht schnarchst. Das hat Mark manchmal getan.»

«Frau Teunissen.»

Roy erkannte die Stimme von Manons Mutter. «Ja … hier ist die Krankenkasse.» Er rief mit Angelos GSM an, ein Taschentuch über das Mundstück gelegt. Dieser billige Trick funktionierte noch immer. «Hier ist ein Fehler passiert, mit dem Computer, und jetzt können wir nicht mehr sehen, wer Ihr Hausarzt ist.»

«Oh.»

«Könnten Sie mir bitte den Namen Ihres Hausarztes durchgeben, dann ist die Information wieder komplett.» Roy hatte diese Sätze zuvor geübt, er sprach sein bestes Niederländisch.

«Das ist Doktor Hulstijn, ein sehr angenehmer Arzt. Schon über zwanzig Jahre sind wir …»

Roy brach das Gespräch ab. Er suchte die Nummer von Hulstijn im Branchentelefonbuch und wählte.

«Praxis Doktor Hulstijn.»

«Ja, Sie sprechen mit Koning, vom Baby Corner. Ich habe ein Problem. Frau Manon Teunissen hat hier einen Kinderwagen bestellt, der ist jetzt gekommen, aber wir haben ihre Adresse und die Telefonnummer verloren und der Computer …» Die Sache mit dem Computer war ihm überzeugend vorgekommen, dieses Zeug stand ja jetzt überall herum. «Wir können uns also nicht mit ihr in Verbindung setzen. Wir würden sie gern anrufen oder ihr eine Karte schicken. Könnten Sie uns vielleicht helfen?»

Roy hörte Stimmengewirr durch die Leitung. «Aber der Doktor hat es selbst gesagt!», rief jemand im Hintergrund.

«Können Sie einen Moment warten?»

Nach einer Weile war die Sprechstundenhilfe wieder da.

«Wieso rufen Sie uns an? Wie sind Sie an unsere Telefonnummer gekommen?»

«Über eine Bekannte. Könnten Sie mir ihre Nummer geben?»

«Wir dürfen keine privaten Daten von Patienten an andere weitergeben.»

«Aber es ist wichtig für sie», sagte Roy, nun leicht ungeduldig und drängend. «Sie hat schon einen Teil anbezahlt und das Geld ist sie dann los.»

«Sie wird bestimmt den Kontakt zu Ihnen suchen, wenn Sie nichts von Ihnen hört», sagte die Sprechstundenhilfe.

Roy brach die Verbindung ab. «Shit, doppelter und dreifacher Shit. Schlampe!»

Er lief eine Weile hin und her, nahm eine Dose Bier und steckte sich eine Zigarette an. Wendys Arbeitsplatz, war das vielleicht eine Möglichkeit? Wo arbeitete sie gleich wieder, wie hieß die Firma? Es war eine Reinigungsfirma. Er blätterte das Telefonbuch durch, bis er die richtige Rubrik gefunden hatte. Verdammt, es war was mit «Schoon». Da war es: Schoonen. Er musste eine Weile überlegen, bis ihm Wendys Nachname einfiel. Er hatte ihn neben der Klingel stehen sehen. Etwas mit Adem ... Adam ... Adams ... Adamsen ... nein, Adamson, ja, das war's.

Er rief an und sagte, er müsse für eine Möbelfirma etwas ausliefern, bei Frau W. Adamson, aber er habe die Adresse verloren. Die Sekretärin, offenbar ein junges Mädchen, fragte gar nicht, warum er bei ihnen anrief, sie gab ihm sofort eine Adresse, die alte Adresse.

«Nein, die habe ich auch. Es geht um ihre neue Adresse.»

Prompt bekam er die neue Adresse.

«Haben Sie vielleicht auch ihre Telefonnummer? Dann kann ich anrufen und sagen, dass wir kommen. Sonst stehen wir vielleicht vor verschlossener Tür.»

Als Wendy den Hörer abnahm, sagte er: «Falsch verbunden!», noch immer mit dem Taschentuch über dem Mundstück.

Roy glaubte seinen Augen nicht. Das konnte nicht wahr sein, das gab's doch nicht. Heute Vormittag war der Schuppen noch da gewesen, jetzt war er weg. Natürlich hatte er gewusst, dass Angelos Palast irgendwann verschwinden musste. Die Neubausiedlung nagte schon lange an dem Gelände. In den letzten Jahren waren die Blocks immer näher gerückt. Aber nun, im Licht der einzigen Straßenlaterne, sah er, dass nur ein paar lose Bretter übrig geblieben waren, ein paar Wellblechplatten, da lag noch eine Anrichte, auf die Seite gekippt, ein paar Kartons standen herum. Roy lief hin und machte sie auf. In einem Karton lagen alte Transistorgeräte, in dem anderen Stromkabel.

Wo war Angelo hingegangen? Roy schaute sich um, als könne er irgendwo eine Nachricht finden, ein Briefchen oder so was. Aber das war natürlich Unsinn. Angelo hatte nichts gesagt. Hatte er es selbst nicht gewusst? Roy fluchte noch einmal.

Wo sollte er jetzt hin? Zum Glück hatte er den Lieferwagen noch. Vielleicht konnte er zu Rolf. Der wohnte in einem Abbruchhaus irgendwo im Westen. Roy war ein paar Mal bei ihm gewesen, als er ihn heimgefahren hatte. Rolf stellte keine Fragen. Rolf ließ einen tun, was man wollte. Ein prima Kerl. Vielleicht konnte Rolf ihm auch bei dem helfen, was er so halb und halb vorhatte. Ja, das war keine schlechte Idee; er konnte ein bisschen Hilfe brauchen.

Roy irrte noch eine Weile durch das trostlose Gelände. Er hob ein paar herumliegende Dinge auf. Einen Stecker, einen Toaster, einen Aschenbecher voller Kippen, einen Putzlappen, zwei Eierbecher mit kleinen Bildchen drauf, eine Frau in einer Bikinihose, die erschrocken die Hände vor ihre Titten hielt. Roy betrachtete sie beim Licht seines Feuerzeugs.

«Na, auch auf der Suche?»

Roy ließ fast die Eierbecher fallen. Ein Mann mit einem kleinen, struppigen, rauhaarigen Hund stand ein paar Meter von ihm entfernt.

«Man weiß nie, was man findet, was?» Der Mann lachte mit seinem zahnlosen Mund.

«Vielleicht ein künstliches Gebiss», sagte Roy.

Der Mann lachte noch lauter.

«Hier hat ein Freund von mir gewohnt», sagte Roy. «Weißt du vielleicht, was passiert ist?»

Der Mann trat ein paar Schritte vor und hob den Zeigefinger. «Schöne Eierbecher.»

«Hier», sagte Roy, «du kannst sie haben.»

Der Mann betrachtete die Eierbecher.

«Abends haben sie ihre Höschen an, morgens sind sie ohne.»

Wieder lachte der Mann.

«Weißt du, was passiert ist?», wiederholte Roy.

«Heute Mittag, ungefähr um eins, ich habe Joekel gerade rausgelassen, was, Joekel?» Der Hund ließ ein heiseres Bellen hören. «Da sind ein paar Bagger gekommen und Lastwagen mit diesen großen Greifern, du weißt schon ...» Der Mann machte eine Greifbewegung. «... und die haben das ganze Zeug aufgeräumt. Stunden haben sie gebraucht. Ich habe eine Weile zugeschaut, aber es hat mir zu lange gedauert, deswegen bin ich gegangen.»

«Waren andere Leute dabei? Jemand, der hier gewohnt hat, der hier Geschäfte gemacht hat?»

Der Mann zog die Schultern hoch.

Roy lag in einem Nebenzimmer auf einer Matratze, die Rolf aus einem anderen Stockwerk geholt hatte. Sie stank ein bisschen nach alter Pisse, aber es gab nichts Besseres. «Ich bin nicht so gastfreundlich, dass ich dir mein eigenes Bett anbiete», hatte Rolf gesagt. «Ich würde es auch nicht wollen.»

Er versuchte sich zu entspannen, aber es gelang ihm nicht. Er hätte keine Pille schlucken sollen, aber als er in den Lieferwagen gestiegen war, nachdem er entdeckt hatte, dass Angelos Schuppen abgerissen worden war, hatte er fast automatisch zum Handschuhfach gegriffen.

In seinem Kopf wurde es einfach nicht ruhig. Ab und zu

tauchte Sjors auf, mit einer blutenden Wunde, dann wieder mit zwei Wunden, auf die er vorwurfsvoll deutete. Sjors versuchte zu sprechen, bekam aber kein Wort heraus. Er räusperte sich, es klang wie Metall auf Stein. Schwankend lief Sjors auf ihn zu, hielt sich an ihm fest, zog ihn mit sich. Dann wurde er abgelöst von Manon, erst mit einem dicken Bauch, danach mit einem kleinen Kind, das haargenau aussah wie er, ein Junge, natürlich, den Manon auch noch Roy nannte. Er war es selbst, als Baby, als Kleinkind. Dann betrat die Polizei die Szene. Van Alphen und Wielaard, natürlich. Van Alphen legte einen Tanz mit Sjors hin. «Jesses, wie viel Blut», sagte sie. «Wieso denn?» – «Roy, dieser Scheißkerl von Roy Witteman.» – «Natürlich, hab ich's mir doch gedacht.» Shit, war das nun ein Traum oder nicht? Roy schüttelte den Kopf. Er stand auf, lief in die Küche und trank stehend ein paar Gläser Wasser, dann hielt er den Kopf unter den Hahn.

Willem blieb im Auto sitzen. Nichts, eine kahle Fläche. Als wäre nie etwas hier gewesen. Sjors ging es schon etwas besser. Er saß wieder vor dem Fernseher und trank Bier, als wäre nichts gewesen. «Schau mal nach», hatte Sjors gesagt, aber er war offensichtlich zu spät gekommen. Kein Schuppen mehr, kein Roy. Er würde ihn anderswo suchen müssen, aber wo?

Roy hatte die Umgebung erst allein inspiziert. Er war zu dem Block gelaufen, mit dem Lift nach oben gefahren, zusammen mit ein paar Jungs von ungefähr fünfzehn, die ganz offen mit einem Messer herumspielten. Einer der Jungen fand noch einen freien Fleck an der Liftwand und schrieb mit einem Filzstift einen unleserlichen Namen darauf.

Roy unterdrückte den Wunsch, zur Haustür von Wendy und Manon zu gehen. Vielleicht würden sie ihn durch das

Küchenfenster sehen und dann war's aus mit der Überraschung. Und das musste es sein, eine Überraschung, die größte Überraschung ihres Lebens. Eigentlich war er eine Art Hennie Huisman von der *Surprise-Show*. Er grinste. *Surprise, surprise*. Als sie noch nebeneinander gewohnt hatten, war diese Wendy morgens meist früh zur Arbeit gegangen. Er hatte sie manchmal gesehen, wenn er nach einer durchgemachten Nacht nach Hause gekommen war. Wahrscheinlich ging sie vom Block zur Metro. Dann konnte er sein Auto am besten dort abstellen, auf dem Parkplatz. Rolf musste ihm helfen. Allein konnte er sie nicht ruhig halten. Aber morgen früh würde er erst kontrollieren, ob seine Annahmen wirklich stimmten.

Roy wurde ungeduldig. Viertel nach sechs, und sie war noch nicht aufgetaucht. Zwanzig nach sechs. Vielleicht musste sie heute nicht zur Arbeit, aber wann dann? Fünf vor halb sieben. Ja, da war sie. Sie stand verdeckt hinter ein paar Sträuchern am Eingang der Metro. Nein, das war eine andere schwarze Frau, ungefähr die gleiche Figur wie Wendy.

Er hatte es schon fast aufgegeben, als sie angerannt kam. Zwei Minuten vor halb sieben.

32 *Es war kinderleicht.* Willem war selbst erstaunt, wie leicht es war. Er hatte einen Jungen eingeschaltet, der manchmal für Sjors Geld einsammelte, Clarence. Der war ein alter Bekannter von Marvin, der rechten Hand von Joop. Clarence hatte bei Joop nach der Adresse von Roy gefragt, weil er ihm noch Geld schuldig war und ihn bei Angelo nicht mehr finden konnte, weil Angelo samt seiner ganzen Habe wie vom Erdboden verschwunden war. Clarence hatte Marvin zehn Hunderter gezeigt, angeblich das Geld für Roy. Das konnte er behalten, wenn er seine Adresse rausfand. Nach einigem Hin- und Herfragen war Marvin mit der Adresse herausgerückt.

Willem stand nun in der Straße, in seinem eigenen unauffälligen Golf, und wartete. Vor gut einer Stunde war Roy hinaufgegangen. Natürlich könnte er klingeln, nach oben stürmen und Roy herunterzerren, aber er wusste nicht, wen oder was er da oben antreffen würde. Es kam ihm geschickter vor, hier zu warten, bis Roy wieder auf die Straße kam. Auch wenn es Stunden dauerte, er hatte Zeit. Auf dem Rücksitz lag ein Vorrat an belegten Broten und Bierdosen, genug für ein ganzes Waisenhaus.

Manon stand am Fenster und schaute hinaus. Auf dem Balkongeländer saß eine Amsel, die sie, mit schräg gelegtem Köpfchen, neugierig anzuschauen schien. Schon seit ein paar Minuten saß sie da. Hatte sie Hunger? Konnte sie ihr etwas geben?

Wendy kam ins Zimmer. «He, bist du schon auf? Ich muss zur Arbeit, aber du doch nicht, oder?»

«Ich konnte nicht mehr schlafen. Schau dir mal diesen Vogel an.» Sie deutete auf den Balkon. Genau in diesem Moment flog die Amsel davon, ein bisschen ungeschickt, als müsste sie es erst noch richtig lernen.

Willem war kurz eingedöst. Als er aufwachte, sah er zu seiner Erleichterung, dass der Lieferwagen, mit dem Roy in der letzten Zeit herumfuhr, noch da stand. Er summte eine Melodie vor sich hin und machte noch eine Dose auf. Es war, als würde er durch die paar Schlucke, die er nahm, erst merken, dass seine Blase übervoll war. Er stieg aus dem Auto und lief zur Brandmauer.

Als er seinen Strahl gegen die Backsteine plätschern ließ, kam eine alte Frau angelaufen, in Pantoffeln.

«So, Sie sind also ein Wildpisser?», fragte sie mit scharfer Stimme.

«Ach, Weib, hör auf zu seichen.»

Sie kicherte. «Das tun Sie doch gerade.»

Er fragte sich, ob er einfach weiterpissen konnte. Die Alte stand einen Meter von ihm entfernt und schaute ungeniert und kritisch zu, wie sein Wasser gegen die Wand spritzte.

«Kannst du alles richtig sehen?», fragte Willem.

«Glauben Sie nur nicht, dass ich pinkelnden Männern gern zusehe, da irren Sie sich. Sie sind ein Umweltverschmutzer. Wissen Sie, dass …»

Aus dem Augenwinkel sah Willem Roy mit einem anderen Jungen das Haus verlassen. Abkneifen und einrollen. Er zog den Reißverschluss hoch, stieß die Frau zur Seite und lief, so unauffällig wie möglich, zu seinem Auto.

Er hatte Rolf erzählt, es gehe um jemanden, der ihm noch Geld schuldig war. «Den will ich überraschen.» Rolf sollte hinten im Lieferwagen warten. Roy hatte ihn darauf vorbereitet, was er tun sollte. Es war alles ganz einfach. Nein, es würde keine Gewalt geben, wenigstens nicht richtig. Er wusste, dass Rolf sich nicht auf Gewalt einließ, das ging ihm zu weit. «Einfach jemanden ein bisschen beschäftigen, bis ich fertig bin.» Im Auto hatte er noch eine Pille genommen, einen kleinen Bagger. Rolf hatte keine gewollt.

Roy wartete hinter den Sträuchern. Eine Gruppe dunkelhäutiger Männer kam vorbei, lachend, Witze machend in einer Sprache, die sich entfernt so anhörte wie Englisch. Gleich danach sah er Wendy auftauchen.

Roy trat hinter den Sträuchern hervor, als sie gerade vorbei war. Ein paar Schritte ging er hinter ihr her, beschleunigte kurz und packte, als er sie eingeholt hatte, ihren Arm mit einer Hand, mit der anderen drückte er ihr den Griff eines Schraubenziehers in den Rücken.

Sie drehte den Kopf. «Shit, du bist es?»

«Ja, wer denn sonst? Hier biegen wir rechts ab.» Es war wie mit Sjors, nur zu Fuß. Sjors ... nicht daran denken.

«Was willst du?»

«Nichts Besonderes, einfach ruhig weitergehen, dann passiert dir nichts. Sonst muss ich dir wehtun, sehr weh.»

«Was willst du?»

«Hier nach links, zum Parkplatz, ja, gut so, braves Mädchen.»

Einen Moment lang schien es, als wolle sie nicht mehr mitmachen. Sie verlangsamte die Schritte, schaute sich um, als suche sie die Hilfe anderer Menschen. Er stieß ihr den Griff etwas fester in den Rücken, während er ihr noch immer den Arm mit einem harten, warnenden Griff festhielt, einem Griff, der keinen Widerspruch und keine Gegenwehr duldete.

Sie kamen am Lieferwagen an. Rolf saß hinten drin.

«Pass doch mal ein paar Minuten auf diese Frau da auf», sagte Roy zu Rolf, als er sie in den Laderaum stieß. Er nahm Wendys Tasche und holte die Schlüssel heraus.

«Du Schuft!», sagte Wendy, «du dreckiger Schuft!»

«Ich will nur mal mit ihr reden, als alte Freunde, mal schauen, wie es ihr geht. Sie ist mir noch was schuldig.» Letzteres sagte er für Rolf. «Und es soll eine Überraschung sein, deswegen tue ich es auf diese Art.»

«Schuft!», wiederholte Wendy.

«Du wirst langweilig.»

Roy stieg aus dem Lieferwagen, nahm, ohne dass Rolf es sehen konnte, zur Sicherheit noch einen schweren Schraubenschlüssel aus der Werkzeugkiste, die er zuvor neben die Hintertür gestellt hatte. «Scheißkerl», hörte er noch, «Prolet, Rindvieh, Drecksack, Arschloch, sakka sakka mang, mapima mang, kkalaka ...»

Willem verstand nicht, was er sah. Er hatte einen gehörigen Abstand gehalten. Was tat Roy dort, hinter dem Gebüsch? Als er die Surinamerin zum Lieferwagen gebracht hatte, war er ein paar Minuten darauf wieder ausgestiegen. Allein. Die Surinamerin war also noch im Wagen. Warum? Was war hier los? Was für ein Spiel trieb er da, dieser Arsch? Danach ging er allein zu einem Block. Nur ein paar Meter entfernt ging er an Willem vorbei. Das war der Moment, jetzt musste er zuschlagen. Er machte ein paar Schritte vorwärts, die Hände schon bereit, seine Muskeln mobilisiert, als er zwei Männer sah, die von der anderen Seite her den Weg betraten. Er zog sich wieder zurück und kam erst zum Vorschein, als die Männer um die Ecke gebogen waren. Roy betrat den Wohnblock.

Manon saß im Zimmer, mit einer Tasse Tee und einem Zwieback, in ein paar Tagen Zwieback mit Streusel. Wen konnte sie eigentlich einladen? Wendy und sie würden alles allein essen müssen. Sie schaute zum Balkon hinüber, in der Erwartung, dass die Amsel jeden Moment zurückkommen würde. Die Tür zum Balkon hatte sie aufgemacht, vielleicht würde die Amsel ja hereinfliegen, ihr Gesellschaft leisten.

Was war das? Der Schlüssel in der Wohnungstür? Sie lauschte. War das Wendy? War ihr schlecht geworden? Etwas vergessen? Oder war ihre Tante unerwartet aus Surinam zurückgekommen? Aber die hätte doch geklingelt. Wurde der Schlüssel jetzt umgedreht? Ihr Atem ging pfeifend. Aus dem Augenwinkel sah sie, dass die Amsel wieder auf dem Balkongeländer saß. Sie musste aufstehen, zum Flur gehen, zur Tür, aber sie war ohnmächtig, festgeklebt an das Sofa, mit Zweikomponentenkleber.

Es blieb eine Weile still, dann erschien Roys Kopf in der Tür. «Tatarataa!»

Sie wollte schreien, bekam aber keinen Ton heraus.

Da saß sie, hilflos, hoffnungslos. Er versuchte, es mit aller Ruhe auf sich wirken zu lassen, denn sie konnte ihm nicht entkommen, sie konnte nirgends hin, sie war ihm vollkommen ausgeliefert. Endlich hatte er sie dort, wo er sie haben wollte. Darauf hatte er seit Monaten gewartet. Vage drang die Erkenntnis zu ihm durch, dass er eigentlich nicht wusste, was er tun wollte, aber er schob den Gedanken schnell zur Seite. Der Knast, das hatte sie auf dem Gewissen, der Ärger mit den beschissenen Polizisten, das Theater mit Sjors, alles … diese blöde Gans. Er sah ihren unförmigen dicken Bauch, ihr geschwollenes Gesicht, die Panik in ihren Augen. Diese Panik würde er gerne noch größer machen.

Verdammt, dieses Zimmer war verrückt. Die Wände wogten. Hatten sie hier so schlecht gebaut? Es war ja bloß für Surinamer und Illegale. Er trat ein paar Schritte nach vorn und musste sich an einem Stuhl festhalten. Einen Moment lang schloss er die Augen. Er hätte nichts schlucken dürfen. Wer weiß, was für ein Zeug das war; es stammte noch aus Angelos altem Vorrat. Letzte Nacht hatte er kräftig getrunken und kaum geschlafen, deshalb hatte er etwas einnehmen müssen, aber …

Verflucht, was war das? Diese Surinamerin und der Mann, der mit Roy im Auto gewesen war, kamen eilig den Weg entlanggelaufen. Was hatten die vor? Heftig miteinander redend, gingen sie an Willem vorbei. Sie liefen schnell, rannten fast. Er fing die Worte «Roy» und «Streit» auf. Der andere Mann nannte den Namen «Manon». Willem verstand nichts, aber er hatte die vage Idee, dass etwas passieren würde, bei dem er absolut nicht dabei sein müsste. Das hier war gegen seine Absprache mit Sjors, gegen seinen Auftrag, aber das konnte ihm egal sein. Sjors war vorläufig ausgeschaltet, er musste seinen eigenen Plan durchziehen. Er rannte hinter den beiden her und erreichte den Block zur selben Zeit wie sie. Er blieb ein paar Meter hinter ihnen stehen, bis die Frau auf eine Klingel drückte. Sie sagte etwas auf Surinamesisch in die Gegensprechanlage im Türpfosten, aber es dauerte eine Weile, bis die Tür aufging. Willem schlüpfte gerade noch durch, bevor sie ins Schloss fiel. Der Mann und die Frau schauten sich um.

Als sie auf den Fahrstuhlknopf drückte, sagte die Frau: «Wir sind zu spät … wir sind bestimmt zu spät.»

Sie sah ihn näher kommen. Er schwankte. Seine Augen sahen fremd aus. Nichts erkannte sie darin von Roys früheren, lachenden Augen. Dieser Roy war verschwunden und jemand anders hatte seinen Platz eingenommen, ein Verrückter, ein unberechenbarer, aggressiver, gefährlicher Irrer. Sie musste etwas tun. Er würde sie kaputtmachen, und mit ihr das Kind, das sie in sich trug. Filmszenen schossen ihr durch den Kopf. Gewalt, Schießereien, ein Messer, eine fliehende Frau in einer Sackgasse, und durch alles hindurch schimmerte der Mann, der früher ihr Roy gewesen war, der wieder einen unsicheren Schritt in ihre Richtung machte und beängstigend grinsend seine Zähne zeigte. Die rechte Hand hielt er hinter dem Rücken. Was hatte er in der Hand? Ein Messer? Musste sie nun büßen für die Tatsache, dass sie der Polizei gegenüber ehrlich gewesen war? War das die Endabrechnung? Ratlos blickte sie sich um. Es gab keinen Ausweg, keine Möglichkeit, zu entkommen. Niemand konnte ihr helfen. Da sah sie den Schrank. Die Schublade mit allem möglichen Zeug, mit einer Schere, Klebeband, einer Rolle Schnur. Aber auch die Sprühdose mit dem Tränengas. Sie hatte selbst gesehen, wie Wendy sie hineingelegt hatte. Vielleicht hatte sie sie wieder herausgenommen?

Mit äußerster Kraftanstrengung, die weiter reichte, als sie es für möglich gehalten hatte, richtete sie sich auf und rannte zum Schrank, mit einer fast olympiareifen Geschwindigkeit, die sie selbst erstaunte.

Was tat sie? Er verstand es nicht. Gerade hatte sie noch da gesessen, jetzt war sie weg. Fuck, dieses Scheißweib würde ihm diesmal nicht entkommen. Sie griff nach etwas. Er musste ihr zuvorkommen, er rannte auf sie zu, auf Gummi, wie bei einem *cakewalk*, den Schraubenschlüssel in der rechten Hand.

Ja, die Sprühdose war in der Schublade. Roy kam näher. Sie kippte den Verschluss auf, hielt den Finger auf den Drücker und zielte, und aus ihrer Kehle kam endlich der Schrei, den sie so lange unterdrückt hatte.

Grauer Nebel, einfach so. Sie hielt etwas hoch und fast sofort spürte er den Schmerz in den Augen, als würden sie herausgebrannt. Er fluchte und schrie und schlug um sich. Was für einen Scheißstreich hatte sie ihm nun schon wieder gespielt? Er ließ den Schraubenschlüssel fallen.

Einen Moment lang blieb sie stehen, unbeweglich an der Stelle, von der aus sie gesprüht hatte. Roy beugte sich vor, griff mit beiden Händen nach seinen Augen. Er brach in ein tierisches Geheul aus, das von tief innen zu kommen schien. Sie musste weg, jetzt, sofort, sie hatte keine Sekunde zu verlieren, aber wieder war sie wie erstarrt, hilflos, nicht imstande, sich zu bewegen.

Als Roy sich aufrichtete, schien das ein Zeichen, denn ihre Muskeln funktionierten wieder. Sie rannte zum Flur, aber es war, als müsse sie durch Schlamm waten, durch Morast. Sie riss die Wohnungstür auf. Hinter sich hörte sie Roy keuchen und schreien.

Der Schmerz war schrecklich, aber er durfte sie jetzt nicht mehr verlieren. Das würde sie ihm bezahlen müssen. Er stolperte hinter ihr her, in den Flur, versuchte vergebens, sie zu packen. Sie machte die Tür auf, stand schon auf der Galerie, als er sie erwischte. Ja, nun hatte er sie, für immer. Nun konnte sie ihm nicht mehr entkommen, nie mehr.

Sie schlug wild um sich, aber mit einer Hand hielt er sie unerbittlich an den Haaren fest, die andere drückte er auf ihren Mund. So zog er sie wieder hinein, in den Flur. Aus dem Augenwinkel sah sie, dass die Wohnungstür offen blieb.

Er zerrte sie ins Wohnzimmer und schüttelte sie. «Dreckiges Miststück!» Die Tränen liefen über seine Wangen. «Du hast wohl geglaubt, du hättest mich geschafft, was?»

Blitzschnell begriff sie, dass sie nun ihr eigenes Urteil unterzeichnet hatte. Sie hatte ihn über alle Grenzen getrieben. Alles war vorbei. Für sie selbst war das nicht so schlimm; sie dachte vor allem an ihr Kind. Wieder schüttelte er sie, diesmal noch heftiger.

«Au, hör auf!»

Seine Reaktion war ein heftiger Schlag in ihr Gesicht. Ihre Wange brannte wie Feuer und sie fühlte, wie ihr das Blut aus der Nase lief. Gleich würde er sie noch in den Bauch boxen. Es war, als flüstere eine Stimme in ihr: Treten, du musst treten, das ist deine einzige Chance. Sie holte aus, stieß ihm, so hart wie möglich, das Knie zwischen die Beine.

Roy klappte zusammen, als ihm der Schmerz durch die Hoden schoss. Verdammt noch mal. Er hielt sie mit einer Hand fest. Mit der anderen versuchte er, ihr noch einen Schlag zu versetzen, aber sie wich ihm aus und riss sich los. Nein, nein, das würde er nicht zulassen.

Es schien endlos lange zu dauern, bis der Aufzug kam. Die Frau wiederholte immer: «Wir sind zu spät ... wir sind zu spät.» Wofür?, hätte Willem fast gefragt. Schließlich ging die Aufzugtür auf. Ein Mann trat heraus, ein Fahrrad in der Hand. Willem sah, dass die Surinamerin auf den Knopf vom neunten Stock drückte. Er trat nach ihnen aus dem Lift, tat, als würde er in die andere Richtung gehen, behielt sie aber aus einem sicheren Abstand im Auge.

Manon versuchte Roy zu entkommen, aber er stand vor der Tür zum Flur. Er trieb sie in eine Ecke des Zimmers, beide Hände ausgestreckt. Schnell bückte er sich, um den Schraubenschlüssel zu packen. Immer weiter trieb er sie in die Enge, bis sie gezwungen war, den Balkon zu betreten. Nein, nicht den Balkon, schrie es in ihr, aber es war zu spät. Sie versuchte, die Schiebetür zu schließen, aber er hatte schon seinen Fuß dazwischen.

Sie wollte schreien, aber er drückte ihr die Hand auf den Mund. Sie rangen auf dem Balkon. Er ließ ihr nicht mehr genug Platz, mit dem Knie auszuholen, und drängte sie zum Geländer. Sie fühlte es in ihrem Rücken. Nur das Gewicht ihrer Schwangerschaft hielt sie noch am Boden, aber das würde nicht reichen. Das war's. Die Kraft, sich zu wehren, strömte aus ihr heraus, so wie sie jetzt den Urin nicht mehr halten konnte. Mit einer verrückten Klarheit schoss ihr der Gedanke durch den Kopf, dass die Leute sie gleich unten finden würden, mit einer nassen Unterhose.

Da sah sie, dass jemand ins Zimmer stürmte, ein Mann, gefolgt von Wendy. Den Mann erkannte sie. So schnell, dass man die Bewegung kaum sah, war er auf dem Balkon. Das konnte doch nicht Rolf sein, es war unmöglich, aber er musste es sein. Ihre Füße wurden schon von dem Betonboden gehoben, sie hing halb in der Luft. Rolf hielt Roy fest. Manon griff nach der Geländerstange und versuchte, das Gleichgewicht wiederzuerlangen. Rolf schlug nach Roy, der selbst auch ausholte. Sie klammerten sich aneinander fest und näherten sich kämpfend und ringend immer mehr dem Rand des Balkons. Manon wollte etwas tun, war aber hilflos, nicht in der Lage, ihre Muskeln zu kontrollieren. Wendy hielt sie fest, umarmte sie. Roy stieß Rolf noch weiter zum Rand. Es schien eine Ewigkeit zu dauern. Warum tat Wendy nichts? Sie machte sich von Wendy los. Es ging alles zu schnell, viel zu schnell. Rolf stieß Roy von sich weg. Der fiel zu Boden, griff nach dem Schraubenschlüssel und kam wieder hoch, das Metall in der erhobenen Hand. Er schlug nach Rolf, der den Schlag mit dem Arm abzuwehren versuchte. Ein Schmerzensschrei. Wieder hob Roy den Schraubenschlüssel, während Rolf versuchte, ihm auszuweichen.

Da stürmte ein unbekannter Mann ins Zimmer, ein Riese von einem Mann. Einen Moment blieb er stehen, um die Situation, diese vollkommen wahnsinnige Situation, überblicken zu können. Dann war er, schneller, als man es von so einem bulligen Typen erwarten konnte, auf dem Balkon und hob Roy hoch. Er hob Roy hoch, als wiege der fast nichts, wie ein Vater oder eine Mutter ein kleines Kind hochhebt, als wäre es ein Spiel, und als würde er ihn gleich wieder absetzen.

33 Sie brauchte *heute nicht zur Schule zu gehen. Mama hatte sich eine halbe Stunde mit ihren Haaren beschäftigt, aber sie hatte die ganze Zeit brav still gesessen. Sie hatte gesehen, wie der Mann hinunterzufliegen versuchte. Er lag jetzt da und schlief, die Arme ausgebreitet, das eine Bein seltsam abgewinkelt. Er sah aus wie ein Zirkusartist, so gelenkig, wie das Bein abgewinkelt war. Aber er lag auf dem grünen Tiktokvogel. Bestimmt tat ihm das weh.*

«Ta aki nan mi ke hunga», *sagte sie, aber er gab keine Antwort.* «Esaki ta mi lugá.»

Sie tippte mit dem Schuh an seinen rechten Arm, aber er reagierte noch immer nicht.

«No drumi mas. Si bo ke drumi, bai pa bo kama.»

Der Mann blieb liegen, als würde er für immer schlafen.

Nach einer Weile kamen Leute und stellten sich um sie. Sie erzählte, was sie gesehen hatte. Dann kam ein Polizist, ein macamba.

«*Sie hat es gesehen*», *sagte ein langer, dünner Mann.*

«*Vielleicht kann sie es noch mal erzählen.*» *Der Polizist ging in die Knie.*

«E ke a bula manera para, for di e kas. E ora el bai drumi. Aki nan, ariba yerba, i esei no mag. E otro paranan no ke.»

«*Sie sagt, dass er aus der Wohnung gesprungen ist, dass er fliegen wollte wie ein Vogel, und dass er jetzt schläft, aber dass das die anderen Vögel nicht wollen.*»

«Hende no por bula manera para», *sagte ein Mann.* «*Menschen können nicht fliegen.*»

Sie wusste es besser.

Danksagung

Ich möchte mich bei Plien van Albada, Ton Anbeek, Maurice Veldman und Anne Coos Vuurmans bedanken, für ihre Ratschläge und Kommentare zur ersten Version dieses Buchs. Das Thema dieses Romans basiert zum Teil auf einer Erzählung, die schon in einer Talk-Show von Paul Witteman veröffentlicht wurde.

Carlos Castán
Gern ein Rebell
Erzählungen, 176 Seiten
ISBN 3-312-00274-5

«Ich wäre gern ein Rebell gewesen, der immer die Füße auf den Tisch legt und obszöne T-Shirts trägt, hätte gerne Stiefel gehabt, die ganz staubig sind vom vielen Laufen, und Lippen, die ganz rau sind vom vielen Küssen.»

«*Gern ein Rebell* ist ein Buch, das von der besitzergreifenden Liebe spricht, vom Leben als Desaster, von der Einsamkeit, von der Sehnsucht. Herausgekommen ist großartige Literatur.»
Babelia

N&K